# Zahrumar

Raffi

# ՁԱՀՐՈՒՄԱՐ

ՐԱՖՖԻ

**Zahrumar**

Copyright © 2014, Indo-European Publishing

Contact:
IndoEuropeanPublishing@gmail.com

ISNB: 978-1-60444-773-6

ՁԱՀՐՈՒՄԱՐ

© Հնդեվրոպական Հրատարակչություն, 2014

Հրատարակված է Ամերիկայի Միացյալ Նահանգներում:

Կապ՝

IndoEuropeanPublishing@gmail.com

ISNB: 978-1-60444-773-6

# Ա

Կովկասյան նահանգի մի գավառաքաղաքի մեջ բնակվում էր Հացի-Գելենց Օհանեսի որդի Ղաղո անունով հարուստ վաճառականը: Նրա ծնողքը, մեռնելով խոլերայից, թողեցին միակ զավակը, փոքրիկ Ղաղոյին, մանկական հասակում, բոլորովին անխնամ և հետին աղքատության մեջ: Փոքրիկ Ղաղոն օրական հացի կարոտ չմնալու համար, իրանց թաղի ծխատեր քահանա տեր — Մարուքի բա րերարությամբ, հանձնվեցավ իբրև աշկերտ մրգավաճառ Պաճո — Սոսիկոյի մոտ, ուր նրա պաշտոնն այն էր՝ հսկել խանութի դռանը, կանաչեղենի վրա ջուր սրսկել, խնձորների փոշին սրբել, վաճառողներ հրավիրել և երբեմն անցնող մի ջհուտի ետևից թաքուն քարշ տալ աղվեսի պոչ, հետո հա՛յ, հո՛յ աղաղակ բարձրացնել, ծափ տալ և յուր վարպետին ծիծաղեցնել:

Փոքրիկ Ղաղոն առողջ և վստահ երեխա էր, նրա բնական ճարպկությունը առիթ տվավ մի քայլ հառաջադիմության նրա գործունեության մեջ, երբ յուր տասնուչորս տարեկան հասակում եղավ նա կատարյալ կինտո: Նա թեև հրաժարվել էր յուր վարպետից, բայց այնքան վարկ և համարում ստացել էր բոլոր մրգավաճառների մոտ, մինչ նա ամեն օր կարողանում էր անվճար գնել նրանցից ամենայն տեսակ մրգեղեններ, և լցնելով յուր ահագին տաշտը, գլխի վրա դնել, և կշեռքը ուսից քարշ տված, յուր մթերքը քաղաքի շուկաներում և փողոցներում պտտացնել, զանազան լեզուներով բարձրաձայն գոռալ մրգեղենների անունները, գովասանություններ եղանակել և գնորդներ հրապուրել:

Կինտո Ղաղոն ծանոթ էր բոլոր մրգասեր հասարակությանը: Նրա գոռալու ձայնը այն աստիճան քաղաքականություն էր ստացել, մինչ նա շուկաներում երբ յուր խռպոտ և ձգական ներդաշնակությամբ եղանակում էր՝ "հա՛յ ճանճուրի հե՛", այդ բավական էր մի քանի րոպեում դուրս ածել մրգասեր երեխաների խումբը, որոնք ամենայն հոժարությամբ իրանց կոպեկները նրա տաշտի մեջ ձգելով, մի քանի խնձոր կամ տանձ առնելով, ուրախությամբ կրկին դեպի տուն էին վազում:

Այդ հաջողականությունը կինտոյի գործունեության մեջ այն հետևանքն ունեցավ, որ նա ժառանգեց յուր սիրելի վաճառքի անունը, այնպես որ ամեն երեխա, նրա ծանոթ ձայնը լսելով, իսկույն երևակայում էր Ղաղոյին, ահագին բարեբեր տաշտը գլխի վրա, և հրճվելով ասում էր՝ "Ճանճուրը" եկավ:

Եվ այդպիսով Ղաղոն սկսավ կոչվել Ճանճուր:

Ավելորդ եմ համարում մանրամասնաբար պատմել, թե ինչ ճանապարհներով Հացի — Գելի տղան, կամ լավ է ևս ասել, Ճանճուրը բարձրացավ մինչև յուր հարստության վերին աստիճանը: Այսքանը միայն հարկավոր է հիշել, որ նա յուր տասնվեց տարեկան հասակում թողեց մրգավաճառությունը և չգիտեմ ի՞նչ բախտով բազազխանայի աշկերտ դարձավ. այնտեղ սրամիտ կինտոն ոչ միայն կարճ ժամանակում կրթվեցավ առևտուրի արհեստում, այլ, մի քանի հարյուր մանեթ իր ձեռքն ձգելով, յուր համար փոքրիկ բազազի խանութ բաց արավ, կարճ միջոցում նա ընդարձակեց յուր վաճառականական ասպարեզը և մեծակշիռ վարկ ստացավ:

Իսկ անհավատարիմ բախտը, որ առաջ այնպես սիրելությամբ ժպտում էր նրա երեսին, խղճալի Ճանճուրին ևս հասցրեց յուր ծանրագին հարվածը: Մի գիշեր հանկարծակի հրդեհով այրվեցավ նրա խանութը, և նրա բազմամյա քրտինքի և աշխատության պտուղներն մի քանի րոպեում անգութ կրակին զոհ դարձան: Ճանճուրը մնաց դարձյալ խեղճ և աղքատ:

Ավելորդ է խորամուխ լինել այն մթին գաղտնիքների մեջ, ուշադրություն դարձնելով չարախնդաց հասարակության բամբասանքներին, որոնցից ոմանք ասում էին՝ "հարամ փուղի վիրչն միշտ էտենց կուլի), և ոմանք՝ թե ինքը Ճանճուրը դիտմամբ յուր խանութը հրդեհել է և այլն: Միայն նրա բարեսիրտ պարտատերերն, "աստծու բանն է" ասելով, խիստ ներողամտությամբ վարվեցան այդ դժբախտի հետ և, թումանին չորս ապասի ստանալով, ազատեցին նրան բոլոր պարտականություններից:

Այդ դժբախտությունը չստիպեց Ճանճուրին ընդերկար ձգել յուր աղքատության լուծը. նա շուտով եղավ գործակատար մի երևելի կապալառուի մոտ և, քանի տարի ծառայելուց հետո, ինքն սկսավ պարապել փոքրիկ կապալներով, և հետզհետե ընդլայնելով յուր գործունեության շրջանը, նա յուր քառասուն տարեկան հասակից սկսած հազարների հետ էր խաղում մինչև յուր հիսունամյա հասակը, երբ հանդիպում ենք նրան մեր վիպասանության մեջ:

Այժմ նա յուր կինտոյի արհեստով ժառանգած Ճանճուր մականունը կցելով յուր հոր՝ Օհանեսի անվան հետ, կոչվում է "Թիֆլիսի պատվավոր քաղաքացի Ճանճուր Իվանիչ": Այդ անունով ևս մենք պարտավորվում ենք նրան ծանոթացնեք մեր ընթերցողներին:

Ճանճուր Իվանիչի տարիքը, որպես հիշեցինք, անցել էր հիսունից, բայց ծերությունը դեռ ոչ բոլորովին ճնշել էր նրան: Նրա բարձր, հսկայակերպ ճակատը, միախառնվելով մարմնի զուգակշիռ լայնության հետ, ձևացնում էր ահագին մեծությամբ մի շարժական մսեղեն գունդ:

Նրա այլանդակ դեմքի վայրենի գծագրությունները խիստ կոշտ և սարսափելի էին: Լայն և մոտ երեսի վրա, անկանոն կերպով, դրված էին կնճռած խորշոմների ծալքերը, որոնք վերջանալով դուրս ցցված ծնոտներով և միախառնվելով վրացու պարկի նման ուռած պարանոցի մասնների հետ, ձևակերպում էին Անգեղյա Տորքի առասպելաբանական կերպարանքը, յուր թավամազ հոնքերով, ահագին տափակ քթով, լայն բերանով, ուռած շրթունքով, որոնք, արյունով լցված երկու հաստ տզրուկի նման, դրված էին միմյանց վրա, և դժնետեսիլ աչքերով, որոնք երկու սարդերի նման նենգավոր կերպով նայում էին երեսի խորշոմների խորքից:

Այդ հսկայական դեմքի արտահայտություններն այնքան դժվար որսալի էին, մինչ անկարելի է որոշ կերպով նկարագրել նրանց, նրանք երբեմն բացատրում էին վագրի վայրենի կատաղությունը, երբեմն սարսափելի մեռելային էին, որպես մահ, և երբեմն անխորհուրդ հիմարական, որպես անխելք ավանակի խաղաղասեր ռեխը:

Նրա երեսի գույնին չէ կարելի որոշ նշանակություն տալ, որովհետև նա փոխվում էր, որքան փոխվում էին տարվա եղանակները: Այսինքն գարնան եղանակում նրա դեմքը ուներ մուգ աղյուսի գույն, բայց քանի մոտենում էր ամառը, այդ ազատ կարմրությունը պարզվում էր, հետևաբար ընդունելով գորշ դեղնապղնձի բրոնզային սևությունը: Իսկ աշունքի ցրտերը խառնելով այդ գորշության հետ փոքրիշատե կարմրություն, նրա դեմքը ստանում էր լերդի գույն: Իսկ ձմեռն ավելի լրջանում էր նա և միևնույն ժամանակ նմանություն էր բերում հնդկահավի գլխի գույնին:

Բայց թե ինչ հոգեբանական և բնագիտական գաղտնիք կար նրանում, այդ դժվար է բացատրել, մենք թողնում ենք ժամանակին և արհեստին լուծել այդ խնդիրը:

Նրա մարմնի կազմության մեջ ավելի հետաքրքրական մի երևույթ էր ահագին փորը: Այդ բախտավոր փորը, լավ է ևս ասել, այդ ամեն ապականության մթերանոցը, վաղուց արդեն ծառայում էր Բաքոսի տաճարին: Եվ կարելի է նախանձվելով, թե ինչո՞ւ գինետների ռումբիքը կարող էին տանել իրանց մեջ այնքան հարյուրավոր թունգիներ այն օրհնյալ հեղուկից, որ շնորհում են Կախեթիայի որթերը,ինքն նույնպես աշխատել էր այնքան լայնանալ, գուցե նրանց մեծությանը հասներ: Բայց եթե Ճանճուր Իվանիչի փորը ունենար որևիցե զգացողություն, ես պարտավորություն կհամարեի կարդալ նրան Եզոպոսյան գործի առակը, թե այդ օրըստօրե տարապայման ուռուցքը ոչ միայն չէր հասցնելու նրան յուր սիրելի նպատակին, այլ մի օր, շատ հավանական է, պատկառելու էր սաստիկ պայթումն և տրաքոց: Միայն ցավալի է ասել, որպես Ճանճուր Իվանիչը, նույնպես և յուր բարեբախտ փորը, զուրկ էին ամենայն մարդկային զգացողությունից: Մենք բարվոք ենք համարում լռել, ի նկատի ունենալով, որ նա շատ էլ փոքր մնացած չէր ռումբիից:

Արդարև, այդ մսեղեն բլուրը ձնացնում էր երկրագնդի վրա մի անպիտան ծանրություն, բոլորովին անօգուտ մարդկային հասարակությանը, այնուամենայնիվ խպառ չէին կորցնելու նրա այնքան ջանքերը, հաստացնելու և պարուրելու յուր մարմինը, որովհետև կգար բախտավոր օրը, երբ ճճիք, զեռուններըը, օձերը և մողեսները նրա շնորհիվ կարող էին ամբողջ ամիս խրախճան կազմել և քեֆ անել նրա գերեզմանում, ունենալով առատ ու լի սեղան: Այդ, իմ կարծիքով, ավելի կնպաստեր մյուս աշխարհում նրա հոգվո փրկությանը, քան թե այն հոգեհացն, որ որոշելով բազմաթիվ զոհերի արյան գնից, պիտի տային աղքատներին և հարուստներին նրա մահվան պատարագը կատարելուց հետո:

Ճանճուր Իվանիչի հագուստները ունեին առանձին խորհրդական հատկություններ, որոնք համապատասխան էին նրա կոշտ և անգեղասեր ճաշակին: Նրա սև մահուդի կաբան գուցե կրում էր յուր վրա այն հին ձևը, որով առաջին անգամ երևեցավ այդ հագուստը վրաց Քարթլոսի ժամանակ: Մահուդի խավը վաղուց մնաք բարյավ էր ասել յուր գործվածքին, որ նրա փոխարեն ընդունելով յուր վրա յուղի և կեղտի առատ մածույքներ, այնքան կոկվել և փայլունացել էր, մինչ նա ավելի նմանություն ուներ մուշամբայի, քան թե չուխայի: Նրա սև դատաքե արխալուղը, մինչև վիզը խնամքով կոճակած, նույնպես փայլում էր կեղտոտությունից: Նրա քիրմանի շալե գոտին՝ չկարողանալով շրջապատել նրա հաստ փորը և յուր սովորական տեղը թողնելով՝ բարձրացել էր մինչև թևքերի տակ, լավ է ևս ասել, կանգնած էր նրա կուրծքի վրա: Նրա ոչ այնքան լայն շալվարը ուներ կրկնակի գույն: Կաբայից ցած բոլորովին մուգ — դեղնագույն էր, բայց բարձրանալով դեպի վեր՝ նա տակավին կրում էր յուր նախկին սև գույնը: Դրա պատճառը ո՞չ այլ ինչ էր, եթե ոչ՝ կաբայից դուրս շալվարի մահուդը, որ երկար տարիներ ենթարկվելով արևի և անձրևի ազդեցությանը, զրկվել էր առաջին երանգից: Նրա չաքմեքը (կոշիկները), խարազի հմուտ գործ, կարծես թե ամեն մինը մի երեխայի գերեզման լիներ: Նրանց նալերը (պայտերը), որք երկայն մեխերով ամրացած էին կոշիկների կրունկներին, իրանց մեծությամբ պակաս չէին իշի նալերից: Իսկ դրանք անհրաժեշտ պետք էին, որովհետև նրանց մեխերը բավականին օգնում էին Ճանճուր Իվանիչին յուր ահագին մարմինը անսայթաք ման ածել ցեխոտ և սառած գետնի վրա:

Նրա սև բուխարու մորթե գդակը հայտնի չէ որքան ժամանակ ծածկում էր Ճանճուր Իվանիչի ահագին գլուխը: Միայն հարկավոր է մտածել, թե ամբողջ տասնյակ տարիների ընթացքը միայն կարող էր ներգործել նրա վրա այն վնասակար ազդեցությունը, որով մորթը զրկվել էր յուր գույնից և մազերից, երևացնելով գդակի վրա անհամար թվով լերկ աստղիկներ, որոնք ծածկելու համար Ճանճուր Իվանիչը ներկել էր թանաքով:

Տարվա բոլոր եղանակներում այդ նվիրական գդակը տեսանելի էր Ճանճուր Իվանիչի գլխին: Միայն դժվար է լուծել խնդիրը, թե ի՞նչպես նա ամառային սաստիկ տոթերում չէր զգում որևիցե նեղություն այդ ահագին թարաքամայի մոթալի թանձրությունից: Բայց կարելի է համաձայնել, թե նրա համար տանելի էր այդ ծանրությունը, որովհետև զգացողություն ասած բանը վաղուց արդեն անհետացել էր Ճանճուր Իվանիչի սրտից:

Բայց տեսանելի էր, շատ անգամ Ճանճուր Իվանիչը ամարային տոթ օրերում, հոգնած և փոշոտած դառնում էր փողոցից յուր տունը, և նստելով թախտի վրա, երբ գդակը առնում էր, նույն րոպեին, կրակի վրա ջուր ածելու նման, թանձր շոգիք էին բարձրացնում նրա գլխից: Այն ժամանակ նա յուր աջ ձեռքի ցուցամատը քարշում էր ճաղատ ճակատին, քրտինքի աղբերակների մակընթացությունը գետանում էր խորշոմների միջից, և իսկույն կազմվում էր մի փոքրիկ ջրվեժ, որ հեղվում էր նրա գլխից դեպի գետին: Այնուհետև Ճանճուր Իվանիչը սրբում էր թաց եղած ձեռքը և ճակատը յուր կաբայի փեշով, ջրվեժը դադարում էր հոսելուց:

Միայն հարկավոր եմ համարում խոստովանաբար ասել իմ ընթերցողին, որ թաշկինակ կամ աղլուխ ասած բանը վաղուց արդեն անծանոթ էին Ճանճուր Իվանիչին: Միայն նա ուներ յուր գրպանում մի կեղտոտ լաթի կտոր, որով և քիթն էր սրբում, և առավոտյան լվացվելուց հետո երեսը, որի մեջ երբեմն միրգ ածած բազարից բերում էր յուր երեխաներին:

## Բ

Այսքան բավական է Ճանճուր Իվանիչի արտաքին կերպարանքի մասին, դառնանք այժմ դեպի նրա ներքին աշխարհի նկարագրությունը, այսինքն նրա հոգվո, մտքի, հանճարի և բարոյական կրթության պատկերները:

Բայց ի՞նչ բարություններ, ի՞նչ արդարություն, ի՞նչ ազնվություն, մի խոսքով ի՞նչ առաքինություններ կարելի է պահանջել այն մարդուց, որ խիստ մոտ էր սողում գետնին: Այսինքն մի ցած մարդ, որ պատրաստ էր իրան հարմարեցնել ամենայն ստոր և կեղտոտ հանգամանքների, ուր կային անձնական շահի նպատակներ: Այդ պատճառով կեղծավորությունը, ստախոսությունը, երդումը, հաճոյամոլությունը, օտարի բարին հափշտակելը Ճանճուր Իվանիչը անխայթ խղճմտանքով ներելի էր կացուցել իրան, համոզվելով, թե առանց դրանց ո՛չ միայն չի կարելի փող դատել, այլև կյանք վարել կամ ապրել: Կշեռքում ծանր առնել և թեթև տալ նրա հին արհեստն էր՝ սկսյալ յուր կինտոյության կյանքից: Արշինում պակաս չափելը նա ուսած էր բազազխանում աշկերտության օրերից: Իսկ կապալներում պես-պես խարդախություններ գործ դնել, ինժեներին կաշառելով խաբել, արաղում ջուր խառնել, թունդ սպիրտի տեղ սալդաթներին խմեցնել, դրանք կազմում էին նրա նորոգ գործունեության և արդյունքների գլխավոր աղբյուրները:

Այսպիսի պատվիրանազանցություններ Ճանճուր Իվանիչի համար ներելի էին և փոշետեսակ: Իսկ երբ պատահում էր նրան գործել խոշոր մեղքեր, այդ մասին նույնպես հոգ չուներ նա: Որովհետև կրոնքը շնորհել էր նրան խիստ դյուրին միջոցներ յուր հոգին սրբելու: Տարին մի անգամ, ավագ շաբաթի օրը, նա անխափան պարտք էր դրած յուր վրա հաղորդվել տիրոջ մարմնով և արյամբ և նորոգել յուր քրիստոնեության կապը աստծո հետ: Հաղորդվելուց առաջ նա խոստովանում էր տերտերի մոտ յուր մեղքերը, և նրա խոստովանահայր քահանան այնքան բարի մարդ էր, որ առանց ծանր ապաշխարանք դնելու նրա վրա, թողություն էր տալիս նրա հանցանքներին, մանավանդ երբ խոստովանողը գաղտնի սողցնում էր նրա ձեռքում մի քանի աբասի, այնուհետև մեղքերի քավողը պատրաստ էր արդեն նրա անունը հիշել յուր պատարագի մեջ և բարեխոսել նրա մասին աստծո առջև: Եվ այդ միջոցով Ճանճուր Իվանիչը տարին մի անգամ թոթափում էր ժամտան անկյունում յուր մեղքերի ծանրությունները, և սրբվում էր, որպես, սրբվում է սևացած պղինձը կլեկագործի արհեստով:

Եվ այդպիսով Ճանճուր Իվանիչը հասարակության մեջ իրան հայտնի էր կացուցել ո՛չ միայն իբրև մի բարեպաշտ և արդար հայ քրիստոնյա, այլև որպես մի բարեմիտ և պատվավոր քաղաքացի:

Ի՞նչ էր արգելում նրան զրկվել այդ փայլուն տիտղոսներից:

Նրա մեծակշիռ շարժական և անշարժ հարստությունը բավական էր շնորհել նրան պատվավոր քաղաքացիի համարումը: Իսկ նրա արտաքին բարեպաշտությունը, որով անթերի լցուցանում էր նա յուր կրոնական ծեսերն, բավական էին շահելու բարի քրիստոնյայի կոչումը:

Արդարև, Ճանճուր Իվանիչը երբեք յուր կյանքում պաս չէր կերած, նա չէր լուծում սուրբերի տոները և կիրակիները: Եկեղեցու դռնից կամ կամուրջի վրայից անցնելու միջոցին միշտ պատրաստ էր խաչակնքել յուր երեսը: Թելեթի, Ծիրանավորի, Նորաշենի, Ջիգրաշենի, Մուղնու տոնախմբության օրերում նա ամենայն տարի յուր գերդաստանով գնում էր համբուրելու: Եթե նրա որդիներից հիվանդանում էին, և գուշակող պառավը ասում էր, թե այդ "խեչեմեն" է, նա առանց ուշացնելու հիվանդին յուր մոր հետ ուղարկում էր "ղամիսթեվա" Բեթղեհեմում, կամ մեյդնի եկեղեցում: Եվ այնտեղ այնքան մնում էին, մինչև սուրբը երազում նրանց հրաման էր տալիս տուն դառնալու:

Բացի դրանից, Ճանճուր Իվանիչը ամեն շաբաթ սովորություն ուներ կյուրակե օրերն ժամ գնալ և պատարագ տեսնել: Նա եկեղեցին մտնելու ժամանակ գիտեր բոլոր ծեսերն, թե ո՛րպես պետք է վարվիլ աստծո տան մեջ, այսինքն ե՛րբ ծունը դնել, ե՛րբ երեսը խաչակնքել, ե՛րբ երկրպագություն տալ, ողջույնի միջոցին ի՛նչ ասել, հրաժարիմքի ժամանակ սատանային որպես հայհոյել և այլն:

Տեսնում ես, Ճանճուր Իվանիչը ժամի մեջ կանգնած է յուր սովորական տեղում (իհարկե, ամենապատվավոր տեղում). նրա հաստ շրթունքները շարժվում են, կարծես թե կարդում է աղոթքի նման մի բան: Թեև նա գրավոր աղոթքներ չգիտե, բայց յուր սովորական լեզվով նա չի դադարում յուր ջերմ խնդիրները վեր ուղղել դեպի հավիտենական աթոռը: Եթե մինը ականջ դնելու լիներ նրա աղոթքներին, անշուշտ լսելու էր այսպիսի խոսքեր. "Տեր աստուծ, քուր հոգուն մատաղ, դու նամարդի մոհթաջ չանիս, իմ առուտուրին խեր ու բարաքաթ տաս, իմ գործքերին աջողութին տաս: Տեր աստուծ, քու հոգուն մատաղ, ազատիր ինձ օրվա շառեմեն, հարևնի բախիլեմեն, սատանի չարեմեն: Տեր աստուծ, քու հոգուն մատաղ, իմ դուշմնիրս փչացրու, ով որ իմ վրա վատ կու խոսե, նրա լիզուն պապանձեցրու, ով որ իմ վնասին չալիշ գուքա, նրա տունը քանդե ու էնպես էլ Կունձու տղի ու Ճուղուր Թաթուխի աչքերը հանե, նրանց տունը բրիշակ արա իրանց գլխին, վուրթիքր չար հրեշտակով սպանե. նրանք ինձ շատ օյին էկան փողրաթում: Տեր աստուծ, փառք քու ողորմութենին, դու ինձ շատ ես տվի, վուր ոչ մեկին արժանի չիմ, մագրամ դու իմ ջանին սաղութին տու, իմ կինքը երկար արա, վուր էլի փուղ դաղիմ, բալքա Միրզոյի տղին հասնիմ: Տեր աստուծ, իմ երեխերքս պահե, նրանց խելք սորվեցրու, վուր քիզ օրհնող ըլիմ: Տեր աստուծ, իմ մամա Օհանեսի, իմ պապ Ծղալոի, իմ դեդի Փեփելոյի հոգիներն լույս դարձրու": Հետո կցում էր տերունական աղոթքը՝ "Հայր միր, վուր երգին, սուրբ եղիցի անուն քու, եղիցի կամ քո, վուր պես զի երգին. հաց մեզ զանապազոր տուր միզ այսօր, թող միզ զպարտս միզ պարտապանաց, ի մի տանիլ ըզմիզ ի չարեն, միզ ի փորձութին, զի քոյի արքայութին և զորութին, փառք ավիդենից ավիդենաց. ամեն":

Միով բանիվ, նրա աղոթքների մեջ կային և՛ օրհնություն, և՛ անեծք, և՛ հայհոյանք, և՛ ամենայն ինչ...

Ճանճուր Իվանիչը հասարակության կարգերի, կանոնների, սովորությունների մեջ ուներ յուր փոքրիկ քաղաքավարությունները: Նա, չնայելով յուր մարմնի անհամեմատ հաստությանը, թեքուն եղեգնի նման ծալվում էր ամեն մարդու առջև՝ թե՛ հարստի, թե՛ աղքատի, մանավանդ աստիճանավորի: Նա գիտեր օրվա ամեն մի պահուն ո՛րպես պետք է ողջունել հանդիպողին: Նա գիտեր, որ առավոտյան պետք է ասել "բարի լույս", կեսօրին՝ "բարև", երեկոյան պահուն՝ "բարի իրիգուն". երբ մութը պատում է աշխարհը՝ "բարի գիշեր": Նա գիտեր, երբ հանդիպում ես մինին, որ գործում էր, պետք է ասել "բարի աջողում", կամ մինը, որ վաճառում էր՝ ասել "աստված խեր տա": Նա գիտեր, որ տերտերին ասում են — "օրհնյա, տեր", բայց վարդապետին և եպիսկոպոսին ի՛նչ պետք է ասել, այդ չգիտեր, որովհետև յուր կյանքում դրանց հետ գործ չէր ունեցել:

Ճանճուր Իվանիչը ճշտությամբ կատարում էր յուր երկրում ընդունած քաղաքավարությունների և այլ կանոնները. Զորօրինակ՝ մինը փռշտալու միջոցին ասել նրան՝ "առողջութին", մինը որ դառնում էր ուխտատեղից, հանդիպածին պես ասել՝ "օղորմած կենաս". ինքը հորանջելու միջոցին երեսը խաչակնքում էր, որ սատանաներ կամ չար ոգիք բերանից չմտնեն յուր փորը: Եվ փողոցում, երբ հանդիպում էր մեռելի հուղարկավորության, գդակը առնելով կանգնում էր, մինչև անց էին կացնում հանգուցյալը: Ինքը և՝ "աստուծ քու մեղքերին թողութին տա" ասելով՝ շարունակում էր յուր ճանապարհը:

Ճանճուր Իվանիչը հայերեն ամեննին կարդալ — գրել չգիտեր և ո՛չ հարգում էր դրա հարկավորությունը, որովհետև յուր փոքրիշատե վրացերեն դպրությունը, որով գրում էր յուր դավթարները, բավական էր նրան. դրանով նա, հայոց աստւթյան ոճով, յուր էշը ցեխից հանում էր:

Ճանճուր Իվանիչը, չնայելով յուր հասարակության մեջ բազմահանճար գիտությանը, համարյա ոչինչ տեղեկություն չուներ յուր ազգային պատմությունից և հայերի կյանքից: Նա չգիտեր, թե ինչո՞ւ ինքը կոչվում է հայ, ուսկի՞ց էր յուր ծագումը, ո՞ւր է նրա հայրենիքը, ունեցե՞լ էին արդյոք հայերը մի ժամանակ անկախ տերություն, և ի՞նչ եղավ հայերի անկման և խղճության պատճառը, և ի՞նչ միջոցներով պետք է ուղղել նրա դրությունը. Ճանճուր Իվանիչը այդ մտածությանց մեջ բոլորովին անզգա էր, և յուր կյանքում երբեք ուշադրություն չէր դարձրած, յուր կարծիքով, այդպիսի սնոտի հարցերի վրա:

Նա, բացի մի քանի առասպելաբանական ավանդություններից, ուրիշ իրողական տեղեկություններ չուներ: Միայն փոքրիշատե համոզված էր, որ հայի հավատը լավ հավատ է նրանով, որ լուսավորիչը խոր վիրապում օձերի և գազանների մեջ կենդանի մնաց, "Ծրթատին" խոզությունից մարդ շինեց և հայոց կրոնի հիմքը դրավ: Այլև նա գիտեր, որ հայի մեռոնը առանց կրակի է եփվում, և Երուսաղեմ, հայոց տաճարում, սուրբ հարության օրը, ամեն տարի լույս է իջնում երկնքից: Բայց գնալ այդ լույսը տեսնել և մահտեսի դառնալու ամենևին ցանկություն չուներ, մին որ՝ ծախսից փախչում էր, մին էլ՝ լսած էր, որ Երուսաղեմում մի աղբյուր կա, որի ջուրը մահտեսիքը խմածին պես գժվում են, այդ պատճառով նրանք սարսաղներ են լինում...:

Այդ բոլոր մեր հիշածները Ճանճուր Իվանիչի համար երկրորդական բաներ էին, որոնք նա, այլևայլ հանգամանքներից ստիպված մտածում էր և գործում: Իսկ այն իրողությունը, որի վրա նա հիմնել էր յուր բոլոր մտավոր և հոգեկան ուժը, որ նա համարում էր յուր կյանքի միակ նպատակը, — էր փողը: Փողը, ասում էր նա, կույրին աչք է տալիս, կաղին՝ ոտք, փողը գժին խելք է տալիս, երկչոտին՝ սիրտ, փողը տկարին ուժ է տալիս, գերիին՝ ազատություն, փողը սովածին հաց է տալիս, մեռյալին՝ կյանք. ուրիշ ի՞նչ հրաշքներ չէ գործում փողը... Այդ պատճառով Ճանճուր Իվանիչը աստվածությունը երկու էր բաժանում. երկնքի աստվածը, ասում էր, Քրիստոսն է, բայց երկրի աստվածը փողն է: Նրա համար պետք է ապրել, նրան ամենայն հարգությամբ պետք է պաշտել, որովհետև առանց փողի մարդը զրկվում է մարդ լինելուց...:

Ճանճուր Իվանիչի այդ աստվածների մեջ կա փոքրիշատե ճշմարտություն: Բայց թե մինչև ո՛րտեղ սխալ էր նրա կարծիքը փողի մասին, այդ թողնում ենք ընթերցողին ինքնին հարցասիրել, միայն մենք կավելացնենք մի քանի խոսք, թե արդար շահասիրությունը երբեք պարսավելի չէ, մեր աչքի առաջ ունենալով այն իրողությունը, որ աղքատի վիճակը խիստ սարսափելի է, և փողը առաջին դերն է խաղում մեր կյանքի մեջ...:

## Գ

Տիկին Բարբարեն, — այսպես էր Ճանճուր Իվանիչի կնոջ անունը, — թե յուր մարմնի կազմվածքով և թե բարոյական, մտավոր կողմերից ձևացնում էր բոլորովին ընդդիմադիր ծայրը յուր ամուսնու հետ, որին արդեն ծանոթ է մեր ընթերցողը: Նա էր մոտ քառասունամյա մի կինարմատ, բարձր և ուղիղ հասակով, լիքր և առողջ մարմնով: Նրա դեմքի գծագրությունն ախորժելի էր և կանոնավոր: Նրա մանկական գարունքի գեղեցկությունը տակավին թողել էր տիկնոջ փափուկ թշերի վրա փոքր-ինչ գունատված վարդագույն կարմիրը, բայց սևորակ աչքերը դեռ չէին կորուսած իրանց նախկին փայլողությունը: Նրա գիսակը տակավին սև սաթի պես սև էր, նրանց մեջ անգութ ժամանակը արծաթաջրել էր հազիվ նշմարելի մի քանի մազեր:

Նա հագնված էր բավական մաքուր և պատշաճավոր կերպով: Նրա գլխի սև թավիշյա ծաղկազարդ թասակրավին, քողարկված նուրբ շղարշով և կապած եռանկյունի ծալվածո ատլասյա թաշկինակով, բավական վայելչացնում էր նրա բոլորակ դեմքը: Ոտից ցգլուխ նրա հագուստը համեստ մուգ գույնի էր: Մի այլ գույն նրա հագուստի մեջ բարակ մետաքսեղեն գոտին էր և գլխի զարդարանքը: Նրա կիսաեվրոպական և կիսաասիական տարազները, այնպես նուրբ ճաշակով հարմարված միմյանց, շնորհալի կերպով վայելչացնում էին տիկնոջ տարիքով հասունացած իրանը:

Որպես ասացինք, յուր ամուսնուն բոլորովին հակառակ բնավորություն ուներ տիկին Բարբարեն: Նա թեև Ճանճուր Իվանիչի նման սնահավատ էր և բոբիկ ոտքով մինչև Թելեթ համբուրելու էր գնում, թուրքի մորթած չէր ուտում, պասին մեղրով էր թեյ խմում, յուր զավակները հիվանդացածին պես դիմում էր հմայող և աղոթող պառավներին, երազների, մարմնախաղերի, կախարդության հավատում էր, — բայց տնտեսական կառավարության, ապրուստի և կյանքի ճոխության մեջ նա ավելի բարեկյաց և առատաձեռն էր, քան յուր ամուսինը:

Տիկին Բարբարեն մեծատան դուստր էր: Նա յուր տասնևութ տարեկան հասակում ամուսնացավ արդեն երեսունևինիցամյա Ճանճուր Իվանիչի հետ: Նրանց պսակը չէր կապված սիրո լծորդությամբ: Բայց նրա ծնողները՝ ցանկանալով ունենալ Ճանճուր Իվանիչի նման, իրանց կարծիքով, վաստակավոր և քաղաքագետ անձը փեսա, գեղեցիկ Բարբարեին ձգեցին այն վայրենի գազանի ճանկերի մեջ, որին երբեք չկարողացավ սիրել:

Նրանց առաջին զավակները ծաղիկը տարավ: Բայց աստված դարձյալ պարգևեց նրանց երեք աղջիկ և մի տղա: Աղջիկներից մինը՝ օրիորդ Սոֆին էր տասնևութ տարեկան, մյուսը՝ Լիզան տասն տարեկան, երրորդը՝ Ելենան ութն տարեկան: Իսկ արու զավակը, օրիորդ Սոֆիից փոքրն էր, Գրիգոլ անունով, տասնևվեց տարեկան:

Նրանց զավակներից ո՛չ մեկը նմանություն չուներ Ճանճուր Իվանիչին. նրանց ամեն մինը որոշ գույն և կազմվածք ուներ: Օրիորդ Սոֆին կրում էր յուր մոր գեղեցկությունը և նրա մարմնի քնքշությունը: Լիզան մի գորշ սևլիկ աղջիկ էր, ցամաք մելամաղձական դեմքով, թուխ, փայլուն աչքերով, գանգրահեր գիսակով: Ելենան ձյունի պես սպիտակ դեմքով, շիկահեր և երկնագույն կապույտ աչքերով: Իսկ Գրիգոլը հիվանդոտ մի պատանի էր, տկար կազմվածքով, շագանակագույն մազերով, գունատ դեմքով և նվաղած, սևորակ աչքերով: Այդ բազմազանությունը նրանց զավակների մեջ առիթ էր տալիս զարմանալ, թե ինչո՞ւ Ճանճուր Իվանիչի նման Գողիաթից հառաջ եկավ այդպիսի մանրիկ սերունդ: Բայց ո՞վ գիտե բնության գաղտնիքները: Մինչև այսօր էլ այդ հարցը մնացել է անլուծելի, թե ինչո՞ւ զավակները ըստ մեծի մասին չեն նմանում իրանց հորը...:

Ճանճուր Իվանիչի զավակներից ո՛չ մինը չգիտեր յուր ազգային լեզուն: նրանց ընտանեկան խոսակցությունը վրացերեն էր: Թեև Ճանճուր Իվանիչը և յուր կինը գիտեին փոքրիշատե կաղ ու կոտոր հայերեն, բայց այն ևս խմորված վրացի և թուրքի, ռուսի և այլազգի բառերով:

Նրանք այդ մասին բոլորովին անփույթ էին, թե ամեն մի անհատը պետք է յուր ազգային լեզուն գիտենա, սիրե նրա գրականությունը և կրոնական ու մտավոր ավանդությունները: Այդ պաճառով նրանք ոչ միայն հոգ չէին տանում իրանց զավակներին հայերեն ուսուցանել, այլ ցավալի է ասել, արգելում էին ևս, մտածելով, որ հայոց լեզուն մի անպիտան լեզու է, և այդ լեզվով խոսելն ամոթ և նախատինք էր բերում մարդուն, որովհետև զոկերին, ղարաբաղցիներին, երևանցիներին, շանձրագներին և կռոներին միայն ներելի էր խոսել հայերեն, որոնք Ճանճուր Իվանիչի կարծիքով, ստոր և կեղտոտ մարդիկ էին: Այդ պատճառով նա նախատինք էր համարում մի այդպիսի մռայլոտ խուժանի բարբառով պղծել յուր զավակների լեզուն, որոնք ո՛չ կռո էին և ո՛չ շանճրագ, այլ "Թիֆլիսի պատվավոր քաղաքացու" զավակներ:

Ճանճուր Իվանիչի գերդաստանի թվումն էին՝ Քիտես իմերել ծառան, բարձրահասակ մի առողջ տղամարդ, զորեղ կազմվածքով, վայրենի դեմքով, գայլի աչքերի նման վառվռուն աչքերով, խճճված թանձր մազերով, և Թինա անունով օս աղախինը, նույնպես առողջ, հաստլիկ, ուռած թշերով, ոչխարի հեզ աչքերով և վայրենի եղջերուի միամիտ և խոնարհ սրտով: Թինային Ճանճուր Իվանիչը բերավ Կովկասի լեռներից, երբ գնացել էր այնտեղ բուրդ գնելու, փոքրիկ Գրիգոլիի համար ստնտու, ամսական երեք ռուբլի վարձով,և խոստանալով ամեն տարի մի ձեռք հալավ տալ յուր կնոջ մաշված հագուստներից: Բայց հավանելով լեռնաբնակ կնոջ հավատարիմ ծառայությունը, Ճանճուր Իվանիչը չկամեցավ բաց թողնել նրան, այլ բեռնավորելով նրա մարդուն՝ Ծերեթելիին, հիսուն ռուբլի պարտքով, խղճալի լեռնաբնակի կինը կապվեցավ անխզելի շղթաներով պարտատիրոջ տան հետ. նա ստիպված էր այնուհետև ծառայել այդ անտանելի գումարի տոկոսի փոխարեն միայն: Երկար տարիներ ողորմելի Թինան ախ ու վախով հիշում էր յուր հայրենիքի ձյունազարդ սարերը, կանաչազարդ հովիտները և մութ մառախլապատ անտառները, բայց նա մի անգամ ևս չկարողացավ տեսնել նրանց, քանի որ ճակատագրական պարտքը ճնշում էր նրանց: Նրա ամուսինը տարենը մի քանի անգամ գալիս էր յուր կնոջ տեսության, բայց նա երբեք չէր երևում նրա տիրոջ տան մեջ բոլորովին դատարկաձեռն, այլ ամեն անգամ բերում էր յուր հետ ընծաներ իրանց սարի բերքերից, որպիսիք են՝ թթու զկեռ, չորացրած հուն և երբեմն մի հնդկահավ: Իսկ Ճանճուր Իվանիչը նույնպես առատաձեռնությամբ արձակում էր յուր հյուրը՝ գնելով նրա համար երկու աբասանոց մի զույգ տրեխ հին ռումբի կաշիից, և տալով նրան յուր մաշված շապիկները կամ արխալուղը, եթե ամբողջ տասնյակ տարիների միջոցում դժբախտաբար վիճակվում էր նրանց մաշվել և թղթի գործարանի նյութ դառնալ:

Տունը, որի մեջ բնակվում էին Հացի-Գելենք, թեև հին էր, բայց բավական ամուր և հոյակապ շինություն էր երեք հարկով: Ճանճուր Իվանիչը ինքը չէր շինել նրան, բայց համարյա՛ կես գնով առել էր աճուրդում (տորգում): Նորա վերին և միջին հարկերը վարձով էին տված, իսկ ներքին հարկի միայն կեսը վարձով կենողներ էին:

Սենյակները, որ ընտրել էին Հաջի-Գելենք իրանց կացության համար, զուրկ էին ամենայն շքեղությունից: Լուսամուտները նեղ, ապակիի փոխարեն թղթով կալած, պատերը պատած հասարակ թղթով, հատակի տախտակամածը մաշված, դռները գույնից զրկված, պատուհանները կոտրատված, ձևացնում էին որպես մթին և խոնավ գերեզմաններ: Եվրոպական կահ — կարասիք չկային այնտեղ: Վրաց թախտը, նրա վրա ձգած մի քանի թերմաշ գորգեր և կարպետներ, անկյունում փոշիով պատած սուրբ աստվածածնի պատկերը կացուցանում էին բոլոր զարդարանքը այդ տխուր ու մռայլոտ բնակարանի: Ավելացնելով դրանց հետ և մի հատ դայրա և դիպլիպիտոն, որ խնամքով քարշ էին արված հյուրանոցի պատից, որոնք Լիզան և Ելենան, իջուցանելով իրանց նվիրական տեղից, կյուրակե օրերը ածում էին, լեզգինկա էին խաղում, մի փոքր կենդանացնելով իրանց տխուր մելամաղձական բնակարանի գերեզմանական լռությունը:

Ճանճուր Իվանիչը, որպես հասարակորեն ասում են, "փողոցի մարդ էր". նա ավելի ուշադրություն չէր դարձնում յուր տան տնտեսական կառավարության վրա, այլ սովորաբար ամեն առավոտ վաղ զարթնում էր, մինչդեռ նրա ընտանիքը քնած էին, շատ անգամ առանց թեյ խմելու, երեսը խաչակնքելով, տանից դուրս էր գալիս և դիմում էր բազար: Նա գտնում էր յուր գործակատարներին յուր խանութը բացած և ամենայն ինչ կարգին դրած. նրանց հարկավոր պատվերները տալուց հետո ինքը դուրս էր գալիս փողոց, ամեն մի հանդիպող մարդուն գլուխ էր տալիս, մի փոքր ծիծաղում էր, կեղծավորում էր, շախուշուխ էր անում. "դու իմ անգին բարեկամս ես" ասելով հեռանում էր, յուր մտքի մեջ կրկնելով "հե՜յ, շուն շան որդի" և այլ հայհոյանքներ դեպի "անգին բարեկամը": Այնուհետև նա գնում էր դեպի մեյդանը, մանրամասնաբար հարցնում էր ալյուրի, սոխի, մոթալի և ցոցխալի գները, և եթե գտնում էր մի խեղճ թարաքամա կամ վրացի, ուտելու ապրանքը ձեռքին շվար մնացած, ամբողջ ժամեր նրա հետ բազար էր անում, մինչև զանազան հույսեր տալով, խաբում էր այն միամտին և, խղճալու ապրանքն համարյա կես գնով գնելով, մշակի շալակն էր տալիս և տուն ուղարկում: Իսկ եթե չէին պատահում նրան այդպիսի որսեր, "է՜հ, սով է եղել" ասելով ունքերը կիտում էր և հուսահատությամբ հեռանում մեյդանից:

Ճրագվառոցին Ճանճուր Իվանիչը տուն էր դառնում յուր սովորական թթված և խոժոռած ռեխով. թեյի մեքենան սպասում էր նրան թախտի վրա: Նա առանց բարի իրիգուն ասելու կամ մինի հետ խոսելու նստում էր: Սարսափելի էր նրա դրությունը, երբ նկատում էր տան մեջ յուր կամքին ընդդեմ փոքրիշատե լավ կամ վատ փոփոխություն. օրինակի համար՝ եթե թեյը սովորական չափից շատ էին զցած և թունդ էր, կամ մի ճրագի փոխարեն վառվում էր երկուսը, և կամ մանղալի մեջ ածուխներն ավելի շատ էին դրած, և այլ այդպիսիք: Նա, արջի նման կատաղելով, սկսում էր մրթմրթալ, և աղախնին ու ծառային կուշտ սրտով հայհոյելուց և յուր կնոջ ու զավակների ուրախությունը խռովելուց հետո, նրանց թեյըմպությունը զահրումար էր շինում. և շատ անգամ յուր սրտի զայրույթը թափելով շան կամ կատվի վրա, նրանց գլխին մի քանի զավզանի զարկ հասցնելով, թողնում էր խղճալի անասունները ցավալի կերպով կաղկանձելիս, և առանց յուր թեյի գավաթը խմելու՝ մրթմրթալով դուրս էր գալիս տանից և դիմում դեպի կլուբ, այնտեղ վաճառականների հետ տեսնվելու համար, և առևտուրից կամ կապալներից լուր լսել, մինի հաջողության վրա տրտմել, մյուսի անաջողության վրա ուրախանալ, և մի կոպեկով նարդի խաղ անել ու ժամանակ անցկացնել: Արդարև, Ճանճուր Իվանիչը յուր տանից դուրս հասարակության մեջ խոնարհ էր որպես ավանակ, երկչոտ էր որպես նապաստակ, կեղծավոր և շողոքորթ էր որպես կատու, և շողոմիչ, քծնվող էր որպես շուն, իսկ յուր ընտանեկան շրջանում կատաղի էր որպես արջ: Ճշմարիտ, այդպիսի մարդիկ, որ դրսում գետին են լիզում, ամենի առջև ստրկաբար թեքվում են, ծալվում են, բայց դառնում են բռնակալը իրանց խեղճ ընտանիքի: Նրանք մի այլ առարկա չեն գտնում նրա վրա գործ դնելու իրանց վայրենի ուժը և մտքի ցնորքը, քան իրանց տկար կենակիցը — խեղճ ամուսինը, և իրանց գերդաստանի մյուս անդամները, որոնք ստիպված են ստրկաբար հպատակել նրա կամքին: Բայց տիկին Բարբարեն գիտեր յուր ամուսնու բնավորության բոլոր թույլ կողմերը. նա միշտ նկատած էր, որ նրա բարկության ժամանակ որքան լռես, նա կբորբոքի, իսկ երբ որ խստությամբ պատասխանեցիր, նա արդեն ընդունում է յուր սովորական խոնարհ և կեղծավոր կերպարանքը: Այդ պատճառով տիկին Բարբարեն, ուշադրություն չդարձնելով յուր ամուսնու խստասրտությանը, շատ անգամ կարողանում էր գործադրել յուր իշխանությունը և կամքը տնտեսական և ընտանեկան պիտույքների և հարաբերությունների մեջ, թեև դրա համար նա ստիպված էր վարել մի անխզելի պատերազմ Ճանճուր Իվանիչի կամքի դեմ:

## Դ

Բայց մի գիշեր, ուսկից սկսվում է մեր վեպը, Հացի-Գելենց տան մեջ տեսանելի էր արտաքին կարգի փոփոխություններ: Կարծես թե նրանք պատրաստվել էին հարսանիքի կամ թե սպասում էին ընդունել մի պատվավոր հյուր: Այդ պատճառով սենյակները լուսավորված էին սովորականից ավելի ճրագներով, հատակի տախտակամածը մաքուր լվացված էր, գորգերը, որ ամբողջ տարին ծալված, մառանում դրված էին և բացվում էին միմիայն տոն օրերը, այսօր սփռած էին: Լիզան, Ելենան, Գրիգոլը, Քիտեսը և Թինան մաքուր հագնված էին, մի քանի հյուրեր իրանց դրացի աղջիկներից, կնիկներից և մերձավոր ազգականներից թռչում էին այս կողմ և այն կողմ. միով բանիվ ամենուրեք տեսանելի էին ուրախ դեմքեր և լսելի էին ծիծաղի ձայներ, որ մի օտարոտի երևույթ էր այն թախծալի բնակարանի մեջ: Բայց միևնույն անփոփոխ այն տան առարկաներից մնացել էր Ճանճուր Իվանիչի տրտում և մռայլոտ ռեխը, որին կյանքի բոլոր ուրախալի հանդեսները ազատել կարող չէին...:

Այո՛, Հացի-Գելենք պատրաստվել էին ընդունել օրիորդ Սոֆիին, որ ավարտելով յուր ուսումը տեղային գլխավոր իգական դպրոցում, այն օրը վարժարանի կյանքից փոխվում էր դեպի յուր ծնողների ընտանեկան կյանքը:

Տիկին Բարբարեն ինքն էր գնացել օրիորդ Սոֆիին բերելու պանսիոնից:

Ճանճուր Իվանիչը յուր սենյակում նստած մի մարդու հետ խաղում էին նարդի:

Այդ մարդը կոչվում էր Սամիլ Պետրովիչ Թաթուխով:

Այդ պարոնը կլիներ քառասունհինգ տարեկան, բարձր և լիքը հասակով, ալեխառն մազերով և հնամաշ հագուստով: Նրա բոլոր շարժվածքի և խոսակցության մեջ նկատելի էր կեղծավորի խորամանկ ձևերը: Արդարև, Թաթուխովը հայտնի էր որպես նույն քաղաքի չարախնդաց բամբասողներից մինը: Նա բոլորովին անգործ և պորտաբույծ մարդ էր, և որպես այն քաղաքի հասարակության կենդանի օրագիրը, առավոտից մինչև գիշեր զանազան լուրեր ման ածելով, նա պատրաստ էր ամեն ծակ մտնել, ուսկից՝ ճաշի, խոնջույքի, հարսանիքի և մեռելի հոգեհացի հոտ էր փչում:

Բայց նույն գիշեր, Սամիլ Պետրովիչը, չգտնելով մի յուղալի տեղ, ուր ընթրիքը խիստ ճոխ լիներ և սեղանը առատ, և նկատելով Ճանճուր Իվանիչի լուսամուտներից ճրագների վառվիլը, այդ անսովոր երևույթն առիթ տվավ նրան մտնել այնտեղ: Եվ նա չսխալվեցավ յուր կարծիքի մեջ, երբ այն նշանավոր ժլատի տան մեջ գտավ մի օտարոտի հանդես, որ կարող էր ծառայել նրա փորին:

— Լսի՞լ ե՞ս նուր խաբար, Ճանճուր Իվանիչ, — ասաց Թաթուխովը նարդիի զարը ձգելով, — ասում ին Պրուսը Փռանցուզի հիտ կռվում է, ու Փռանցուզեմեն մե քանի քաղաք է առի:

— Ռո՞ւսը, — հարցրուց Ճանճուր Իվանիչը, չդադարելով խաղալուց:

— Չէ, Պրուսը, — պատասխանեց Սամիլ Պետրովիչը:

Ճանճուր Իվանիչը, ծանոթ չլինելով այդ օտարոտի անվան հետ, կրկնեց յուր հարցը.

— Պրուսը ո՞վ է:

— Նա էլ մի թագավոր է Եվրոպումը, — պատասխանեց Սամիլ Պետրովիչը քաղաքագետ մարդու ոճով:

— Է՜հ, թող մեկզմեկու միս ուտին, ի՜նչ միր բանն է թագավորներու վրա խոսիլը, — ասավ սառնությամբ Ճանճուր Իվանիչը և հորանջեց յուր վիզը քորելով:

— Գազեթներում գրած էր, վուր Սեդանի մոտ մինձ կռիվ է էլի, Նապոլեոնի գերի ին տարի հարյուր օխտանասունուհինգ հազար սալդաթով, — ավելացրեց Սամիլ Պետրովիչը:

Ճանճուր Իվանիչը, բոլորովին անկարեկից բացատրություն տալով յուր դեմքին՝ խոսեց.

— Ախա՞ր սատանի մոտ ի՞նչ գործք ուներ Նապոլեոնը, վուր գերի էր ննգնում. է՜հ, ի՜նչ կուզի անին, քիսեմես ի՜նչ է զնում: Դուն միր քաղկի բանն ասա՜, Սամիլ Պետրովիչ:

Արդարև, եթե բոլոր աշխարհը քանդվելու լիներ, Ճանճուր Իվանիչին փույթ չէր, միայն նրա կոպեկին վնաս չլիներ: Եվ Սամիլ Պետրովիչը՝ նկատելով որ նա ամեննին համակրություն ցույց չտվավ յուր քաղաքական լուրերին, խոսքը փոխեց, ասելով.

— Էս էլ քեզ քաղկի թազա խաբար, լսի՞լ իս, Խաշուտողի տղեն, ասում ին, փողրաթներում զարար է արի, ու էգուց տնիրը տորգով ծախում ին:

— Էդ լա՜վ խաբար է... — կրկնեց Ճանճուր Իվանիչը՝ դադարելով խաղալուց, և նույն րոպեում ուրախության նման մի բան փայլեցավ նրա մեռած դեմքի վրա:

— Քանի՞ է նրա խազնի պարտքը:

— Քառասուն հազար մանեթ:

— Էդ լա՜վ է... — կրկնեց Ճանճուր Իվանիչը խորին ոգևորությամբ:

— Ամա քառասուն հազար մանեթն էլ շատ փուղ է, է՛, — պատասխանեց բամբասողը գլուխը շարժելով:

— Հոգին դուրս գա, — նրա խոսքը կտրեց Ճանճուր Իվանիչը, — նա շատ իր ասածի էր, ու վուտն էլ իր լիեբի գորա չէր ձգում...

Եվ նա մի քանի վայրկյան մտածության գնաց:

Մեզ հայտնի է, որ Ճանճուր Իվանիչի այդ լռությունը որևիցե ցավակցության զգացմունք չէր դեպի խղճալի Խաշուտողի տղան, որի որդիքը քանի օրից հետո պիտի զրկվեին հացից, այլ, ընդհակառակն, այդ մի խորին հոգեզմայլության վրդովմունք էր, որ պատճառեց նրա սրտում բամբասողի անակնկալ ավետիքը: Որովհետև ոչինչ լուր Ճանճուր Իվանիչին այնքան չէր ուրախացնում, որպես մի բոթաբեր լուր որևիցե դժբախտի, երբ նա անաջողության էր հանդիպում: Այդ նրա միակ բաղձալի ցանկությունն էր, երբ նրա համավիճակ կամ իրանից բարձրաստիճան անձինք, ենթարկվելով զանազան վնասների, խոնարհվեին, և ինքն գերիվերո դասվեր նրանց ավերման փլատակների վրա: Այդպիսի ցանկություններ ունեցողներն այնքան շատ են, որ Ճանճուր Իվանիչը ձևացնում է նրանց բավական բարեխիղճ ներկայացուցիչը...:

Գոհ լինելով յուր լսած լուրից, Ճանճուր Իվանիչը հրամայեց Քիտեսուն շուտով պունշ մատուցանել բամբասողին, և ապա հարցրեց.

— Էլ ի՞նչ կա:

Բամբասողը, նկատելով յուր հաղորդած լուրի ուրախալի ընդունելությունը և լսելով պունշի անունը, ավելի ոգևորվելով հաղորդեց յուր խոսակցին մի նոր ավետիք ևս.

— Էլ ի՞նչ գուզիս, Ճանճուր Իվանիչ, Խոխրոյի տղի դուքանն էլ էսօր փնչատեցին, օխտը հազար թումանով կուտր է ննգի:

— Շատ լավ էլ ին արի, նրա հերն անիծած, — պատասխանեց մի փոքր բարկանալով Ճանճուր Իվանիչը. — նա էլ իր չլումը չէր կենում: Դրա հորը ես տեհիլ իմ հինգ կոպեկով Շեյթան փողոցեմեն ալուրի մեշոկը ինչկլի Վերա կու տաներ. ամա տղեն, կոսիս, թավադ էր ըլի, վուտնիրը կոտրվիլ է՞ր, վուր կառեթ էր պահում, դրոշկով էր ման գալի... կնկա համա պըլյանտե քորոց ու ոսկե ցեպոչկա էր շինել տվի. ինքն էլ մե նալ շլինքին քաշ տալու համա հազարներով մանեթներ մսխեց...:

— Էնենց մարդու վիրչն էլ էհենց կուլի, — կրկնեց Սամիլ Պետրովիչը. — հորես էշքեբթողի տղեն, մինք ամենքս տեհիլ ինք,հերը ծխում, մխում սիվցած մե փոնչի էր, հիմի տղեն դրոշկով է ման գալի, ու բաքորի վորոտնիկ ունե... հա՛, քու գլխի պատռվիլը գիտենա... էգուց քու վիրչն էլ կու տեհնինք, եփոր վուր քու բարաբանն էլ կոծին...:

Ճանճուր Իվանիչը, չկամենալով տեղիք տալ բամբասողին կարծել իրան մի չարախնդաց մարդ, փոխեց խոսքը, տալով յուր մտածությանը ավելի մարդասիրական կերպարանք։

— Էս ժուկումս, — ասաց նա, — դիփունանքն էլ էհենց ին դառի, Սամիլ Պետրովիչ, շան վուրդութինը սորվիլ ին, ով վուր քիսումը մե քանի շահի փուղ է տեհնում, գժվում է ու էնդումեն դենը գցում է դենը անխի — անխիլ, դես ու դեն մխիլը, իժում եփոր տեհնում է, վուր օխտեմեն չէ կանացի գա, ուրիշ սատանութին է մոգոնում — ան կուտր է ննգնում, խալխի փուղիրն ուտում, ան թե չէ Մոսկովեմեն, դես ու դենեմեն հազարնիրով փուղ է տակն անում, իժում թումնին երկու աբասի փուղ տալի իր պարտքատերերուն: Աբա մե ասա՛ դուն էն խիղճ փողղատերիրը մեղքը չի՞ն, ախար ինչի՞ իրանց չափով չին ժաժ գալի, վուր վիրչը խարաբ չըլին, իրանց նամուսը պահին ու վիրչը բիաբուռ չըլին:

— Մե խոսքով, շատ դուրթ իք հրամայում, աղա, — կրկնեց Սամիլ Պետրովիչը, խորին համակրություն ցույց տալով. — դրուստ է, կուտր ննգողնիրեմեն շատիրը սատանութին ին բանեցնում. Լաբլաբու տղեն էհենց չարա՞վ, վուր հիմի ջուխտ տան տեր է դառի ու փողղցումը էն ղադա դուքնիր ունե. էդ վո՞ւրղանցեմեն է, դիփ խալխի փուղը չէ՞:

Այս միջոցին Քիտեսը մատուցարանի վրա բերավ երկու մեծ բաժակ պունշ, մինը ընդունեց Ճանճուր Իվանիչը, մյուսը՝ Սամիլ Պեաբրովիչը: Մի փոքր տաքացնելով իրանց ուղեղը ոգելից ըմպելիքով, նրանք կցեցին իրենց բամբասանքի թելը:

— Գիտի՞ս ինչեմեն է ըլում էտունք, Սամիլ Պետրովիչ, — խոսեց Ճանճուր Իվանիչը գործագետ մարդու եղանակով, — դիփ էլ հիմիկվան դատաստանատներու միղն է: Էս միրոյի սուդն էլ վուր լուս ննգավ, խալխի տունը ջլիզղան քանդվեցավ: Մինք ուրախանում էինք, թե հին պոլիցերեմեն պրծանք, ամա էլի նրանց աղբաթը խեր ըլի: Ախար էդ ի՞նչ օրենք է, քու փուղը աչքիդ առաջ ուտում ին, չիս կանացի վուչինչ անի: Ուրեմն վուր փուղդ իս ուզում, էն սիաթն սուդի դուռն է շանց տալի. գնում իս, գանգատ իս անում, տարի ին քաշիլ տալի. դիփունանքն էլ զակոնը լավ ին սորվի... է՛ս միրոյի սուդ, է՛ս օկրոժնի սուդ, է՛ս պալատ, է՛ս սեննատ, էլ ո՞վ է իմանում ուրիշ ինչ զահրումար... Տարիներով հենց գնում իս, գալիս իս, փուղ է վուր գջլում ին... կինքդ մաշում ին, ինչկլի մե խպղնի լիստ իս ձեռդ գցում: Ուրախանում իս, թե փուղ սաղացրի: Հա՛, քո հորն օղորմի, լավ սաղացրիր... էնդումեն դենը ասում ին՝ դե՛, դու տեղը շանց տո՛ւ, մինք առնինք: Տո անաստուծնիր, ես վո՞ւրդանցեմեն շանց տամ էդ շանորդի պարտականը, զանա էն ղազա տուտուց է՞ր, վուր էս քանի տարումը, հուղրումը մե իմքին թողիլ է՞ր: Նա իր էլած չելածն առաջուց թաքցրիլ է, մուլքը կնկա վրա հաստատիլ տվի, դուքանը ուրիշի անումով է գրիլ տվի, իրան նրա փոքաշիկ է շինի. հիմի ի՞նչ է մնացի, վուր ես շանց տամ: Գնում իս տունը վիր գրում. երկու կոտրած սկամի, մե հին ստոլ ու մե քանի ային — օյին բանիր իս գտնում: Էստունք էլ տանում իս Թամամշովի քարվանսարի առաջ տորգ իս անում, պրիսթավի փուղն չէ դուրս բերում: Թե պարտականն էլ ծիր է, ան թե մե քանի լակոտնիր ունե, բիրթումն էլ չիս կանա բռնիլ տա: Ու թեկուզ բռնիլ էլ տվիր, ի՞նչ խեր. ջիբեմեդ կորմովոյ պիտի տաս, նա էնդի ուտե ու պառկի, դու կի տնքա: Ջակոնում յառսուն հազար մանեթի համա, ասում ին, իրիք տարի պիտի բիրթում նստի. էս էլ օրենք է՞, ախար էս ով չի անի:

Ճանճուր Իվանիչի այդ երկար քաղաքական նկատողությունը ընդհատեց Սամիլ Պետրովիչը, ասելով.

— Յառսուն հազար կոպեկ տան ինձ, կորմովոյ էլ հիդը, ես շանորդի ըլիմ, թե իրիք տարի բիրթումը չնստիմ. էս ո՞վ չի անի էստոլ վրա էլ լավ աշխատանք վո՞ւրդի կանա մարդ գտնի:

Ճանճուր Իվանիչը, յուր մտածողությունը յուր ժամանակի օրենսդրության վերանորոգության վրա իսպառ վերջացած չհամարելով, ավելացրեց.

— Էս խոմ էհենց է, Սամիլ Պետրովիչ, դրուստ է ձիր ասածը, մազրամ էս անիծած դավիծախառնող ադվոկատնիրը չի՞ս ասում, միր տունը ջլիզ քանդեցին, մարդու կաշի ին քերթում, սատկած էշ ին պտռում, վուր նալնիրն հանին:

Ճանճուր Իվանիչի խոսքն ընդհատեց փոքրիկ Ելենան, որ ներս վազեց ուրախությամբ, ասելով.

— Մամա, մամա, Սոֆոն գալիս է, — և կրկին շուտով դուրս թռավ աղջիկը, առանց հոր պատասխանին սպասելու:

Եվ արդարև, լսելի եղավ մոտեցող կառքի գոռոցը, որ կանգնեցավ նրանց դռան առջև, և մի քանի վայրկյանից հետո ներս մտավ տիկին Բարբարեն օրիորդ Սոֆիի հետ, Ճանճուր Իվանիչի սենյակը:

Ճանճուր Իվանիչի զավակները, եկվոր հյուրերը, կանայք և աղջիկները, բոլորը հավաքվեցան այնտեղ:

Օրիորդը՝ դպրոցական սերտած քաղաքավարական ձևերով մոտեցավ յուր հորը և համբուրեց նրա աջը, հայրն էլ համբուրեց դստեր ճակատը: Այնուհետև խիստ շնորհալի կերպով նա գլուխ տվավ Սամիլ Պետրովիչին, բարևեց բոլոր հյուրերին և ուրախությամբ գրկեց յուր քույրերին և եղբորը:

Ճանճուր Իվանիչը հարցրեց տիկին Բարբարեից վրաց լեզվով, թե ինչո՞ւ ուշացան նրանք: Կինը պատասխանեց նույն լեզվով.

— Սոֆիի տեսչուհին մեզ ուշացրեց. նա կարդում էր Սոֆիին յուր վերջին խրատները, թե դուրս գալով ուսումնարանից, նա ի՛նչպես պիտի վարե իրան հասարակական կյանքում:

— Այո՛, դրանք անշուշտ հարկավոր են, — կրկնեց Ճանճուր Իվանիչը, — բայց ասա՞ց, որ հորն ու մորը հնազանդ լինի:

Եվ հայրը խորհրդավոր կերպով նայեց դստեր երեսին:

— Այո՛, ասաց. նա շատ բաներ ասաց, — պատասխանեց տիկին Բարբարեն:

Մի փոքր խոսելուց հետո տիկին Բարբարեն, օրիորդ Սոֆին, իրենց հյուրերի հետ, գնացին մյուս սենյակը, ուր պատրաստված էր թեյ և զանազան մրգեղեններ ու քաղցրավենիք՝ փոքրիկ խնջույքի համար: Եվ Ճանճուր Իվանիչը յուր հյուրի հետ դարձյալ մնացին մենակ:

— Ա՛յ, լավ խիլք իս արի, աղա, աղջիկդ ուսումի իս տվի, — ասաց Սամիլ Պետրովիչը նրանց հեռանալուց հետո Ճանճուր Իվանիչին: — Աստված պահե, շատ շնուրքով աղջիկ ունիս, դրուստ վուր, հեստի ժամանակ է էկի, վուր առանց ուսումի աղջիկը մե սիվ փուղ էլ չարժեք

— Թե ինձ կու հարցնիս, — պատասխանեց Ճանճուր Իվանիչը մի փոքր տհաճությամբ, — աղջկերանց համա ուսումը մե հարկավուր բան չէ՛, էնդուր վուր, ինչ դադա կարդալ գրել սորվին, էն դադա էլ սատանութինը ավելանում է: Աբա ի՞նչ անինք, անիծվի՛ էս ժամանակը, մոդեն էհենց է դառի. ինչկլի աղջիկը ռսնակ չէ խոսում, ինչկլի տանցավատ չէ իմանում, լավ օքմին թամահ չէ ննգնում:

— Էլի էդ լավ է, Ճանճուր Իվանիչ, էնդուր վուր ինչկլի հիմի տղեն աղջկա փուղին էր թամահ ննգնում ու հիմի փուղի տիղը ուսումը կու բռնե էլի՛:

— Ամա զիտի՛ս էս զահրումար ուսումը քանի է նստում... եփոր միտս իմ բերում Սոփոյի վրա մխածս, ջանս դող է ննգնում... Ես էլ առաջ քիզպես փիքր էի անում, թե ուսումը աղջկա բաժինքի թանխեն կու պակսեցնե, ու էդ ումիկով Սոփոյին վարժատուն տվի, ամա հիմի տեհնում իմ, վուր “կոճիս թոխան նստեցավ...”:

Ճանճուր Իվանիչը յուր խոսակցության մեջ միշտ սովորություն ուներ գործ ածել այդ այլազգի բառը՝ զահրումար, որ նշանակում է օձի թույն: Այդ բառում նա ավելի ճյտությամբ կարողանում էր արտահայտել յուր սրտի տհաճությունը: Աշխարհի մեջ ամենայն առարկա, որ դուրս էր քաշում նրա քսակից մի քանի կոպեկ, զահրումարի նշանակություն ուներ նրա համար. միակ սուրբ բանը բոլոր ստեղծագործության մեջ, որ հեռու էր այդ թույնից՝ էր արծաթը:

Թաթուխովի գլխավոր արհեստը, որով պարապում էր նա յուր քաղաքի մեջ, բացի լրտեսությունը և բամբասանքը, էր մոցիքուլություն, այլ խոսքով՝ աղջիկների առնտուրի դալալություն: Նա այդ արհեստով բավական գումարներ էր կարողանում ձեռք ձգել. իսկ այդ բոլորը նա վատնելով կլուբում խաղաթղթի վրա, մնում էր միշտ աղքատ և խեղճ: Նա նկատելով Ճանճուր Իվանիչի վիշտը յուր դստեր մասին, մխիթարեց նրան, ասելով.

— Դուն, ա՛ղա, Սոֆոյիդ համա իսկի փիքր մի՛ քաշի, նրա համա մե լավ փեսա ճարիլը իմ վզին. շատ վուխտ է նրա դեխի մե քանի լավ օքմնիր ասիլ ին ինձ:

Ճանճուր Իվանիչը, այդ հին վաճառականը, այն կարգի մարդկանցից չէր, որ ցույց տար գնողին կամ դալալին (միջնորդին), թե ինքը յուր վաճառքի մասին շիվար է մնացած, նա վաղուց էր սովորել միշտ մեծ արժանավորություն տալ յուր ապրանքին: Այդ պատճառով բավական անփույթ կերպով պատասխանեց նա, թեև միևնույն րոպեին նրա սիրտը զգաց ինքնաբավական ուրախություն, երբ լսեց մոցիքուլի խոսքերը՝ “մե քանի լավ օքմնիր ասիլ ին ինձ...”:

— Է՛հ, հալա ի՞նչ վուխտն է Սոփոյի համա փեսա մտածել. բերնեն ջեր կաթը գնում է:

— Էդ մի՛ ասի, աղա, աղջիկը պահելու ապրանք չէ՛. աղջիկդ չուստ մարդի տու, վուր իժում չի փոշմնիս:

Ամբողջ ժամեր նրանք միասին այդպես խոսում էին, երբեմն բամբասանք, երբեմն չարախոսություն, երբեմն զվարճախոսություն, մինչև ընթրիքը ուտելուց հետո Թաթուլխովը հեռացավ Հացի-Գելենց տանից:

## Ե

Առավոտյան Ճանճուր Իվանիչը վաղուց մի բաժակ կծովի թեյ խմելով՝ գնացել էր բազար. Գրիգոլը ութ ժամի կեսին գնացել էր գիմնազիոն. տիկին Բարբարեն պարապում էր տնտեսությամբ:

Այդ առաջին առավոտն էր, երբ օրիորդ Սոֆին, ազատվելով դպրոցի վաղորդյան զանգակի հրավիրական ձայնից, կամենում էր յուր ծնողական տան ծածկի տակ վայելել անուշ և հանգիստ քուն: Բայց նրա քույրերի կռվոցը, որոնք մի ժամ առաջ զարթել էին, դռան ճռռոցը, սպասավորների ոտնաձայնը խռովեցին խեղճ օրիորդի հանգստությունը, և նա ստիպվեցավ վեր կենալ անկողնուց:

Նա շուտով լվացվեցավ, սանրվեցավ և հագնվեցավ և գնաց մոր սենյակը, ուր բոլոր գերդաստանը բոլորել էին թեյի սեղանի շուրջը:

Զմայլեցավ տիկին Բարբարեն, երբ ցերեկով ոտքից գլուխ չափեց յուր դստեր գեղեցիկ հասակը և նրա հիանալի դեմքը:

Արդարև, օրիորդ Սոֆին այն գեղեցկուհիներից էր, որ ստեղծել կարող է միմիայն Կովկասի հրաշալի բնությունը: Նրա բարձր, ուղիղ և նրբակազմ հասակը, շնորհալի և սիգաճեմ ընթացքը նմանություն էին բերում մի անտառային հավերժահարսի, որի հպարտ և մեծաշուք կերպարանքը Արքիմեդեսի քերիչը միայն կարող էր ձևակերպել սպիտակ մարմարիոնի վրա: Նրա դեմքն ուներ արևելյան գծագրության բոլոր կանոնավորությունը: Սևորակ նշաձև աչքերը, երկայն թերթերունքներով և նուրբ աղեղնաձև հոնքերով պատած, վառվում էին ինչպես աստղերը պարզ և ջինջ երկնակամարի վրա: Նրա թավ, վարսագեղ, սև սաթի նման գիսակը հիանալի վայելչությամբ հարմարվում էր դեմքի հստակ գույնին և քնքուշ կազմությանը, որի վրա արտափայլում էին գեղեցկության հազարավոր հրապուրանքներ: Նրա ձայնը զանգակի հնչյուն ուներ, և խոսելու միջոցին նուրբ շրթունքները նմանում էին ճղած վարդի կոկոնին, ուսկից ալեռանդ թերթիկները կախարդողապես ժպտում էին մարդու երեսին: նրա քաղցրիկ ծիծաղը տալիս էր նրա դեմքին ավելի ախորժելի արտահայտություն, երբ երկու փոքրիկ փոսիկներ էին կազմվում. լիքը և վարդագեղ թշերի վրա: Բնական սև խալը, նրա շրթունքի վրա, ասես թե կենտրոնացնում էր յուր մեջ մի գրավիչ մոգական զորություն, որով առաջին նայվածքից կարող էր ներգործել սիրախնդիր երիտասարդին յուր հրապուրիչ ազդեցությամբ...: Նա շնչում էր մանկական զարունքի բոլոր քնքշությամբ...:

— Որպե՞ս անցկացրիր գիշերը, — հարցրեց նրանից մայրը վրացերեն լեզվով, ախորժանոք նայելով դստեր երեսին:

— Բավական հանգիստ, — պատասխանեց օրիորդը անուշ կերպով, — հայրական տան քունը քաղցր է, մայրի՛կ, միայն ես ներկայացնում էի ինձ, թե դարձյալ դպրոցումն եմ, երազումս երևում էին ինձ դասատուները, ռուսաց լեզվի վարժապետը հարցնում էր ինձանից դասս, և ես դժվարանում էի պատասխանել. իմ ընկերուհիքը ծիծաղում էին ինձ վրա, ես ամաչելով կարմրում էի, բայց Լիզայի ձայնը զարթեցրեց ինձ, և ես նկատեցի, որ մորս տանն եմ. շատ ուրախացա, մայրիկ, որ իմ վարժապետից նուլ ստանալիս հիշեցի, որ երազ էր:

— Այդպիսի երևակայություններ, իմ սիրեկան, ընդերկար չեն հեռանում դպրոցի աշակերտներից, երբ նրանք մտնում են հասարակական կյանքը, — պատասխանեց օրիորդի մայրը: — Գրիգոլն էլ, նկատում եմ, շատ գիշերներ խռոված է լինում վարժարանի երազներով:

— Բայց քաղցր երազներ են դրանք, մայրիկ, — խոսեց օրիորդը խորհրդավոր ձայնով: — Նրանք հիշեցնում են դպրոցական անհոգ, մտավորական կյանքը...:

— Ինձ էլ տվեք պանսիոն, մայրի՛կ, — նրանց խոսքը կտրեց փոքրիկ Եղենան անմեղ ժպիտով, — որ ես էլ տեսնեմ այդպիսի երազներ:

— Հա՛, աղջիկս, — պատասխանեց մայրը, հարդարելով նրա գլխի մետաքսանման մազերը, որ նույն րոպեին թափված էին փոքրիկ կուսի սպիտակ երեսի վրա: — Սոֆին կսովորեցնե քեզ ու Լիզային, և հետո կգնաք պանսիոն:

— Հա՞, կսովորեցնե՞ս ինձ, Սոֆի ջան, — դարձավ փոքրիկ աղջիկը դեպի յուր քույրը, յուր կապուտակ աչիկները հարցական կերպով բանալով նրա վրա:

— Կսովորեցնեմ, իմ սիրեկան, երբ դու խելացի ու աշխատասեր կլինես, — պատասխանեց օրիորդը ժպտալով:

— Ես շատ խելացի եմ, էնպես չէ՞, մայրիկ, — կրկնեց փոքրիկ աղջիկը՝ դառնալով դեպի տիկին Բարբարեն. — ես ոչ մի ժամանակ չեմ աղտոտում իմ հագուստները:

Լիզան, որ այդ խոսակցության միջոցին ընկղմված էր յուր սովորական մելամաղձական լռության մեջ, կտրեց փոքրիկ քրոջ խոսքը երգիծաբանորեն՝ ասելով.

— Հա՛, դու շատ խելացի ես, սնապարծ, հպարտ. օր չի անց կենա, որ դու մի բան չկոտրես, և հայրս չծեծե քեզ:

Փոքրիկ Եղենան վշտանալով քրոջ կծու նկատողությունից ասաց՝ նրան.

— Հա՛, դու շատ ուղորդ ես ասում... երեկ ես ի՞նչ էի կոտրել, որ մամեն թակեց ինձ. բայց այն, որ դու կոտրել ես, ասե՞մ...

— Դե, լուռ, Եղենա՛, դու երբեք թույլ չես տալ քեզ լրտեսություն անել, — սաստեց նրան օրիորդ Սոֆին:

— Ես ոչինչ չեմ ասում, բայց Լիզան միշտ ջգրացնում է ինձ, — ասաց նա և լռեց:

Տիկին Բարբարեն, որ յուր դուստրների բոլոր վիճաբանության միջոցին ծիծաղելով նայում էր նրանց վրա, գրկեց երկուսին ևս՝ ասելով.

— Դուք երկուսդ էլ խելացի եք, իմ աղջիկներ. Սոֆին ձեզ երկուսիդ էլ կպատրաստե, և հետո կտամ ձեզ պանսիոն: Սոֆիի նման լավ ռուսերեն և փրանցուզերեն կսովրիք:

Թեյըմպությունը և նախաճաշիկը վերջացավ:

Լսելի եղավ դռան մուրճի զարկը:

Ծառան իմացում տվավ, թե մի օրիորդ եկել է օրիորդ Սոֆիին տեսության:

Օրիորդ Սոֆին շուտով գնաց յուր սենյակը և հրամայեց հյուրուհուն հրավիրել այնտեղ:

Տիկին Բարբարեն դիմեց խոհանոց՝ պատվերներ տալու Թինային, որ կատարում էր և՛ աղախնի, և՛ խոհարարուհու պաշտոն: Ելենան առավ յուր խրծիկը և դուրս եկավ բակը՝ խաղալու կեցողի փոքրիկ աղջկա՝ Օլինկայի հետ: Բայց Լիզան, դեռ պահելով փոքրիկ քրոջ ոխը յուր սրտում, սկսավ վեր քաղել թեյի պարագաները:

Օրիորդ Սոֆիի սենյակում, որ և՛ նրա ննջարանն էր, և՛ հյուրանոցը, և՛ կաբինետը, հայտնվեցավ հյուրուհին, մի հասուն օրիորդ, միջակ հասակով, ուրախ դեմքով և բավական վայելուչ կերպով հագնված առանձին թեթև զգեստներով:

Նրա երևույթը լիակատար հաճություն պատճառեց օրիորդ Սոֆիին, տեսնելով յուր հին ընկերուհուն, որ երկու տարի առաջ ավարտել էր նույն պանսիոնը, ուր ուսանում էր ինքը, և նրանք ուրախությամբ գրկախառնվեցան:

Այդ օրիորդը նույնպես արմենուհի էր և կոչվում էր Անիչկա Եգորովնա:

Օրիորդ Սոֆին մատույց յուր ընկերուհուն մի հին աթոռ, որից երկու հատ միայն կար նրա սենյակում, այնպես որ մի երրորդ անձն եթե գար, ստիպված պետք է նրա մահճակալի վրա նստեր:

— Ներեցե՛ք, խնդրեմ, Անիչկա ջան, — ասաց նա ռուսերեն, ես տակավին որպես մի օտարական հյուր եմ այս տան մեջ. մենք դեռ ոչինչ չենք կարգադրել իմ կացության համար. նստի՛ր, խնդրեմ, հոգյակս, եթե մեր աղտոտ աթոռը չի կեղտոտիլ քո սպիտակ հագուստը:

— Այդ ոչինչ... — պատասխանեց նույն լեզվով օրիորդ Անիչկան: — Ես մինչ այն աստիճան նրբաճաշակ չեմ: Ես էլ տեսել եմ առաջին անգամ այդպիսի կեղտոտ աթոռներ հորս տանը...:

Եվ նա նստեց առաջարկած աթոռի վրա, հին գրասեղանի

հանդեպ, որ յուր գույնով և կազմվածքով համապատասխան էր երկու աթոռների գոյությանը, որ երկու տարի առաջ Ճանճուր Իվանիչը հինգ մանեթով առել էր աճուրդում, Թամամշովի քարվանսարայի առաջ, մտածելով, որ մի օր նրանք կարող էին հարկավոր լինել դստերը, և նույն օրից թաքնված էր մառանումը, փոքրիկ Ելենայի չարություններից զերծ պահելու համար:

Բայց օրիորդ Սոֆիի թշերը շառագունեցան ընկերուհու նկատողության պատճառով, և նա ասաց խիստ խորհրդավոր ձայնով.

— Այո՛, այդ այդպես է լինում միշտ մեր կյանքի առաջին հանդեպը դպրոցեն դուրս գալուց հետո...

— Բայց դու տակավին մեծ պատերազմ ունիս и պատերազմելու հնամոլության հետ, մինչև կարգադրես ամեն ինչ քո ախորժակին համեմատ:

— Կփորձենք, — ժպտալով կրկնեց օրիորդ Սոֆին:

— Այժմ ասա՛, ի՞նչ նորություններ ունիս մեր աշխարհից, ի՞նչպես են Սոնիչկան, Մական, Կատոն, Էփոն և մեր մյուս ընկերուհիները:

— Բոլորը. քո տեսածին պես. Սոնիչկան տակավին ծուլանում է որպես առաջ. Մական դեռ չէ՛ դադրում լուսամուտներից թաքուն նայել դեպի շուկա, Կատոն նույնպես պահած ունի յուր բարձի տակ Տուրգենևը, և Էփոն նույնպես զանազան զվարճախոսությամբ ծիծաղեցնում է յուր ընկերուհիներին:

— Բայց Նատո՞ն:

— Նա էլ դեռ բանեցնում է յուր հին արհեստը. փոքրավորներին կաշառելով, ծածուկ նրանց ձեռքով գրագրություններ է անում, և ամեն րոպե պատրաստ է վազել դեպի լուսամուտը, լսելու այն քաղցր մեղեդին Դոն — Ժուանից, երբ նրա մտքի ցնորքը, գիշերային պահուն երգելով, անցնում է դպրոցի մոտից:

— Այդ, ճշմարիտ, շատ հետաքրքրական է, — խոսեց Անիչկան և սկսեց ծիծաղել:

— Բայց նրա Կոջորի այն անցքը ճշմարի՞տ էր, — հարցրուց Անիչկան՝ բավական հետաքրքրվելով ընկերուհու խոսքերից:

Օրիորդ Սոֆին յուր սովորական քաղցրաբարոյությամբ ծիծաղեց:

— Ո՞վ ասաց քեզ, — հարցրեց նա:

— Այդ ինձ ասաց Նինոն:

— Ա՜խ, ո՛րպիսի շաղակրատն է նա, աստված իմ, ամենևին գաղտնիք պահել չգիտե:

— Մեր մեջ ի՞նչ գաղտնիք, ասա՛ խնդրեմ:

— Այնուամենայնիվ չէ կարելի ամեն ինչ հրապարակել...

Անիչկան տեսավ, որ յուր ընկերուհին ընդունեց բավական պատկառելի ձև, սկսավ նրան թախանձել, որ հանգամանորեն պատմե Նատոյի անցքը:

— Դու արդեն լսել ես, էլ ո՞ւր ես կրկին հարցնում, — ասաց նրան օրիորդ Սոֆին:

— Կամենում եմ քեզնից լավ տեղեկանալ. դու գիտես, որ շատ չէ՛ կարելի հավատալ Նինոյի խոսքերին:

— Մենք մի օր առավոտյան պահուն գնացինք զբոսանքի բոլոր աշակերտուհիներով. մինչև մտանք անտառը, աշակերտուհիները ցրվեցան զանազան կողմեր և սկսան ոմանք ծաղիկներ քաղել, ոմանք վայրի մրգեղեններ: Հանկարծ նկատում ենք Նատոն աներևութացել է. մենք կարծեցինք, թե հարկավորության պատճառով մեզանից հեռացած պիտի լինի: Բայց երկար նայեցինք՝ նա չդաձավ: Վարժուհիները վրդովվեցան և կամենում էին որոնել նրան: Ես իսկույն կասկածանքի մեջ ընկա, որովհետև առաջուց գիտեի նրա գաղտնիքը և թույլ չտվի վարժուհիներին՝ որոնել նրան: Ինքս Նինոյի հետ գնացի նրան որոնելու: Հանկարծ թփերի միջից, որ խիստ փակված էին միմյանց, լսում ենք խշշոց. հազիվ թե կարողացանք մտնել այնտեղ, գտնում ենք Նատոյին և նրան կատարյալ ռոմանական դրության մեջ... Նա իսկույն անհետացավ, թողնելով այնտեղ յուր շլյապան, իսկ Նատոն մեր ոտքերն ընկավ և սկսեց աղաչել, որ ոչ ոքի չասենք մեր տեսածը: Իհարկե, մենք ծածկեցինք վարժուհիներից և մյուս աշակերտուհիներից այդ անցքը. բայց ահա Նինոն հայտնել է քեզ:

— Ես վաղուց գիտեի նրա գաղտնիքները:

Երկու ընկերուհիների խոսակցությունն ընդհատեց տիկին Բարբարեն, որ մտավ յուր դստեր սենյակը: Անիչկան վեր կացավ, շնորհալի կերպով ձեռք տվավ նրան և շնորհավորեց օրիորդ Սոֆիի ուսման ավարտելը և մյուս անգամ յուր ծնողական տուն վերադառնալը: Տիկին Բարբարեն շնորհակալ եղավ և օրհնեց օրիորդին՝ նրա բարեսրտության համար, և կամենում էր նստել յուր դստեր մահճակալի վիա, բայց օրիորդ Սոֆին յուր աթոռը նրան տվավ և ինքը նստեց այնտեղ:

Օրիորդ Սոֆին մինչ այն աստիճան մոռացված էր իրանց խոսակցությամբ, որ չէր մտածել մի բանով հյուրասիրել յուր ընկերուհուն. մայրը մտաբերեց նրան, թե նա շատ անքաղաքավարությամբ էր վարվել յուր հյուրի հետ: Օրիորդը դուրս գնաց և հրամայեց ծառային սուրճ մատուցանել:

Բայց որովհետև այդ հյուրը մի անծանոթ բան էր Հացի-Գելենց տանը, ծառան նոր գնաց փողոցից գնելու: Մինչև նրա գնելը, մինչև դրացիներից բովելու գործիք առնելով սուրճը բովելը, տևեց ամբողջ երկու ժամ: Մի ժամ ևս հարկավոր էր կաթ գնելու համար, բայց օրիորդ Սոֆին խիստ տհաճությամբ հրամայեց այնպես տալ:

— Ինչպե՞ս են մայրդ, քույրերդ, — հարցրեց տիկին Բարբարեն Անիչկայից վրացերեն:

— Փառք աստծո, առողջ են. մայրս ձեզ հատուկ բարև ունի, — պատասխանեց նույն լեզվով Անիչկան:

Անիչկան թեև արմենուհի էր, բայց դժբախտաբար նա էլ չգիտեր հայերեն խոսել:

— Շատ շնորհակալ եմ, — պատասխանեց տիկին Բարբարեն: — Ձեր մայրը բարի կին է: Դուք ևս լավ աղջիկ եք. ես ուրախ եմ, որ չեք մոռացել Սոֆիին:

— Մենք վարժարանից սկսած սիրում էինք միմյանց, դեդի ջան, — ասաց Անիչկան բարեսրտությամբ:

— Աստված պահե ձեզ երկուսիդ էլ, — կրկնեց տիկինը:

Եվ այնուհետև նա սկսեց պատմել նրանց յուր մանկության ժամանակի աղջիկների բարքի և բնության մասին, երբ ո՛չ ուսում կար և ո՛չ կրթություն, և թե ինչպես նրանք շատ պարզամիտ ու հիմարներ էին: Երկու օրիորդները բավական ծիծաղեցան՝ ասելով. — հենց հիմա էլ այդպիսի աղջիկներ սակավ չեն մեր քաղաքում:

Սույն միջոցին ներս մտավ բարձրահասակ Քիտեսը՝ սուրճի մատուցարանը ձեռքին: Քիտեսի ուղտի նման անշնորհք շարժմունքից սուրճի սև հեղուկը կես մասամբ գավաթների ափսեների մեջ էր թափվել: Օրիորդ Սոֆին, նկատելով այդ, բարկությամբ մի կողմնակի հայացք ձգեց վայրենի իմերելի երեսին և ոչինչ չխոսեց:

Աննա Եգորովնան բավական երկար նստեց, նրանք խոսեցան այս ու այն աղջկա, այս և այն նորափեսայի մասին, այս և այն հագուստի վրա, մի փոքր բամբասելուց, մի փոքր չարախոսելուց հետո օրիորդ Աննան առավ յուր փոքրիկ վարդագույն հովանին և հեռացավ:

Նրա գնալու ժամանակ օրիորդ Սոֆին խնդրեց շուտ — շուտ հաճախել յուր մոտ: Օրիորդը շարժեց գլուխը և ասաց նրա ականջին.

— Ես մյուս անգամ կգամ քեզ մոտ, մեր խոսքը կիսատ. մնաց...

## Զ

Ազատվելով դպրոցի փակված վանդակից, այո՛, օրիորդ Սոֆին մտավ հասարակական կյանքի ընդարձակ ասպարեզը: Բայց Հացի-Գելենց ընտանեկան շրջանը ո՛չ միայն անհամեմատ էր արտաքին աշխարհի պահանջմունքներին, այլ մի փոքրիշատե կրթված և կյանքի վայելչություններին սովորած օրիորդի համար, որպես օրիորդ Սոֆին էր, խիստ նեղ և նրա բաղձանքներին բոլորովին անգոհացուցիչ էր:

Մթին ու խոնավ սենյակներ, անզարդ և համարյա աղքատիկ կարասիք, անկանոն տնային կառավարություն, անկիրթ և կեղտոտ սպասավորներ և այլ զանազան անհարմարություններ առաջին օրից անտանելի եղան օրիորդին: Դպրոցում կյանքի գաղափարական վայելչություններով միշտ հրապուրված կույսը որոնում էր արձակ կյանք, զվարճություն և ցանկանում էր իրան շրջապատել այն ճոխություններով, որոնց երազներով միշտ հրապուրված էր նրա երևակայությունը: Բայց գիտենալով հոր խստասրտությունը, խղճալի օրիորդը չէր համարձակվում հայտնել յուր ցանկությունները, և այդպես տրտմությամբ անց էր կացնում յուր օրերը, մինչև մի անգամ մայրը, գտնելով նրան միայնակ յուր սենյակում, ընկղմված խորին տխրության մեջ, հարցրեց.

— Սոֆի, դու օրեցօր մաշվում ես, քո դեմքը միշտ տխուր է, ասա, սիրեկան, չլինի՞ հիվանդ ես դու:

— Ես հիվանդ չեմ, մայրիկ, — պատասխանեց օրիորդը հոգվոց հանելով:

— Ապա ի՞նչ է քո սրտի դարդը:

— Ոչինչ... — տխրությամբ պատասխանեց օրիորդը:

— Մի բան կա, ասա՛, սիրեկան:

Եվ մայրը սկսեց նրան փայփայել:

Իսկ օրիորդ Սոֆին պատասխանեց նրան բավական զզայի եղանակով.

— Ինչը՞ կտրող է ինձ ուրախացնել, որ չլինիմ տխուր. ես շրջապատված եմ այնպիսի անհարմարություններով, որ ամաչում եմ մինչև անգամ տեսնվել ընկերուհիներիս հետ:

— Ի՞նչպես, — հարցրեց մայրը զարմանալով:

— Այնպես, որ ինձ ևս վերջապես պետք է ծանոթանալ արտաքին աշխարհի հետ և ըստ այնմ հարկավոր է բարեկարգել իմ դրությունը, ինչ որ պահանջում են հասարակական կյանքի հարաբերությունները:

Մայրը համարյա ոչինչ չհասկացավ այդ խոսքերից. նա կարծեց, թե յուր աղջիկը ամուսնական ցանկություն ունի յուր սրտում: Այդ պատճառով ասաց.

— Այն, որ դու ես ցանկանում, դեռ շուտ է, դրա համար քի՛չ մտածիր, միայն դու միշտ ի նկատի ունեցիր, որ քո մայրը բոլորովին անհոգ չէ քո մասին:

— Մայրիկ, դու բոլորովին չհասկացար ինձ, — նրա խոսքը կտրեց կարմրելով օրիորդը: — Ես կամեցա քեզ հայտնել բոլորովին այլ բան:

— Ի՞նչ բան:

— Այն, որ դու ինքդ էլ նկատում ես, թե մեր սենյակները որքան անհարմար են իմ կացության համար. դու գիտես, որ ես այսուհետև երբեմն շատ կունենամ: Իսկ այսպիսի կեղտոտ տեղում չէ կարելի ընդունել մի օրինավոր մարդու: Բացի սորանից, ես տակավին պատշաճավոր հագուստ ևս չունիմ, որ կարողանամ առանց ամաչելու հասարակության մեջ երևալ: Պետք չէ՞ դրանց համար մտածել:

— Անպատճառ, իմ սիրելիս, — ասաց նրան մայրը՝ գգվելով: — Այդ բոլորը ինչ որ ցանկանում ես, գրե՛ մի թղթի վրա, որ չմոռանամ, երեկոյան հայրդ երբ փողոցից վերադառնա, ես կխոսեմ նրա հետ և բոլորը կկարգադրեմ:

Ուրախացած մոր հուսադրելով, օրիորդը վեր առավ մի թղթի կտոր և սկսավ գրել յուր ցանկացած իրերի ցուցակը: Նա գրեց և գրեց, թղթի երեսը լցրեց: Եվ սկսավ կարդալ: "Առաջին անգամ այս շատ կլինի, հարկավոր չէ հորս իսկույն վախեցնել", — ասաց նա յուր մտքի մեջ և սկսավ տեղ — տեղ ջնջել ցուցակից ամբողջ տողեր: Վերջապես նրանից արտագրեց փոքրիկ թերթի վրա հետևյալները.

1. Տեղափոխել մեր բնակությունը տների վերին հարկը.

2. Ինձ համար առանձին սենյակներ որոշել այնտեղ.

3. Գնել սենյակներիս համար եվրոպական պատշաճավոր կարասիք և մի հատ դաշնամուր.

4. Հոգալ հագուստիս մասին:

Այդ թերթը գրված էր վրացերեն, որ տիկին Բարբարեն ինքը ևս կարող էր կարդալ, մայրը առավ թուղթն ու դուրս գնաց, խոստանալով, որ գիշերը անպատճառ կխոսե Ճանճուր Իվանիչի հետ:

Այդ երեկոյան Ճանճուր Իվանիչը խիստ ուշ դարձավ փողոցից, և տուն գնալուց հետո նա չերևեցավ յուր ընտանիքին, այլ իսկույն մտավ յուր սենյակը: Այնտեղ նա սկսել էր քրքրել յուր առևտրական գրքերը, երբ տիկին Բարբարեն ներս մտավ և նստելով նրա մոտ, մի քանի այլևայլ խոսակցություններից հետո հայտնեց իրենց դստեր պիտույքները և կարդաց նրա պահանջած իրերի ցուցակը:

Ճանճուր Իվանիչը խորին տհաճությամբ լսելով կնոջ առաջարկությունները, նրա սարսափելի դեմքի վրա երևացին անախորժ արտահայտություններ:

— Գանա առանց էտունք չի կանա յոլա գնա Սոֆի՞ն, — խոսեց նա յուր ռեխը թթվեցնելով:

— Վո՛ւյ մե, աբռազովաննի աղջիկը առանց էտունք վու՞նց կանա յոլա գնա, — պատասխանեց տիկին Բարբարեն խորին համոզմունքով:

Ճանճուր Իվանիչը մի քանի րոպե մտածման մեջ ընկավ:

— Լավ, հագուստը ջեր ասինք հարկավուր է, չունքի սատանեքը կու խռովին, եփոր աղջկերքը մոդիցը հիդ ննգնին, — ասաց նա հեգնորեն: — Մագրամ էդ մեկել չանչալեքն ի՞նչ զահրումար ին, — կրկնեց նա աչքի տակով նայելով յուր կնոջը:

— Գանա դուն չի՞ս գիդի, — պատասխանեց տիկին Բարբարեն՝ գլուխը շարժելով:

— Սատանեն է խաբար, ես ի՞նչ գիդենամ, — խոսեց Ճանճուր Իվանիչը պինդ ձայնով:

— Է՛լի իծանիրդ մոդ էլա՛ն:

— Բաս ի՞նչ անիմ, վուր չգժվիմ:

— Էստուրում ի՞նչ գժվելու բան կա, վուր ուզում իս անպատճառ միծ մարաքա սարքիս:

— Ախար ես վու՞ր ջուրը ննգնիմ, ձիր վո՞ւր մեկ ասածը կատարիմ. մեկ չէ՛, երկու չէ՛, հարուր չէ՛, հազար չէ՛: Ամեն օր հենց ինձ նուր — նուր մսխերի մեջ իք գցում:

Տիկին Բարբարեն նկատելով, որ յուր ամուսնու բարկությունը չափից պիտի անցնի, մտածեց մի փոքր մեղմությամբ խոսել.

— Ա՛յ մարդ, բաս դու հիշտ իս իմանում աղջիկ պահի՛լը, վուրդիք մինձացնի՛լը. ինչկլի հիմի նրանց դարդը քաշիլ ինք, էստումեն դենը էլի պիտի քաշինք: Նրանց վրա մսխածը կորած չէ, աստուծ ինքը կու հասցնե:

— Դիա՛խ, կու հասցնե... — կնոջ խոսքը կտրեց Ճանճուր Իվանիչը, յուր դեմքի խորշոմներին ծաղրական ձև տալով: — Թե գիտենաս մինք ինչ օրով ինք փուղ դաղում, էն վուխտն էհենց չիս խոսի. մագրամ դուք ինչեմեն իք խաբար. տանը դինջ նստիլ իք, հենց ասում իք՝ բերե՛ք ուտինք, բերե՛ք հագեինք...

Տիկին Բարբարեն սկսեց զարմացած կերպով ծիծաղել ամուսնու այդ խոսքերի վրա:

— Լավ, էս ինչեմե՞ն է, — խոսքը առաջ տարավ Ճանճուր Իվանիչը, — վուր մինք էսքան տարի ներքի ատեժումը յոլա ինք գնացի, հիմի կի Սոֆին չի կանացի յոլա գնա:

— Էնդումեն է, վուր Սոֆին ինձ ու քիզ նման չի սորվի, — պատասխանեց կինը:

— Նա աբռազովաննի է, հա՛:

— Վու՞նց աբռազովաննի չէ, վուր օխտը տարի կինք է մաշի, ուսում է սորվի, ռսնակ կուզիս, ֆրանցուզնակ կուզիս բուլբուլի պես խոսում է. փորտոպիանը, քանի հավնիս, ածում է, երգ ասելիս՝ հրեշտակի ձեն է հանում. տանցեվատը խոմ աղունիկի պես խաղում է: Դուն վու՞նց գիդիս: Գանա՛ տանցեվատը լեզգինկա է՛, վուր աղջկերքը դիպլիպիտոն ածին, ու նա վեր կենա կտուրի վրեն թռչկոտի: Մազրամ տանցեվատի համա տեղը լեն ու բոլ կուզե, զարդարված զալ, նխշած, մոմած պոլ կուզե...:

— Ես ու իմ հոգին, լավ վուտանավուր իս գիդացի, — կատակելով կնոջ խոսքը կտրեց Ճանճուր Իվանիչը:

— Չէ, դուն մասխարա զգե, — պատասխանեց տիկին Բարբարեն՝ վշտանալով:

— Ա՛յ կնիկ, ինչի՞ իս խելքդ տանուլ տվի. ես վու՞նց վերի ատեժը գնամ, վուր կենացողեմեն տարեն հիսուն թումնից ավելի փուղ իմ վի կալնում: Էդքան փուղը միր վո՞ւր դարդին դիղ չի անի:

— Մաշ Սոփոն էս քոխեքումը վու՞նց պիտի վեչերնիր տա, տղերք ու աղջկերք մեձրե ու բալ սարքե:

Տիկին Բարբարեի վերջին խոսքերը բոլորովին կատաղեցրին Ճանճուր Իվանիչին, որովհետև վեչերն ու բալը մտցնել նրա խաղաղ և չափավոր ընտանեկան կյանքի մեջ՝ միևնույն էր, եթե մինն այնտեղ հրավիրեր ժանտախտ կամ խոլերա:

Միայն Ճանճուր Իվանիչը կամենալով հեռացնել յուր կնոջը, որի ներկայությունն այնքան անտանելի էր թվում իրան, ասաց մի փոքր մեղմությամբ.

— Ա՛յ կնիկ, քու հորն օղորմի, ես էդ թավուր բաների գլուխ չունիմ. ի սեր աստուծո, իմ տունս մի՛ քանդի. ես վեչեր, բալ չիմ գիտի:

— Հիմի դուն ինձ ի՞նչ պատասխան իս տալի, — վրդովվելով հարցրեց կինը:

— Գնա՛, խաթրջամ կաց, ես առուտեհան Սոֆիի համա բազազխանից հագնելու կտուրնիր կու առնիմ ու էս կիրակի էլ կեհամ յարմուկա մե քանի հատ ստող, մե քանի հատ էլ սկամի կու առնիմ, հալիլա խոմ ունինք, ղորդ է, կոտրած է, ի՞նչ վնաս, շինիլ կու տամ: Մազրամա, էն վուր ասում ես վերի ատեժումը կենանք, էդ իմ խելքի բան չէ, թե Քրիստոս ինքն ասե, էլի ղաբուլ չիմ անի:

Լսելով այդ խոսքերը, տիկին Բարբարեի ղժգոհությունը չափից անցավ: Եվ նա ասաց գլուխն արհամարհական կերպով շարժելով.

— Պրծավ գնա՜ց... Սոֆիի աչքը լուս...: Ա՜յ մարդ, էս ժուկումս վու՞ր աբռազովաննի աղջիկը բազազխանի ճոթերին լայեղ կոնե, ու էնենց էլ վո՞ւր յարմուկի ստոլ, սկամի հավան կու կենա:

— Էն վուր դուն իս ուզում, մաշ ես պիտի երգնքեմեն դվեր բերիմ. էդ է էլի՜, — պատասխանեց Ճանճուր Իվանիչը՝ յուր վայրենի աչքերը լայն բանալով կնոջ վրա:

— Էհ՜, դու մարաքա իս սարքում, ես քու գլուխը չունիմ:

— Մաշ ի՞նչ ասիմ, վուր քեզ դուր գա. Րիշարի ու Բլոտի մաղազեքը ամենը առնիմ, ինձմեն շնորհակալ կուլիս, վու՞նց չէ:

Տիկին Բարբարեն ոչինչ չպատասխանեց, որովհետև նա վաղուց գիտեր յուր ամուսնու խստասրտությունը, միայն մտածել որևիցե կերպով համոզել, որ նա գոնյա կատարեր յուր դստեր մի քանի պահանջմունքները:

— Փորտոպիանի համար ի՞նչ իս ասում, — հարցրեց նա:

— Էդ ի՞նչ զահրումար է, — երեսը խոժոռելով հարցրեց Ճանճուր Իվանիչը, առաջին անգամ լսելով մի այդպիսի օտարոտի բառ:

— Էն վուր ածում ին, — պատասխանեց կինը, որովհետև ինքը նույնպես ստույգ չգիտեր, թե ի՞նչ բան է պիանոն:

— Էդ էլ ֆրանցուզի ճի անուր կուլի, — կրկնեց ծիծաղելով Ճանճուր Իվանիչը:

— Չէ՜, էն վուր մատներով ածում ին:

— Բա՜ս ան սազ կուլի, ան թե չէ սանթուր:

— Չէ՜, մե մինձ զանդուկի նման բան է:

— Դե՜, օխնած, ասա օրղան, էլ ո՞ւր իս դես ու դեն զցում: Լավ, զանա Սոֆին միտք ունե օրղանչի դառնա, հա՞:

— Է՜հ, քիզ վուչինչով չի ըլի բան հասկացնիլ, — խոսեց տիկին Բարբարեն վշտանալով:

— Ես ի՞նչ մեղավոր իմ, վուր չիս կանացի հասկացնի:

— Էն վուր մինձ մարդկերանց տանն ածում ին:

— Օհո՜ ... — բացականչեց Ճանճուր Իվանիչն աչքերը լայն բանալով, թեև տակավին չհասկացավ, թե ինչ բան էր ֆորտոպիանոն, միայն մինձ բառը լսելով, մտածեց, թե աղջկա խնդրած ածելու գործիքն անշուշտ թանկագին բան պիտի լինի, որ միայն մեծ մարդկանց տներումն է գտնվում: Եվ կամենալով առժամանակ հանգստացնել յուր կնոջն ու աղջկանը այդպիսի, նրա կարծիքով, անպետք ցանկություններից, ասաց.

— Դե՛ լավ, կու գրիմ միր Ցագորին՝ Մակարիից մե հատ էլ էդ զահրումարից առնե, վուր մինձ մարդկանց տանն ածում ին:

Բայց տիկին Բաբբարեն հասկացավ, որ պիանոյի մասին Ցագորին գրելու միակ նպատակն այն է, որ մի քանի ամսով հետաձգե այդ խնդիրը և ապա զանցառության տա. այդ պատճառով խոսեց.

— Ցագորը վու՞րն է, Մակարիան վու՞րն է, էդ ինչի՞ց իս խոսում: Դուն վուր հիմիկվանից էդպես քիսիդ բերանը դայիմ հուփ իս տալի, բաս լավ աղջիկ կանաս մարդու տա...:

— Ով վուր ուզե իմ փեսա դառնա, թող գա ջեր վուտնիրս լպստե, իժում իմ աղջիկը տանե: Մե քանի հարուր թուման փուղ տուր փեսին ու թքե էրեսին, նա ամեն բանի րազի կուլի, — պատասխանեց Ճանճուր Իվանիչը հպարտությամբ, վաղուց հասկացած լինելով փողի ամենակարող զորությունը:

Բայց տիկին Բարբարեն ոչինչ չասաց նրան և խռոված դուրս եկավ ամուսնու սենյակից:

## Է

Գալով յուր դստեր մոտ, տիկին Բարբարեն ոչինչ չասաց նրան յուր ամուսնու սենյակում անցածի մասին. միայն օրիորդը յուր մոր դեմքի տխուր արտահայտությունից և նրա վրդովմունքից գուշակեց, թե նրա դեսպանախոսությունը յուր ուզածների մասին՝ անհաջող ընդունելության է հանդիպել: Բայց տեսնելով, որ մայրը ոչին չի հայտնում իրան, ինքը ևս չուզեց բան հարցնել:

Թե՛ տիկին Բարբարեն և թե օրիորդ Սոֆին այն գիշեր խիստ անհանգիստ անցկացրին:

Առավոտյան Քիտեսը հայտնեց յուր տիկնոջը, թե աղան գիշերը հեռագիր է ստացել և այսօր պատրաստվում է գնալ Կավկա, կապալի գործի համար, և իրան հրամայել է, որ ճանապարհագիր հանեմ, և սայլակ վարձեմ:

Այս հանկարծակի լուրն իսկույն փարատեց տխրության սև թախիծը, որ գիշերվանից սկսած կուտակվել էր տիկնոջ դեմքի վրա, և նրա գեղեցիկ աչքերը վառվեցան ուրախությամբ: "Թո՛ղ նա գնա, ես գիտեմ, թե ինչ կանեմ"... — ասաց նա յուր մտքում:

Միայն Ճանճուր Իվանիչը, առանց ոչինչ հայտնելու յուր ընտանիքին Կավկա գնալու մասին, վաղ առավոտյան տանից դուրս եկավ և գնաց փողոց:

Այնտեղ նա ամբողջ օրը հազիվ կարողացավ կարգադրել յուր գործերը: Երեկոյան հարկավոր պատվերները տալով յուր գործակատարներին, նա վերադարձավ տուն, ուր ճանապարհորդական սայլակն սպասում էր դռանը: Նա ուղղակի մտավ յուր սենյակը և իսկույն հրամայեց Քիտեսին՝ տեղավորել սայլակի վրա յուր ուղևորության հարկավոր պիտույքները, իսկ ինքն սկսավ քրքրել յուր թղթերը :

— Նա այս գիշե՛ր է կամենում գնալ, — հարցրեց Քիտեսից տիկին Բարբարեն:

— Հրամմել եք, աղջիկ պարոն, — պատասխանեց իմերելը:

Տիկին Բարբարեն թեև մի կողմից ուրախ էր յուր ամուսնու հեռանալու համար, բայց մյուս կողմից նրա սրտին տիրեց խիստ ցավեցուցիչ տհաճություն, երբ տեսավ, որ յուր ամուսինն օտար երկիր է դիմում՝ առանց յուր կնոջն ու ընտանիքին հայտնելու յուր գնալու պատճառի և նպատակի մասին:

Նա ասաց Գրիգոլին, որ գնա տեսնե, թե յուր հայրը ո՞ւր է գնում և ինչի՛ համար:

Պատանի գիմնազիստը մտավ հոր սենյակը:

— Դեպի ո՞ւր եք պատրաստվում գնալու, հայրիկ, — հարցրեց նա:

— Ջհանդամը, — պատասխանեց Ճանճուր Իվանիչը խորին վրդովմունքով:

Յուր հոր այդ կոշտ պատասխանից Գրիգոլի լեզուն կապվեց, և նա, սիրտը կոտրած, մի քանի րոպե հոր վրա նայելուց հետո դուրս գնաց նրա սենյակից:

Նա ասաց յուր մորը, թե ի՛նչպես պատասխանեց իրան հայրը:

Ճանճուր Իվանիչի մի այդպիսի վրդովմունքը և ջհանդամ բառը պատճառ տվին տիկին Բարբարեին մտածել, թե յուր ամուսնու Կավկայի կապալի գործերը պիտի անհաջողության հանդիպած լինին, և որ նրա մի այդպիսի հանկարծակի ճանապարհորդությունը ոչինչ բարիք չէ գուշակում:

Նույն րոպեին Քիտեսը իմացում տվավ, թե աղան պատրաստվում է գնալու:

Տիկին Բարբարեն, օրիորդ Սոֆին և նրանց մյուս զավակները դուրս գնացին նրան ճանապարհ գցելու:

Նա արդեն նստած էր սայլակի մեջ: — Մուղայիթ կացեք, բճերքն ու քոծը բան չգողանան, ու դուք էլ հիռու կացեք անխելք մախելեմեն, — ասաց նա՝ յուր վայրենի հայացքը ձգելով ընտանիքի վրա, որ ավելի սարսափելի էր գիշերային մթության մեջ:

— Քշե՛, — հրամայեց նա սայլապանին:

Ձիաները առաջ խաղացին, սայլակի զանգակները հնչեցին, անիվներն սկսան գլորվել փողոցի ողորկ քարահատակի վրա:

Տիկին Բարբարեն և յուր զավակները, երկար կանգնած դռանը՝ նայում էին նրա հետևից, մինչև զանգակների ձայնը լռեց, և սայլակն անհետացավ գիշերային խավարի մեջ:

Նրանք խորին տխրությամբ դարձան տուն:

— Նա մինչև անգամ մնաք բարով էլ չասաց մեզ, մայրիկ, — ասաց օրիորդ Սոֆին՝ ողորմելի կերպով նայելով մոր երեսին:

Մայրը ոչինչ չպատասխանեց, միայն աղջիկը տեսավ, որ նրա աչքերից գլորվում էին արտասուքի խոշոր կաթիլներ:

— Ահա՛ ի՛նչ է նշանակում հին մարդիկ, — կրկնեց օրիորդ Սոֆին, — նրանց մեջ չկա ո՛չ ծնողական սրտի քնքուշ զգացմունք և ո՛չ մարդավայել քաղաքավարություն...

Օրիորդը մի քանի խոսքերով մխիթարելով յուր մորը՝ գնաց յուր սենյակը:

Այդ գիշեր բոլոր Հացի-Գելենք անցկացրին ցավեցուցիչ տրտմությամբ: Հոր խստասրտությունն առավելապես զգալի եղավ օրիորդ Սոֆիին:

"Այս էլ աշխարհը... արդյոք ի՞նչ վայելչություն կա սրանում"... — ասաց նա հոգվոց հանելով և յուր գեղեցիկ գլուխը թաղեց բարձի մեջ:

Բայց քունը երկար ժամանակ մոտ չեկավ նրա աչքերին:

Ճանճուր Իվանիչի բացակայությունը թեև մի կողմից անախորժ տպավորություն թողեց յուր ընտանիքի վրա, այնուամենայնիվ մյուս կողմից նա պատճառեց տիկին Բարբարեին բավական մեծ հաճություն, որ ազատվեցավ յուր ամուսնու վշտացուցիչ ծանրությունից, և օրիորդ Սոֆիին, որին այնքան ատելի էր հոր ներկայությունը:

Հենց Ճանճուր Իվանիչին ճանապարհ դրած գիշերվա առավոտը տիկին Բարբարեն պատրաստվեցավ օրիորդ Սոֆիի հետ միասին փողոց գնալ՝ նրա խնդրած իրեղենները գնելու: Թեև նա հարկավոր գումարը չուներ պատրաստի, բայց ամբողջ քաղաքի խանութներում ճանաչում էին հարուստ Ճանճուր Իվանիչի կնոջը, և այդ պատճառով նա ամեն տեղ մեծակշիռ վարկ ուներ:

Առավոտյան տասը ժամին նրանք կառք նստեցին և, իրանց հետ առնելով Քիտեսին, դիմեցին դեպի Գոլովինսկի պրոսպեկտ:

Նրանք նախ և առաջ մտան մի ֆրանսիացու մոդնի մագազին. այդտեղ Փարիզի նորեկ մոդայի ձևերով, որ ընդունված էր քաղաքում, պատվեր տվին օրիորդի համար ոտքից գլուխ կարել մի քանի ձեռք հագուստ` պարահանդեսի համար առանձին, թատրոնի համար առանձին, հասարակ օրվա, զբոսանքի համար առանձին և տանը հագնելու համար առանձին, բոլորն այլնայլ տարազներով և գներով: Կար անող ֆրանսուհին չափերը վերցրեց, նրանք գրավ տվին և դուրս եկան:

Այնտեղից անցան մի այլ խանութ, ուր գնեցին կոշիկներ, գույնզգույն ձեռնոցներ, զանազան տեսակ գուլպաներ, հովանի, հովհար և այլ այդպիսի կանանց հարկավոր իրեղեններ:

Հետո մտան մի այլ խանութ, ուր վաճառում էին եվրոպական կարասիք. այդտեղ գնեցին աթոռներ, բազկաթոռներ, սոֆա, զանազան տեսակ սեղաններ և այլ տնային կահ-կարասիք:

Այնտեղից էլ անցան մի այլ խանութ, ուր վաճառում էին գրության պիտույքներ և գրասեղանի զարդե., այդտեղ գնեցին թանաքաման յուր պարագաներով, գեղեցիկ աշտանակներ, գրասեղանի ժամացույց, բրոնզից կամ կավճյա փոքրիկ կիսարձաններ, զանազան պատկերներ, մեծ հայելիք և սենյակի այլ զարդեր, ինչ որ օրիորդի գեղասեր ճաշակին դուր եկավ:

Ճանապարհին նրանք մտան մի այլ խանութ, ուր օրիորդը գնեց զանազան նկարներով գրելու թղթեր, զանազան տեսակ նույնպես նախշուն ծրարներ, որոնցով միայն սիրահարական նամակներ են գրում օրիորդները սիրուն տղաներին:

Բայց դաշնամուրի գնելը նրանք թողին մյուս օրվան, որովհետև կեսօրից երկու ժամ արդեն անցել էր:

Նրանք դարձան տուն, մի քանի թեթև բան առնելով իրանց հետ կառքի մեջ, մնացածը թողնելով, որ Քիտեսը տուն բերե:

Օրիորդ Սոֆին գտնվում էր յուր հոգու զվարճալի դրության մեջ:

Գալով տուն, նա գրկեց յուր մորը և շնորհակալություն հայտնեց:

— Այսուհետև, մայրիկ, ես այլևս չեմ տխրիլ, — ասաց նա: — Միայն մեր գնած իրեղենները մեր այժմյան կացարանին ինքդ կվկայես, խիստ անհարմար են:

— Այդ մասին դու անհո՛գ կաց, սիրելիս, — պատասխանեց մայրը: — Ես այդ ևս կկարգադրեմ:

Եվ նույն րոպեին տիկին Բարբարեն իրանց տան վերի հարկի կեցողներին մի տոմսակ գրեց, որ նրանք մինչև առաջիկա շաբաթ օրը բոլոր սենյակները դատարկեն, հակառակ դեպքում նրանց դուրս կանեն ոստիկանության միջոցով:

Որովհետև կեցողները պայմանյալ ժամանակով չէին վարձած իրանց կացարանը, այդ պատճառով ընդունեցին տանտիկնոջ պատվերը:

Քիտեսը յուր հետ բերեց բեռնավորված մշակների մի ամբողջ կարավան, և Ճանճուր Իվանիչի տան ներքին սենյակները լցվեցան բազմաթիվ խայտաճամուկ իրեղեններով:

Լիզան յուր սովորական մելամաղձական լռությամբ, իսկ Ելենան յուր բնական մշտազվարճ դեմքով նայում էին նրանց համար խիստ զարմանալի իրեղենների վրա: Օրիորդ Սոֆին ինքն էր տեղավորում նրանց: Տիկին Բարբարեն կանգնած նայում էր յուր դստեր գործունեությանը:

Բայց փոքրիկ Ելենան դիմեց նրան այսպիսի հարցով.

— Մայրի՛կ, այդ բոլորը ո՞ւմն են:

— Սոֆիինը, — պատասխանեց տիկին Բարբարեն ծիծաղելով:

— Հապա ի՞նձ, — հարցրեց վշտանալով աղջիկը:

— Դու ի՞նչ ես ուզում:

— Մի հատ նոր խրծիկ, — պատասխանեց Ելենան յուր սիրուն գլուխը շարժելով:

— Չէ՞որ դու արդեն խրծիկ ունիս:

— Չէ՛, մայրիկ, նա լավը չէ, — կրկնեց դժգոհելով փոքրիկ աղջիկը: — Նրա աչքերը կապույտ են, մազերը դեղին, ես չեմ սիրում: Ինձ համար առեք մի այնպիսի խրծիկ, որ Սոֆիի նման սև աչքեր և սև մազեր ունենա:

— Չէ՞ որ քո աչքերն էլ կապույտ են և քո մազերը դեղնագույն, — կրկնեց մայրը:

— Իմ աչքերը կապույտ են, իրավ է, բայց մեր Թինան ասում է, թե հետո կսևանան, Սոֆիի աչքերի նման կդառնան:

Տիկին Բարբարեն ծիծաղեց փոքրիկ դստեր պարզ մտքի վրա,

— Բայց չե՞ս ուզի, որ Լիզի աչքերի պես լինին, — հարցրեց մայրը:

— Չէ, չեմ ուզում. ես Լիզի աչքերից վախենում եմ:

Իսկ Լիզան մի կողմնակի հայացք ձգեց քրոջ երեսին, և արդարև նրա աչքերը նույն րոպեին սարսափելի էին:

Մայրը սաստեց յուր երեխին, որ այդպես չխոսի քրոջ վրա և խոստացավ նրա համար գնել մի խրծիկ՝ սև աչքերով և սև մազերով:

Ելենան դուրս վազեց հայտնելու յուր մոր խոստմունքը իրանց դրացու աղջկան փոքրիկ Օլինկային:

## Ը

Օրը կյուրակե էր:

Հացի-Գելենց տների վերին հարկում, ընդարձակ, բավական ճաշակով զարդարված դահլիճի մեջ օրիորդ Սոֆին հոտավետ յուղերով օծված՝ կանգնել էր մեծ հայելու առջև. ֆրանսուհի կար անող կինը հագցնում էր և ուղղում նոր զգեստները:

Նրա մայրը և քույրերը ուրախությամբ նայում էին վրա:

Երբ օրիորդը բոլորովին հագնվեցավ, երկու անգամ անցուդարձ արավ դահլիճի մեջ, հրճվելով նայեց յուր վրա հայելու մեջ, և ապա հարցրեց ֆրանսուհուց՝ նրա մայրենի լեզվով.

— Ի՞նչպես է:

— Խիստ հարմար է, օրիորդ, — պատասխանեց կար անողը:

— Խիստ հարմար է, — նույնպես կրկնեց տիկին Բարբարեն:

Օրիորդն այդ լսելով ավելի ուրախացավ, ժպտաց և դարձյալ կանգ առավ հայելու առջև, և մի փոքր ևս յուր հագուստով հրճվելուց հետո, նա մոտեցավ յուր մորը և նրա ձեռքը համբուրեց ու շնորհակալություն հայտնեց:

Մայրը նույնպես գրկեց յուր դստերը, շնորհավորեց նրա հագուստը, "բարով մաշես" ասաց և մաղթեց նրա համար բախտավորություն:

Կար անող կինը հեռացավ:

Ժամը տասն էր:

Օրիորդ Սոֆին խնդրեց մորից՝ կառքով գնալ մի փոքր զբոսնելու:

Նա ցանկանում էր յուր նոր հագուստով այն օրը երևալ քաղաք հասարակությանը:

Քառորդ ժամից հետո փառավոր կառքը կանգնած էր դռանը:

Նրանք նստեցին: Կառքը սահեցավ:

Երկու անգամ նրանք պտույտ արին Գոլովինսկի պրոսպեկտով, հետո դիմեցին դեպի Մուշտայիդ:

— Այդ ի՞նչ ապրանք է, — հարցրեց յուր ընկերից ռուսերեն մի հայ երիտասարդ, բուլվարի վրայից ցույց տալով օրիորդ Սոֆիին,

— Ապրանքը արդեն հիանալի է... բոլորովին նոր և թարմ... բայց ափսոս որ վաճառողը հրեա է... — պատասխանեց մյուս երիտասարդը նույն լեզվով, մատներով իր նորաբույս ընչացքի հետ խաղալով:

— Ո՞վ է այդ:

— Հացի-Գելենց Ճանճուր Իվանիչը:

— Ափսո՜ս, — կրկնեց առաջինը: — Խանութն անմատչելի է:

— Այդ ոչինչ, — պատասխանեց երկրորդը: — Այդ աղջիկն ինքը՛ ճանապարհ կտա հաճախորդներին:

— Այո՛, — ասաց առաջինը՝ համոզվելով ընկերի խոսքերից. — դա ևս կընտելանա մեր աշխարհի պիտույքներին, թեև այժմ անհամբույր է նա իբրև վայրենի եղջերու:

Նրանք զբոսանքից դարձան տուն երկու ժամին: Ճանճուր Իվանիչի գնալուց հետո Հացի-Գելենց տանը զարմանալի փոփոխություններ եղան, որոնք խիստ ազդու ներգործություն ունեցան օրիորդ Սոֆիի ներկա և ապագա կյանքի վրա: Նրանց կացարանն ընդունեց կատարյալ գեղաճաշակ կերպարանք: Ճաշի և ընթրիքի սեղանը օրըստօրե ճոխանում էր եվրոպական խոհարարի նուրբ և համադամ խորտիկներով: Ծառաների թվին ավելացավ և մի մանկահասակ սպասավոր, կարճ ֆրակով, սպիտակ ձեռնոցներով և ճռճռան կոշիկներով, յուղած և կոկած գլխի մազերով և բավական ախորժելի դեմքով: Աղախինների թվին ավելացավ և մի մանուկ ռուսուհի օրիորդ, կլորիկ, սպիտակ, շիկահեր, մշտազվարճ դեմքով, Մաշա անունով: Ախոռատան բակում միշտ պատրաստ էր փառավոր տնային կառքը, զույգ կապուտիկ ձիաներով և մանկահասակ կառավարով, հաստլիկ ու կարմիր թշերով, սև մազերով և սև աչքերով, մի բարձրահասակ տղամարդ, Կազանի թաթարներից:

Զբոսանքները թե՛ կառքով և թեոտքով ամեն օրվա սովորություններ եղան: Գիշերվա խնջույքները, որ նրանք տալիս էին նրբաճաշակ քաղցրավենիքներով և հազվագյուտ մրգեղեններով, հռչակ ստացան բոլոր քաղաքում: Թատրոնում մի հատուկ լոժա օրիորդ Սոֆիի անվան նվիրական պատիվը ստացավ: Կար անող ֆրանսուհին և վարսահարդար եվրոպացի տիկինները սկսան շուտ — շուտ երևալ այնտեղ: Միով բանիվ, Հացի-Գելենց ընտանեկան և տնտեսական կյանքի պարզ աղքատիկ բնավորությունն ընդունեց նրբության և շռայլության բոլոր կործանիչ ձևերը:

Բայց դրանցից և ոչ մեկը չէր բավականացնում օրիորդ Սոֆիի գաղտնի բաղձանքներին: Նրա սիրտը դրանցով դարձյալ գոհ չէր: Նա երբեք ուրախ չէր լինում: Նա, ասես թե, որոնում էր մի այլ բան: Բայց ի՞նչ բան: Նա ինքը որոշակի կերպով չէր կարողանում բացատրել իրան: Միայն հարաժամ թախծալի էր՝ անցկացնելով անքուն գիշերներ:

Նրա օրերը անցնում էին խիստ դատարկությամբ: Առավոտները շատ անգամ մինչև տասը կամ տասներկու ժամը նա չէր դուրս գալիս յուր ննջարանից: Երբ որ դուրս էր գալիս, նրա դեմքը լինում էր խիստ գունատ և դալկացած. նա տաղտկալի էր, և կարծես թե ծուլանում էր շարժվելուց:

Նա լվացվում է, սրբվում և դիմում է դեպի յուր հայելին, ամբողջ ժամերով չի հեռանում նրանից, սանրվում է, օծվում է և հագնվում:

Հետո մտնում է նա դահլիճ, մոտենում է դաշնամուրին, մի քանի րոպե նրա քնքուշ մատները խաղում են ստեղունքների վրա, նա երգում է, ոգնորվում է... բայց հանկարծ, որպես թե նրա սրտի վրա սառը ջուր ածեին, նրա միտքն է ընկնում մի բան, և նա դադարում է երգելուց... և խորասուզվում է խորին մելամաղձական լռության մեջ:

Այնուհետև նա մտնում է յուր առանձնասենյակը, կանգնում է մի պատկերի առաջ, որ դրած էր նրա գրասեղանի վրա, և երկար հիացմամբ նայում է վրան: Նրա մտքից անցնում են հազարավոր մտածմունքներ... նա ժպտում է... նա համբուրում է պատկերը... և ապա թաքցնում յուր խորհրդավոր պահարանի մեջ:

Նա նստում է գրասեղանի հանդեպ, առնում է մի գիրք և կամենում է զբաղվել ընթերցանությամբ: Մի քանի րոպե նրա գեղեցիկ աչքերը վազում են տպած տողերի վրայից: Հանկարծ փողոցից լսվում է մի կառքի ձայն: Նա ձգում է գիրքը և վազում լուսամուտի հանդեպ: Նայում է՝ եթե անցնողը մի ծերունի աստիճանավոր է կամ մի վաճառական յուր յուղոտ ֆուրաշկով և սև կաբայով, ձեռքով մեջքին կնքում է նրա ետևից և երեսի վրա մի քանի արհամարհական ծամածռություններ գործելով, տհաճությամբ վերադառնում է յուր տեղը: Իսկ եթե անց կենողը մանկահասակ երիտասարդ է, փառավոր հագնված և վայելուչ կերպով թեք ընկած կառքի մեջ, յուր վարդագույն շրթունքներով բռնած բարակ պապիրոսը, — նա կանգնում է, նա երկար ու երկար նայում է նրա վրա, մինչև կառքը հեռանալով բոլորովին անհետանում է:

Նա այլևս չէ հեռանում նվիրական լուսամուտից: Նա տեսավ, որ մոր հետ անցնում է մի մանուկ օրիորդ, գեղեցիկ հագնված, երերուն քայլերով, նրա հագուստի՝ ուղտի ջաստի դմակի նման ուռուցավոր ձևը հիանալի պճրանք էր տալիս նրա ընթացքին: Օրիորդ Սոֆիին դյուր էր գալիս մի այդպիսի արհեստական ձևը: Նա վազում է դահլիճը, մոտենում է հայելուն, փորձում է ինքը ևս մի այնպիսի ձև տալ յուր իրանին: Նա կորանում է... Մի քանի անգամ անցուդարձ է անում հայելու առջև: Ուրախանում է... ժպտում է նա... "Այսպես լավ է", ասում է նա յուր մտքում, և կարծես թե ինքը յուր վրա սիրահարվում է...:

Նա դարձյալ դիմում է դեպի նվիրական լուսամուտը: Անցնում է մի այլ օրիորդ, որի հագուստի գույնը և ծալվածույքը յուրի նման չեն, նրանք բոլորովին այլ ձև ունին: Հավանում է այդ՝ օրիորդ Սոֆին և հետաքրքրվում է գիտենալ, թե այդ ո՞ր մագազինում է կարված: Եվ միևնույն րոպեին ափսոսում է նա, թե ինչու ինքը ևս այնպես չէ կարել տվել:

Կամ թե տեսնում է նա մի օրիորդ, որի շագանակագույն գիսակը խիստ թանձր է կամ նրա աչքերը բաց երկնագույն են և կամ դեմքը խիստ գունատ է. դրանք նույնպես գրավում են նրան, և նա տխրում է, թե ինչո՞ւ յուր թշերը վարդի գույն ունին, կամ յուր աչքերը սևորակ են, և գլխի գիսակը սև սաթի նման, բայց ոչ այնքան թանձր, որպես այն օրիորդինը, չմտածելով, որ նրա գիսակի մեջ մի բաթման կեղծամ է դրած:

Եվ այդպես՝ մեր փոփոխամիտ հերոսուհին ոչինչ բանով գոհ չէ: Նա չունի կիրթ ճաշակ դեպի գեղեցիկը, դեպի պատշաճավորը և դեպի վայելուչը: Ամեն մի նոր երևույթ, ամեն մի նոր առարկա ծնեցնում էր նրա սրտի մեջ նորանոր ցանկություններ:

Արդարև, մի այնպիսի սնաթորմիկ գերդաստանի զավակը, մեծացած հասարակ ընտանեկան շրջանի մեջ, որպիսին Հացի-Գելենք էին, երբեք չէր կարող ունենալ կրթված ճաշակ: Իսկ դպրոցի փակված վանդակում նա չէր կարող ծանոթանալ արտաքին աշխարհի հետ: Այգ պատճառով նրա սրտում չկար ոչինչ հիմնավոր բան, այլ ցնորական և երազամոլ երևակայություններ միայն:

Ահա՛ այդպես դատարկությամբ էին անցնում մեր հերոսուհու օրերը:

## Թ

Մի օր առավոտ օրիորդ Սոֆիի մոտ եկավ Աննա Եգորովնան:

Մանկահասակ օրիորդը, տեսնելով ընկերուհու կացարանի փառավոր զարդարանքը և նայելով յուր չորս կողմը, ժպտալով նրա ձեռքն առավ և ասաց ռուսերեն.

— Այժմ արդեն կարելի է շիկ տալ...:

Օրիորդ Սոֆին նույնպես քաղցր ժպտալով, պատասխանեց նրան.

— Այո՛, այժմ կարելի է ասել, թե ապրում ենք...

Նրանք հարցնելով միմյանց առողջությունը, և ընդունելության սովորական ձեւերը կատարելուց հետո, օրիորդ Սոֆին ման ածեց յուր ընկերուհուն բոլոր սենյակները, ցույց տվավ նրան յուր գնած իրեղենները և յուր նոր հագուստների մինչև վերջին թելը, հայտնեց յուր դիտավորությունը՝ նորոգություններ անելու համար:

Աննա Եգորովնայի դեմքը բացատրում էր ուրախություն, օրիորդ Սոֆին նույնպես գտնվում էր յուր հոգվո զվարճալի տրամադրության մեջ:

— Այդ արդեն հրա՜շք է, Սոֆի, — ասաց նրան Աննա Եգորովնան: — Դու ի՞նչպես կատարեցիր այս բոլոր հեղափոխությունը առանց պատերազմի և առանց զոհերի:

Աննա Եգորովնայի խոսքը Հացի-Գելենց ընտանեկան կյանքի վերանորոգության համար էր:

— Մեր պատերազմը մնացել է հորս վերադարձից հետո, — պասոասխանեց նա ծիծաղելով:

— Այդ ոչինչ... — պատասխանեց Անիչկան, և նրա փափուկ դեմքի վրա երևեցան խիստ ծամածռության նշաններ:

— "Հարսանիքից հետո զուռնա չեն ածում": Ամեն ինչ արդեն վերջացած է...: Նրանք նստեցին օրիորդ Սոֆիի կաբինետում:

— Դու այսօր Ալեքսանդրյան այգո՞ւմն էիր, — հարցրեց նրանից օրիորդ Սոֆին:

— Այո՛, — պատասխանեց Անիչկան:

— Ասա՛, խնդրեմ, ո՞վ էր այն երիտասարդը՝ բարձր հասակով, սև, գանգուր մազերով, նորաբույս ընչացքներով, գեղեցիկ դեմքով, սև բարխատյա կարճլիկ սերթուկով... փոքրիկ ակնոցներով...:

Եվ նա սկսավ նկարագրել գեղեցիկ երիտասարդին, որ այնքան գրավել էր յուր ուշադրությունը:

— Դա՛, այդ դու Շերիմովին ես ասում, — պատասխանեց Անիչկան: — Նա նոր է ավարտել Մոսկվայի համալսարանը:

— Ա՜խ, ի՛նչպիսի փառավոր պարոն է նա:

— Նա առաջին ֆրանտն է մեր քաղաքում: Դու հավանեցի՞ր նրան:

— Ինչպե՞ս չհավանեի:

— Եղիսավետն էլ նրա համար խելքից էլած է:

— Ո՞րտեղ է բնակվում, — հարցրեց հետաքրքրվելով օրիորդ Սոֆին:

— Նա բնակվում է Սոլոլակում:

— Նա մի՞շտ լինում է այգում:

— Համարյա՛ ամեն օր:

Եվ նրանք երկար խոսեցին Մոսկվայի համալսարանի ուսանողի մասին, մինչև որ օրիորդ Սոֆին ասաց.

— Ես վճռել եմ անպատճառ ծանոթանալ նրա հետ:

— Այո՛, արժե ծանոթանալ, — կրկնեց Անիչկան խորին հուզմունքով:

— Դու լսե՞լ ես նոր համբավ, — խոսքը փոխեց նա:

— Ի՞նչ, — հարցրեց օրիորդ Սոֆին հետաքրքրվելով:

— Օրիորդ Մահակյանը նշանվել է:

— Ասա՛, խնդրեմ, ո՞ւմ վրա, — շտապով հարցրեց օրիորդ Սոֆին:

— Տոլմա — ուտողի տղա Սոսիկոյի վրա, — պատասխանեց Անիչկան ծիծաղելով:

— Չէ՛, դու կատակ ես անում, Անիչկա, — զարմանալով կրկնեց օրիորդ Սոֆին:

— Ո՛չ, հավատա, ես դորդ եմ ասում:

— Աստված իմ, այդ ի՞նչ հիմարություն է: — Ընդհակառակն, շատ խելոքություն է, — նրա խոսքը կտրեց Անիչկան: — Գիտե՞ս որքան հարուստ է այդ Սոսիկոն:

— Դիցուք թե հարուստ է, բայց նա ինչի՞ նման է:

Եվ օրիորդ Սոֆին սկսավ նկարագրել նրա տգեղությունը:

— Գեղեցիկ երիտասարդներ միշտ կարող է գտնել օրիորդ Մահակյանը և՛ նրա կինը լինելուց հետո, բայց փող, ո՛չ ամենայն ժամանակ:

— Վերջապես այդ հիմարություն է:

Անիչկան խորհրդավոր կերպով գլուխը շարժեց և ասաց.

— Նա յուր հաշիվը լավ գիտե... Նրան ասել են այդ, նա պատասխանել է, թե ինձ այնպիսի ամուսին պետք է, որ օրը մի տեսակ հագուստով հանդես դուրս գամ:

— Նա հենց վարժարանում այդպես հիմար էր:

Մահակյանի նշանվելու վրա երկար խոսելուց հետո, Աննա Եգորովնան նորոգեց հարցը Նատոյի Կոչորի անցքի մասին, որ մի քանի օր առաջ կիսատ էր մնացել. օրիորդ Սոֆին լրացնելով յուր պատմությանը, ավելացրեց.

— Այդ Նատոներից մի քանի հատ ևս այժմ ավելացել է մեր վարժարանում:

Աննա Եգորովնան սկսեց թախանձել, որ հայտնի, թե ովքեր են

նրանք, բայց օրիորդ Սոֆին պատասխանեց, թե ինքը սովոր չէ հայտնել այլոց գաղտնիքները:

Հետաքրքիր օրիորդը վշտացավ այդ պատասխանից, ասելով.

— Սոֆի, դու բոլորովին անկեղծ չես ինձ հետ, մինչդեռ ես քեզանից բան չեմ ծածկում:

Օրիորդ Սոֆին, նկատելով յուր ընկերուհու տրտունջը՝ ասաց.

— Խղճմտանքի ընդդեմ է բամբասել նրանց այդպիսի հանցանքների համար. չէ՞ որ մենք ամենքս էլ ունինք այդպիսի թուլություններ:

Աննա Եգորովնան ծիծաղեց:

Օրիորդ Սոֆին հնչեցրեց գրասեղանի վրայի փոքրիկ զանգը.

Ներս մտավ ռուս աղախին Մաշան:

— Մաշա՛, մի քանի տեսակ մուրաբա բեր, — հրամայեց օրիորդը աղախնին:

— Հրամմել եք, — ասաց թեթևաշարժ աղախինը և շտապով դուրս գնաց:

Օրիորդ Սոֆին դիմեց յուր հյուրուհուն.

— Այնպիսի լավ մուրաբեք ունիմ, Անիչկա՛, մի խոսքով հիանալի:

— Այժմ քեզ մոտ ամեն ինչ կգտնվի, — պատասխանեց հյուրուհին:

— Դեռ ո՛չ ամեն ինչ, Անիչկա... — խորհրդավոր ձայնով պատասխանեց օրիորդ Սոֆին:

Աննա Եգորովնան գուշակելով, թե ինչ է կամենում ասել նա, ասաց ժպտալով.

— Իմ կարծիքով միայն մի բան պակաս է, Սոֆի:

— Ի՞նչ:

— Դու արդեն գիտես...

Օրիորդ Սոֆին ծիծաղեց: Նրա դեմքը բացատրում էր ներքին զվարճություն:

— Ի՞նչ խորամանկ ես դու, Անիչկա՛, — կրկնեց նա:

Սույն միջոցին Մաշան մի թանկագին արծաթյա սկուտեղի վրա ներս բերեց զանազան տեսակ ազնիվ մուրաբաներ, որոնք ածված էին փոքրիկ հախճապակյա ափսեների մեջ, և դրեց բոլորակ սեղանի վրա, որի մոտ նստած էին նրանք:

Նույն րոպեին ներս մտավ տիկին Բարբարեն, և տեսնելով յուր դուստրը և նրա հյուրուհին, շատ ուրախացավ՝ ասելով.

— Ահա՛ այդպես լավ է:

Նրանք փոխեցին իրանց խոսակցության նյութը:

## Ժ

Օրիորդ Սոֆին նույն օրվա երեկոյան պահուն ստացավ Աննա Եգորովնայի ուղարկած գրքերը: Դրանք մի քանի հատոր Տուրգենևի, Պիսեմսկու ռոմաններից էին: Սկզբում մոր երկյուղից ստիպված էր այդ գրքերը յուր բարձի տակ թաքցնել կամ գիշերները գաղտնի կարդալ, իսկ այնուհետև նա շարունակ զբաղված էր այդ գրքերի ընթերցանությամբ բոլորովին համարձակ, որովհետև նրա ծնողները և բոլոր տանեցիք ամենևին հասկացողություն չունեին, թե ի՛նչ է ռոման ասած բանը:

Այնուհետև օրիորդն այլևս դուրս չէր գալիս յուր առանձնասենյակից. նա երևում էր յուր մորը միայն առավոտը, ճաշին և ընթրիքի ժամանակ, և մեկ էլ՝ երբ նրանց մոտ հյուրեր էին գալիս: Մայրը հարցնում էր նրան, թե ի՞նչ է շինում նա ամբողջ օրը յուր սենյակում փակված: Օրիորդը պատասխանում էր՝ "զբաղված եմ":

Նա անդադար կարդում էր և կարդում... և այդ բանաստեղծական գրքերի անհատական աղբյուրից ձևակերպում էր նոր գաղափարներ:

Այդ գաղափարները, օրըստօրե տպավորվելով և կերպարանագործվելով նրա թարմ ուղեղի մեջ, ծնեցին նրա գլխում երևակայական ցնորքներ, որ շատ անգամ արթուն կամ քնի մեջ նա երազում էր:

Երբեմն գիշերային քաղցր երազների մեջ նրան պատկերանում է մեծահանդես բալ: Դահլիճը լուսավորված է կուրացուցիչ փայլողությամբ: Հանդիսականները եռ են գալիս գույնզգույն հագուստներով: Մետաքսը, շալը, ոսկին, արծաթը և գոհարեղենները, արհեստի վայելուչ հարմարությամբ, վառվում են, խշխշում են և ալեկոծվում...:

Մեր երազամոլ հերոսուհին, վառված ադամանդներով ու պճնված գեղեցիկ հագուստներով, սիգաճեմ ընթացքով մտնում է բալի դահլիճը: Բազմությունը դղրդում է: Բոլորի ուշադրությունը դառնում է դեպի նա: "Ահա գեղեցկության դիցուհին", — լսելի են լինում հիացման ձայներ: Մուզիկան հնչում է, պարահանդեսը փոթորկվում է: Մի կարճլիկ տղամարդ, հաստ փորով և ուռած թշերով, առաջարկում է օրիորդին յուր ձեռքը՝ պարելու: Նա հրաժարվում է: Մոտենում է մի այլը՝ մեծ էպոլետներով և օրդեններով պատած կուրծքով: Նա դարձյալ հրաժարվում է: Մոտենում է քաղաքավարությամբ մի այլը՝ պճնազգեստ երիտասարդ, բարձրահասակ, նրբակազմ, գանգրահեր և խիստ գեղեցկադեմ:

Օրիորդը կանգնում է: նրանք պտտվում են որպես անիվ: Մի քանի անգամ օրիորդի փափուկ կուրծքը և կիսամերկ բազուկները հեզիկ շփվում են յուր պարընկերի թևերին: Օրիորդը յուր մարմնի բոլոր կազմության մեջ զգում է էլեկտրական ցնցողություն: Պարի ձևը փոխվում է: Օրիորդը իրան ձևացնելով թե հոգնեց, նստում է: Նրա պարընկերը շնորհալի կերպով մոտեցնում է նրան աթոռ: Օրիորդը իր գոհությունը հայտնում է գլխի հեզիկ շարժումով: Պարընկերը չի հեռանում նրանից: Օրիորդը լսում է նրանից մի քանի քնքուշ խոսքեր...

Երբեմն մեր հերոսուհին երազում էր, թե նա թատրոնումն է. ինքը փառավորապես նստած է լոժայի մեջ: Հանդիսականները վառվում են բյուրավոր պճրանքով: Քաղցրաձայն մուզիկան հնչում է: Իտալուհին անուշ ձայնով երգում է: Լոժաները լիքն են սիրուն աղջիկներով: Բայց նրանցից և ո՛չ մինը յուր նման հագնված չէ: Հանդիսարանում աթոռներն ու բազկաթոռները լիքն են բազմաթիվ երիտասարդներով: Բայց նրանցից ո՛չ մինը չէ նայում բեմին: Նրանց դիտակներն ուղղված են դեպի յուր լոժան...:

Եվ երբեմն էլ երազում էր նա, թե գտնվում է մի այգու մեջ, յուր գլուխը զարդարված է ծաղիկներով: Մի գեղեցկադեմ պատանի, չոքած յուր առջև՝ աղաչում է... և արտասուքը մարգարտի նման գլորվում է նրա սիրուն աչքերից... "Ես սիրում եմ քեզ... Սոֆի": Այդ մոգական ձայները զարկվում են նրա ականջներին:

Ահա այդպես մեր սիրուն հերուսուհին, յուր գիշերային հանգստյան մեջ, հրապուրվում էր այդպիսի երևակայական պատկերներով: Եվ ամբողջ օրը նրա մտքից չէին հեռանում այդ գիշերային հիմար երազները:

Այո՛, մի կատաղի ախտ զարհուրելի կերպով բոցավառվում էր նրա սրտի մեջ — դա էր սերը:

Վերջին օրերը օրիորդ Սոֆին մտածեց յուր երևակայական երազներին տալ որևիցե իրողական կերպարանք: Իսկ այդ փափագին հասնելու հնար չէր լինում մի քանի արգելառիթ պատճառներով: Եվ գլխավորապես այն էր պատճառը, որ Հացի-Գելենց ընտանեկան կյանքի շրջանը՝ ինչպես հայտնի է մեր ընթերցողին, խիստ նեղ էր, մռայլոտ և անմատչելի: Թեև վերջին օրերը տիկին Բարբարեն նրան բավական ընդարձակ և փառավոր կերպարանք տվավ, բայց այնուամենայնիվ այդ արտաքին շքեղությունը բավական չէր սրբելու նրանցից հին կեղտը, և առիթ տար նրանց հարաբերություն ունենալ հասարակության բարձր դասակարգի անհատների հետ, ուր դեգերում էր միշտ օրիորդ Սոֆիի միտքը: Նրանց երթևեկները տակավին հասարակ մարդիկ էին — մի քանի կաբավոր մորթե գդակով փողոցի առևտրական տղամարդիկ, մի քանի աղջիկներ՝ կոլոլված իրանց դերիաների մեջ, նախշուն թասակրավիներով, և մի քանի քաթիպավոր կանայք իրանց մերձավոր ազգականներից: Բայց այդ տեսակ մարդիկ ո՛չ միայն չէին կարող գրավել օրիորդ Սոֆիի ուշադրությունը, այլ սկսած նրա վարժարանի կյանքից, ատելի էին նրան: Թեև նրանցից շատերը գիտեին մի քանի հատ ու կտոր պոժոլուստ — մոժոլուստա ասել և գլուխ տալու կամ ձեռք բռնելու միջոցին ոտքը գետնին քսել, բայց այդպիսի կապկորեն քաղաքավարությունները առավել զայրացնում էին նրան, և նա չէր կարող հարգանք զգալ դեպի այդպիսի մարդիկ:

Միակ հյուրը, որին պատվում էր օրիորդ Սոֆին, Աննա Եգորովնան էր, որ նրան զվարճացնում էր՝ բերելով երբեմնապես զանազան լուրեր:

Բայց վերջին օրերը օրիորդի ուշադրությունը գրավեց մի պատանի գիմնազիստ, վեցերորդ դասարանի աշակերտ Նիկոլ Մայիլով անունով:

Մայիլովը տասնևութ տարեկան էր, քնքուշ կազմվածքով, գեղեցիկ դեմքով, քաղցրաբարո և բարեսիրտ պատանի, հին, ազնվական տոհմից: Նա թեև խիստ փափուկ էր մեծացած, բայց բավական բարեկիրթ, խելացի և ամոթխած էր: Մի փոքրիկ նկատողությունը կարող էր նրան վրդովմունք պատճառել, և նա կարմրում էր մինչև ականջները:

Նա Գրիգոլի դասընկերն էր, և շատ անգամ գալիս էր նրա մոտ սերտողության համար:

Օրը կյուրակե էր:

Տիկին Բարբարեն վաղ առավոտյան գնացել էր մի ազգականի տուն: Օրիորդ Սոֆին միայնակ կանգնած, պատշգամբից նայում էր դեպի բակը: Հանկարծ երևեցավ Մայիլովը մի քանի տետրակներ թևի տակին: Տեսնելով օրիորդին, նա մոտեցավ, բարևեց և կարմրելով հարցրեց.

— Ասացե՛ք, խնդրեմ, տա՞նն է Գրիգոլը:

— Ո՛չ, նա մի քանի րոպե առաջ դուրս գնաց, — պատասխանեց օրիորդը ռուսերեն:

Մայիլովը դարձյալ գլուխ տվավ և կամենում էր հեռանալ:

— Ինչո՞ւ, Նիկոլ, այդպես շուտ, — ասաց նրան օրիորդը: — Մի փոքր սպասեցեք, նա շուտ կվերադառնա:

Մայիլովը կանգ առավ:

— Նե՛րս գնանք, — ասաց օրիորդը:

Նրանք մտան դահլիճը:

Օրիորդը նստավ լուսամուտի մոտ, որ նայում էր դեպի Մթածմինդայի բակը, և խնդրեց գիմնազիստին՝ նստել յուր մոտ:

Օրիորդը հնչեցրեց զանգը, ներս մտավ աղախինը:

— Մաշա՛, պատրաստեցեք սուրճ, կաթնով, եթե սեր չկա:

Աղախինը հեռացավ: Օրիորդը դիմեց դեպի պատանի հյուրը այսպիսի հարցով.

— Ի՞նչ տետրակներ են դրանք:

— Մեր ուսանելի առարկաները, — պատասխանեց Մայիլովը:

— Եթե կարելի է, խնդրեմ, տաք ինձ նայեմ նրանց:

Մայիլովը տվավ նրան յուր տետրակները:

Օրիորդը դրեց լուսամուտի վրա գիմնազիստի կեղտոտ և կիսամաշ տետրակները և ուշադրությամբ նայում էր նրանց վրա և թերթում: Նրանց մեջ, խառն և անորոշ գրիչով, մի տեղ թանաքով, մի տեղ մատիտով, նշանակված էին նկատողություններ զանազան առարկաներից. իսկ մի քանի տեղ նկարված էին աշակերտական կյանքից խեղկատակ պատկերներ, օրինակ՝ գլուխներ՝ ահագին և երկար քթով, կմախքներ՝ այլանդակ կերպարանքներով և այլ պեսպես անորոշ և խառնափնթոր գծագրություններ:

Մայիլովը շառագունեցավ, երբ օրիորդը սկսեց նայել դրանց վրա: Բայց օրիորդ Սոֆին մի կողմ դրեց մյուս տետրակները և մնաց նրա առջև միայն պատմության տետրակը:

— Երևի դուք պատմություն շատ եք սիրում, — ասաց նա՝ դիմելով Մայիլովին, — որովհետև ձեր պատմության տետրակն ավելի մաքուր է գրված:

— Այո՛, սիրում եմ, — պատասխանեց աշակերտը մեքենաբար:

— Ինչքա՞ն եք անցել:

— Հին և միջին դարերի պատմությունն արդեն ավարտել ենք, այժմ սովորում ենք նոր ժամանակների պատմությունը:

Օրիորդը մտածեց առաջարկել նրան մի քանի հարցեր, կամենալով փորձել նրա հայացքը, նրա մտքի ուղղությունը: Այդ պատճառով հարցրեց.

— Դուք հիշո՞ւմ եք մի կին հունաց պատմության մեջ, որ եղավ Տրոյան պատերազմի պատճառը:

— Այո՛, Հեղինեն, Մենելայոսի կինը, որին փախցրեց Պարիսը՝ Պրիամոսի որդին, — պատասխանեց Մայիլովը սքոլական ոճով:

— Ասացե՛ք, խնդրեմ, — ժպտալով հարցրեց օրիորդը, — ի՞նչպես է ձեր կարծիքը Հեղինեի վարմունքի մասին:

Մայիլովը մի փոքր շփոթվեցավ և ապա պատասխանեց.

— Իմ կարծիքը Հեղինեի վարմունքի մասին շատ էլ լավ չէ՛:

— Ինչո՞ւ:

— Նրա համար, որ նա պղծեց ողջախոհության օրենքը՝ անհավատարիմ գտնվելով դեպի յուր ամուսինը և եղավ այնքան արյունհեղությունների պատճառ:

— Չէ՞ որ նա սիրում էր Պարիսին:

— Աններելի է մի այնպիսի սնոտի սիրո համար այնքան զոհողություններ անել:

— Բայց ի՞նչպիսի կնոջ վարմունքն է ավելի գրավում ձեզ պատմության մեջ:

— Հռոմայեցի Լուկրեցիայի:

Օրիորդ Սոֆին ճանաչեց, թե ինչ սրտի տեր էր յուր խոսակիցը: Աղախինը ներս բերավ սուրճ, նախ տվեց Մայիլովին, իսկ նա ամաչելով՝ հրաժարվեցավ:

— Խնդրեմ, խնդրեմ, առանց քաշվելու, — ասաց նրան օրիորդը:

Մայիլովն ընդունեց գավաթը և դրեց յուր առջև սեղանի վրա:

Խոսակցությունը նրանց մեջ դադարեցավ: Օրիորդ Սոֆին մտածման մեջ ընկավ՝ մերթ ընդ մերթ յուր ախտաբորբոք աչքերը սևեռելով գիմնազիստի ամոթխած, շառագունած և նույն րոպեին բավական ախորժելի երեսին, որ խոնարհած նայում էր դեպի ցած:

— Դուք երբևիցե ռոման կարդացե՞լ եք, — հարցրեց նրանից օրիորդը:

— Ոչ՛, իմ հայրս կպատժե, եթե գիտենա, որ ես այդպիսի գրքեր եմ կարդում, — պատասխանեց Մայիլովը առավել ևս շփոթվելով:

— Ինչո՞ւ:

— Որովհետև ասում են նրանց մեջ հիմար — հիմար բաներ են գրված, ուրեմն էլ ի՞նչպես կարելի է կարդալ այդպիսի գրքեր:

Օրիորդը ոչինչ չխոսեց, միայն յուր մտքի մեջ ասաց. “Խեղճ երեխա, դեռ կաթնի հոտ է բուրում բերանից”...

Նրանց խոսակցությունն ընդհատեց Գրիգոլը, որ ներս մտավ, ողջունեց ընկերոջը և նստեց նրանց մոտ:

Օրիորդ Սոֆին մի քանի րոպեից հետո վեր կացավ և թողնելով նրանց միասին՝ գնաց յուր սենյակը:

# ԺԱ

Մայիլովը ոչինչ չհասկանալով օրիորդ Սոֆիի այդպիսի խորհրդավոր խոսակցությունից, միամտությամբ շարունակում էր յուր երթևեկությունը Հացի – Գիլենց տուն: Բայց մեր հերոսուհու սիրտը վառված էր պատանի գիմնազիստի գեղեցկությամբ. միայն նա ափսոսում էր պատանու պարզ և համարյա երեխայական վարվեցողության և նրա անկեղծ ամոթխածության համար, որոնք իսպառ բավականացուցիչ չէին յուր ցանկությունների համար:

Մի օր երեկոյան պահուն Մայիլովը դարձյալ եկավ Գրիգոլիի մոտ, բայց նա տանը չէր, այդ պատճառով օրիորդ Սոֆին հրավիրեց նրան յուր սենյակը:

Նրա մայրը այդ երեկո գնացել էր հյուր յուր եղբոր տուն, քույրերն իրանց սենյակումն էին, իսկ օրիորդը միայնակ էր:

Թեյ բերին կաթնով և պաքսիմատով: Մայիլովն յուր սովորական ամոթխածությամբ ընդունեց գավաթը և սկսեց կամաց – կամաց խմել:

Նա լուռ էր: Օրիորդը մտածեց զբաղեցնել նրան:

– Դուք սիրո՞ւմ եք մուզիկա, – հարցրեց նրանից օրիորդը՝ թեյ ըմպելուց հետո:

– Սիրում եմ, – պատասխանեց Մայիլովը:

– Ուրեմն գնանք դահլիճ, ես կնվագեմ ձեզ համար պիանոյի վրա:

– Գնանք, – ասաց գիմնազիստը և վեր կացավ:

Նրանք գնացին դահլիճ, որ փառավորապես լուսավորված էր: Օրիորդը նստավ պիանոյի առջև, նրանից մի քիչ հեռու նստեց Մայիլովը: Պիանոն հնչեց, օրիորդը հիանալի ձայնով երգեց ռուսերեն մի սոնետ...:

Օրիորդ Սոֆիի քաղցր ձայնը յուր անուշ հնչյուններով միախառնվելով դաշնամուրի արվեստական ձայների հետ՝ ձևացնում էր հիանալի ներդաշնակություն: Մայիլովը, որ ոչինչ ճաշակ չուներ մուզիկայի մեջ, դարձյալ սքանչացած լսում էր, թեև նա չէր որոշում ձայների փոփոխությունները, բայց նրան դյուր էին գալիս միայն քաղցր հնչյունները:

Օրիորդը դադարեց նվագելուց:

– Ի՞նչպես է, ձեզ դուր եկա՞վ, – հարցրեց նա Մայիլովին՝ ուղղակի նայելով նրա աչքերի մեջ:

– Շատ լավ եք ածում, – պատասխանեց Մայիլովը: – Այլև հիանալի երգում եք:

— Կամենա՞ք ես կսովորեցնեմ ձեզ դաշնամուրի վրա նվագել:

— Ես շատ կցանկանայի, եթե ժամանակս ներեր:

— Ինչո՞ւ, դուք ամեն օր կարող եք կես ժամ պարապել, երբ գալիս եք այստեղ Գրիգոլի հետ դաս սովորելու, և ես խոստանում եմ ձեզ սովորացնել:

Մայիլովի խելքին մտավ օրիորդի ասածը:

— Շնորհակալ կլինեմ ձեզանից, — ասաց նա ուրախանալով:

— Հիմա եկեք այս բոպեիս ցույց տամ ձեզ մի քանի խաղեր: Եվ Մայիլովը նստեց օրիորդի մոտ շատ մերձ:

Մի փոքր նվագելուց հետո օրիորդը հրավիրեց նրան յուր առանձնասենյակը:

Օրիորդ Սոֆին նստեց յուր առաջվան տեղը, նրա հանդեպ նստեց Մայիլովը: Երկուսի մեջտեղում դրած էր փոքրիկ բոլորակ սեղան, որի վրա վառվում էր լամպարը:

— Դուք դարձյալ տխուր եք, Նիկոլ, — ասաց օրիորդը՝ ուղղակի նայելով նրա երեսին:

— Ընդհակառակն, ես խիստ ուրախ եմ այժմ, — պատասխանեց Նիկոլը:

— Կամենաք, ես կզբաղեցնեմ ձեզ զվարճալի ընթերցանությամբ:

— Շնորհակալ կլինեմ:

Օրիորդն ընտրեց յուր մատենադարանից փառակազմ մի գիրք, որի կազմի վրա ոսկեզօծ տառերով դրոշմված էր այսպիսի վերտառություն — George Sande.

Նա դրեց գիրքը յուր առջև և մի փոքր թերթելով՝ հարցրեց.

— Դուք ծանո՞թ եք այս գրքի հետ:

— Ո՛չ, ես առաջին անգամն եմ տեսնում այդ, — պատասխանեց Մայիլովը:

— Ուրեմն լսեցեք, ես կարդամ. սա ռոման է:

Եվ օրիորդը բորբոքված կերպով սկսեց կարդալ: Ընթերցանության ժամանակ նրա դեմքն ընդունում էր զանազան արտահայտություններ՝ երբեմն կարմրում էր, երբեմն գունատվում, իսկ երբեմն նրա աչքերը վառվում էին կատաղի կրակով:

Բայց Մայիլովի դեմքը խաղաղ էր, միայն երբ խոսքը դառնում էր սիրային կրակոտ և սուր արտահայտությունների, կամ սիրահարների համբույրների և նրանց մեղմ քնքշությունների վրա, նրա դեմքը նշմարելի կերպով շառագունում էր, կարծես թե նա ամոթ էր զգում այդպիսի անպարկեշտ խոսքեր լսելու համար. իսկ երբեմն նրա նուրբ շրթունքների վրա խաղում էր մի անմեղ ժպիտ:

Օրիորդը դադարեց կարդալուց և յուր ախտաբորբոք աչքերը ձգելով Մայիլովի երեսին՝ հարցրեց.

— Ի՞նչպես է, հավանո՞ւմ եք:

Պատանի գիմնազիստը ոչինչ չպատասխանեց, այլ կարմրելով ժպտաց, և միևնույն րոպեին զգաց, որ օրիորդի փոքրիկ ոտը սեղանի տակից խիստ քնքշությամբ սեղմվեցավ յուր ոտին. պատանին դողաց բոլոր մարմնով և ետ քաշեց ոտը:

Մի քանի րոպե տիրեց խորհրդավոր լռություն:

Օրիորդը տեսնելով յուր խորամանկության անհաջողությունը, մտածեց ուրիշ կերպ զբաղեցնել նրան:

— Ի՜նչ սիրուն մազեր ունիք, Նիկոլ, — ասաց նա ձեռքը տանելով դեպ նրա դլուխը: — Ի՜նչպես փափուկ, գանգուր և խարտյաշ են. իսկ իմ զիսակները սև են ու կոշտ, ամենևին գանգուր չեն. ես շատ կցանկանայի, որ իմ մազերը ևս ձերինի պես լինեին:

— Կամենո՞ւմ եք փոխենք, — ծիծաղելով ասաց պատանին, — եթե այդքան ցանկալի է ձեզ իմ մազերը:

— Փոխենք, — պատասխանեց օրիորդը: — Բայց փորձենք կարելի՞ է վեր առնել:

Եվ նրա սպիտակ ու նուրբ մատիկները սկսան շարժվիլ պատանու գանգուրների մեջ և երբեմն էլ հեզիկ շփվել նրա երեսին:

— Ո՜չ, Նիկոլ, ափսոս, չէ կարելի փոխել, — ցավելով ասաց օրիորդը:

Պատանին հեզիկ ծիծաղեցավ. բայց նրա ծիծաղն արտահայտում էր երեխայական անմեղություն:

Օրիորդ Սոֆին մտածեց մի այլ բանով զբաղեցնել նրան:

— Դու թուղթ խաղալ իմանո՞ւմ ես, — հարցրեց նա եզակի:

— Ո՜չ, ես ոչինչ խաղ չեմ սովորած, — պատասխանեց կարմրելով պատանին:

— Ես այս րոպեիս կսովորեցնեմ քեզ մի դյուրին խաղ:

— Լա՜վ, տեսնեմ ո՜րպիսի խաղ:

— Տեսնո՞ւմ ես այս մատանին, — ասաց օրիորդը՝ մատից հանելով մատանին և նրան ցույց տալով: — Ես այս մատանին կթաքցնեմ, եթե դու գուշակեցիր, թե ո՜րտեղ եմ թաքցրել և գտար, տարած ես և դրա համար, ամեն մի գտնելուն, ես պարտավորված կլինեմ քեզ տալ մի բան, զորօրինակ, ասենք, մի ֆունտ կոնֆետ, բայց եթե չկարողանաս գտնել, արդեն տարված կլինես, այն ժամանակ դու կպարտավորվես ինձ տալ նույնը:

— Ի՞նչպես կարելի է գտնել, — պատասխանեց Մայիլովը, — դու կարող ես թաքցնել մատանին մի այնպիսի տեղ, որ ես անկարող կլինեմ գուշակել:

— Ո՛չ, այդ խաղն ունի յուր սահմանները, — ասաց օրիորդը: — Միայն հինգ տեղ են նշանակվում թաքցնելու համար, այն է՝ երկու գրպանում, երկու ձեռքի ափերի մեջ և ծոցում: Եվ եթե դու գուշակես, որ դրանցից մեկի մեջ է թաքցրած մատանին, կարող ես որոնել, եթե այնտեղից դուրս եկավ, տարած ես, եթե մի այլ տեղից դուրս եկավ, տարված ես: Միայն այն պայմանով, որ ամեն անգամ նշանակած տեղերից միմիայն մինը կարող ես որոնել. բացի մեկ տեղից, ուրիշ տեղ նայելու իրավունք չունես:

— Շատ լավ, ես արդեն սովորեցի, — ասաց Մայիլովը ուրախանալով:

— Առաջ սկսում եմ ես, որ լավ սովորես:

— Սկսի՛ր:

Եվ օրիորդը յուր երեսը շրջեց դեպի պատը և մի քանի րոպեից հետո դառնալով դեպի Մայիլովը, երկու ձեռքը խփած պահելով՝ հարցրեց.

— Ո՞ւր է մատանին:

Մայիլովը բռնեց նրա աջ կռուփը, ասաց.

— Այստեղ է:

Օրիորդը ձեռքը բաց արավ. այնտեղ չէր. մատանին դուրս եկավ նրա ձախ կողմի գրպանից:

— Այդ մի ֆունտ կոնֆետ. դու տանել տվիր, — ասաց օրիորդը:

— Մի անգամ ևս, — ասաց պատանին:

— Դու մինչև հինգ անգամ նայելու իրավունք ունիս, — ասաց նրան օրիորդը և դարձյալ երեսը շրջեց դեպի պատը:

Մի քանի րոպեից հետո օրիորդը կանգնեց առաջվա պես և հարցրեց.

— Ապա ա՞յժմ:

Պատանին կարծելով, թե այս անգամ գրպանում դրած կլինի, ձեռքը տարավ նրա գրպանը, որ շատ խորն էր, և սկսեց որոնել, բայց ոչինչ չգտավ: Միայն զգաց, որ օրիորդի փափուկ ազդրերը յուր մատների հպավորության միջոցին դողում էին...

Այս անգամ մատանին դուրս եկավ օրիորդի ծոցից:

Խաղը կրկնվեցավ:

Այս անգամ պատանին ձեռքը տարավ դեպի նրա խորհրդավոր ծոցը. բայց այնտեղ ևս ոչինչ չգտավ. միայն երկու փափուկ ուռույցքներ քնքշաբար հպվեցին նրա ձեռքին, և մի բան նրա կրծքի մեջ սաստիկ զարկում էր...

— Այս անգամ նույնպես տանուլ տվիր, — ասաց օրիորդը: Վերջին խաղին պատանին երկար որոնելուց հետո գտավ մատանին նրա գրպանում, որ երկու ազդրերի մեջ սեղմված էր...:

— Այժմ տարար, — ուրախությամբ ձայն տվավ օրիորդը:

Հերթը հասավ Մայիլովին:

Նա նույնպես սկսավ թաքցնել մատանին մերթ յուր անդրավարտիքի գրպանում, մերթ յուր ծոցում և մերթ պահում էր հուպ արած ձեռքերի մեջ: Բայց օրիորդ Սոֆիի խուզարկու ձեռքը չէր ցանկանում բաժանվել այդ խորհրդավոր պահարաններից, մանավանդ երբ թաքցրած մատանին նրա ծոցումն էր լինում...:

— Ես տանուլ տվի, — վերջապես ասաց օրիորդը: — Նիկոլ, ի՞նչ վարպետությամբ ես խաղում...:

Եվ օրիորդը փաթաթվեցավ նրա պարանոցին. երկար յուր բոցավառված շրթունքը չհեռացրեց Մայիլովի գեղեցիկ երեսից. մինչև պատանին ձայնեց.

— Սոֆի՛, ի՞նչ ես անում, ամոթ է:

Հանկարծ մյուս սենյակից լսելի եղավ տիկին Բարբարեի ձայնը:

Նրանք բաժանվեցան:

Մայիլովն այլևս չմնաց օրիորդի սենյակում. նա դուրս եկավ և, առանց բարի գիշեր ասելու տիկին Բաբբարեին կամ Գրիգոլին տեսնելու, անխոս հեռացավ Հացի-Գելենց տանից:

## ԺԲ

Մայիլովը մի շաբաթից ավելի էր չէր եղած Հացի-Գելենց մոտ: Օրիորդ Սոֆիի վերջին անպարկեշտ վարմունքը վատ տպավորություն թողին նրա սրտում, նրան անախորժ էր թվում այնուհետև կրկին տեսնել նրա երեսը:

Բայց օրիորդ Սոֆին երկար սպասելով նրան, երբ տեսավ, թե նա չէ երևում, մի օր հետևյալ փոքրիկ տոմսակը գրեց նրան,

"Իմ հոգյա՛կ Նիկոլ.

Արդեն մի ամբողջ շաբաթ է, որ դու մեզ մոտ չես եղել. մտածիր, թե ո՛րքան երկար և ծանր է այդքան ժամանակն ինձ համար՝ քեզ չտեսնելուս պատճառով: Բայց ափսոս, որ չեմ գտնում այնպիսի բառեր, որոնցով կարողանայի զգացածս քեզ բացատրել: Բայց եթե գրելու ևս լինիմ, դու չես հասկանալ, որովհետև դու տակավին չգիտես, թե ի՛նչ է սերը...

Նիկոլ, ես սիրում եմ քեզ... արդյոք իմանո՞ւմ ես, թե ի՞նչ եմ ասում... ես քեզ համար մեռած եմ... քո փոխադարձ սերը կկենդանացնե ինձ: Մի՞թե դու չես խղճալու ինձ, թե այս շաբաթ ևս քեզ չտեսնեմ, ես կգժվեմ:

Սոֆի":

Նա նամակը ծրարեց և ուղարկեց յուր սպասավորի ձեռքով: Այնուհետև միայնակ յուր սենյակում նստած, ձեռքը ծնոտին դրած, երկար և երկար սկսեց մտածել. "Այո՛, նա դեռ երեխա է", — ասում էր նա. "Նա դեռ անմեղ է, դեռ ոչինչ չէ հասկանում... Բայց ի՛նչքան գեղեցիկ, ի՛նչքան ազնիվ է նա... օ՛, որքան սքանչելի՜ է: Թող գա նա, թող գա, թեև սիրո հրեշտակը դեռ չէ ձգել նրա սրտի մեջ և ոչ մի կայծ երկնային հուրից, բայց ես, ես կվառեմ նրա մեջ այդ աստվածային կրակը, և նա կսկսի բորբոքվել... Բայց նա փախչում է ինձանից, խե՜ղճ երեխա"...

Եվ օրիորդը երկու ձեռքով բռնեց յուր գլուխը, արտասուքն ակամա սկսեց թափվել նրա աչքերից:

Մայիլովը, կարդալով օրիորդ Սոֆիի նամակը, մտածեց պատասխան գրել: Նա նստեց գրասեղանի հանդեպ, վեր առավ գրիչը, բայց որքան մտածեց մի բան գրել, մտքին ոչինչ չեկավ: Նա գրիչը վայր ձգեց և սկսավ կարդալ մի քանի գրքեր. օրինակ՝ խրեստոմատիա և դրա նման գրքեր, որ նրանցից մի օրինակ վեր առնի: Մի փոքր ոգևորվելուց հետո վեր առավ գրիչը: Մի քանի տող գրեց, ջնջեց, նկատեց, որ ոչինչ միտք չկա, դարձյալ տհաճությամբ գրիչը վայր ձգեց, և որպես արբեցած՝ շտապով վեր կացավ, գլխարկն առավ և քայլերն ուղղեց դեպի Հացի-Գելենց տուն:

Երեկոյան ժամը վեցն էր:

Նա գտավ օրիորդ Սոֆիին դահլիճում նստած մի քանի հյուրերի մոտ, որոնք բոլորն էլ հասակավոր կանայք էին, նրանց հեռու և մոտիկ ազգականներից:

Հյուրերին մատուցանվում էին թեյ. օրիորդը սպասավորում էր թեյի սեղանի շուրջը:

Մայիլովը գլուխ տվավ և լռությամբ նստավ մի անկյունում: Ոչ ոք ուշադրություն չդարձրեց նրա վրա, միայն տիկին Բարբարեն հարցրեց.

— Նիկոլ, ո՞ւր էիր այս քանի օրս:

— Մի փոքր տկար էի, — ասաց Մայիլովը:

Այդ մի քանի խոսքով վերջացավ նրանց մեջ խոսակցությունը:

Բայց օրիորդ Սոֆիի գույնն իսկույն փոխվեցավ, երբ տեսավ պատանի գիմնազիստին: Նա մի գավաթ թեյ յուր ձեռքով մատույց նրան և հեզիկ շշնջաց.

— Ախ դու անխիղճ:

Պատանու աչքերը վառվեցան: Նա չիմացավ ինչպես խմեց թեյը: Միայն հետո զգաց, որ բերանն այրվել է:

Օրիորդը սրտնեղում էր տհաճությունից, թե երբ են կորչելու հյուրերը: Բայց տեսնելով, որ նրանք երկար պիտի նստեն, մոտեցավ յուր մորը և ասաց նրան հազիվ լսելի ձայնով.

— Գլուխս ցավում է, ես կամենում եմ գնալ իմ սենյակը:

— Գնա՛, — ասաց մայրը:

Ներողություն խնդրելով հյուրերից, օրիորդը դուրս գնաց դահլիճից: Մի քանի րոպեից հետո Մայիլովը նույնպես վեր կացավ և գլուխ տվավ և կամենում էր հեռանալ:

— Ո՞ւր, Նիկոլ, — հարցրեց տիկին Բարբարեն:

— Գնում եմ Գրիգոլի մոտ, — ասաց նա.

Պատշգամբի վրա սպասում էր նրան օրիորդ Սոֆին: Նրանք միասին մտան օրիորդի սենյակը:

Բայց թե ի՛նչ խոսեցին կամ ի՛նչ արին՝ առայժմ ես չեմ կամենում դիպչել նրանց գաղտնիքներին, միայն այսքանը բավական է ասել, որ պատանի գիմնազիստը այս անգամին այնքան էլ ամոթխածությամբ չէր վարվում նրա հետ, որպես առաջին անգամ երևեցավ նրա մոտ յուր տետրակներով:

Իսկ տիկին Բարբարեն զբաղված էր յուր հյուրերով, որոնցից մի կնճռված երեսով պառավ դիմելով նրան՝ ասաց վրացերեն.

— Շատ ապրի աղջիկդ, շատ շնորհալի աղջիկ է:

— Իհարկե, ուսում առած աղջիկը մեզ պես չի լինի, — պատասխանեց տիկին Բարբարեն: — Մենք մեր ժամանակը անց ենք կացրել ոչինչ չսովորելով:

— Մադամ Բարրարե, — կրկնեց մի այլը հայերեն լեզվով, — մադեմուազել Սոֆին զավոդեմե՞ն է դուրս եկի:

Այսինքն կամենում էր ասել զավեդենիան է ավարտե՞լ: Բայց տիկին Բարբարեն նույնպես չկարողանալով այդ այլազգի բառը կանոնավորապես արտասանել՝ պատասխանեց.

— Բա՛, զավոդեմեն, կուրսը պրծացրիլ է, ատեստաթ ունե:

— Կուրսը ի՛նչ է, անմարթի չլինք, — հարցրեց հյուրերից մինը:

Բայց տիկին Բարբարեն չգիտեր, թե ի՛նչ պատասխանե, որովհետև իրան նույնպես հայտնի չէր այդ բառի նշանակությունը, որ դեռ նոր էր սովորած յուր աղջկանից: Նա մտածեց և այց հարցին պատասխանեց նույնպիսի մի դեռևս իրան անհասկանալի այլազգի բառով:

— Կուրսը օրքռազոննոսթ է, — ասաց նա:

Նրա խոսակիցը չհասկանալով, թե ի՞նչ ասաց նա՝ կրկնեց յուր , հարցը.

— Ապա ատեստաթը ի՞նչ է:

Տիկին Բարբարեն այս անգամ բոլորովին շփոթվեցավ և չգիտեր, թե ի՞նչ ասե:

— Ատեստաթն էլ չին կուլի, — պատասխանեց մի կին, ազատելով Բարբարեին այդ դժվարությունից:

— Գանա աղջկերքն էլ ին չին ստանո՞ւմ, — հարցրեց առաջինը:

— Բաս ինչի՞ համար են կարդում, — պատասխանեց տիկին Բարբարեն:

Պառավները զարմացան և իրանց սրտերում սկսան նախանձել տիկին Բարբարեի բախտի վրա, որ չինովնիկ աղջիկ ունի:

— Ապա կար ու ձև, օրինակ. թասակրավի, լեչաքնիր նխշիլ, սուփրա գործիլ, ուրիշ էնպիսի բանիր էլ սորվեցնում ի՞ն զավոդում, — հարցրին տիկին Բարբարեից:

— Թասակրավին ու լեչաքն նրանց պետքը չին, նրա համա վուր նրանք շլապեք ին ծածկում, — պատասխանեց տիկին Բարբարեն, — ու կար ու ձև էլ ի՞նչ կոնին:

— Բաս աղջիկը առանց դրանք գիդենալու վո՞ւնց կարա օջախ ու տուն պահի ու վուրդիք մինձացնի:

— Նրանց շուրիրը մոդնի շուրիր ին՝ կարած, հազիր մաղազիեմեն ին առնում, էնդի փրանցուզի կնկտիք ին կարում:

— Մաշ վուր շուրը մե տեղեմեն մաշվում է, ան պատռվում է, էն էլ պիտի մաղազումն կարկտնիլ տա՞ն:

— Է՛հ, քու հորն ողորմի, դուն հենց գիդիս նրանք իրանց շուրը էնքան պիտի հագնին, ինչկլի մաշվի ան պատռվի՞. չէ՛, գեթաղվա, նրանք չուստ-չուստ փոխում ին, էնդուր վուր պիտի մոդի հիտ ժաժ գան:

Հյուրերի մեջ կար մի պառավ կին, որ ուշադրությամբ լսում էր նրանց. դա Աղա — Մամադ խանի Թիֆլիս գալու տարին տասննհինգ տարեկան աղջիկ էր եղած և հազիվ ազատվել էր ներքինի պարսկի գերությունից. նա միշտ սիրում էր պատմել այն ժամանակների դժբախտությունները և գովաբանել հին կյանքի չափավորություններն ու անմեղությունը: Այդ պառավի անունն էր Մարիամ:

— Էապես է, — տիկին Բարբարեի խոսքը կտրեց Մարիամը: —

Հիմի դիփունանքն էդ անիծած մոդի ետնեն ին թրև գալի. եփոր մոդեն փոխվում է, նրանք էլ շուրը պիտին փոխի: Մազրամ միր ժուկով, դերիեքը սադա էին հագնում, առանց յուփկի: Իժում սկսեցին տակեմեն — կի լիեքի հաստութինով յուփկեք հագնի, վունցոր ինչկլի հիմի Հավլաբարում շատ կնկտիք հագնում ին: Մե ժուգ էլ սկսեցին դերի ի տակեմեն մաֆթուլից շինած քթոցի նման մի բան հագնի, խաբարդա թե ի՛նչ զահրումարին ասում, ու դերիեն էնքան բացվում էր, մե չադրի տոլ, էնպես վուր էնդումեն հագած մե աղջիկ տրոտրոյի վրից վուր անց էր կենում, էլ տիղ չէր մնում խիղճ տղմարդերին անց կենալու: Լավ անուն ին դրած — խաբարդո, դրուստ վուր խաբարդո: Էդ խոսկը թուրքի բառ է, նրանք ասում ին խաբար տուր (զգուշացիր): Միտքս է գալիս, Աղա — Մամադ խանի տարին եփոր թուրքերը բազարեմեն էշով ան թե ձիով բիռն էին անցկացնում, բղավում էին՝ խա՛բարդո, խա՛բաբդո, վուր մարդիկը ճամփա տան: Էտպես էլ մեր աղջիկ — պարոներանց խաբարդոն ամեն տեղ ճամփա է բաց անում: Մե վուխտ էլ մե յաքա շլեփ շինեցին ու սկսեցին քուչեքը սրբելով թուզ բարձրացնի, մազրամ հիմի էտ էլ մոշլա էլավ, ու էն մաֆթուլի քթոցի տիղ կաշու նման հաստ նշշտած յուփկեք ին հագնում, ու դերիի փեշերքը վեր ին քաշում, կոսիս թե ցեխի մեջեմեն պիտին անց կենա: Էտպես ին անում վուր միթոմ փեշերքը խտակ մնան, մազրամ իրանց յուփկի ռուշնիրը, ան իրանց չուլքին ու տոտիքն ին ուզում խալխին շանց տա:

— Դուն չիս հավնում էտո՞նք, — հարցրեց տիկին Բարբարեն, — մի փոքր վշտանալով պառավի նկատողություններից:

— Էտունք ի՞նչ ին վուր հավնիմ, — պատասխանեց պառավը: — Միր ժուգը լավ էր, էտունք տնաքանդութին է... տղամարդն, ան հերն ու մերը վո՞ւնց կարան էդ դադամի օխտեմեն գալ: Փռանցուզը սատանեմեն շատ բան գիտե. ասինք թե նա իր ապրանքը սաղացնելու համա ամեն օր մե մոդա է դուրս բերում, միր խալխը ինչի՞ է գժվի. մազրամ նա վունց վուր ածե, նրանք էլ էնենց պիտին պար գա: Տիկին Բարբարեն մտածելով, որ պառավի այդպիսի նկատողություններն ուղղակի վերաբերում էին օրիորդ Սոֆիին, իբրև ժամանակի հիմար ծեսերին հետևողի, և կամենալով ջնջել, ոչնչացնել խոհեմ պառավի խոսքերի, յուր կարծիքով, վատ տպավորությունը յուր հյուրերի սրտից, խոսեց.

— Դեդի, ձիր ժամանակն ուրիշ էր, հիմի ուրիշ. էն վուխտը աղջկերքն ու կնկտիքը ինչղազամ բարի, էնդադամ էլ տուտուց ին էլի. մազրամ մոռացիլ իս վաղվա առակը — հին օրոք մե սկեսուր է էլի. սա գնացիլ է հարսնի տուն, կոսե, ու ասիլ է իր հարսին. "նստի՛ր, տեղեմեղ չժաժ գաս": Հարսը նստել է: Հարսի մոդ գրած է էլի մի ամանի մեջ հում միս: Կատուն էկիլ է ու սկսիլ է միսը ուտիլ: Հարսը հեռվից հենց ասիլ է. "փիշտ, փիշտ" ու ձեռքն էլ ժաժ չէ տվի, ու չէ էլ կանացի տեղիցը վիր կենա, էնդուր համար վուր սկեսուրն ասիլ է. "տեղեմեղ չժաժ դաս": Կատուն էլ միսը դիփ կերիլ է:

Տիկին Բարբաբեի առակը մեծ զվարճություն պատճառեց նրա հյուրերին, և նրանք բոլորեքյան սկսեցին հոգնելու չափ ծիծաղել:

— Էդ շատ անխելքութին է, — ասացին բոլորը:

Բայց պառավ Մարիամը մնաց անհողդողդ և սառնասրտությամբ ընդհատեց նրանց ծիծաղը.

Բարբարեի ասածը դրուստ է, էտ էլիլ է Թամար դեդոփալի օրով: Դրուստ է, էն հարսի արարմունքի մեջը հիմարություն կա, մազրամ էդ հիմարությունը շանց է տալիս նրա հնազանդութինը ու նրա անմեղութինը:

— Դրան կոսին կույր հնազանդութին, — պառավի խոսքը կտրեց տիկին Բարբարեն, երեսի վրա թեթև արհամարհական ծամածռություններ գործելով:

Տիկին Բարբարեի վերջին խոսքը բարկացրեց պառավին, և նա բավական բարձր ձայնով խիստ պատասխանեց.

— Մաշ էն լա՞վ է, վուր աղջկերքը բաց գլխով, տկլոր ուսերքով ու տկլոր դոշով քուչեք ին չափչփում ու իրանց ծծիրը խալխին նշանց ին տալի՛:

— Էտ շատ վատ է, — ասացին մյուս հյուրերը:

Տիկին Բարբարեն չգիտեր, թե ինչ պատասխանե, երբ նկատեց, որ ձայների բազմությունն անցավ դեպի պառավ Մարիամի կողմը, ուստի նա կարճ ասաց.

— Ամեն ժուգի ադաթի գորա պիտի յոլա գնա մարդ:

— Ի՞նչ ադաթ, — պատասխանեց Մարիամը: — Միզ համա լավը միր պապական ադաթն է. ինչ վուր միր հորից ու մորից տեհիլ ինք, էն պիտինք անի:

Տիկին Բարբարեն և հյուրերից մի քանիսը սկսեցին հակառակել պառավ Մարիամի կարծիքին, կամենալով նրան համոզել, թե նոր ժամանակի սովորությունները և կյանքի ձևերն ավելի լավ են, քան թե առաջվանը: Բայց նա դրականապես հերքեց նրանց կարծիքը՝ ասելով.

— Վուրթիք, ես ձիզմեն աշխարքը ավելի շատ իմ տեհած, մի օրոք աղջկերքը տասերկու տարեկան հենց վուր դառնում էին, գելաքնուրի պես խլխլում էին, մազրամ հիմի՞. ասեք, տեհինք, ինչէ — մե՞ն է, վուր աղջկերքը էդքան վեր ին թափած տանը ու մարդիկ նրանց թամահ չին անում: Էն դում են է, վուր աղջկերանց էտ թավուր լպստածութինը, անխիլք մախիր անիլը ու բրո — բրո ապրիլը տեսնելով, խիղճ տղամարդի սիրտը ճաքում է, եփոր փիքր է անում, թե իր դուքնով էնքան ի՞նչ պիտի դաղի, վուր կաննենա էտ թավուր կնիկ պահի, ու ասում է, լավ է հենց ազապ ապրիմ ու գլուխս դինջ ըլի, քանց թե կնկա եսիր դառնամ: Ա՛յ էդ է պատճառը, վուր աղջրկերքը մնում ին: Ով վուր ունոր է, մինձ բաժինք ու փուղ է տալի, նրա աղջիկը մախվում է. ամա խիղճ քեսիբը ի՞նչ անե, նա մնում է հիռու կանգնած իր աչքիրը ճմբռելով, ու քեսիբի աղջիկը պառվում է հոր տանը: Մագրամ նրանք ապրիլ կուզին, ու էնդումեն դենը ի՞նչ միդքերի մեջ չին ննգնում իրանց շուրի ու ապրուստի խաթրու:

Հյուրերից ոմանք համաձայնեցան Մարիամի հետ, որովհետև նրանցից շատերը պառավ և հոր տանը թթված ու քացախած աղջիկներ ունեին: Բայց տիկին Բարբարեի համար փույթ չէր, որովհետև ինքը փող ուներ. նա յուր փողով կարող էր վարագուրել յուր աղջկա բոլոր արատները, եթե կար, և առանց դժվարության կապել նրան մի անբախտ երիտասարդի գլխին:

Երկար այդպիսի և դրա նման խոսակցություններից հետո հյուրերը վեր կացան և կամենում էին հեռանալ: Տիկին Բարբարեն հրամայեց իմացում տալ օրիորդ Սոֆիին, որ դուրս գա հյուրերին ճանապարհ դնելու:

Նա դուրս եկավ բոլորովին այլայլված և շառագունած:

Հյուրերն սկսեցին առանձին — առանձին բարի գիշեր ասել և օրիորդ Սոֆիին զանազան խոսքեր ուղղել՝ ոմանք որպես խրատ, ոմանք որպես օրհնություն և ոմանք որպես զվարճություն: Օրինակ՝ "Սոֆի ջան, շատ ապրիս": "Սոֆի ջան, բարով մուրազիդ հասնիս": "Սոֆի ջան, մորդ դադրն իմացի" և այլ այդպիսի խոսքեր:

Բայց օրիորդը մինչ այն աստիճան շփոթված էր, որ չգիտեր, թե ի՛նչ պատասխանե:

Հյուրերը հեռացան:

Մի քանի րոպեից հետո օրիորդ Սոֆիի սենյակից Մայիլովը գաղտնի դուրս եկավ պատշգամբը և անտեսանելի կերպով հեռացավ:

Օրիորդ Սոֆին թեև այլայլված էր, բայց նույն րոպեին նրա վառվող աչքերի մեջ փայլում էր զվարճություն և շառագունած երեսի վրա խաղ էր անում բավականության ժպիտը, որպես թե նա հասել էր յուր բաղձանքին...:

Հյուրերի գնալուց հետո նա նստեց մոր մոտ: Մայրը նրանից մի քանի բան հարցրեց:

Բայց նրա պատասխաններն անորոշ և հատուկտոր էին: Նա կարծես մտքով վերափոխվել էր մի այլ աշխարհ:

— Սոֆի, դու այս գիշեր հուզված ես երևում, — ասաց մայրը:

— Գլուխս սաստիկ ցավում է, — պատասխանեց օրիորդը:

— Դե գնա՛, հանգստացիր, սիրելիս:

Օրիորդը գնաց յուր ննջարանը, բայց քունը մոտ չեկավ նրա աչքերին: Ամբողջ գիշեր նրա աչքերից չէր հեռանում Մայիլովի սիրուն պատկերը, կարծես. կրկին զգում էր յուր այտերի վրա պատանի գիմնազիստի համբույրները...

Տիկին Բարբարեն նույնպես այն գիշեր խիստ ուշ քնեց: Պառավ Մարիամի խոսքերը մի քանի անախորժ տպավորություններ թողին նրա սրտում: Նա նստած վառ ճրագի հանդեպ՝ երկար մտածեց յուր աղջկա ապագայի մասին, հազարավոր տխուր և ուրախ մտքեր խառնվում էին նրա գլխում:

Մյուս օրն առավոտյան օրիորդ Սոֆին զարթնեց սովորականից խիստ ուշ, նա խիստ հոգնած էր և լավ չէր զգում իրան:

## ԺԳ

Մեծ ճանապարհի վրայի գավառական Կ... քաղաքի պանդոկը անտաշ քարերից կառուցած մի հին շինություն էր, ուր իջևանում էին ճանապարհորդները: Պանդոկի ներքին հարկի մի քանի կրպակներ, որոնք բացվում էին դեպի ճանապարհը, հասարակ գինետներ էին, որոնց մեջ դարսոտած էին ահագին ռումբիք կախեթի գինով, արաղով լի տակառներ կամ տկճորներ, մեծ ու փոքր շշեր՝ լիքը զանազան գույնի ներկած արաղով: Առաստաղից քարշ էր արված չորացած ձկներ, ծխի ու փոշիների մեջ սևացած խոզի ազդրեր, մի եփած հնդկահավի կիսան, որ ով գիտե տասն օր առաջ եփված կլիներ, շաքարի կտորներ՝ չարաճճի ճանճերի ծիրտերով նախշված և թեյի ու ծխախոտի կապոցների մոտ դրած, հին կոնֆետ ապակե ամանների մեջ: Դրանցից մի փոքր հեռու դրած էր սոխով լիքը կողովը, իսկ մի քիչ հեռու պատից կախած էին ճանապարհորդական սայլերի ձիերի երասանակներ, մտրակներ: Մի անկյունում առանձին փայտյա ամանի մեջ անիվների օծանելիք (կուպր), մյուսում պատից քարշ էր ընկած խանութպանի թառը կարմիր գույնով ներկած, սադափով զարդարած, մոտը մի դահիրա և քամանչա, որոնցով շատ անգամ զվարճացնում էր յուր հաճախորդներին խանութպանը, որ մի հաստլիկ, ուռած փորով, կարմիր ու զվարթ երեսով մարդ էր, հագի շորերը փայլում էին կեղտից, կեղծավոր ծիծաղը նրա երեսից չէր պակասում, նա մի գլուխ շատախոսում էր յուր հաճախորդների հետ — ասում, լսում, հոհոում և ուրիշներին ծիծաղեցնում: Այդ բոլորն այնքան խառնուփնթոր, այնքան խայտաճամուկ, այնպես տարօրինակ կերպով էին հարմարվել միմյանց հետ, որ նայողի սրտում սաստիկ անախորժ զգացմունքներ էին ծնեցնում:

Այդտեղ մուժիկները իրանց կեղտոտ թուլուփներով և հարբած սալդաթները իրանց սովորական երգը երգելով, ձեռքները ձգած նույնպես հարբած մի մատուշկայի վզով, խոզերը խորդալով, հրնդկահավերը կարկաչելով, շները կեղծավորաբար իրանց պոչը շարժելով, — բոլորը ուրախ և համարձակ ել ու մուտ էին անում Բաքոսի այդ պղծյալ սրբարանը, ուր հարա — հրոց, երգ, աղաղակ, անեծք և համբույր, բոլորը միախառնված՝ խիստ անախորժ և վայրենի մի ներդաշնակություն էին ձևացնում:

Այդ խանութների ետևը ցանկապատած մի փոքրիկ բակ կար. այդ պանդոկի նախագավիթն էր, ուր կանգնած էին ճանապարհորդների սայլերը, մի կոտրած կառք, ձիերի ախոռներ և տավարի աղբի կույտեր, որ բրում էին խոզերը կնճիթներով և իրենց համար կերակուր որոնում:

Այս գավթից մաշված սանդուղքներով մի մուտք տանում էր դեպի պանդոկի վերին հարկը, որ բաղկացած էր մի քանի կացարաններից՝ ճանապարհորդների օթևանելու համար:

Եթե չի վշտանա մեր պատվելի ընթերցողը, մենք կառաջնորդենք նրան այդ կացարաններից մինը, այնտեղ կրկին անգամ տեսնելու Ճանճուր Իվանիչի երեսը, նրա Կավկա գալուց հետո:

Այդ կացարանը մի փոքրիկ սենյակ էր, շինված ուղիղ ախոռատան վրա, լուսամուտները նեղ, կոտրած ապակիներով, որոնց տեղ կպցրած էին գրոտած թղթեր. մեջը կար նաև մի ահագին քանդված բուխարի: Հատակի վրա, որի աղյուսները վաղուց մաշվելով կոտրտվել էին, տեղ — տեղ անցքեր էին բացվել, որոնց միջից ախոռատնից ներս էր բարձրանում խմորված թրիքների ժահահոտ և կծու գոլորշին: Սենյակի պատերը, որ առանց պաստառի էին, թեև սևացած էին ծխից ու մխից, բայց տակավին կարդացվում էին նրանց վրա մատիտով կամ ածուխով մակագրություններ, որ գրել էին զանազան ճանապարհորդներ. մինը՝ մի հիմար ոտանավոր, մյուսը՝ թե ի՛նչպես էր քեֆ արել այնտեղ, մի ուրիշը՝ թե ի՛նչպես վատ էր անցկացրել այնտեղ և թե ի՛նչքան հայհոյանք է ուղարկել պանդոկապետի հասցեին յուր մասին լավ չհոգալու համար, և յուր գրվածքի ներքև ավելացրել էր նաև այս անեծքը. "Ով որ ջնջե, այսպես կամ այնպես լինի", և այլ այդպիսի դատարկաբանություններ:

Այդ սենյակի մի անկյունում դրած էր մի հին մահճակալ եղևնու փայտից, նրա մոտ նույնպես մի հին սեղան, որի երեսը տեղ — տեղ այրված էր, երևի ճանապարհորդների համար բերած հեշտաեռի տակից թափված կրակից: Սեղանի մոտ էլ երկու փայտյա նստարան, անգույն եղևնու փայտից: Պատուհանում դրված էր մի կոտրած փարչ, որի բերանին մոմ էր անցկացրած և ծառայում էր աշտանակի տեղ:

Դրանք էին միայն այդ տխուր ու տրտում բնակարանի բոլոր զարդարանքը:

Մահճակալի վրա ձգված էր,մի յափնջի, որի վրա Ճանճուր Իվանիչը թիկն էր տվել յուր ճանապարհի խուրջինին: Նրա հանդեպ նստած էր մի ուրիշ անձնավորություն՝ թթու և խորամանկ կերպարանքով, նիհար և ցամաքած դեմքով, երկայն քթով,ածիլած և սրածայր ծնոտով, փոքրիկ մոխրագույն աչքերով, առանց թերթերունքի կարմիր կոպերով: Նա հագած էր երկայն, սև սերթուկ, կարճ անդրավարտիք, կարճ ժիլետ, այնպես որ տակից երևում էր նրա աղտոտ շապիկը, հագին ահագին կոշիկներ:

Նա յուր բարակ վզին փաթաթել էր հաստ սպիտակ փողպատ, որի տակին թաքնված էր շապկի կեղտոտ օձիքը:

Այդ մարդը կոչվում էր Սիմոն Ցագորիչ. Հացի-Գելենց Կավկայի կապալի գործերի գլխավոր գործակատարն էր դա:

— Բաս էտպես հա՛, Սիմոն Ցագորիչ, — կրկնեց Ճանճուր Իվանիչը՝ կցելով իրանց ընդհատված խոսակցությունը:

— Ապա՛, էտպես, — պատասխանեց Սիմոն Ցագորիչը՝ գլուխը տմբացնելով: — Առաջվա ինժեները տուտուց մարդ էր, օրինակ քիզ մե էշ, մենակ ակնջնիրն ու կուղին էր պակաս. նոխտեն անցկացրու գլխին ու ման ածա, վունցոր գուզիս... ի՞նչ էր նրա նոխտեն. մե քանի պաչկա պապիրոս, մե գլուխ շաքար, մե գրվանքա չայ, մե բոթիլ ռոմ նրա տուն տար, մե քանի թուման էլ ձեռքը կոխե, իժում թեկուզ թքե էրեսին, ան ինչ գուզիս արա՛, նա քեզ հիդ բան չունե...

— Էտ նուր էկածը վո՞ւնց է, — հարցրեց Ճանճուր Իվանիչը:

— Էտ նուր էկածը մե ռազբոյնիկ մարդ է, ջալդ խաբվելու պտուղ չէ, — տհաճությամբ ասաց Սիմոն Ցագորիչը:

Նրա կարծիքով ում որ ինքը չէր կարողանում խաբել, նա ռազբոյնիկ էր և ավազակ:

— Է՛հ, քո հորն օղորմի, ի՞նչ իս խոսում, — նրա խոսքը կտրեց Ճանճուր Իվանիչը: — Ես դրանց բոլորի խասյաթը լավ գիդիմ. մանեթի ձոնդը նշանց տու, էն սհաթին հոգի կուտան:

Սիմոն Ցագրիչը ձեռքը շարժեց, կարծես երեսի վրայից ճանճ էր քշում:

— Էտ խոմ էտենց է, — ասաց նա ներքին համոզմամբ, — համա էս անիծած ինժիները շատ տակետակ օքմին է երևում:

— Քանի՞ վուխտ է վուր էկիլ է, — հարցրեց Ճանճուր Իվանիչը:

— Մե ամիս կուլի:

— Մե ամի՞ս, — կրկնեց Ճանճուր Իվանիչը, — էտ վուչինչ: "Շամից էկած էշը մե ամսից ավելի չի զռա": Նրանք օրթումի խաթրու իրանց ղուլուղի առաջին մե ամիսը քրթամից պաս ին մնում. ամա էն դումեն դենը իրանք իրանց չաշկա — լոշկեն կուսկսին:

Այդ խոսքերր կարծես թե մի փոքր ոգևորեցին Սիմոն Ցագուրիչին. նա ոգևորվեցավ, և նրա աչքերը անթարթ նայում էին Ճանճուր Իվանիչին՝ զմայլածի նման:

— Պսակվա՞ծ է էտ ինժիները:

— Պսակված է ու վուրթիք էլ ունե, — պատասխանեց Սիմոն Ցագրիչը:

— տ ուփրո լավ. պսակված մարդը ավելի փուղի կարոտ կուլի. հիմա ասա տեհնիմ, քանի՞ տարեկան է:

— Քառասունից անց կուլի:

— Բաս դա հին գելերեմեն է, — ուրախությամբ խոսեց Ճանճուր Իվանիչը: — Էլ ի՞նչ ինք հոգում. նրա հիդ բանը խիստ հիշտ կուլի շինիր:

— Տեհնինք, աստված տա, — պատասխանեց Սիմոն Ցագրիչը: — Ես վուր գիշերները վատ էրազներ իմ տեհնում... իմ խիլքին մե քիչ դժար է նստում ձիր ասածնիրը:

Սիմոն Ցագրիչը՝ շահասիրության այդ հին որսորդը, այնպես պատկառանքով էր դատում այդ առարկայի վրա, որպես մի սուրբ իրողություն, և վշտացուցիչ տպավորություն էր գործում նրա սրտին այն բանը, թե ինչո՞ւ շուտ չեն խաբվում մարդիկ, որոնց հետ ինքը գործ է ունենում:

Նա հանեց գրպանից քթախոտի տուփը և յուր ցուցամատի ու բթամատի նույն գույնով ներկված պտղունցով առավ էնֆիան և վեր ուղարկեց դեպի քթածակերը: Եվ այդպիսով կծու փոշու զորությամբ մի փոքր գրգիռ տալով ուղեղին, մտաբերեց հեռու անցյալը, և հիշելով առաջվա բարեսիրտ ինժեներներին, խոսեց.

— Աստուծ քու բանին ու գուրծին աջողութին տա, Մաքսիմ Պետրովիչ... ի՛նչ լավ մարդ էր նա... Նրա վուխտին խեր ու բարաքաթ կար... ի՞նչիր չէր անում մարդ... պոլկի սալդաթներին տալու սպիրթի մեջ կեսը ջուր էի խառնում. գուքար Մաքսիմ Պետրովիչը փորձելու համա սպիրթը կուտեհներ, աչքերը կու խփեր, գլուխը ժաժ կուտար. "մոլոդեց, Սիմոն Ցագորիչ, կոսեր, բարութից ավելի թունդ է": Սալդաթնիրը կուբղավեին ու կուճղավեին, թե արտղի տիղ իրանց ջուր ին խմեցնում. "մոլչի, կոսե, տի դուրակ, տի նիչավո նե պանիմաեշ...":

— Էն մեկէլը խոմ, — խոսքը առաջ տարավ Սիմոն Ցագորիչը, — Վարլամպի Կալոշնիկովը, դրուստ աստծո զառը. նրա ժուգով կազյոննի շինության փողրաթում պատերը մենակ թող ագուռ ըլին, մեջն ինչ գուզիս լքցրու... ֆունդամենտը խոմ... իստակ գետնի էրեսին. գուքար Վարլամպի Կալոշնիկովը, մտիկ կոներ, մե քիչ էդ կողմ, էն կողմ ման գուքար, մի տիղ մե քիչ քանդիլ կուտար, ետո ձեռքը մեջքիս կու խփեր՝ "մոլոդեց, Սիմոն Ցագորիչ, կոսե, ստրոենիե կակ բուտտո իզ ժելեզա լիտո"... Էտպես բարի մարդ դժար կուլի, աստուծ գիդենա...

— Դրուստ վուր շատ լավ մարդ է էլած, — պատասխանեց Ճանճուր Իվանիչը: — Խեր տվող մարդիկ են էլած:

— Բաս էս անիծած Կուզմինի նմա՞ն, — առաջ տարավ Սիմոն Ցագորիչը՝ բարկություն ցուցանելով աչքերում: — Ինչքան գուզիս լավ շինե, գուքա մտիկ կոնե, անպատճառ մե փուտ կուկպցնե. էստեղ ծուռն է, կոսե, էնտեղ մուռն է, կոսե, ան թե չէ կրիշան լավ չէ ծածկած, կոսե, ան թե ֆունդամենտը թույլ է, կոսե, մեկ էլ տեհնիս, էն սիաթեվետ ասաց "լամայ" ու քարուքանդ արեցին: Մե խոսքով՝ իստակ աստծո պատիժ է, խոմ մարդ չէ:

— Փիքր չկա, Սիմոն Ցագորիչ, — մխիթարելով ասաց նրան Ճանճուր Իվանիչը: — Ես քիզ ասացի, թե դրանք իրանց դուլուղի առաջին ամիսը էտենց կուլին, մազրամ ամիսը վուր անցկացավ, փուղի լազաթը տեհան թե չէ, կամաց — կամաց կուսկսին "շուր տու կուլ տուն":

— Աստուծ տա. էտենց ըլի, — պատասխանեց Սիմոն Ցագորիչը:

— Մազրամ դուն, Սիմոն Ցագորիչ, գիդիս ինչ կոնի՞ս, ասիմ քիզ, առուտեհան քաղքեմեն իմ բերած իքմնիրը կու վիր առնիս, կու տանիս էտ Կուզմինի տուն. իրա համա ուրիշ է՝ իրան կուտաս, կնկա համա ուրիշ է՝ կնկան կուտաս, երեխերքի համա ուրիշ է՝ երեխերքին կուտաս, ու կտեհնիս տանը էլ ով կա խերով օքմին, մե բան էլ նրան կուտաս, իժում կոսիս. պաչոտնի գրաժդանին աղա Ճանճուր Իվանիչն ուզում է ձիզ տեհնի. էնդի խոսքի միջում մե թաիր կու հայտնիս, վուր օսկե մինդալ էլ ունիմ. դուն խոմ գիդիս, քիզ ասիլ պետք չէ. հետո նա ինչ վուխտ կոսե, կեհանք նրան կու տեհնինք. ես նրա գլուխը էնպես եղիմ, վուր նա էլ էգուց ձեռը խփե մեշքիդ ու ասե.

"մոլոդեց, Սիմոն Ցագրիչ, վսե խորոշո": Դուն խոմ գիդիս, ես սատանին կու նալնիմ:

Սիմոն Ցագրիչը խոստացավ առավոտյան կատարել նրա այդ պատվերները և յուր մտքի մեջ սկսավ աղոթել վաղվան ձեռնարկության հաջողության համար:

Բայց ճրագվի պատրույգը բոլորովին վառվեցավ: Ներքևի խանութներից ժամացույցի հոպոպը երկու անգամ ձայնեց — "պու — պու":

Գիշերից արդեն երկու ժամ անց էր: Նրանք մի ժամի չափ ևս խոսեցին մթնում՝ Կուզմինի, Կալոշնիկովի և դորանց նմանների վրա, մինչև մահճակալի վրա հենց այնպես թեկն տված Ճանճուր Իվանիչի քունը տարավ, և նա սկսեց խեղդվողի նման խռխռալ: Իսկ Սիմոն Ցագրիչը քնեց հատակի աղյուսների վրա՝ փաթաթվելով յուր հին վերարկուի մեջ:

## ԺԴ

Մյուս օրվա երեկոյան պահուն Ճանճուր Իվանիչը միևնույն մեզ նախածանոթ կաքայով, միևնույն փափախով, նույն անդրավարտիքով և նույն խարազի չաքմեքով, յուր հաստ մահակը ձեռքին, Սիմոն Ցագրիչի հետ դիմում էր դեպի նոր ինժեների տունը:

— Գիդի՞ս ինչ կա, Սիմոն Ցագրիչ, — ասաց Ճանճուր Իվանիչը, — էս գիշիր ամեն ուստութին պիտինք բանեցնի, վունց որ ըլի բանը դրա հիդ սաղացնինք, թե չէ "խիարը ծուռը կուկանաչի":

— Էտ ես վաղուց գիդիմ, — պատասխանեց խոհեմ գործակատարը:

— Բայց դուն ինձ էն ասա, փեշքաշների համա ի՞նչ խոսեցին:

— Կնիկը վուր շատ ուրախացավ, երեխեքն էլ էնպես, ամա ինքը մե քիչ ռեխը թթվեցրուց:

— Կնիկը ուրախացա՞վ, էդ հերիք է. դրանց նոխտեն իրանց կնկտերանց ձեռին է, ինչի՞ չէր ուրախանա, նա իր կինքումը էնպիսի դեյրացուներ չէ տեհած, կու կարի ու կու հագնի. գուբերնատորի կնիկն էլ կունենա էնպեսը, ա՞յ, ու նրանց երեխերքը ե՞փ կերած կուլին էն թավուր կոնֆետնիր կամ ունիցիլ ի՞ն էնպիսի իգրուշկեք:

— Դա՛, — պատասխանեց խորհրդավոր եղանակով Սիմոն Ցագրիչը:

Նա կարծես նույն րոպեին մի ուրիշ բանի վրա էր մտածում, այդ պատճառով ուշադրությամբ չէր լսում Ճանճուր Իվանիչին:

— Համա դու ինձ էն ասա, թուղթ խաղում է՞ էտ մարդը:

— Խաղում է, — պատասխանեց Սիմոն Ցագորիչը:

— Խմելու հե՞տ վունց է:

— Իշի նման, մի օր ուշյար չիս տեհնի:

Սիմոն Ցագորիչի վերջին պատասխանները Ճանճուր Իվանիչի սրտին զգալի ուրախություն պատճառեցին, և նրա երեսն ընդունեց ծիծաղկոտ կերպարանք:

— Բաս ասա, փուղի համար մեռած կուլի, էլի՜, Սիմոն Ցագորիչ, էլ դարդ մի՛ անի. դրա հիդ բանը ուփրո լավ կուլի սաղացնիլ, — ասաց նա ուրախությամբ, ինչպես որ ուրախանում է դարանագործ որսորդը, երբ նկատում է, թե որսն ընկավ նշանակյալ տեղը:

Բայց միևնույն միջոցին Ճանճուր Իվանիչը զարմանում էր, թե մի մարդ այդ բոլոր բարի հատկությունները, ինչպես կոչում էր նա, ունենալուց հետո, ի՞նչպես է կարողացել ազատվել Սիմոն Ցագորիչի ճանկերից ու նրա կամքին գերի չէ դարձեր: Այդ մտածմունքը ծնեցնում էր նրա մեջ մի փոքր անախորժ զգացմունք, և նա ենթադրում էր, թե Կուզմինը մի այնպիսի առանձնահատկություն ունի, որ չէ խոնարհվում Սիմոն Ցագորիչի խորամանկության կարող զորությանը: Բայց միևնույն րոպեին նա իրեն քաջալերում էր՝ ասելով. "Ինչ կուզի թող ըլի, փուղը նրան կատու կու շինե":

Մի փոքրիկ հասարակ տան մեջ, որ բաղկացած էր երեք սենյակներից, բնակվում էր Կուզմինը: Ճրագը մի ժամ առաջ արդեն վառել էին նրանց կացարանում: Ինժեները յուր գերդաստանի հետ բոլորած էին թեյի սեղանի շուրջը:

Կուզմինը կլիներ ավելի քան քառասուն տարեկան, բարձր հասակով և լղար կազմվածքով: Նրա գլխի մազերը և դեմքը գետնախնձորի գույն ունեին: Երեսը նիհար էր և երկայն, ծնոտները բարձր, քիթը կարճ և սրածայր, աչքերը նեղ, մռայլոտ, կապույտ,հոնքերը լերկ, երեսի գծագրությունը կոշտ և արտահայտությունը սառն, անխորհուրդ և թմրած, ինչպես որ առհասարակ լինում է զինեմոլների դեմքը:

Նրա մոտ նստած էր մի հաստլիկ կինարմատ, որի ծնոտի ներքևի մասները այնպես էին կախ ընկած, որ տեսնողը կկարծեր, թե երկու կզակ ունի. դեմքն ուռած էր. շատ գիրությունից հազիվ էին տեսնվում նրա պսպղուն նեղ աչքերը և սրածայր քիթը: Նրա գիսակը շեկ գույն ուներ, իսկ հոնքերը հազիվ էին նշմարվում: — Դա Կուզմինի կինն էր:

Մի քանի մեծ ու փոքր երեխա ցատկոտում էին նրանց շուրջը, իսկ սեղանի մոտ թեյ էր պատրաստում ինժեների մեծ աղջիկը՝ մի նորահաս, կլորիկ օրիորդ, մոր նման չաղլիկ, սակայն բավական ախորժելի կերպարանքով:

Ինժեներին հայտնեցին Ճանճուր Իվանիչի գալուստը:

— Ասա՛ թող գան, — հրամայեց նա ծառային:

Նախասենյակում Ճանճուր Իվանիչը հանդիպելով մաքուր հագնված փոքրավորին, նրան տանտերը կարծեց և փառավորապես գլուխը խոնարհեցրեց, բայց Սիմոն Ցագրիչը զգուշացրեց, թե նա չէ տանտերը:

Նրանք ներս մտան:

Սիմոն Ցագրիչը, որպես նախածանոթ, ներկայացրեց նրան Ճանճուր Իվանիչին:

Ճանճուր Իվանիչը յուր գիտցած բոլոր քաղաքավարությունները գործ դրեց. առաջ տանտիկնոջ ձեռքը սեղմեց, հետո տանտիրոջ, ապա աղջկա և երբ մոտենալով կամենում էր երեխաների երեսը համբուրել, նրանք զարհուրելով նրա սարսափելի դեմքից՝ ճչացին ու փախան: Սիմոն Ցագրիչը նրանց հանդարտեցրեց, ասելով, թե "մի՛ վախենաք, Ճանճուր Իվանիչը դյադուշկան է, որ ձեզ համար քաղցրավենիք և խաղալիքներ է ուղարկել":

Երեխայքը մի փոքր հանգստացան:

Ինժեներն ընդունեց Ճանճուր Իվանիչին խիստ ուրախ դեմքով և նստեցրեց յուր մոտ՝ կիսաթախտի վրա: Առաջին խոսակցությունները եղան սովորական հարց ու փորձեր միմյանց առողջություններից և թե ո՛րքան ժամանակ է մնալու Ճանճուր Իվանիչը այդ քաղաքում:

Ճանճուր Իվանիչը ստիցղորդից, որքան ներում էր նրա լեզվի ճարտարությունը, բավական դուրս տվավ. պատմեց Թիֆլիսի նորություններից, ավելացրեց և մի քանի քաղաքական հին լուրեր, բայց յուր այնտեղ կարճ կամ երկար մնալու մասին ասաց, որ այդ կախված է ինժեների բարեսրտությունից:

— Ես կաշխատեմ պատճառ չտալ ձեզ այստեղ երկար մնալու, — պատասխանեց ինժեները:

Ճանճուր Իվանիչը մինչև գետին երկրպագեց:

— Ասացեք, խնդրեմ, Սիմոն Ցագրիչը գո՞հ է ինձնից, — հարցրեց ինժեները ծիծաղկոտ դեմքով:

— Ով որ ձեզնից գանգատի, կնշանակե, որ յուր աչքերիցն է գանգատում, — պատասխանեց Ճանճուր Իվանիչը: — Դուք այնքան բարի եք, որ անկարելի է ձեզնից գոհ չլինել: Սիմոն Ցագրիչը ոչ միայն այստեղ է շատ անգամ ինձ հայտնել, որ շնորհակալ է ձեզնից, այլ այդ ամենի մասին գրել էր ինձ իմ Թիֆլիս եղած ժամանակ:

— Ոչ, ես մի այնպիսի բան չեմ արած, որ որևէ արժեք ունենար, բայց այսքանը դարձյալ բավական կլինի, եթե Սիմոն Ցագորիչը ինձնից զանգատավոր չլինի:

— Нет, тот который маленький не знает и большой не знает, — պատասխանեց Ճանճուր Իվանիչը, կամենալով հայտնել թե նա, ով որ փոքր բարերարությունը չգիտե, մեծն էլ չէ կարող գիտենալ:

Կուզմինը ժպտաց:

— Ո՛րքան բարի մարդ եք, Ճանճուր Իվանիչ, — ասաց նա:

— Ես ամենայն կերպիվ պատրաստ եմ ձեզ ծառայելու, — կրկնեց Ճանճուր Իվանիչը:

— Այո՛, դուք բարի մարդ եք, — մյուս կողմից ասաց ինժեների կինը ուրախությամբ:

— Շնորհակալ եմ իմ մասին լավ համարում ունենալուդ համար, — դարձավ դեպի նա Ճանճուր Իվանիչը: — Խնդրեմ ասեք, արդյոք հավանեցա՞ք այն մատերիաները:

— Շատ լավն էին, շնորհակալ եմ, — պատասխանեց տիկինը:

— Բայց ես ձեզ հայտնում եմ՝ այսուհետև ինչ որ ձեզ համար կամ երեխաների համար հարկավոր կլինի, ինձ գրեցեք, ես կառնեմ այնտեղից և կճամփեմ:

— Ոչ, հարկավոր չէ՛ ձեզ նեղություն տալ, — պատասխանեց տիկինը:

— Մայրի՛կ, խնդրեցե՛ք ինձ համար մի դերիացու նույն կտորից, որ ձեզ համար առել է, — մյուս կողմից խոսեց ինժեների մեծ դուստրը:

— Ա՜խ, ես մեղավոր եմ ձեզ մոտ, — բացականչեց Ճանճուր Իվանիչը՝ վեր կենալով նստած տեղից և դառնալով դեպի օրիորդը ձեռքը սրտին դնելով, — միայն մեծ հանցավորը Սիմոն Ցագորիչն է, որ չէր հայտնել ինձ, թե պարոն Կուզմինը ձեզ նման հասուն և արժանավոր դուստր ունի: Ներեցեք, խնդրեմ, ես քաղաք հասածիս պես ձեզ համար այնպիսի դերիացուք կճամփեմ, որ ամենքի նախանձը շարժեք:

Օրիորդը իր շնորհակալությունը հայտնեց՝ գլուխը խոնարհեցնելով:

— Ի՞նչ եք անհանգստացնում դյադուշկին, — սաստեց նրանց Կուզմինը:

— Ոչ՛, պարոն Կուզմին, — նրա ձեռքը բռնելով ասաց Ճանճուր Իվանիչը, — դուք վշտացնում եք ինձ, մենք արդեն հասարակ ծանոթներ չենք, այլ մոտիկ բարեկամներ. ձեր բոլոր պիտույքները հոգալն այսուհետև լինելու է ինձ համար ընտանեկան պարտավորություն:

Կոլզմինը հրճվելով գրկեց Ճանճուր Իվանիչին.

— Ախ, դուք բարի ծերունի, — բացականչեց նա: — Ես արժանի չեմ ձեր այսչափ ազնվահոգությանը:

Խոսակցությունը գնալով եղավ ընդհանուր: Ճանճուր Իվանիչը որսին բոլորովին տիրացած էր համարում: Բայց տակավին գործ էր դնում յուր սովորական մարդահաճության զենքերը: Սիմոն Ցագորիչը նույնպես մի փոքր քաջալերվելով ինժեների դյուրին անձնատուր լինելուց, շուտ — շուտ էնֆիայից ճարակ էր տալիս յուր քթին՝ մեծ բավականությամբ: Նրանք նշմարելով, որ բավական նստեցին, Ճանճուր Իվանիչը խնդրեց ինժեներին, թե նրա հետ առանձին խոսելիք ունի:

Կուզմինը վեր կացավ, նրանք մտան կից սենյակը:

Ճանճուր Իվանիչը կարդաց մի ամբողջ գայլի շարական և վերջացրեց այս խոսքերով.

— Դուք, պարոն Կուզմին, իբրև այս քաղաքում մի նորեկ մարդ, ձեր ծախսերից մի քիչ թեթևանալու համար, խոնարհաբար խնդրում եմ, ընդունել ինձնից այս չնչին գումարը:

— Խնդրեմ, խնդրեմ, Ճանճուր Իվանիչ, — խոսեց Կուզմինը հրաժարվելով, — ես իմ ծախսերի համար ոչինչ նեղություն չունիմ:

— Բայց և այնպես, սև օրվա համար պետք կգա:

— Ես չեմ կարող ընդունել:

— Ես գիտեմ, որ դուք այնքան խստակ մարդ եք, որ իմ այսպիսի մի առաջարկությունը վշտացնում է ձեզ. բայց դուք աչքի առաջ ունենալով այն իրողությունը, թե ընդունում եք ձեր հավատարիմ բարեկամից ո՛չ թե իբրև կաշառք, այլ իբրև բարեկամական օգնության մի նշան, հուսով եմ, որ դուք չեք մերժիլ իմ խնդիրը:

— Խնդրեմ, Ճանճուր Իվանիչ, — կրկնեց Կուզմինը: — Դուք բռնաբարում եք իմ խղճմտանքս:

— Ես հուսով եմ, որ դուք այնքան բարի կլինեք, որ բոլորովին զոհունակ ճանապարհ կգնեք ինձ ձեր տանից:

Կուզմինը լռեց:

Նրա լռությունն արդեն նշան էր հաճության: Ճանճուր Իվանիչը դրեց նրա գրպանը մի հաստ կապոց թղթադրամ:

Նրանք դուրս եկան սենյակից:

Սիմոն Ցագորիչը մի անգամ հազաց, կամենալով այդ խորհրդավոր նշանով իմանա, հաջողվեցա՞վ թե ոչ:

Ճանճուր Իվանիչը երեք անգամ հազալով իմաց տվավ, թե գործը հաջողվեցավ: Նրանք վեր կացան, կամենում էին գնալ:

— Ո՛չ, չի՛ կարելի այդպես շուտ, — ասաց Կուզմինը:

— Մնացեք ընթրիքի, — խնդրեց կինը:

— Այժմ ներեցեք, մյուս անգամ կգամ, երկար կխոսենք, — պատասխանեց Ճանճուր Իվանիչը:

— Ուրեմն սպասեցեք, խնդրեմ, գոնե միմի բաժակ պունչ, — ասաց ինժեները:

— Այդ բարի բան է, — պատասխանեց Ճանճուր Իվանիչը:

Ինժեների աղջիկը պատրաստեց երեք բաժակ պունշ ռոմով: Նրանք վեր առան բաժակները, իրար շրխկացրին և`"ձեր հրամանոց կենացը, ձեր հրամանոց կենացը" ասելով ու միմյանց գլուխ տալով խմեցին:

Ճանճուր Իվանիչը ամենի ձեռքերը մին-մին սեղմեց, բարի գիշեր ասաց, համբուրեց երեխաների երեսը, որոնք բավական ընտելացել էին նրան, և նրանք հեռացան:

— Какой он славный человек!, — ասաց Կուզմինը նրանց գնալուց հետո:

— Да, очень благородный господин, — պատասխանեց կինը:

Դուրսը շատ մութն էր: նրանք խարխափելով էին գնում ցեխերի միջով, որ գոյացել էր նորեկ անձրևից:

— Չիմի հավանում ի՞ս իմ խիլքը, — ճանապարհին ասաց Սիմոն Ցագորիչին Ճանճուր Իվանիչը: — Տեհա՞ր, ա՛յ էդպես կավունին (կթովեն) մարդու հա՛:

— Աստուծ գիդենա, աղա, դուն զորբա ուստա իս էլի, — պատասխանեց Սիմոն Ցագորիչը: — Իսկի չէի հավատում, վուր էտ շանվուրթին խիլքի գուքա:

— Ուղուփ գուզե, Սիմոն Ցագորիչ, խիլք գուզե, իմաստութին գուզե, ինչկլի բանը բան դառնա. միր աշխարքը ուստութինով ին կերած, չէ թե զոռով: Փուղ դատիլը ամեն մարդու բան չէ, — խոսեց Ճանճուր Իվանիչը՝ ներքին համոզմամբ:

— Աստուծ գիդենա, դրուստ իս ասում, — պատասխանեց Սիմոն Ցագորիչը, որպես թե լսում էր մի ճշմարտություն:

— Էս ինժիների աչքերը քոռացրինք, էստումեն դենը ինչ գուզիս արա, Սիմոն Ցագորիչ, էլ Կուզմինը քու շինութինների համա չի ասի լոմայ: Դա էլ են առաջվանների պես էգուց էլօր ձեռքը կու խփե մեջքից, “մոլոդեց, Սիմոն Ցագորիչ, կոսե, տվայա ստրոննիե կրեպկի, կակ ժելեզո”:

Սիմոն Ցագորիչը ուրախությունից սկսավ ծիծաղել:

— Ես իսկի մտքեմես չէի անցկացնում, վուր դա քրթամ կուառնե, — ասաց նա:

— Ի՞նչ իս խոսում, օրհնած, մարդ կուլի՞ վուր փուղ չսիրե: Աստուծ ինքը քրթամը սիրում է: Ինչկլի խունկ, մոմ, մատաղ չիս անում, ինչկլի սրբերին բարեխոս չիս քցում, նա քիզ չարից չէ փրկում, — ասաց Ճանճուր Իվանիչը՝ զարմանալով յուր գործակատարի դատողության վրա: — Էս դուլուղի մարդկանց ջեբը նրա համար ին ետնեն կարած, վուր նրանք խաչ — ավետարանի վրա օրթում ին ուտում, վուր քրթամ չառնին, ու դրա համա էլ ձեռքով չին առնում. ամա վուր մարդ ետնեն ջիբն է կոխում, աչքով չին տեհնում, էլ չին խոսում:

Այդպիսի բաներ խոսելով, միմյանց իրանց սրտի ուրախությունը հայտնելով, ինժեներների թուլությունների վրա ծիծաղելով, Ճանճուր Իվանիչը յուր գործակատարի հետ ամեննին չզգացին, թե ինչպես հասան պանդոկ:

Մտնելով իրանց կացարանը, Սիմոն Ցագորիչը մոմ վեր առավ տարավ ներքև խանութում վառելու, որովհետև լուցկի չունեին, բերելիս անիրավ քամին հանգցրեց, կրկին դարձավ, էլի հանգցրեց: Ճանճուր Իվանիչը վերևում, խավարի մեջ կանգնած սպասում էր. երկար սպասելուց հետո նա դուրս եկավ, տեսավ քամին չէր թողնում մոմը վառվի:

— Տո՛, օրհնած, էտպես կու բերի՞ն, մե բան բռնե գլխին, էլ քամին չի կանա հանգցնի:

Սիմոն Ցագորիչը շուտով շլապկեն գլխից առավ և հովանի արեց մոմի վրա: Այդ հնարքով թեև նա առանց հանգցնելու մոմը բերավ իրանց կացարանը, բայց շատ ցավեցավ, երբ տեսավ, որ շլապկեն բավական տեղ այրվել է. ջուր ածելու փոխանակ թքեց այրված տեղի վրա, մատներով հանգցրեց, մոմ ածողի ու կրակ մոգոնողի հերն ու մերն անիծեց, մի փոքր էլ բարկացավ, բայց Ճանճուր Իվանիչը նրան մխիթարեց՝ ասելով.

— Վնաս չունի, ջանդ սաղ ըլի:

Սիմոն Ցագորիչը հանդարտվեցավ: Սենյակը լուսավորվեցավ: Ճանճուր Իվանիչը նստեց մահճակալի վրա. նրա դեմքն արտահայտում էր լիակատար բավականություն: Սիմոն Ցագորիչը նստեց տաբուրետի վրա նրա հանդեպ, բայց նրա դեմքը գոհունակություն չէր ցույց տալիս: Երևի գլխարկի այրվելը նրան ցավեցրեց: — Ի՞նչ իս ունքերդ կախ արի, — ասաց նրան Ճանճուր Իվանիչը: — Հիմի էլ ի՞նչ դարդ ունինք, էտ էշն էլ խոմ ցեխեմ են հանեցինք, գնա ներքև մի չարեք գինի բի', էս գիշեր մե լավ քեփ անինք, իժում դինջ քնինք:

Սիմոն Ցագրիչը գնաց ներքև և մի քանի րոպեից հետո դարձավ չարեքանոցը լիքը գինիով:

Սեղանի վրա դրվեցան խնջույքի պատրաստությունները՝ երկու հատ չորացած հաց, մի կտոր հին զուրգել, Ճանճուր Իվանիչի ճանապարհի պաշարից մնացած մի փոքր խավիար, մի գլուխ սոխ և մի կտոր պանիր:

Սեղանը յուր բոլոր ճոխություններն ուներ երկու ընկերների համար ևս:

Գավաթները լցվեցան: Նրանք չրխկացրին, առաջին անգամ խմեցին միմյանց կենացը, հետո Կուզմինի կենացը, այնուհետև կրկին և կրկին միմյանց կենացը, հետո նրանց կենացը, ով որ ծովում փորձության մեջ է, ով որ դարիբ է, ով որ հիվանդ է, վերջապես ամեն նեղյալների կենացը: Եվ բախտավոր չարեքանոցը մի անգամ ևս գնաց և ետ եկավ ներքևից: Այնուհետև նրանց գլուխները տաքացան: Նրանք սկսան միմյանց հետ պոռշտի անել և ուրախանալ, ծափ տալ, ււռռա գոռալ, մինչև Ճանճուր Իվանիչը յուր խռպոտ ձայնով երգեց վրացերեն. "Ա՛խ թվալեբո, թվալեբո՛" երգը, Սիմոն Ցագրիչն էլ նրան ձայնակից եղավ: Այնուհետև ինքը՝ Սիմոն Ցագրիչը, երգեց՝ "Մոդի, Լիզա ջան, իխրուկե" նույնպես վրացերեն երգը: Խնջույքը տևեց մի քանի ժամ, բայց տակավին չարեքանոցի մեջ գինի կար: Այն ևս սպառվեցավ: Սեղանի վրա ոչինչ չմնաց ուտելու: Մոմը բոլորովին վառվելով՝ վերջապես հանգավ: Կացարանի մեջ տիրեց խավար: Նրանք քնեցին:

Բայց Ճանճուր Իվանիչի և Սիմոն Ցագրիչի փոխարեն մոծակները, ճպուռները, լվերը և այլ միջատներ այնուհետև սկսան տզվզալ և իրանց դիվային հարսանիքը կատարել: Նրանք թեև իրանց խայթոցներով սկսան ծակոտել մեր պարոնների մարմինը և ծծել նրանց արյունը, բայց նրանք ոչինչ չէին զգում, այլ խորին թմրության մեջ մրափում էին:

## ԺԵ

Մինչ Ճանճուր Իվանիչը յուր գործակատարի հետ պանդոկի կեղտոտ անկյունում, իրանց աղքատիկ քեֆն էին անում, Հացի-Գելենց տանը մի փառավոր գիշերային խնջույք էր սարքված:

Գեղեցիկ զարդարված դահլիճում վառվում էին զանազան ճրագները: Ինքը օրիորդ Սոֆին, բոլորովին սպիտակ՝ փրփուրի նման թեթև հագուստով, ոսկի ապարանջաններով, ադամանդե քորոցը կրծքի վրա, խիստ շնորհալի կերպով ընդունում էր հյուրերին:

Շուտով դահլիճը լցվեցավ խայտաճամուկ բազմությամբ: Նրանք ոչ միայն իրանց հագուստի ձևերով, այլև իրանց սովորություններով ու բնավորությամբ զանազանվում էին միմյանցից: Նրանց մեջ կային աղջիկներ մոդնի հագնված, բաց գլուխներով, հոլանի բազուկներով և կիսաբաց կրծքով ու թիկունքով: Նրանց մեջ կային աղջիկներ վրացի թասակրավիներով և բաց կրծքով ու բազուկներով: Նրանց մեջ, որպես սև ագռավներ, գտնվում էին մի քանի թխազգեստ քաթիպավոր քալբատոնոներ, որոնց հրավիրել էր տիկին Բարբարեն:

Տղամարդիկ թվով ավելի սակավ էին, քան թե աղջիկները: Այնտեղ պտտվում էին մի քանի բուլվարի շրջիկ ֆրանտներ, որոնք կոտրատվելով այս կամ այն օրիորդի հետ քչփչում էին, և մի քանի կարտուզավոր ու կաբավոր վաճառականներ՝ տիկին Բարբարեի ազգականներից, որոնցից ամեն մինը նստած էր մի անկյունում աթոռի վրա. նրանք չէին շարժվում իրանց տեղից, կարծես թե մեխված լինեին աթոռին, միայն հեռվից իրանց աչքերը ճպճպացնելով, նախանձով դիտում էին, թե ի՛նչպես ֆրանտ երիտասարդները սեթևեթում էին մատաղահաս օրիորդների հետ:

Օրիորդ Սոֆին թիթեռնիկի նման թռչկոտում էր այս կողմ և այն կողմ: Նա ուրախությամբ դառնում էր մի աղջկանից դեպի մյուսը, նա դիմում էր դեպի երիտասարդները, որոնցից շատերը հրավիրված օրիորդների եղբայրներն էին, քաղցրախոսում էր նրանց հետ, ժպտում էր և պես — պես հրապույրներով շահում բոլորի սրտերը:

Տիկին Բարբարեն անշարժ նստած խոսում էր քաթիպավորների հետ հին և նոր ադաթների վրա: Իսկ Գրիգոլն ու Մայիլովը՝ մերթ այս, մերթ այն անկյունում կանգնած նայում էին. նրանք չէին համարձակվում խոսել օրիորդների հետ, մինչև նրանք չէին խոսացնում:

Խնջույքը գնալով կենդանանում էր, ոգևորվում էր, մինչև նա բոլորովին խռովեցավ խոսակցությունների խառնաձայնությամբ:

Ապա բաժանվեցան. աղջիկները կազմեցին փոքրիկ խմբեր: Եթե որոշելու լինենք այդ խմբերը, նրանց տեսակները կլինին այսպես. — մի կողմում հավաքված էին աղջիկները իրանց թասակրավիներով, դրանց շատ անգամ երկչոտությամբ մերձենում էին կաբավորներ, և նրանց մեջ լսելի էր լինում վրացերեն քաղաքավարական բառեր —

գենացվալե, գեթաղվանե, շենի ճիրիմե, թքվենմա սիցոցխլեմ, դիախ և այլն. մի կողմում էլ մոդնի աղջիկները, ըստ մեծի մասին ռուսերեն լեզվով, և երբեմն վրացերեն խառնելով, խոսում էին, թե ի՛նչ նոր կտորներ են եկած, կամ այսինչ ու այնինչ խանութում ինչ նոր բաներ են վաճառում: Նրանց խոսակցության մեջ խառնվում էին և ֆրանտները՝ այս կողմից, այն կողմից խոսք ու կատակ կցելով:

Իսկ տիկին Բարբարեի շուրջը բոլորել էին քաթիպավորները և մի քանի կաբավորներ, դարձյալ վրացերեն երբեմն հատուկտոր հայերեն խառնելով, դուրս էին տալիս քաղաքի նորությունների կամ հացի և այլ ուտելիքների էժանության կամ թանկության մասին:

Իսկ երբեմն այդ խմբերը դիմում էին միմյանց, և խոսակցությունը լինում էր ընդհանուր: Բայց օրիորդ Սոֆին հանգիստ չէր մի տեղում, նա անդադար դառնում էր մի խմբից դեպի մյուսը: Նա նշմարեց Մայիլովին և տեսավ, որ նա բոլորովին ուրախ չէ. մոտեցավ նրան.

— Ի՞նչ է, Նիկոլ, դու ինչո՞ւ ես այդպես տխուր, — հարցրեց նա:

— Ես տխուր չեմ, — պատասխանեց Մայիլովը:

— Ո՛չ, դու այստեղ մենակ ձանձրանում ես: Գրիգոլը չէ զբաղեցնում քեզ, գնանք այնտեղ աղջիկների մոտ:

Եվ օրիորդ Սոֆին բռնեց նրա ձեռքից, բերավ մոդնի աղջիկների մոտ, որոնք, իրանց ուսումն ավարտելով զանազան իգական վարժարաններում, իբրև ներկայացուցիչներ էին ուսյալ և կրթյալ օրիորդների. դրանք պիտի լինեին մայրերը նոր սերունդի:

Հյուրասիրության հառաջաբանն սկսվեցավ թեյով, որ մատուցին պիրոժնիով և ոմանց լիմոնով: Սպասավորները մաքուր հագնված՝ անդադար տանում ու բերում էին զավաթները:

Նույն միջոցին համարյա բոլորն էլ նստոտել էին զանազան տեղերում և խոսում էին:

Բայց ի՞նչ էին խոսում:

Եթե չի ձանձրանա մեր պատվելի ընթերցողը, մենք նրան մի քանի րոպե կմոտեցնենք կրթյալ օրիորդների խմբին, և նա կլսե մեր ապագա մայրերի զրույցները, որ թեյի քաղցր հեղուկը խմելով կցել էին նրանք:

Թեև ազգային բարբառով չէր նրանց խոսակցությունը, բայց մենք դնում ենք նրանց հայերեն թարգմանությունը:

— Այնպիսի մի կիսակոշիկներ է ստացել մադամ Տոլլեն, որ հրաշալի՛, — ասաց մի շիկամազ օրիորդ, գունատվելով, կուչ գալով խմելու միջոցին, որ կարծես թե մի սքանչելի իրողություն էր պատմում:

— Զանջուղազովի մագազինում նույնպես լավերն են ծախում. ես իմս տասը մանեթով առա, շատ հիանալի բաներ են, առավելապես կրունկները, ճռճռոցը խոմ պատմել չի կարելի, — ասաց մի այլ օրիորդ սև զիսակով, թուխ դեմքով և, միևնույն ժամանակ վեր քաշելով յուր զգեստի փեշերը, ցույց տվավ յուր փոքրիկ ոտքը:

— Իմը ես առել եմ ութ մանեթով. իմ կարծիքով քոնից լավն է, — նրա խոսքը կտրեց առաջին շիկամազը:

— Նայեցեք՝ ինչպես են ճռճռում:

Եվ նա վեր կացավ, մի պտույտ արավ և դարձյալ նստեց: Եվ արդարև, նրա կիսակոշիկները ոչ թե ճռճռում, այլ կարելի է ասել՝ որոտում էին:

Լսողները վճռեցին, թե շիկամազի կիսակոշիկները ավելի լավ են, քան թե թխամազինը:

— Զանջուղազովի մագազինում թեև կիսակոշիկները ավելի գովելի չեն, բայց լավ ձեռնոցներ են ծախում, — մեջ մտավ մի այլ օրիորդ՝ մեծ — մեծ, վառվռուն աչքերով և նիհար դեմքով և կամեցավ ցույց տալ յուր ձեռնոցները, որ գնել էր այնտեղից:

— Է՜հ, այդ հայերը հենց խաբում են, — նրա խոսքը կտրեց մի այլ օրիորդ, կարծես թե ինքը հայ չլիներ: — Դուք քանիսո՞վ առաք ձեր ձեռնոցները, Մակա , — հարցրեց նա վառվռուն աչքերով օրիորդից:

— Մանեթ ու կեսով, — պատախանեռ Մական:

— Բայց ես Բլոտից առել եմ վեց աբասով և ձերիցը վատ չէ, — պատասխանեց օրիորդը:

Մական լռեց:

Բայց օրիորդ Սոֆին նույն րոպեին խոսում էր մի երիտասարդի հետ, և աստված գիտե, ինչեր էր խոսում. միայն նրանից բաժանվելու միջոցին, կրկին դարձավ դեպի նա և ժպտաց.

— Ա՜խ, դու անխիղճ, — ասաց և հեռացավ:

Նա եկավ և կանգնեցավ օրիորդների մոտ, որոնք խոսում էին կիսակոշիկների մասին:

— Սոֆի, դուք օղըկոլոնը և դուխը ումի՞ց եք գնում, — հարցրեց նրանից մի օրիորդ մեծ քթով և հաստ շրթունքներով:

— Րիշարից, — պատասխանեց օրիորդ Սոֆին:

— Ի՜նչ անուշ հոտ է գալիս ձեզանից, — կրկնեց մեծքթանին:

— Մի՞թե ձեզ ախորժելի է, — ժպտալով հարցրեց օրիորդ Սոֆին և ուրախացավ, որովհետև յուր վրա լավ նկատողություն էին անում:

— Ես էլ այսուհետև այնտեղից պիտի առնեմ, — ասաց առաջինը:

— Սոֆի Ճանճուրևնա, — ավելի քաղաքավարությամբ կոչեց նրան մի. այլ աղջիկ զվարթ և ուրախ դեմքով:

— Ի՞նչ է, — դարձավ դեպի նա Սոֆին:

— Այս կյուրակե այգո՞ւմն էիք:

— Այո՛, այնտեղ էի:

— Դուք տեսա՞ք այն երկու ռուս օրիորդներին. ի՛նչ գեղեցիկ հագնված էին:

— Այո՛, տեսա, բաց — երկնագույն՝ աղյուսավոր կտորի., ես, արդեն առել եմ ինձ համար մի դերիացու Յուրինովի մագազինից, — պատասխանեց Սոֆին:

— Ես էլ անպատճառ պիտի առնեմ այն կտորից, — մեջ մտավ մի այլ օրիորդ: — Ես էլ տեսա նրանց, ինձ ևս շատ դյուր եկավ նրանց հագուստը, մանավանդ ծալվածքը հիանալի էր, թեև բուզմեքը հին մոդայի ձևով էին:

— Ո՛չ, ի՞նչպես թե հին. այդ նոր և վերջին մոդան է, — նրա խոսքը կտրեց զվարթադեմ օրիորդը:

— Ո՛չ, հին էր, նույն ձևով կարել էր տվել Կմախովի աղջիկը երկու ամիս առաջ, — պատասխանեց երկրորդը:

Եվ նրանք սկսեցին վիճել այն երկու ռուս օրիորդների հագուստի բուզմեթի հին կամ նոր մոդայի ձևով լինելու մասին. վեճը սաստկացավ: Մյուս օրիորդները մեջ մտան պարզելու, թե ո՛վ է ուղիղը և ո՛րի կողմն է իրավունքը: Քննության դիվան բաց եղավ նրանց խմբի մեջ:

Բայց մինչ նրանք վիճում էին, երկու օրիորդ, բաժանված այդ խմբից, հեռու մի անկյունում նստած, միմյանց հետ քչփչում էին մյուսներին անլսելի ձայնով: Դրանցից մինը մի բարձրահասակ օրիորդ էր, սև ու փայլուն աչքերով և ախորժելի դեմքով: Նա կոչվում էր Անիչկա: Մյուսը մի նրբակազմ օրիորդ էր, քնքուշ դեմքով. դա կոչվում էր Լիզա:

— Դուք սիրում եք նրան, Անիչկա, մի՛ խաբեք ինձ, — ասաց նրբակազմ օրիորդը:

— Ո՛չ... նա այնպես երբեմն գալիս է մեր տուն, եղբորս հետ շատ ծանոթ է, և ինքն ուսումնական տղամարդ լինելով, ես հարգում եմ նրան, — պատասխանեց Անիչկան:

— Դուք ուղիղը չեք խոստովանում ինձ, — խոսեց Լիզան, — ես ձեզանից ծածուկ ոչինչ չունիմ, բայց դուք ինձ մոտ սրտաբաց չեք:

— Ես կխնդրեի, որ այդ մասին ինձնից ոչինչ չհարցնեք:

— Դուք վշտացնում եք ինձ, Անիչկա:

— Ես խնդրում եմ հանգիստ թողնել ինձ:

Մինչ Լիզան կամենում էր մի երկրորդ հարց տալ, նրանց խոսակցությունն ընդհատեց օրիորդ Սոֆին:

— Միմյանց ի՞նչ եք խոստովանվում այս անկյունում, — հարցրեց նա:

— Ոչինչ, խոսում ենք է՜լի, — պատասխանեցին նրանք:

Օրիորդ Սոֆին կանգնեց և սկսավ մի քանի նկատողություններ անել ֆրանտ երիտասարդների մասին. մինին գովասանեց, մյուսի վրա ծիծաղեց. նրա քիթը ծուռն է, մյուսի գլխի մազերը խոզի մազի են նմանում, այն մյուսը թեև սիրուն է, բայց շատ հպարտ է, այն մինի դեմքն ախորժելի է, բայց աչքերը խիստ փոքր են, և այլ այդպիսի կատակներով խոսում էր նա և անընդհատ ծիծաղում:

— Անվայել է այդպիսի նկատողություններ անել յուր հյուրերի վրա, — նկատեց Անիչկան:

— Ինչ անտանելի է, երբ մարդիկ գեղեցիկ չեն, — ասաց օրիորդ Սոֆին և հեռացավ գնաց Մայիլովի մոտ:

— Նա խելքից ելած է այդ գիմնազիստի համար, — ասաց Անիչկան օրիորդ Սոֆիի գնալուց հետո:

— Մի՞թե, — զարմանալով հարցրեց Լիզան, — չէ՞ որ նա դեռ երեխա է:

— Ի՞նչ փույթ, օրիորդ Սոֆին այդ տեսակ ճաշակ ունի ընտրության մեջ:

— Ա՜յ հիմար, — կրկնեց Լիզան:

Բայց օրիորդ Սոֆին թողեց Մայիլովին և սկսեց քաղցրախոսել մի բարձրահասակ երիտասարդի հետ:

Լիզան և Անիչկան կցեցին իրենց ընդհատված խոսակցությունը:

— Դարձյա՞լ չեք ասելու, — հարցրեց Լիզան:

— Ի՞նչ, — ասաց Անիչկան:

— Դուք սիրում եք նրան:

— Ինչո՞ւ չսիրել նրան, — պատասխանեց Անիչկան: — Նա շատ արժանավոր տղամարդ է, մեծ ուսումով և ազնվաբարո. նա այնքան գեղեցկախոս է, որ մարդ ախորժում է միշտ լսել նրան. նրա ձևերի, նրա շարժվածքի, նրա բոլոր գոյության մեջ այնքան հրապուրանք կա, որ չէ՛ կարելի չսիրահարվել նրա վրա:

— Ի՞նչպես է նրա անունը, — հարցրեց Լիզան:

— Այդ մի պատմական անուն է, որով կոչվում է Հայկազանց երևելի տներից մինը Վասպուրականում, — պատասխանեց Անիչկան:

— Իրանք նույն տնի՞ց են: Հայտնի չէ՛, միայն ազնվատոհմիկ են:

— Ի՞նչ գործով է պարապում նա:

— Նա եկած է մեր քաղաքը երեսի հիվանդությունը բժշկելու համար և մասնավորապես փաստաբանություն է անում:

— Նա նույնպես սիրո՞ւմ է ձեզ:

— Չգիտեմ, — ցավելով պատասխանեց Անիչկան, — միայն նա խիստ սառն է ինձ հետ: Բայց դուք սազացրիք Ն — ովի հետ, — խոսքը փոխեց նա:

— Սազացրի, — ժպտալով պատասխանեց Լիզան, — այսօր ստացա նրանից այս տոմսակը:

Եվ Լիզան հանեց յուր ծոցից մի փոքրիկ թուղթ, տվավ յուր խոսակցին. նա շտապով տողերը աչքի անցրեց: Տոմսակի մեջ գրված էր. "Ձեր տանն արգելում են մեզ... շաբաթ օրը երաժշտական կրուժոկում դիմակահանդես կլինի. այնտեղ կսպասեմ ձեզ":

— Ուրեմն այդպես, Լիզա, հա , — նրա երեսին նայելով ասաց Անիչկան: — Դուք ինձնից բախտավոր եք:

— Ի՞նչպես, — հարցրեց Լիզան և ծիծաղեց:

— Այո՛, մեծ զանազանություն կա նրանց մեջ, որոնցից մինը հասած է յուր նպատակին, իսկ մյուսը ապրում է լոկ հույսերով, — պատասխանեց Անիչկան:

Օրիորդ Սոֆին դարձյալ ընդհատեց նրանց խոսակցությունը:

— Ձեր մեջ անշուշտ մի բան կա, որ այդպես թաքուն — թաքուն խոսում եք, — ասաց նա:

— Ի՞նչ պիտի լինի:

— Ո՛չ, կա, ես գիտեմ... միայն վե՛ր կացեք, խնդրեմ, աղջկերքը կամենում են պարել:

Անիչկան և Լիզան դուրս եկան իրանց անկյունից և գնացին մյուս աղջկերանց մոտ:

Պարերը նույնպես եղան այնպես զանազան, ինչպես որ զանազանվում էին նրանք իրանց հագուստներով և իրանց մտքերի հայացքով:

Ուսյալ օրիորդները ցանկացան պարել տանց: Ափսոս՛ որ չկար կանոնավոր մուզիկա: Այնուամենայնիվ նրանք բանը գլուխ բերին: Օրիորդ Սոֆին նստեց պիանոյի առջև, պիանոն հնչեց խիստ հիանալի կերպով, և զույգերը սկսեցին պտույտ գալ:

Հետո մի այլ օրիորդ սկսավ ածել, և օրիորդ Սոֆին, ազատվելով պիանոյից, վեր կացավ և խառնվեցավ պարողների հետ: Նա ընտրեց իրան պարընկեր Մայիլովին:

Այդ եղանակը նույնպես վերջացավ:

Գրիգոլն ածեց ջութակի վրա վալս:

Օրիորդ Սոֆին այս անգամ պարեց բարձրահասակ ֆրանտի հետ:

Եվրոպական պարերը վերջացան:

Որովհետև թասակրավիով աղջկերքը, եվրոպական պար չգիտենալու պատճառով, անմասն մնացին պարելուց, ուստի նրանք ցանկացան պարել ասիական պարեր: Եվ իսկույն կազմեցին մի շրջան. նրանցից մինն սկսավ ածել դայրա, մյուսը դիմպլիպիտո և մինն էլ հնչեցրեց փոքրիկ հարմոնը, իսկ մյուսներն սկսեցին ծափահարել. ապա նրանցից մինն սկսավ խաղալ լեզգինկա: Նա փոխվեցավ: Նրա տեղ անցավ մի այլը: Եվ այնքան խաղացին, մինչև բոլորն էլ հոգնեցան:

Պարերը վերջացան: Բոլորն էլ նստոտեցին հանգստանալու: Մատուցին թարմ միրգ:

Այնուհետև օրիորդ Սոֆին դարձյալ սկսավ ածել պիանոյի վրա և երգել: Նրա ձայնը այն գիշեր բոլորովին հիանալի էր: Ամենքը ծափահարեցին և խնդրեցին կրկնել:

Օրիորդը կրկնեց:

Տիկին Բարբարեն հեռվից հրճվանքով նայում էր յուր դստեր արժանավորության վրա, մանավանդ երբ նկատեց, որ երիտասարդներն առանձին համակրությամբ էին լսում նրան: Նա մի քանի հաճոյական խոսքեր ևս լսեց յուր մոտի կնիկներից, որոնք ասացին նրան. "Շատ ապրի աղջիկդ, Բարբարե, աստծու աչքը նրա վրա ըլի. շատ շնորհալի աղջիկ է":

Մի քանի օրիորդներ նույնպես ածեցին և երգեցին, բայց ոչ այնպես, ինչպես որ օրիորդ Սոֆին:

Այնուհետև բոլոր աղջկերքը շարվեցան մի երկայն սեղանի շուրջը և պատրաստվեցան լոտո խաղալու: Նրանց ընկերացան և մի քանի երիտասարդներ, բայց մնացյալ երիտասարդները բաժանվեցան նրանցից և սկսան խաղալ պրեֆերանս:

Լոտո խաղացող աղջիկներից ոմանք մեջ բերեցին փող, մինը յուր մատանին, մինը յուր քորոցը, մինը յուր ապարանջանը. մի խոսքով՝ ով ինչ լավ բան ուներ՝ առավելապես յուր ընկերուհիներին ցույց տալու համար, դրավ մեջտեղ: Մի աղջիկ կարգվեցավ գանձապետ: Նրա մոտ դրվեցան երկու ափսե և մեջն ածեցին լոբիի հատիկներ՝ հաշիվները պահելու համար: Խաղի թղթերը բաժանվեցան: Գլուխը կապած աղջիկներից մինը, որ լավ չգիտեր ռուսերեն համարել, սկսավ դուրս հանել թվերի կենճիքը և բարձրաձայն ասել թլվատ լեզվով, տվնացիտ (տասներկու), պիտլացիտ (տասնևհինգ), փետկա (հինգ), տեսետնիկ (տասն), կոստո (իննսուն)։ Աղջկերքը սկսան ծիծաղել նրա արտասանության վրա. նա կարմրեց և դարձյալ սկսեց շարունակել պիտեսաթ րովնո (հիսուն), տուղիսուղի (վաթսունինը)։ Աղջկերքը դարձյալ սկսան ծիծաղել նրա այդ զվարճալի փոխաբերությունների վրա։

Նրանցից մի փոքր հեռու մողնի երիտասարդները կոչում էին, թրխկացնելով սեղանին — սեմ պիկ կամ չերվի և կամ բեզ կոզրեյ և այլն։

Բայց նրանցից հեռու տիկին Բարբարեն մի կաբավոր հաստափորի հետ խաղում էր դուրաչկա։ Օրիորդ Սոֆին անցավ նրանց մոտից։ Նրանք հրավիրեցին իրանց հետ խաղալու, բայց օրիորդը հրաժարվեցավ, ասելով, թե ինքը չէ կամենում փոնչու խաղ խաղալ։

Մի կողմում էլ նստած էին կաբավորները։ Նրանք ձգում էին նարդիի զարը՝ կոչելով — շեշ ու բեշ, խալ — խալ և այլն։ Մի քանի հոգի էլ, նույն կարգի մարդկանցից, նստած նայում էին նրանց խպղին կամ ուղղում նրանց սխալը։

Մի քանի ժամ տևեց նրանց լոտոն, կես ժամ էլ տևեց հաշիվը, մինչև լրբիով որոշեցին, թե ով ո՛րքան տարած է կամ ո՛վ որքան տանուլ էր տված։ Տանողը առավ, տանուլ տվողը տվավ։ Խաղը վերջացավ։

Գիշերային խնջույքի վերջաբանն եղավ զանազան քաղցրավենիք, տեսակ — տեսակ մուրաբեք, որոնք ճաշակելուց հետո մի փոքր ևս խոսեցին, մի փոքր ևս քչփչացին։ Կեսգիշերից արդեն երկու ժամ անցած էր, երբ հյուրերը շնորհակալություն անելով սկսեցին հեռանալ ացի — Գելենց տանից, իսկ ոմանք գիշերեցին այնտեղ։

Այդ միևնույն ժամանակ Ճանճուր Իվանիչը յուր աղքատիկ քեֆը վերջացնելով Սիմոն Ցագորիչի հետ, վաղուց քնած էր պանդոկի կեղտոտ և խոնավ սենյակում։ Թեև լվերը և մլուկները չարաչար ծակոտում էին նրանց մարմինը և ծծում նրանց արյունը, բայց նրանք խորին քնի մեջ մրափում էին և ամեն մինը մի սարսափելի երազ էր տեսնում։ Սիմոն Ցագորիչին երևում էր, իբր թե ինժեներ Կուզմինը քննելով նրա շինությունները, պակասություններ էր գտել և հրամայում է քանդել։ Իսկ Ճանճուր Իվանիչին երևում էր տիկին Բարբարեն, որ ներս գալով նրա սենյակը՝ պահանջում է Սոֆիի առաջարկությունները։

## ԺԶ

Հասավ հուլիս ամիսը:

Տոթը գնալով ավելի սաստկանում էր. փոշին մարդ էր խեղդում, և եղանակը օրեցօր անտանելի էր դառնում: Բոլոր երևելի գերդաստանները գնացել էին ամառանոց, և քաղաքում մնացել էին միայն այնպիսի մարդիկ, որոնք չեն կարող բաժանվել կյանքի հոգսերից:

Մայիլովը նույնպես չէր երևում Հաջի-Գելենց տանը, նա մի շաբաթ առաջ, մնաք բարով ասելով օրիորդ Սոֆիին, գնացել էր Կոջոր: Բայց մեր հերոսուհին օր ու գիշեր հեծում էր տխրությունից՝ յուր սիրո առարկան մոտը չլինելու համար, մինչև մի օր փոքր — ինչ ուրախացավ, երբ նրանից ստացավ մի այսպիսի նամակ.

“Իմ հոգու հատոր, սիրելի իմ Սոֆի

. . . . . . . . . . . . . . . . . . . . . . . . . . . . . . . . .

— Հրաշա՛լի փոփոխություն..., — բացականչեց օրիորդը: — Ա՛խ, սե՛ր, սե՛ր, ինչպիսի աստվածային զորություն է թաքուցած քո մեջ...: Նա բաց է արել մունջ լեզուն, նա վառել է նրա սրտում երկնային կրակ, նա շնչել է նրա հոգում այսպիսի քնքուշ զգացմունքներ... և սառնարյուն սքոլական համբակը՝ ոգևորված այսպիսի նամակ է գրել...:

Նա երկրորդ և երրորդ անգամ կարդաց նամակը, սեղմեց նրան յուր կրծքին և հիացմամբ սկսավ զմայլիլ իր սիրո առարկայի վրա:

Հանկարծ դրսում լսելի եղավ ճանապարհորդական սայլակի զանգուլակների ձայն. և քանի մի րոպեից հետո ծառան հայտնեց, թե աղան եկավ Կավկայից:

Հոր գալուստն առավել ևս ուրախացրեց օրիորդ Սոֆիին, որովհետև նա մտածում էր, թե այնուհետև անարգել կարող են ամառանոց գնալ:

Օրիորդն ուրախությունից դուրս վազեց և գտավ յուր հորը դահլիճում բոլորովին արևից այրված ու փոշուց սևացած. օրիորդը քնքշությամբ գրկեց նրան և համբուրեց նրա ձեռքը, հայրն էլ համբուրեց նրա երեսը:

Շուտով շրջապատեցին նրան տիկին Բարբարեն, նրա մյուս աղջկերքը Լիզան և Ելենան, սկսան փաթաթվել նրա վզով: Ճանճուր Իվանիչը խիստ ուրախությամբ ընդունեց յուր զավակների զգվանքը, և նրա դեմքը թեև արևի կիզող ճառագայթներից այլայլված, բայց արտահայտում էր գոհունակություն, որով երևում էր, թե նրա գործերը հաջողել են Կավկայում: Նա հանվեցավ, ծառաները ջուր բերին լվացվելու:

Կեսօր էր: Ճանճուր Իվանիչը լվացվեցավ, ճանապարհի փոշին թոթափեց յուր փափախից, կաբայից և արխալուղից, ճաշեց և պատրաստվեցավ շուկա գնալ նույն հագուստով:

Տիկին Բարբարեն խնդրեց, որ այդ օր փողոց չգնա, այլ մնա տանը հանգստանա, երեկոյան պահում, բաղնիք գնա, այնուհետև մյուս օրը դուրս գա փողոց: Բայց Ճանճուր Իվանիչը չհոժարեցավ — իմ հանգստությունը իմ գործերս են, ասելով՝ տանից դուրս գնաց, թեև վրայից սարսափելի անախորժ թթվահոտ էր բուրում:

Ճանճուր Իվանիչի գնալուց հետո տիկին Բարբարեն և օրիորդ Սոֆին մնացին միայնակ միասին:

— Տեսնո՞ւմ ես, մայրիկ, այսօր արևը տոթային է, — ասաց օրիորդ Սոֆին:

— Հա՛, Սոֆի, — պատասխանեց տիկին Բարբարեն, — դուրսը կարծես տաքացած փուռ լինի, խեղճ հայրդ ի՞նչպես է եկել այս տաք օրին:

— Հայտնի բան է, մեծ նեղությունով: Բայց, մայրիկ, ես չեմ կարող տանել այս տոթը, — խոսքը փոխեց նա, — եթե այս ամառ քաղաքում անցկացնեմ, անպատճառ կհիվանդանամ:

— Ուրեմն միտք ունիս ամառանո՞ց գնալ, — հարցրեց մայրը:

— Ես արդեն սովորած եմ. մենք վարժարանում եղած ժամանակ ամեն ամառ գնում էինք, — պատասխանեց օրիորդը:

— Շատ լավ, մի քանի օր համբերիր, ես այդ մասին կխոսեմ հորդ հետ և անպատճառ կտնօրինեմ, որ այս ամառ Կոջոր գնանք:

Տիկին Բարբարեն թողեց յուր աղջկան միայնակ և դուրս գնաց ծառաներին պատվերներ տալու, իսկ օրիորդ Սոֆին մտավ յուր սենյակը, ներսից դուռը կողպեց, էլի մի անգամ կարդաց նամակը, որ ստացել էր Մայիլովից և սկսավ պատասխանը գրել:

Ավելորդ եմ համարում մեր հերոսուհու նամակի պատճենը հաղորդել ձեզ, պատվելի ընթերցող, մտածելով, թե դուք շատ անգամ կարդացած կլինեք նամակներ, թե ի՛նչ են գրում սիրուհիք իրանց սիրեկաններին: Նրանց ոչ միայն խոսքերը, ոճը և պարբերությունները շնչում են ամբողջ բանաստեղծությամբ, այլև թուղթը, նրա գույնը, նրա նկարները, թանաքը, կնքամոմը, ծրարը, — այդ բոլորը պարունակում են իրանց մեջ սիրո գաղտնիքներ:

Մենք հանգիստ թողնենք օրիորդ Սոֆիին յուր նամակը գրելու, այժմ տեսնենք, թե ո՛ւր գնաց Ճանճուր Իվանիչը:

Նա յոր տանից դուրս գալուց հետո ոտքով մի քանի ժամվա մեջ շրջեց բոլոր գլխավոր տեղերը, ուր գործ ուներ: Նախ և առաջ գնաց ինժեներնոյե ուպրավլենիեն. իսկույն լսվեցին ծառայողների ողջույնները. "բարով, բարով, Ճանճուր Իվանիչ" — գոչեցին զանազան ձայներ: Նա մոտեցավ այս կամ այն ծառայող աստիճանավորին, սեղմեց նրա ձեռքը. մի փոքր խոսեց, մի փոքր ծիծաղեց, մի փոքր սրա և նրա ականջում քչփչաց: Այնտեղից դուրս եկավ բիրժի առջև: Կեղծավորաբար մոտեցավ սրան, նրան՝ "բարով, Իսակ Մարտինիչ", "բարով, Գարասիմ Յակուլիչ", մոտեցավ զանազան մարդկանց, սկսավ երկար ու բարակ հարցնել նրանց քեֆը, նրանց տանեցոց առողջությունը, մի փոքր զվարճաբանեց, մի փոքր փաղաքշեց, այնուհետև գլուխ տալով հեռացավ, յուր մտքի մեջ հայհոյելով նրանց ծնունդը. "քու հերն անիծած" ասելով, նա սկսավ դիմել դեպի Միջի — փողոց: Այնտեղ ևս զանազան մարդկանց գլուխ տալով, ամեն մինի հետ մի քանի րոպե խոսելով, անցավ բազազխանա:

Բայց ուշադրության արժանի է այն, որ երբ մարդիկ նրանից հարցնում էին, թե ի՞նչպես անցան յուր Կավկայի կապալները, շահավե՞տ էին թե ո՛չ, Ճանճուր Իվանիչը ցույց էր տալիս անչափ դժգոհություն, ասելով, թե նա պիտի բավական վնաս ունենա Կավկայում, թեև այն տարի նրա Կավկայի կապալները խիստ շահավետ եղան բայց Ճանճուր Իվանիչը վնաս ցույց տալու մեջ ուներ յուր փոքրիկ քաղաքական խորամանկությունը, այն է, որ մյուսներն այնտեղի կապալները վնասակար համարելով՝ չմտնեն այնտեղ:

Ման գալով բոլոր շուկան, Ճանճուր Իվանիչը մինչև անգամ գնաց Շիրաչխանեն, իմացավ, թե քանիսով է ծախվում գինին, գնաց Շեյթան փողոցը, այնտեղ իմացավ, թե քանիսով է ծախվում ալյուրը, ի՛նչպես է ծախվում գարին, այնտեղ իմացավ նաև հնդկահավի, ձվի ու ցցխալի մազանդան, թեև այդպիսի բաներին նա փող տվողը չէր, բայց մտնելով դասաբխանա, գնեց խորովածի համար կես չարեք չալաղաջի և բերավ տուն:

Երեկոյան զանգակները զարկում էին:

Տանը նա պատրաստ գտավ թեյը:

Նա չգնաց յուր սենյակը, ինչպես սովորություն ուներ առաջ, այլ ուղղակի մտավ սեղանատուն, ուր նրա գերդաստանը նույն ժամուն հավաքված էին թեյի սեղանի շուրջը: Քիտեսը չմոռանալով յուր աղայի հին պատվերը, դրեց նրա քուրսին, Ճանճուր Իվանիչը նստեց նրա վրա:

Նա սկսավ խոսել ու ծիծաղել յուր երեխաների հետ, նրանք նույնպես ուրախ էին իրենց հոր գալստյան համար: Բայց օրիորդ Սոֆիի դեմքը չէր ցույց տալիս որևիցե ուրախություն, նա նույն րոպեին մտածում էր ամառանոցի մասին:

Հանկարծ հայտնվեցավ Սամիլ Պետրովիչը:

Անհասկանալի է, թե չարանախանձ բամբասողը ո՞րտեղից էր առել Ճանճուր Իվանիչի գալստյան լուրը. ստերի մի պարկ թևի տակին և զինավորված մի քանի նոր բամբասանքներով, նա մտավ Հացի-Գելենց տուն՝ երեկոյան թեյն այնտեղ խմելու, իսկ եթե աստված հաջողի, նաև ընթրիքին մնալու:

— Բարով, բարով, Ճանճուր Իվանիչ, — ասաց նա ուրախ դեմքով և մոտենալով՝ առավ նրա ձեռքը:

— Բարով, Սամիլ Պետրովիչ, — կրկնեց Ճանճուր Իվանիչը:

Նրանք ձեռք — ձեռքի տվին և պռոշտի արին:

Այնուհետև Սամիլ Պետրովիչը քաղաքավարությամբ գլուխ տվավ տիկին Բարբարեին ու մյուսներին և նստեց:

— Ի՞նչ բարին հարցնինք, — խոսեց Սամիլ Պետրովիչը, — փառք աստծո, էլի սաղ — սալամաթ էկաք ձիր օջախին արժանի էլաք: Բարբարե, աչքդ լուս, — դարձավ նա դեպի տանտիկինը:

Տիկին Բարբարեն գլուխ տալով՝ հայտնեց յուր շնորհակալությունը:

— Ի՛նչ շատ քաշից սաֆարդ, Ճանճուր Իվանիչ, — հարցրեց Սամիլ Պետրովիչը: — Աչքներս հենց քու ճամփին էր մնացի, ասում էինք՝ էսօր գուքա, էգուց գուքա:

— Հա՛, շատ քաշից, էրկու ամսից ավել է, — պատասխանեց Ճանճուր Իվանիչը:

— Ջանդ սաղ ըլի, մարդը դիփ աշխատելու համար է ծնված, — կրկնեց Սամիլ Պետրովիչը: — Հալա մե ասա՛ տեհինինք, քու գործերի համա ի՞նչ շինեցիր:

— Գուրծիրուս համա էլ մի՛ հարցնի, Սամիլ Պետրովիչ, — էս տարի խեր չկա, վնաս շատ կունենամ:

— Ջանդ սաղ ըլի, դարդ մի՛ անի, ղոչաղ կաց. աշխարքի մալը աշխարքում կու մնա, ի՞նչ պիտի տանինք միզ հիդ: Հալա ասա՛, տեհնիմ, Սիմոն Ցագորիչն ինչ է շինում, եփոր գուրծիրը, ինչպես ասում իս, վատ ին գնում: Հիմի ես գիդիմ, բուռնութին քաշում կուլի, ախ ու վախ անելիս կուլի, էտենց չէ՞, ես նրա խասյաթը գիդիմ:

— Էտենց է, աստուծ գիդենա, — ծիծաղելով պատասխանեց Ճանճուր Իվանիչը:

— Արմնալու մարդ է էտ Սիմոն Ցագորիչը. ուրիշը վնաս կոնե, համա դուսեյնը նա կու քաշե:

— Մազրամ շատ չեստնի մարդ է, — պատասխանեց Ճանճուր Իվանիչը, — քանն տարի է իմ գուրծերումն է, ես նրամեն մե խայինութին չիմ տեհած:

— Ես էլ գիդիմ, որ չեստնի մարդ է, — կրկնեց Սամիլ Պետրովիչը:

Սամիլ Պետրովիչին մատուցին թեյ: նա առավ ձեռքը, մի քանի կում ընդունեց, ապա ասաց.

— Ի՛նչ լավ չայ է, ի՛նչ համ ու հոտ ունե, գրվանքեն վո՞ւնց իք առնում:

— Իրեք մանեթով, — մյուս կողմից պատասխանեց տիկին Բարբարեն:

Թեյի գրվանքան առնված էր տասը մանեթով: Բայց երեք մանեթի ձայնը լսելիս դարձյալ Ճանճուր Իվանիչի դեմքը մռայլվեցավ, որովհետև նրա կյանքում վեց աբասանոցից ավել թեյ նրա տուն չէր մտած:

Սամիլ Պետրովիչը նկատելով, որ թեյի հարցը լավ ընդունելություն չգտավ լսողներից, խոսքը փոխեց.

— Կիրակի օրը դուրս էկած կուլիք, էտենց չէ՞, — հարցրեց նա:

— Հա , կիրակի առուտեհան դուրս էկանք, — պատասխանեց Ճանճուր Իվանիչը:

— Ճամփին խոմ շատ շուք չէ՞ր:

— Ի՞նչ շուք, մարդ մրսում է. խալխը հենց ջանիքը նեժնի ունեին պահած, մե քիչ արև ըլելիս, ասում ին շուք է. շուքն ի՞նչ է, մարդի ջանը պիտի դայիմ ըլի, վուր շուքին էլ դիմնա, ցրտին էլ:

Օրիորդ Սոֆիին ձանձրացրեց դրանց խոսակցությունը. մանավանդ Ճանճուր Իվանիչի նկատողությունները շոքի մասին փոքր — ինչ թուլացրին նրա հույսերը ամառանոց գնալու մասին: Նա վեր կացավ և դուրս գնաց պատշգամբ ու սկսեց նայել դեպի շուկան:

— Էլ ի՞նչ բարին հարցնինք, — խոսեց Սամիլ Պետրովիչը, — հա՛, միր Սերգեյին տեհա՞ր էնտեղ:

— Սերգեյին իս ասո՞ւմ. ա՛յ աստուծ վուչ գիտենա նրա գլուխը, հա՛, տեհա, — պատասխանեց Ճանճուր Իվանիչը մի փոքր գունաթափությամբ:

— Ի՞նչ է շինում:

— Ղազախի ձիաների խոտը փողրաթով ունե վիր կալած:

— Շահի բիստի ունի՞ ձեռքում:

— Ի՞նչ գիդիմ, աթմորթու բանը սատանեն է խաբար:

— Լավ, էս էլ էտենց. ասա՛, տեհնիմ՝ էրկաթե ճամփեն ինչկլի ո՞ւր ին բերի:

— Քութայիսեմեն անց ին կացրի:

Ճանճուր Իվանիչը բոլորովին հոգնեցավ շատախոս Սամիլ Պետրովիչի հարցմունքներին պատասխանելով: Եվ կամենալով նրան խոսել տալ, ինքը մի այսպիսի հարց առաջարկեց.

— Ասա՛, տեհնիմ, Սամիլ Պետրովիչ, քաղաքում ի՞նչ նուր խաբար կա:

— Նուր խաբար իս ուզո՞ւմ. Վ... ովը քվիրը մարդու էրիտ:

Այդ լուրն իսկապես շարժեց տիկին Բարբարիի հետաքրքրությունը, և նա կամեցավ գիտենալ այդ մասին մանրամասն, այդ պատճառով հարցրեց.

— Վ...ովը քվիրը մարդու էրիտ, հա՛, ո՞ւմ:

— Ղ..ովի տղին:

— Էտ լավ է, լավ փեսա է ճանգի, — ասաց տիկին Բարբարեն:

— Լավ է, մազրամ յառսուն հազար մանեթ վրեն դրից, ինչկլի բանը գլուխ էկավ:

— Յառսուն հազար մանե՞թ, — զարմանալով հարցրեց Ճանճուր Իվանիչը:

— Հա՛, էտքան փուղին մի էտքան էլ բաժինք կուլի, գիդի՞ս, — կրկնեց Սամիլ Պետրովիչը:

— Քու տուտուց հե՛րն անիծա՛ծ, — խոսեց Ճանճուր Իվանիչը՝ բարկանալով, — էտքան փուղ աղջկան տալ կո՞ւլի , էտ ի՞նչ բան է:

— Լավ, ինչի՞ է տուտուց, — նրա խոսքը կտրեց տիկին Բարբարեն, — փուղ ունի, տալիս է. հետո գիդի՞ս փեսեն ի՛նչ տղա է:

— Ի՞նչ տղա է, էգուց էլօր յառսուն հազար մանեթը բոլ — բոլ կու մսխե ու փուղ դադողի հերն ու մերը ուշունց կուտա, — ասաց Ճանճուր Իվանիչը:

— Ինչի՞, գժվի՞լ է, — կրկնեց կինը:

— Մուֆթա փուղը ում ձեռը տաս, կու գժվի: — Լավ, ջեր դրանք թող մնան, — նրանց խոսքը կտրեց Սամիլ Պետրովիչը, — մազրամ մարդ պիտի էնպես կամուրջ շինե, վուր ուրիշն էլ կանենա անց կենա: Ասինք թե նրա հերը մե սկուպոյ մարդ էր, վուչ ինքը կուտեր, վուչ ուրիշին կուտացներ, իր կինքումը մե աղքատի կոպեկ տված չկա, ընկերներին կողոպտեց, ուսումնարանի ու էգեղեցու փուղիրը կերավ, էտպեսով մող արավ, մող արավ, իժում գոռբագոռ էլավ ու վուրթիկերանցը մինձ դովլաթ թողից: Հերը տարիներով մե դադաքի արխալուղով էր յոլա գնում, հիմի կի տղեն տարենը էրկու հազար մանեթ հենց փերչաթկի փուղ է տալիս: էտպես մուֆթա փուղը հալբաթ էնքան կուտան փեսին: Էն էլ հայ էլեր, գլուխը քարը, հայ էլ չէ՛:

— Լավ, ասինք թե նա մուֆթա փուղ ունե (գլուխն ուտե իրա փուղը), այնումը չի զգում ու տալիս է, բաս խիղճ քասիբ — քուսուբն ի՞նչ անե: Չէ՞ վուր նրանք էլ աղջիկ ունին, նրանք էլ փեսա գուզին, — խոսեց տհաճությամբ Ճանճուր Իվանիչը:

— Քեսիբն էլ իրա գորա թող տա, — պատասխանեց տիկին Բարբարեն, — շատ չունե, թող քիչ տա:

— Նրանից ո՞վ է հարցնում՝ շատ ունե, թե քիչ, — պատասխանեց Ճանճուր Իվանիչը: — Նրան կոսին էսքան հարուր թուման կուտաս, աղջիկդ կառնենք, չիս տա չինք առնի, թող մնա ու պառվի... Թող ենդումեն դենը խարազը գնա հենց կաշին կրծե ու օսկերիչը չաքուճ խփե, ինչկլի հարուր թուման դրստե, վուր իր աղջիկը կաննենա մարդու տա:

— Միր ազգի տունը էն վուխտը քանդվեցավ, — նրանց խոսքը կտրեց Սամիլ Պետրովիչը, — եփոր մինք միր պապենական ադաթնիրը փոխեցինք: Գիդի՞ք ինչպես է էլած միր պապերու վուխտը. ասում ին, թե փեսեն է փուղ տալիս ըլում աղջկա հորը: Հարսանիքի ժամանակ էն փուղը վուր փեսեն տվիլ է, հարսնիրը իրանց մեջ հավաքելիս ին էլի ու փեսին տալիս, էնպես վուր փեսեն էլ մեջտեղում իր հարսանիքի ծախսը մուֆթա էր քցում: Հիմի ջեր ղզլբաշի երկրում ու Հայաստանում էտ ադաթը մնում է:

— Էս ռուսոբան միր տունը քանդից, — պատասխանեց Ճանճուր Իվանիչը. — էտենց լավ է էլած, մաշ վո՞ւնց: Տեհնում իք մե մարդ մե կով է ունենում, ան թե մե էշ է ունենում. եփոր դրանք ուրիշին հարկավոր է ըլում, առանց փուղի չէ' տալիս: Ամա աղջիկը միր քաղքում կովից էլ, էշից էլ վատ է էլած. ինչկլի փուղ չիս տալիս, չին տանում:

Ճանճուր Իվանիչի վերջին խոսքերը վատ ներգործություն ունեցան տիկին Բարբարեի սրտին, և նա խոսեց վրացերեն.

— Ծնողների համար ի՞նչ զանազանություն կա զավակների մեջ. նրանց համար թե տղեն, թե աղջիկը մեկ է: Եթե նա ունի հարստություն, ամենին էլ հավասար բաժին պիտի տա. էլ ինչի՞ աղջիկը պիտի զրկված մնա հոր կայքից:

— Զանազանություն շատ կա տղի ու աղջկա մեջ, — նրան պատասխանեց Ճանճուր Իվանիչը, — նրա համա, վուր օջախը, հոր անունը տղեն է պահում, քաղաքական հարկերի համա տղեն է պատասխանատու: Ծնողներին վերջում տղեն է պահում: Մե խոսքով տղի ծախսերը շատ ին. չէ կարելի տղի հացը կտրել ու տալ աղջկան, վուր նա տանե ուրիշ տղամարդու հիդ քեֆ անե:

— Էտ ո՞ւր իք ասում, — մեջ մտավ Սամիլ Պետրովիչը, — տղամարդու առավելությունը աղջկանից թող հիռու մնա. բայց բանն էնպես է փոխվել, վուր տղամարդը ժառանգության մեջ խիստ ստոր է մնացել աղջկանից, և շատ անգամ եղբայրը ուրախ է զրկվել իոր կայքից, գեթ նրա քույրերը կարողանան մարդու գնալ: Ձիզ մի օրինակ ասիմ. մի հայր ունե երկու հարիր թուման փուղ, երկու աղջիկ, երկու տղա. եթե հավասար բաժին անե նրանց մեջ, ամեն մեկին կու հասնի հիսուն թուման. էտ գումարը բոլորն էլ դնում է աղջիկների վրա, բայց դարձյալ չէ կարողանում մարդու տալ:

— Էտ է պատճառը, վուր եփ մարդու տանը մե քանի աղջիկ կա, նա բազարում էիտիբար (վարկ) էլ չէ ունենում: Էն մարդը, վուր փուղը տալիս է ապրանքի ու զցում է ծովի երեսը, նրան փուղ տալիս ին ու չին վախենում, թե կարելի է նավը ծովակուլ լինի, համա էն մարդուն, վուր աղջիկներ ունե, նրան փուղ չին տալի, ու էտպիսով մարդիկ ճարահատյալ իրանց աղջիկներր օտար ազգերի ին տալի. պատճառ, վուր հայի տղի համա պաս է էլած անփուղ աղջիկ առնիլը: Ինչպես մինձ պասին՝ բարեկենդանի մնացած կերակուրները չուտելու համա տալիս ին թուրքի, ան աղքատի, վուր չիոտին, — ասաց Ճանճուր Իվանիչը:

— Ի՞նչ կորուստ է այդ հայերի համար — պատասխանեց տիկին Բարբարեն կրկին վրացերեն, — դիցուք թե մի հայր ունի աղջիկ և նրան տալիս է փող. միևնույն ժամանակ նա ունի տղա, որ յուր նշանածի հետ բերում է փող: Այդպիսով առաջինի կորուստը լրացնում է երկրորդը:

— Այդ միևնույն է, եթե մի մարդ թույլ տա իրան կողոպտել, մտածելով, թե փոխարենը ինքը կու կողոպտե ուրիշին, — պատասխանեց Ճանճուր Իվանիչը:

Վեճը նրանց մեջ այսպես աննկատելի կերպով երկարեց մինչ մերձակա սենյակում ժամը զարկեց տասը: Բայց թե Ճանճուր Իվանիչը, թե Սամիլ Պետրովիչը չկարողացան համոզել տիկին Բարբարին, թե փողով աղջիկ մարդու տալը չարաչար վնասում է հասարակությանը: Նրանք կես ժամ ևս վիճեցին, մինչև ծառան ներս մտավ և հայտնեց, որ ընթրիքը պատրաստ է: Սամիլ Պետրովիչը գդակն առավ և այնպես ձևացրեց, թե կամենում է գնալ, բայց նրան խնդրեցին մնալ իրանց հետ ընթրելու:

# ԺԷ

Առաջին օրը Ճանճուր Իվանիչի համար անցավ բավական խաղաղությամբ, որովհետև նա չգիտեր, թե Կավկա գնալուց հետո յուր տան մեջ ինչ ու ինչ փոփոխություններ են եղել: Բայց մյուս օրվա առավոտյան պահուն յուր տան մեջ ամեն մանրամասնություններ քննելուց հետո նա իջավ ներքին հարկի հետնակողմյան բակը, որ առաջ թոնրատունն էր, նայելու հավերին: Նա զարմացավ, երբ տեսավ, որ փոքրիկ դռան տեղ մի ահագին երկփեղկանի դուռ բացվում էր դեպի շուկան, նախկին թոնրատան փոխարեն շինված էր մի նոր ծածկ, որի ներքև կանգնած էր մի փառավոր կառք և նրան կից՝ ախոռ, մեջը կանգնած մի զույգ սպիտակ, կապույտ պիսակներով, անգլիական ազնիվ ձիեր:

Նա առաջ այնպես կարծեց, թե կարելի է կառքը պատկանում է ներքևի կեցողներին, բայց հետո մտածելով, որ նրանք այնպիսի մարդիկ չեն, որ կարողանային կառք ունենալ, այդ պատճառով չհավատաց յուր կարծիքին: Եվ զարմանալով առաջ գնաց՝ ստուգելու այդ նոր երևույթը:

Մանկահասակ կազանեցի թաթար կառավարը՝ շեկ մազերով, կարմիր շապիկով և կարմիր վարտիքով, կապույտ աչքերով, տեսնելով նրան, գլխարկն առավ և խոնարհությամբ գլուխ տվավ նրան: Ճանճուր Իվանիչը հարցրեց, թե ո՞ւմն է պատկանում կառքը:

— Կառքը պատկանում է ձեր բարեծննդությանը, տեր իմ, — պատասխանեց թաթարը:

Ճանճուր Իվանիչը զարհուրանքից փետացավ:

— Ի՞նչպես թե դրանք ինձ են պատկանում, — հարցրեց նա կատաղած կերպով:

— Այո՛ , տեր իմ, — պատասխանեց թաթարը, — ձեզ են պատկանում:

— Աստված իմ, — բացականչեց Ճանճուր Իվանիչը և դուրս եկավ ախոռատնից:

— Կիրամայե՞ք լծել կառքը, — հարցթեց թաթարը՝ կարծելով, թե յուր տերը եկել է կառքն ու ձիաները փորձելու:

Բայց Ճանճուր Իվանիչը ոչինչ չպատասխանեց, այլ արջի նման մրթմրթալով գնաց վերև:

Նա մտավ յուր սենյակը: Նա բոլորովին կատաղած էր և չգիտեր, թե ի՛նչ անե: Նա առաջ վճռեց կնոջը կանչել յուր մոտ և աշխարհի բոլոր անեծքներն ու հայհոյանքը թափել նրա գլխին՝ կառքը գնելու համար: Բայց մտածեց, թե այդ չէ կարելի: Հետո յուր մտքում վճռեց յուր դստերը՝ օրիորդ Սոֆիին կանչել և ըստ կարգին հանդիմանել նրան, իբրև այդ բոլոր չարիքների սկզբնապատճառի: Մտածեց, որ այդ նույնպես "չի կարելի": Հուսահատությունը խեղդում էր նրան: "Ես դրանց հետ (կնոջ և դստեր) չեմ կարող կյանք վարել այսուհետև", — ասաց նա յուր մտքում: "Լավն այն է, որ ես ինքս այս լուսամուտից ներքև ձգվեմ, փշրվիմ քարերի վրա, գուցե ազատվիմ այդ կերպով այս վշտերից": Վերջին խորհուրդը եղավ նրան բոլորովին հավանական. նա ներսից կողպեց սենյակի դուռը և մոտեցավ լուսամուտին: Նրա բոլոր մարմինը դողում էր բարկությունից: Նրա սարսափելի դեմքը արտահայտում. էր կատաղի խռովություն:

Նա ձեռքը տարավ բաց անելու լուսամուտը:

Հանկարծ նրա միտքն եկան Կավկան, կապալները, Սիմոն Յազորիչը, Կուզմինը և յուր մյուս գործերը: Նրա ձեռքը թուլացավ: Նա դարձավ և նստեց մահճակալի վրա, նրանում զորություն չէր մնացել: Նա պառկեց: Քրտինքը աղբյուրի նման բխում էր նրա մարնից: Նա վառվում էր, կարծես թե կրակի մեջ: Մի տաքություն, որ ավելի նման էր ջերմախտի, տիրեց նրան: Նրա աչքերի առջև սևացավ: Նա մնաց անզգա յուր մահճակալի վրա:

Բոլոր օրը Ճանճուր Իվանիչը մնաց նույն զարհուրելի թմրության մեջ: Ոչ ոք ներս չմտավ նրա սենյակը, որովհետև կարծում էին, թե նա փողոցումն է: Նա սթափվեցավ միայն երեկոյան, տեսավ, որ սենյակը մութն է, ճրագ վառեց և իսկույն հրամայեց կանչել յուր քաղաքի գործակատարին՝ նրա հաշիվները տեսնելու համար:

Մի ժամից հետո նրա սենյակում հայտնվեցավ մի կարճլիկ և կլորիկ մարդ, երկյուղած դեմքով, թևի տակին մի դավթար: Նա բարի իրիկուն ասաց և նստեց:

Ճանճուր Իվանիչը հրամայեց նրան ցույց տալ բոլոր հաշիվները, որ եղել են յուր բացակայության ժամանակ:

Նրանք նստեցին գրասեղանի մոտ. Ճանճուր Իվանիչը հաշվակալը դրավ յուր առջև, իսկ գործակատարն սկսեց հաշիվները կարդալ:

Բոլոր հաշիվներից հետո գործակատարի վրա մնաց հինգ հազար մանեթ:

— Էտ հինգ հարուր թումանն ուր է, — հարցրեց Ճանճուր Իվանիչը:

— Էտ հինգ հարուր թումանն ինձմեն ստացիլ է տիկին Բարբարեն, — պատասխանեց գործակատարը:

— Տիկին Բարբարե՞ն, — զարհուրելով հարցրեց Ճանճուր Իվանիչը:

— Հրամմել եք, խոմ սուտ չիմ ասում, էս էլ նրա ռասպիսկեքը, — ասաց գործակատարը՝ հանելով յուր թղթապահի միջից մի քանի ստացական տոմսակներ և տալով Ճանճուր Իվանիչին:

Ճանճուր Իվանիչը միայն նայում էր տոմսակներին:

— Էսքան փուղն ի՞նչ է արել էտ անիծածը, — հարցրեց Ճանճուր Իվանիչը:

— Ձիր գնալուց հետո շատ ծախս է էլի:

— Հինգ հարուր թուման ծա՞խս, — կոչեց կատաղի կերպով Ճանճուր Իվանիչը: — Էտ ի՞նչ տնաքանդութին է:

— Ես ի՞նչ գիդիմ, — պատասխանեց գործակատարը, — փայտոն ին առի, ձիանիր ին առի ու ուրիշ մխսիր ին արի:

— Մեկ կոպեկ ինձ ընդունելի չէ, դուն գլուխդ քարովն իս տվի, վուր նրանց էտ դադա փուղ իս տվի:

— Ես ի՞նչ մեղավոր իմ:

— Մաշ ո՞վ է մեղավորը, շուն շանորթի, — գոռաց Ճանճուր Իվանիչը: — Ես ե՞փ իմ ասի, վուր դուն էտքան փուղ տաս էն անիծածներին:

Խեղճ գործակատարը մնաց քարացած, երբ Ճանճուր Իվանիչը սկսավ գազանաբար գոռալ նրա վրա: Եվ երբ նա նշմարեց, որ այդ անպատվությունը չափից անցնելու է, վեր կացավ և առանց մի բան խոսելու, դուրս եկավ Ճանճուր Իվանիչի սենյակից:

Գործակատարի գնալուց հետո նա առավել ևս կատաղեցավ, որովհետև քանի նա այնտեղ էր, Ճանճուր Իվանիչը էլի փոքր — ինչ մխիթարվում էր յուր բարկությամբ, երբ յուր հայհոյանքի առարկան այնպես հնազանդությամբ տանում էր յուր խոշոր հիշոցները, բայց նրա գնալուց հետո այդ բախտից ևս զրկվեցավ Ճանճուր Իվանիչը:

Մի՞թե աշխարհում սակավ բաներ կային, որոնց Ճանճուր Իվանիչը կարող էր հայհոյել և յուր սրտի տապը զովացնել:

Եվ նա սկսավ հայհոյել կառք մոգոնողի (հորինողի) հերն ու մերը, և իրանց երկրում այդ զահրումարն ադաթ զցողին էլ խառնեց նրա հետ: Նա սկսավ հայհոյել թատրոն մոգոնողի օխտը պորտը և հանգուցյալ Թամաշովին էլ մասնավորապես հիշեց, որ, նրա կարծիքով, մի այդպիսի սատանայական բույնը դրեց յուր քարվանսարի կենտրոնում: Հետո մտքով նա ներս մտավ մոդնի մագազինները և հիշեց մոդա դուրս զցողի մեռելն ու կենդանը: Այնտեղից անցավ Ալեքսանդրյան այգի, Մուշտայիդ, բուլվար և ամեն տեղ սկսավ թափել յուր հայհոյանքների կայծակները, և այդ նրա համար, որ այդ զբոսարանները, այդ զվարճության տեղերը այդպես ոխերիմ կերպով զինավորվել էին նրա դեմ և նրա քսակից անիրավաբար քաշում էին արծաթներ: Այնուհետև մակաբերելով, թե բոլոր այդ չարիքների գլխավոր պատճառները կինը, որդիքը, աղջկերքն ու ընտանիքն է, Ճանճուր Իվանիչը յուր հայհոյանքի կայծակների տարափը դարձրեց դեպի ընտանեկան կյանքը, դեպի ամուսնությունը և դեպի... ի՞նչ ասեմ՝ ավելի սուրբ բաներ...:

Եվ այդպես առատ հայհոյանքով բավական կազդուրելով յուր սրտի թուլացած զորությունը, որ պատճառեց կառավարի հանկարծական լուրը ախոռատան բակում, Ճանճուր Իվանիչը վճռեց, թե նրա ընտանեկան կյանքում այդ մեծ կործանիչ վերանորոգության գլխավոր ռեֆորմատորը ոչ այլ ոք էր, բայց միայն օրիորդ Սոֆին: Եվ եզրակացնելով թե յուր աղջկան դեպի մի այդպիսի չարագործության հարկադրող պատճառներն էին ուսումն ու գիտությունը, Ճանճուր Իվանիչը յուր հայհոյանքի մնացորդ մասը թափեց ուսումնարանների և գրի ու կարդալ մոգոնողների վրա:

Եվ մինչ Ճանճուր Իվանիչը յուր փոքրիկ սենյակի խորքից արձակում էր հայհոյանքի կայծակներ դեպի Աթենասա սրբարանները, հանկարծ ներս մտավ Սամիլ Պետրովիչը: Նա այն գիշեր նախ մտնելով տիկին Բարբարեի մոտ, մասնավորապես տեղեկացել էր, թե այն օրը ինչ էր անցել նրանց տան մեջ, որովհետև նա այնտեղ վրա հասավ, երբ գործակատարը նստած պատմում էր տիկին Բարբարեին բոլոր անցքը, որ անցավ յուր տիրոջ սենյակում: Եվ ջրի պղտորության մեջ ձուկ որսալը Սամիլ Պետրովիչի էական կանոններից մինը լինելով, նա մտածեց օգուտ քաղել այդ խռովությունից:

Մինչև Ճանճուր Իվանիչի սենյակ գալը նա մտածում էր, թե արդեն կատաղած Ճանճուր Իվանիչը իսկույն կսկսե դարձյալ հայհոյել, անիծել, լաց լինել և բողոքել յուր ընտանեկան անկարգությունների դեմ, իսկ ինքը փոքր — ինչ կխրատե նրան, կհանգստացնե, կմխիթարե, այնուհետև կտանե նրան յուր ընտանիքի մոտ, այնտեղ կբարիշացնե նրան յուր կնոջ և աղջկա հետ: Եվ այդպիսով լինելով միջնորդ հաշտության նրանց միջև ու բավական խորը մտնելով նրանց ընտանեկան գաղտնիքների մեջ, նա կարող է Հացի-Գելենց գերդաստանի շրջանում յուր բարձի համար հիմնավոր տեղ գտնել:

Բայց մտնելով Ճանճուր Իվանիչի սենյակը, Սամիլ Պետրովիչը գտավ նրան ոչ այն, ինչ որ սպասում էր:

Թեև բնականաբար երկու ծայրահեղ իրողություն, զորօրինակ

ծնունդ կամ մահ, ծիծաղ կամ լաց, ուրախություն կամ տխրություն միշտ չափազանցորեն զգռում են ու բորբոքում կրքերը և մարդ այդպիսի րոպեներում միշտ կարոտում է կարեկցի, բայց ընդհակառակը, Ճանճուր Իվանիչի այդ տեսակ կատաղի դրության մեջ Սամիլ Պետրովիչի ներկայանալը յուր նպատակին համաձայն ընդունելություն չգտավ:

Որովհետև Ճանճուր Իվանիչը այն տեսակ մարդկանցից էր, որ գիտեր տիրել յուր կրքերին: Նա գիտեր հազարավոր գույներով կեղծավորել յուր արտաքին կերպարանքը և խիստ խստությամբ պահպանել յուր ընտանեկան հուզմունքների գաղտնիքը արտաքին աշխարհից:

Այդ պատճառով նկատելով բամբասողի գալուստը, նա յուր մի րոպե առաջ վայրենացած դեմքին տվավ ավելի մեղմ արտահայտություն և ծիծաղի պես մի բան, որ ավելի նման էր դիվահարի դեմքի սոսկալի ցնցողության, երևաց նրա անճոռնի երեսի վրա:

— Բարով, Սամիլ Պետրովիչ, էտ ո՞ւր իք, քանի օր է չիք երեվում, էնպես շուտ — շուտ գնացեք — եկեք, վուր մեկզմեկու լավ ճանչնանք, — ասաց Ճանճուր Իվանիչը՝ ուրախությամբ ձեռք տալով բամբասողին:

— Քանի օր էր մե քիչ քեփ չունեի, տանեմեն դուրս չէի գալի, — պատասխանեց Սամիլ Պետրովիչը տնքալով, որով կամենում էր ցույց տալ, թե տակավին բոլորովին չէ առողջացել:

Բոլորովին սուտ էր խոսում Սամիլ Պետրովիչը, նրա համար, որ թեթև հիվանդությունները չէին կարող հարկադրել նրան տանը մնալ:

— Հիմի խոմ, փառք աստուծո, լա՞վ իս, — հարցրեց Ճանճուր Իվանիչը:

— Փառք աստուծո, լավ իմ, դո՞ւք ինչպիս իք:

— Է՛հ, կա՛նք էլի՜... աշխրքի հիդ յոլա ինք գնում...

Սամիլ Պետրովիչը նկատելով նրա խորին սառնասրտությունը, ինքը ևս իրան այնպես ձևացրեց, իբրև ոչինչ չէ լսած նրանց տան անցքից:

Նրանք կցեցին իրանց խոսակցությունը:

Սամիլ Պետրովիչը յուր խոսակցության համաձայն, խոսեց քաղաքի մեջ պատահած նոր բաներից և կցեց յուր բամբասանքները: Ապա ավելացրեց մի քանի զվարճախոսություններ. այնուհետև սկսավ խնդալ այլոց անբախտության վրա, թե ով վնասվեց առնտուրում, ո՛վ դատաստանատներում յուր գործը տանել տվավ և այլ այդպիսի չարախնդություններ:

Բայց Ճանճուր Իվանիչը լսում էր այգ բոլորը առանց համակրության, միմիայն բամբասողի սիրտը շահելու համար, որովհետև նա նույն րոպեին մտածում էր մի այլ իրողության վրա:

Ճանճուր Իվանիչի կյանքում ամեն մի երևույթ, թեև լիներ շատ չնչին, դարձյալ ուներ յուր էական պատճառները: Հանկարծ կատաղի բարկությունից մտնել խաբեբա կեղծավորի կերպարանքի մեջ, այդ ևս Ճանճուր Իվանիչի մեջ յուր հարկադրիչ պատճառն ուներ:

Նա մտածում էր Սամիլ Պետրովիչի ներկայությունը շահավետ կացուցանել յուր նպատակներին:

Ճանճուր Իվանիչը տակավին չէր մոռացել Սամիլ Պետրովիչի այս խոսքը, որ նա ասաց օրիորդ Սոֆիի ուսումնարանից իրանց տուն գալու առաջին գիշերը, երբ խոսք բացվեց Օրիորդին մարդու տալու մասին: Ճանճուր Իվանիչը մտածում էր նորոգել նույն խոսակցությունը, որ այնպես անխոհեմաբար առանց ուշադրության թողեց առաջին անգամ: Թեև նա բոլորովին չէր հավատում Սամիլ Պետրովիչի ասածներին, բայց որպես առածն ասում է՝ "խեղդվող մարդը դեպի ծեղն էլ է ձեռք մեկնում":

Բայց թե ի՛նչպես խոսք բաց աներ այդ մասին, նա դժվարանում էր:

Ճանճուր Իվանիչը գիտեր, որ յուր աղջիկը "ի՛նչ սանրի կտավ է": Բայց դարձյալ յուր ապրանքը չէր կամենում էժան գնով ծախել:

Այդպիսի բնավորությունը հատուկ էր նրա համաքաղաքացիներին: Ով որ եղել է Թիֆլիսում, նա գիտե, թե թիֆլիզեցին ոչ միայն յուր լավ ապրանքը, այլ յուր ամենավատ ապրանքը ևս փա՛հ — փա՛հ — ով է ծախում: Եթե մեր ընթերցողը երբեմն անցել է բազազխանի, մրգավաճառների առջևից, նա տեսած կլինի, թե ի՛նչպես մրգավաճառները, հոտած խնձորը կամ տհաս տանձը, ածած թաբախներում, ձայն են տալիս և գոռում՝ "աբա՛ լավ խնձորը, լավ տանձը, լավ բողկը... պա՛... պա՛... պա՛...", կամ թե Ալյուրի մեյդանով բաղնիք գնալու միջոցներում, իհարկե, նա տեսած կլինի, թե ինչպիսի գովասանքներով են ծախում ծլած բակլան, բորբոսնած ջոնջոլը և հոտած խրամուլին:

Ճշմարիտն ասած, մենք միտք չունինք վատաբանել մեր քաղաքացի ազգայիններին կծու կատակներով իրանց արդար շահասիրության համար, երբ մեր աչքի առաջ ունինք ասիական կյանքի պահանջմունքները: Մենք կբավականանանք մեր պապերի առածով, թե՝ "ոչ ոք յուր թանին թթու չի ասիլ":

Այնուամենայնիվ չի կարելի սառն աչքով նայել այն հետաքրքրական տեսարանի վրա, որ վաճառքի նյութը՝ բողկը կամ ջոնջոլը և կամ խրամուլի չէ, այլ մեզ նման մարդու մի սիրուն աղջիկ:

Արդարև, զանազան կողմերում մենք տեսել ենք հայաբնակ քաղաքներ և գյուղեր, ուր հայրը վաճառում է յուր դուստրը, որպես յուր տան չորքոտանին, չնչին արծաթի գնով, որ նա ստանում է յուր փեսայի հորից: Բայց այդ քաղաքի աղջիկների առևտուրը լինում է բոլորովին հակառակ մեր տեսածներին: Այստեղ աղջիկը ծախվում է վրադիր փողով, այսինքն՝ հարսնացուի հայրը վճարում է արծաթ յուր փեսային, որ կարծես թե, ցավալի է ասել, մի մարդ վարձատրում է մշակին, որ տանե և հեռացնե նրա տանից մի անպետք բան:

Ցավալի՜ դրություն. ո՛րքան ոտնակոխ է եղած գեղեցիկ սեռի պատիվն ու իրավունքը: Այստեղ փեսայի աչքում յուր ընտրելու հարսնացվի գեղեցկությունը, սերը և նրա բոլոր արժանավորությունները ոչինչ նշանակություն չունին, եթե նա յուր հետ չի բերում առատ արծաթ: Եվ ընդհակառակը՝ աղջկա տգեղությունը, բարոյական և հոգեկան արատները բոլորը ծածկվում են փեսայի աչքերից, երբ նա յուր հետ բերում է շատ փող:

Բայց մեր չքնաղագեղ հերոսուհին բախտավոր է այդ կողմից: Նա ունի ոչ միայն գեղեցկություն և ուրիշ արժանավորություններ, այլև փող: Բայց դարձյալ նա կարոտ է դալալի, որ գտնի նրա համար, ինչպես ասացինք, մի մշակ՝ նրան յուր հոր տնից հեռացնելու համար:

Հոգ չկա, մի կարգ մարդիկ պարապում են այդ դալալության արհեստով. դրանք կոչվում են մոցիքուլներ: Թեև մենք խորին կերպով այդ լեզվին տեղյակ չենք, որ հայոց խոսքով բացատրենք այդ վրացերեն բառի նշանակությունը, միայն մեր կարծիքով՝ միեցի փուլի խոսքից է, որ նշանակում է "տո՛ւր փող". այդ արհեստով պարապողների համար խիստ հարմարավոր անուն:

Հրավիրում ենք այսուհետև ծանոթանալ Սամիլ Պետրովիչի՝ այդ կարգի մարդկանց պատվավոր անդամներից մեկի հետ:

Մեզ հայտնի է, որ Ճանճուր Իվանիչը կյանքի փորձերում եփված մարդ է: Նա և՛ բաղկալի աշկերտ է եղել, և՛ բազազի: Նա գիտե գործ դնել բոլոր փահ — փահը յուր վաճառելի ապրանքի համար: Բայց դժբախտությունը նրանումն է, որ նա մտածում էր բանն այնպես բերել, որ Սամիլ Պետրովիչն ինքն այդ մասին խոսք բաց անե:

Ճանճուր Իվանիչի այդ իղձը նույնպես կատարվեցավ:

Սամիլ Պետրովիչը վաղուց նկատել էր, թե Հացի-Գելենց տան ընտանեկան անհամաձայնությունների գլխավոր պատճառը տիկին Բարբարեի անտանելի ծախսերն են, որոնք լինում էին օրիորդ Սոֆիի առիթով: Այս իրողությունից նա եզրակացրել էր, թե օրիորդ Սոֆիին տնից հեռացնելը Ճանճուր Իվանիչի գլխավոր ցանկություններից մինն է լինելու: Եվ մտածելով, թե այն օրվա անցքն առավելապես գրգռած պիտի լինի Ճանճուր Իվանիչի մի այդպիսի ցանկությունը, նա հարմար դատեց այդ մասին խոսել նրա հետ, գուցե կարողանար օրիորդի սովդան բարիշացնել մինի հետ և մեջտեղից մի քանի հարյուր մանեթ փող գցել:

— Ձեր դրանք թող մնան, — խոսեց վերջապես Սամիլ Պետրովիչը, — հալա դուն ինձ ասա, տեհնիմ, Ճանճուր Իվանիչ, Սոֆիին ե՞փ պիտիս մարդի տա, վուր մենք էլ մե քանի շահի խերվինք:

— Ի՞նչ իս ասում, Սամիլ Պետրովիչ, — պատասխանեց այդ անակնկալ հարցի համար ուրախացած Ճանճուր Իվանիչը: — Սոֆիի ջեր ի՞նչ վուխտն է:

— Ինչի՞ վուխտը չէ, թթու իս դրի՞, ինչկլի չքացխի չիս ծախի՞:

— Չէ, նա ջեր տասնուչորս տարեկան է:

Արդեն հինգ տարի կլիներ, որ Ճանճուր Իվանիչը հենց ամեն հարցնողին պատասխանում էր, որ "Սոֆին տասնուչորս տարեկան է":

— Տասնուչորս տարեկա՞ն, — կրկնեց Սամիլ Պետրովիչը: — Իմ հոգին գիդենա, հենց լազաթի մարդու տալու վուխտն է:

— Չէ, աստուծ գիդենա, Սոֆին ջեր էրեխա է:

— Թե ինձ կու հարցնիս, աղջիկը վուրքան չուստ մարդու տաս, չիս փոշմնի, նրա համա վուր աղջիկը պահելու ապրանք չէ:

Ճանճուր Իվանիչը մի քանի րոպե լռեց ու որպես թե դժվարանում էր այդ հարցին պատասխանել:

— Լավ ո՞ւմ տանք, ո՞վ է էտպես լավ օքմին, ամեն մարդու էլ խոմ չիս ըլի աղջիկ տալ, — որպես ակամայից համոզվելով՝ խոսեց Ճանճուր Իվանիչը:

— Լավ մարդիկ իս ուզո՞ւմ, — հարցրեց Սամիլ Պետրովիչը: — Էգուց էվետ հազարը ճարիմ: Քանի վուխտ է վուր քա՛նի — քանի օրինավոր օքմնիր ինձեմեն խնդրում ին Սոֆիի մասին:

— Ո՞վքեր:

Եվ Սամիլ Պետրովիչը սկսավ անունները մեկ — մեկ հիշել՝ ամեն կարգերից և ամեն աստիճաններից: Եվ ապա ավելացրեց.

— Հիմի քու կամքն է, դրանցից վուրն ուզում իս՝ ջոգե, չինովնիկ իս ուզում՝ ասա՛, դոխտուր իս ուզում՝ ասա՛, առուտուրական մարդ իս ուզում՝ ասա՛, փեշաքար իս ուզում՝ ասա՛: Ես ամեն ջուռիցն էլ քիզ նշանց տվի, որը գուզիս՝ ջոգե, ամեն մեկին մե մազանդա ունե. դուն էլ գիդիս, վուր չինովնիկի, ան դոխտուրի մազանդան բարձր է. իժում սովդաքարն է, իժում փեշաքարն է, ու էդպես սանդուղքներով դվեր է գալիս:

Ճանճուր Իվանիչը, մի քանի րոպե մտածելուց հետո, պատասխանեց.

— Ղուրթ է, իմ Սոփոն թաքավուրի խարջ աղջիկ է, մազրամ ամեն մարդ իր բաբ մարդ պիտի գթնե: Միզ համա ավելի լավ է միր համքրի մարդու հիդ բարեկամութին սարքինք:

— Բաս դուն սովդաքար մարդ իս ուզում, էդպես չէ՞:

— Հա՛, էտպես, մե հալալ կաթ կերած... փուղ դադող, իմանում ի՞ս...

— Աչքիս վրա, ումը վուր մտքումդ ունիս՝ ինձ սաա՛, ես հենց առուտեհան բարիշացնիմ:

— Մախոխենց Խեչոն վո՞ւնց է:

— Իմ հոգին գիդենա, շատ օրինավոր օքմին է, — պատասխանեց Սամիլ Պետրովիչը, յուր մտքում զարմանալով Ճանճուր Իվանիչի տարապայման ընտրողության վրա: — Շատ լավ մարդ է, մեկ կտուր հաց ունե, միր քաղաքցի է, ինքը փող դադող. քվիրքը մարդու է տվի, ախպեր չունե, ինքն է ու իր չոր գլուխը ու մեկ էլ իր պառավ տատը:

— Նա ի՞նչ բանով ռազի կուլի:

— Հիմի վուչինչ չիմ կանա ասի, ինչկլի իրան չտեհնիմ:

— Վուրքան կարաս քիչով բանը շինե:

— Հալբաթ, քիզմեն խոմ չիմ խլի, վուր նրան տամ. հազար վուր ըլի, էլի քու ղեյրաթը պիտի քաշի, մինք մետի հաց ինք կերի ու ախպերութին ինք արի, մաշ ախպերութինն էլ վո՞ւր օրվա համա է...

Ավելորդ չէր լինի մեր ընթերցողին ծանոթացնել Մախոխենց Խեչոյի՝ Ճանճուր Իվանիչի ընտրած փեսացուի հետ: Դա մի քառասունհինգ տարեկան մարդ էր, ալեխառն մազերով, գորշ և մելամաղձոտ դեմքով, նիհար և ցամաքած կազմվածքով: Ծիծաղ կոչված բանը երբեք չէ տեսնված նրա տխրամած դեմքի վրա, նրա դժգոհ աչքերից խոսում է մամռնայի ժանգոտ ոգին, որ կարծես թե վաղուց բույն է դրել նրա սրտում:

Նրա հայրը աղքատ մարդ էր. քիլան թնի տակ ման ածելով մախոխ էր ծախում Շեյթան փողոցում և մեռավ դառն չքավորության մեջ, միայն յուր արհեստի անունը ժառանգություն թողնելով յուր զավակներին:

Բայց Խեչոն այնքան խելոք տղա էր, որ կարողացավ այնուհետև այնքան փող աշխատել, մինչև մարդու տվավ յուր երեք քույրերը և ինքը այնքան գումարի տեր դարձավ, որ Միջի — փողոցում ուներ մի հասարակ խանութ մանրավաճառի, այլև պարապում էր փոքրիկ փողրաթներով: Բայց որպես և իցե Մախոխենց Խեչոն առևտրականների խիստ ստոր տեսակիցն էր:

Բայց զարմանալու արժան է ՃանճուրԻվանիչի մի այդպիսի ընտրողությունը, թե ի՛նչ նպատակով նա այնքան բազմության միջից որոշեց Մախոխի տղին: Հարցը խիստ պարզ է:

Ճանճուր Իվանիչին դրդողը դեպի մի այդպիսի ընտրողություն, որի մասին ասաց Սամիլ Պետրովիչին, առանձին համակրությունը չէր դեպի իրան համավիճակ և արհեստակից մարդիկ. նա դրանում ուներ յուր գաղտնի նպատակը, որի մեջ թաքուցած էր տնտեսական խնայողությունը: Նա մտածեց, թե մի չնչին գումարով կարելի կլինի մի այդպիսի մարդու գվխին կապել իր աղջիկը:

Այդ պատճառով նա իր փեսայի ընտրողության մեջ վարվում էր այնպես, ինչպես յուր փողրաթներում, որոնց մեջ նա փորձված էր: Այն նյութերը, որոնցից պիտի կառուցաներ արքունական մի շինություն կամ այն պաշարները, որոնցով պետք է կերակրեր արքունի զորքը, որքան պատրաստվում էին վատ տեսակներից, որքան էժան էին նստում, այնքան առավել շահավոր էին լինում նրա համար:

Բայց արդյոք օրիորդ Սոֆին կընդունե՞ր նրան թե ոչ՝ կամ թե կարո՞ղ էր յուր դուստրը բախտավոր լիներ մի այնպիսի ամուսնու հետ՝ դրանք Ճանճուր Իվանիչի համար մտածելու իրողություններ չէին, քանի որ նա յուր աչքի առաջ ուներ դրամի հաշիվը և հաստատ գիտեր, որ քիչ արծաթով կարելի էր որսալ մի այնպիսի փեսա: Սամիլ Պետրովիչը նույն գիշեր բոլոր պայմանները կապեց Ճանճուր Իվանիչի հետ և խոստացավ երեք օրից հետո նրան վճռական պատասխան բերել: Եվ այդպիսով, հանգստացնելով Ճանճուր Իվանիչին, տարավ նրան կնոջ սենյակը, այնտեղ բոլորը միասին ընթրեցին: Եվ Ճանճուր Իվանիչը չուզեց այնուհետև կառքի կամ մյուս ծախսերի պատճառով խռովել յուր ընտանիքի հանգստությունը, մտածելով, թե օրիորդ Սոֆին մի քանի օրվա հյուր է յուր տան մեջ, նրան ճանապարհ զցելուց հետո ինքը գիտե, թե կառքն ու կառավարը ո՛ր ջհանդամը կկորցնե:

Մոցիքուլն այն գիշեր հեռացավ նրանց տանից տասներկու ժամին:

## ԺԸ

Ճանճուր Իվանիչի սրտմտության այդ փոթորիկը, որ հարուցել էին նրա մեջ յուր կնոջ անկարգ շռայլությունները, նույնպես անցավ բավական լռությամբ՝ տիկին Բարբարեին դեռևս անհայտ պատճառներով: Եվ Հացի-Գելենց տան խաղաղությունը կրկին վերականգնվեցավ ու ամենայն բան սկսավ գնալ յուր կարգով:

Ճանճուր Իվանիչը ոչինչ չհայտնեց յուր կնոջը Մախոխի տղի մասին՝ մտածելով, որ նա կարգելեր այդ բարի գործը, միայն թե սկսեց խաղաղությամբ վարվել նրա հետ, մինչև յուր նպատակը իրական կերպարանք կստանար:

Իսկ տիկին Բարբարեն զարմանում էր յուր ամուսնու բնավորության մի այդպիսի տարօրինակ փոփոխության վրա և չգիտեր, թե ի՛նչ է պատճառը նրա ներողամտության՝ գործակատարի հետ այն զարհուրելի խռովությունը բարձրացնելուց հետո. մինչդեռ ինքը սպասում էր նրանից կատաղի հանդիմանություններ, հանկարծ հանդիպում է նրա խաղաղ դեմքին: Այդ պատճառով տիկին Բարբարեն մտածում էր, թե Ճանճուր Իվանիչի այդպիսի վարվեցողության մեջ անտարակույս թաքնված է մի որևէ խորհրդավոր գաղտնիք:

Այնուամենայնիվ, օգուտ քաղելով Ճանճուր Իվանիչի թեև կեղծավոր ներողամտությունից, տիկին Բարբարեն մի օր խնդրեց նրան ամառանոց գնալու մասին: Բայց Ճանճուր Իվանիչը վճռողաբար մերժեց նրա խնդիրը:

Տիկին Բարբարեին անչափ վշտացրեց այդ:

Ճանճուր Իվանիչը ամառանոց գնալն արգելելու մեջ ուներ երկու նպատակ. մին որ՝ նա չուզեց ավելորդ ծախսերի տակ ընկնել, և մեկ էլ որ՝ ամառանոց գնալը, նրա կարծիքով, կհետաձգեր յուր դստեր պսակը Մախոխի տղի հետ:

Բայց կամենալով ջնջել այն վատ տպավորությունը յուր դստեր սրտից, որ ինքը պատճառեց ամառանոց գնալն արգելելով, Ճանճուր Իվանիչը յուր մոտ կանչեց օրիորդ Սոֆիին, խիստ փաղաքշանքով ու կեղծավորությամբ նրա հետ խոսեց վրացերեն.

— Սոֆի, իմ սիրեկան, գիտեմ, որ դու քո մոր պես թեթևամիտ չես, նրա համար, որ դու ուսում ունիս, գիտություն ունիս, խելք ունիս, ուրեմն հորդ խրատը չի դառնացնիլ քո սիրտը: Սոֆի, ճշմարիտ է, ես արգելեցի ձեր ամառանոց գնալը, բայց եթե դու գիտենաս, թե ինչ էր իմ դիտավորությունը, երբեք չես վշտանա. ես արգելեցի ամառանոց գնալն այն պատճառով, որ ազատվիմ ավելորդ ծախսերից: Դու գիտես, որ առանց դրան էլ այս տարի չափազանց ծախս է եղած: Բայց իմ գործերի այժմյան դրությունն այնքան էլ աջողակ չէ, որ ես կարողանամ տանել այդ խոշոր ծախսերը: Ուրեմն պետք է այնպես ապրենք, որ միշտ կարողանանք ապրել: Թեև օտարները մեզ շատ հարուստ են կարծում, և շատ կարելի է դու էլ ու քո մայրն էլ այնպես եք մտածում, թե Ճանճուր Իվանիչը այն հարուստ ջհուդի (Ռոտշիլդի) չափ փող ունի: Աստված է վկա, որ այդպես չէ. իմ հարուստ կարծվիլս մի դատարկ անուն է, որ նրանով կարողանամ պահպանել իմ վարկը և իմ համարումը մեր հասարակության մեջ: Այլն մտածեցե՛ք, թե ես ի՛նչ դժվարություններով եմ փող աշխատում. մեծ անխղճություն է իմ դառն քրտինքի պտուղներն այդպես անիրավաբար վատնել: Բայց մեր ժամանակը վատ է, ապրուստի հոգսերը բազմացել են, իսկ աշխատանքի դռները փակվել մեզ նման մարդկանց համար և մեր երկրի օգուտները ֆրանցուզն ու նեմեցն է տանում, մենք էլ մեջտեղում զուր չախկ չուխկ ենք անում: Այդպես երկար խոսեց Ճանճուր Իվանիչը, բայց նրա այդ խրատներն այնպես էին գլորվում օրիորդ Սոֆիի գլխից, ինչպես ընկույզը մինարեթի գլխից, և երկար լսելուց հետո օրիորդը պատասխանեց.

— Եթե մեր ամառանոց գնալն կծանրաբեռնի ձեզ ավելորդ ծախսերով, ես սիրով կհրաժարվեմ այդ վայելչությունից. միայն իմ կարծիքով ամառանոցը թեթևացնում է ծախսերը, որովհետև այնտեղ ավելի մխսելու առիթներ չկան:

— Մենք բոլորեքյանքս չենք կարող գնալ, — պատասխանեց Ճանճուր Իվանիչը. — գերդաստանը կբաժանվի երկու մասի, այն ժամանակ ծախսը ևս կլինի կրկին՝ մեկը քաղաքում, իսկ մյուսը՝ ամառանոցում:

— Այդ նույնպես փաստ չէ. — խոսեց օրիորդը, — իմ կարծիքով մի ամբողջ, երբ բաժանվում է երկու հավասար մասերի, նրա մասերն ունին նույն չափը, նույն կշիռը և նույն համարումը, ինչ որ ուներ ամբողջը: Դիցուք մեր բոլոր գերդաստանը քաղաքում ունի ամսական հարյուր մանեթ ծախս, իսկ բաժանվելով երկու մասի, հավանական է, որ ամեն մի բաժինը կունենա հիսուն մանեթ:

— Մաթեմատիկա ես չգիտեմ, բայց այնքան մանրամասնություններ կան այստեղ թաքնված, որ չէ կարելի մի առ մի համարել, — պատասխանեց գլուխը շարժելով Ճանճուր Իվանիչը: — Բայց թող դրանք մնան. Սոֆի, ես ուրիշ նպատակ ունիմ քեզ համար, այդ պատճառով վախում եմ ամառանոց գնալն արգելք լինի... գիտե՞ս:

— Թե դուք ինչ նպատակ ունիք իմ մասին, այդ ես չգիտեմ,

միայն մենք այնքան հեռու չենք գնում քաղաքից, որ իմ բացակայությունս արգելք լիներ ձեր նպատակին. մինչև Կոչոր ընդամենը տասնևվեց վերստ է:

Ճանճուր Իվանիչը նկատելով, որ օրիորդ Սոֆին չէ համոզվում՝ ընդունեց փոքր — ինչ խիստ կերպարանք:

— Դու լսիր, ինչ ասում են քեզ. քո հայրը կյանքի փորձերում ավելի հմուտ է, քան թե դու, և գիտես, որ հայրը միշտ յուր զավակների բարին է մտածում, — ասաց նա:

— Ես չեմ ընդդիմանում ձեր կամքին, — պատասխանեց օրիորդը դժգոհությամբ, — սակայն առողջությունը ամենագլխավորն է, և ծնողները պիտի մտածեն դեռ իրանց զավակների առողջության համար:

Ճանճուր Իվանիչը ոչինչ չպատասխանեց: Եվ օրիորդը մի քանի րոպեից հետո խորին տրտմությամբ դուրս գնաց հոր սենյակից:

Ճանճուր Իվանիչի խստասրտությունը կայծակի հարված եղավ օրիորդ Սոֆիի սրտին, և այնքան ամառանոցի զվարճությունների ցանկությունը չէր, որքան պատանի Մայիլովի կարոտը, որ սկսավ օրըստօրե մաշել նրան, մինչև նա ուղիղ հիվանդացավ:

Մյուս օր առավոտյան օրիորդը դուրս չեկավ յուր ննջարանից: Տիկին Բարբարեն գնաց նրա մոտ և գտավ նրան վառվելիս ջերմության մեջ: Զարհուրեցավ խղճալի մայրը և իսկույն հրամայեց բժիշկ կանչել:

Հայտնվեցավ բժիշկը, մի փոքրիկ մարդ ալեխառն մազերով և ակնոցներով: Նա նայեց հիվանդին. "թեթև տաքություն է, շուտով կանցնի", ասաց: Եվ գրելով մի դեղատոմս, հիվանդի մասին մի քանի հարկավոր պատվերներ տվավ և հեռացավ:

Երեկոյան տաքությունն ավելի սաստկացավ և նա սկսեց զառանցել. "Նիկոլ թող տուր ինձ" — հաճախ այդպիսի խոսքեր լսելի էին լինում նրա մտավոր ցնորքների մեջ:

— Հիվանդի դրությունը վատանում է, — մի քանի օրից հետո հայտնեց բժիշկը: — Պետք է գործ դնել խիստ հնարներ. եթե շուտով չվերադարձվի նրա առողջությունը, հիվանդը կորած է:

Օրիորդ Սոֆիի հիվանդությունը ցավալի ներգործություն ունեցավ Հացի-Գելենց տան վրա, միայն Ճանճուր Իվանիչն էր, որ սառնասիրտ էր դեպի յուր դուստրը, որ շատ էլ հեռու չէր գերեզմանից. սակայն տիկին Բարբարեն չէր հեռանում նրա անկողնի մոտից, նույնպես Մաշան՝ ռուս աղախինը, օր ու գիշեր սպասավորում էին նրան:

Լսելով օրիորդի հիվանդությունը՝ Հացի-Գելենց տանը հայտնրվեցավ նաև Մայիլովը: Նա մտավ հիվանդի սենյակը, երբ միայն Մաշան էր նրա մոտ: Փետացած մնաց խղճալի պատանին, երբ տեսավ հիվանդի մաշված և գունատված դեմքը: Նա խելքը կորցրեց և կատաղածի պես ուզեց իսկույն գրկել նրան, բայց աղախինն արգելեց՝ ասելով.

— Նիկոլ, ի սեր աստուծո, մի՛ վրդովեք հիվանդին:

— Նա մեռնո՛ւմ է... — գոչեց պատանին՝ ձեռքով զարկելով յուր ճակատին:

— Այսօր նրա դրությունն ավելի լավ է, — պատասխանեց Մաշան:

— Ո՛չ, նա անզգա է... ես սպանեցի նրան, — բացականչեց պատանին՝ ավելի ևս ցավալի կերպով:

## ԺԹ

Հացի-Գելենց գերդաստանը ամառանոց գնալուց հետո Ճանճուր Իվանիչի գլխավոր հոգատարությունը եղավ յուր առնտուրը վերջացնել Մախոխի տղի հետ:

"Թե վուր Սամիլ Պետրովիչը կարաց էտ սովդան շինի, խոմ բաննիրս աջ է", — մտածում էր Ճանճուր Իվանիչը: "Մե կուղմեն մուֆթա փեսի տեր կու դառնամ, մեկել կուղմեն էտ զահրումար ծախսերեմեն կու պրծնիմ: Ա՜խ, ինչ դաղամի վատ է էլի աթմորթու հալը... Նա պիտի տուն պահե, կնիկ պահե, վուրթիք մինձացնե. դրանք ուզում ին հաց, հագուստ ու ուրիշ ինչե՛ր չին ուզում... ու էտ ամենը փուղ գուզե... ու էնքան դժվարութինով շահի — շահի դաղած կապեկնիրը պտիս տա հացի. մե սհաթից հետո էլի ուզում ին... պտիս տա հագուստի, որ շուտով մաշվում ոչնչանում է...

Մազրամ, վո՛ւրքան բախտավոր ին մեզմեն ծտիրը, չուրս վուտնանիքը, թեզուզ շնիրը... Նրանց վուրթիքը հաց չին ուզում, ջուր չին ուզում, նրանք մոդա չունին, պարտնոյ չունին... Էնքան էլավ, վուր ծնեցին, մե քանի օրից հետո իրանց գլխեմեն ռադ ին անում իրանց լակոտնիրը, վուր գնում ին իրանց համա ապրում: Դու տեհնում իս բաղի ճուտը հենց ձվեմեն դուրս է գալի թե չէ, իրա համա ուտելիք է գթնում, ու թե վուր ջուրը զցիս, լիղ տալն էլ գիդե, ասել է թե, առանց ուստի իրա փեշակը ձվի միջում սորված է ըլում: Համա միր վուրթիքը ծնելեմեն ետքը հենց մե գունդ միս ին ըլում. վուչինչ չին իմանում, հենց լաց ին ըլում ու լաց ին ըլում. ի՞նչ է — տվեք ուտինք, տվեք հագնինք, վուր մինձանանք: Էնդումեն դեն՝ դե՛ձիձա ճարե, դե քոծ ու բիճ բոնե, ու չիս գիդի ուրիշ ինչիր չին ուզում քիզմեն... ու էապես տարիներով պահում իս, պահում իս, հենց, վուր մե քիչ մինձացավ, մի բան էլ նուր է լուս ննգնում — ուսում էլ զուզե, ասում ին: Էտ պատիժն էլ աչքիս վրեն: Վուրթիքդ, ան աղջիկդ մե քանի տարի զնում ին ըշկոլներում թրև ին գալի: Միր պարուննիրը գալիս ին հոր տուն: Ի՞նչ ին բերի ըշկոլեմեն: Սատանան գիդե նրանց գլուխը: Նրանց մեջ մե օրինավոր բան չիս տեհնի: Մազրամ սկսում ին իրանց պապենական ադաթները չհավնիլ, հերն ու մերը ինչ վուր խրատում ին, նրանք ծիծաղում ին, մասխարա ին քցում. լավ ուտիլ, լավ հագնիլ ու քեփ կի սիրում ին: Էտ է ձիր ուսո՞ւմը, թքեմ ես դրա ռեխին: Մազրամ ի՞նչ անիս, վո՞ւր ջուրն ընկնիս, ո՞ւմ հասկացնիս, վուր էտ թավուր դարդակ բանին փուղ մսխիլը մինձ անխելքութին է...”:

Վերջին խոսքերը բավականին զայրացրին Ճանճուր Իվանիչին, և նա սկսավ հայհոյել հասարակության ունեցած կարծիքը ուսման և գիտության վրա և այդպիսով, փոքր — ինչ զովացնելով յուր սրտի բորբոքը, դարձյալ մտավորապես դարձավ դեպի յուր վիճակը:

“Հորես ես, — շարունակեց նա, — տուն իմ դրի, վուրթիք իմ մինձացրի, օձի նման հազար գամ շապիկ իմ փոխի, ինչկլի մե քանի շահի ձեռք իմ գցի. հիմի իմ կինքիս վերջին օրում ուզում ին ձեռնեմես խլի. դե՛, արի՛ մարդ ըլի ու սրտաճաք չըլի՛... Իմ հոգին գիդենա վուր անասունները միզմեն լավ ին, վուր էս դարդիրը չունին: Երնեկ ես շուն ըլեի ու մարդ չըլեի... Ամա չէ, մե բան կա, — մի նոր գաղափար զղջալ տվեց յուր ասածից. — մի բան կա, — կրկնեց նա, — վուր մինք փուղ ունինք, համա շնիրը չունին, դրանով մարդը մե քիչ լավ է նրանցմեն: Թե վուր էդ չըլեր, վա՜յ քու միդքը, մարդ, էն ժուզը քու օրը ի՞նչ պտի ըլեր, ու ինչո՞վ պտի մխիթարվեիր դուն...”:

Ահա՛ այդպիսի տխուր և տրտում խորհրդածությունների մեջ ընկղմված, Ճանճուր Իվանիչը, միայնակ նստած յուր սենյակում, կարծես թէ մեկին սպասում էր: Հանկարծ դուռը ճռաց, ներս մտավ Սամիլ Պետրովիչը: Ճանճուր Իվանիչը տեսնելով մոցիքուլին, փոխեց յուր դեմքի թթու արտահայտությունը և, ակամա ուրախություն կեղծելով երեսի վրա, ընդունեց շնորհալի կերպարանք: Բայց միննույն րոպեին գաղտնի կասկածը կրծում էր նրա լերդը, թե ի՞նչ կլինի յուր վիճակը, եթե Սամիլ Պետրովիչի բերած լուրը զոհացուցիչ չլինի: Այդ պատճառով սկզբից նա չուզեց այդ մասին հարցնել, ինչպես մի մարդ, որ չէ կամենում շուտով զարհուրեցնել իրան անհուսալի լուրի կայծակով:

— Բարով, բարով, Սամիլ Պետրովիչ, հրամմեցեք, — ասաց նա ակամա ծիծաղելով:

— Բարով, — պատասխանեց մոցիքուլը և ձեռք տվավ Ճանճուր Իվանիչին, հետո նստեց նրա առջև աթոռի վրա և, երկու ձեռքով բռնելով յուր հաստ գավազանի գլխից, ծնոտը ամրացրեց նքա վրա և սկսեց աղվեսի նման նայել Ճանճուր Իվանիչի երեսին:

— Վո՞ւնց իք, լավ ի՞ք , — հարցրեց Ճանճուր Իվանիչը:

— Փառք աստուծո, լավ ինք, — պատասխանեց Սամիլ Պետրովիչը:

— Ի՞նչ նուր խաբար կա:

Սամիլ Պետրովիչը սկսեց պատմել նրան մի քանի նորություններ, բայց նրանցից ոչ մինը չգրավեց Ճանճուր Իվանիչին, նրա միտքը Մախոխի տղի վրա էր, և նա հարցրեց.

— Էն մասին, Սամիլ Պետրովիչ, կարացի՞ք մե բան շինի:

— Մախոխի տղի մասին իս ասու՞մ, — հարցրեց Սամիլ Պետրովիչը: — Այ նրա ժանգոտ հերն անիծած, վուր քան չալիշ էկա, չկարացի սովդան գլուխ բերի, — պատասխանեց Սամիլ Պետրովիչը տհաճությամբ:

Ճանճուր Իվանիչը զարհուրեցավ:

— Չըլի՞ ասում է փուղը քիչ է, — հարցրեց նա:

— Չէ, փուղի բան չէ՛. թե մենակ փուղի բան ըլեր, գլուխը քարը. մե քիչ ավելով, մե քիչ պակասով կու դրստեի. մազրամ նա ուրիշ ղալաթ է անում:

— Ի՞նչ է ասում, իմ աղջկանից լավ աղջիկ պիտի առնի՞, թե ինձմեն լավ մարդու փեսա պիտի դառնա:

— Դրուստ է, նա էլ ասում է՝ հոգի ունիմ աստծուն տալու, աղջիկը լավ, սիրուն աղջիկ է, խստակ, խպահի ու ուսումով, մազրամ ի՞նչ անիս, ուսումը սովդաքար օքմնի խարջ չէ: Ասում է. ես պիտի էնպես կնիկ ուզիմ, վուր իմ կամքին ըլի, իմ երեխեքիս ի՛նչ շուր կիարկավուրի, կարե, տուն պահե, լվացքեմեն ու կարեմեն մուղայիթ կենա, մի խոսքով՝ տանտիկին ըլի: Բայց ես ի՞նչ կոնիմ էնպես աղջիկ, ասում է, վուր գիշիր — ցիրիկ հալիլի առչևից չհեռանա, իր օրը զուքսիրով կանցկացնի ու թեատրում, վիչերնիրում թրև կուգա, էտպես կնիկը, կոսե, միզ նման քեսիբ մարդու խարջ չէ:

— Շուն շանվուրթի, — բարկանալով Մախոխի տղի ասածների վրա, պատասխանեց Ճանճուր Իվանիչը: — Տի՛ս թե ինչ բուխկիր է ուտում, զանա իմ Սոփոն էտենց է՞, վուր հենց իր զուքսի հիդ ըլի՞. աստուծ գիդենա իմ Սոփոն հեստի տանտիկին է, վուր իսկի հատը չկա ու ամեն բան գիդե. կարի ու ձևի մեջ խոմ մատնիրով մարդ կու ստեղծե. չուրս լիզու խոսիլ է իմանում ու մե վարդապետից էլ շատ գիրք է կարդացի. սիրունութինով, շնորքով խոմ հատը չկա:

— Ես դրանք ամենը գիդիմ, — պատասխանեց Սամիլ Պետրովիչը, — ամա դուն արի միր պարոններանց հասկացրու, հենց վուր գլուխը բաց, ան շլապավոր աղջիկ ին տեհնում, սրտաճաք ին բլում. նրանցն է թաասկրավին ու իրենց դերիեքում կոլոլված աղջկերքը:

Ճանճուր Իվանիչը մի փոքր մտածման մեջ ընկավ, հուսահատությունը դժգոհության հետ նկարված էին նրա դեմքի վրա:

— Մաշ դու ի՞նչ ասացիր էն հաստագլխին, — հարցրեց նա:

— Ի՞նչ միդքս պահիմ, — պատասխանեց Սամիլ Պետրովիչը սառնասրտությամբ, — սուտից — դորդից շատ բաներ ասացի, էգեբա մե թահրով գլխում նստացնիմ, մագրամ նա էնպես մե ժանգոտ օքմին է, "սատկած էշ է ման գալի, վուր նալիրը հանե":

— Հիմի ի՞նչ պիտինք անի, — տհաճությամբ հարցրեց Ճանճուր Իվանիչը:

— Ախպեր ջան, — փոք-րինչ քաղցրությամբ պատասխանեց Սամիլ Պետրովիչը, — թե ինձ կու հարցնիս, զուր տիղը աղջիկդ՛ մի կորցնի ու էնենց շների ձեռը մի՛ ցցի. դրուստն ասիմ, քու աղջիկը սովդաքարի, փեշաքարի, մե խոսքով հայի խարջ չէ՛, դուն լավ կոնիս վուր մե ռսի դուլլուղի մարդու տաս. համ քիչ փուղ կեհա, համ էլ չինովնիկ փեսա կունենաս:

— Է՛տ չիմ կանա անի, — պատասխանեց Ճանճուր Իվանիչը՝ գլուխը բացասաբար շարժելով:

— Էտ չիս կանա անի, հայ չինովնիկի տուր:

— Ես չինովնիկի աղջիկ չիմ տա, ի՛նչ ազգեմեն գուզե ըլի:

— Լավ, չինովնիկի չիս տա, մաշ բազազը, ան թե սովդաքարը ի՞նչ կոնին ուսում առած աղջիկը. նրանք ուզում ին էնպես կնիկ ունենան, վուր տանտիկին ըլի ու նշանածին հնազանդի, վուր համ իր երեխեքանց շուրը կարե, համ կուխնին մտնի, մողի եդնից թրն չգա, մի դերիա հագնի, էլի էն կտուրը ուրիշ տեսակ փոխե, մաշվելուց հետ էլ կտրե իր երեխեքանց համա կարե, ան թե իր համա յուփկա շինե:

Ցավալի է մտածել անգամ, թե մինչ ո՛ր աստիճան ուսման և կրթության վարկը կոտրած է այստեղ ռամիկ հասարակության աչքում, որոնք ուսումն ու կրթությունը ընդունում են ինչպես միմիայն շռայլության աղբյուր, կարծելով, թե ուսյալ օրիորդը չէ կարող լինել ոչ հմուտ տանտիկին և ոչ հոգատար մայր: Մենք հայտնապես իրավունք չունինք ուսման և կրթության վրա որևիցե մեղ դնել, եթե նրանք լինեին օրինավոր պայմանների մեջ. բայց չեմ կարող չմեղադրել մեր կրթյալ օրիորդներին, ինչպես թյուր կրթության ներկայացուցիչների, որոնք իրանց վարքով տեղիք են տվել այդ կարծիքին ռամիկ հասարակությանը, որ մինչև անգամ Մախոխի տղան էլ խորշում է նրանցից:

Ճանճուր Իվանիչը ընկղմվեցավ դարձյալ տխուր մտածման մեջ:

Վերջապես նա համոզվեցավ Սամիլ Պետրովիչի առաջարկության:

— Լա՛վ, ճարե մինը, թող չինովնիկ ըլի, — ասաց նա: — Մազրամ ապելատնիր չունենա, ան դոխտուր ըլի, ան զակոնչիկ ու հայ ըլի:

— Դրանցից գտնիլը հեշտ է, — պատասխանեց Սամիլ Պետրովիչը — ամա դուն ուզում իս մե երկու հարուր, իրեք հարուր թումնով աղջիկ մարդու տաս, բայց դուխտուրը, ան զակոնչիկը հազար, էրկու հազար թումնիը պակաս չին առնի:

— Էրկու հազար թումա՞ն, — զարհուրելով կրկնեց Ճանճուր Իվանիչը:

— Մաշ ի՞նչ էիր փիքր անում. էրկու հազար թումնից էլ ավել տվողներ կան: Տ...նի տղեն չէ՞ր, վուր իրեք հազար թումնով աղջիկը դոխտուրի էրիտ, Ա ..նի տղեն չէր, վուր չորս հարուր թումնով քվիրը զակոնչիկի էրիտ. էլ ուրիշ վո՞ւրն իս ուզում ասիմ. զանա դուն միր քաղքի բանը չիս գիդի՞:

Հազար թումանները կրկին վախեցին Ճանճուր Իվանիչի համոզմունքը:

— Աստուծ ձիր տունը քանդե. էս ինչ փիս ադաթնիր իք դնում միր ազգի մեջ,-ասաց նա: — Չէ՛, Սամիլ Պկտրովիչ, — դարձավ նա դեպի մոցիքուլը, — ես չինովնիկ չիմ ուզում, դու էլի պտռե, բալքա մե փողոցի մարդ գթնիս, ես չինովնիկի դարդը չիմ կանա քաշի, վուր իմ հալալ աշխատանքս տամ տանի իր համա քեփ անի, ու ամեն վուխտ էլ իմ տուն գալիս պիտի նրա առաջ կուչ գամ, ծալապատիկ ըլիմ, ինչ է փեսեն էկիլ է, դե՛ չայը լիմոնով բերեք, դե՛ սուխարի, դե՛ մուրաբեք, դե՛ չիմ գիդի ինչ զահրումար, էլ ինչիր ասիս վուր չին մոզոնելու:

— Շատ լավ, ես վուր քան կանամ, չալիշ զուքամ:

— Դուն չալիշ արի, Սամիլ Պետրովիչ, քիզ վուր տաս թուման էի խոստացի, քան էլ կուտամ, ու փեսին ինչկլի իրեք հայրուր թուման էի ասի, հինգ հարուր էլ կուտամ, թե իմ սրտի ուզած լավ տղա ըլի:

— Շատ լավ, — կրկնեց, մոցիքուլը և վեր կացավ. — մա զրամ մե բան ձեռաց տվեք, ես շուտով ձիզ խաբար կու բերիմ:

Ճանճուր Իվանիչը դողդոջուն ձեռքով տվավ նրան տասը մանեթանոց մի թղթադրամ:

Մոցիքուլը հեռացավ:

Սամիլ Պետրովիչի գնալուց հետո Ճանճուր Իվանիչն սկսավ ծանր քայլերով անցուդարձ անել յուր սենյակում և բարկացած խոսել ինքն իրան, "Էս էլ քոլ ուսումը..., ի՞նչ ուսում... զահրումար ուսում.... աղջիկս դալբ փուղ շինից... հիմի ում վուր տալիս իմ, չին առնում... ես թքեմ էտ հանգի ուսումի մեջ... Իմ հերը անիծած, թե էն մնացած աղջկերանցս թողնիմ այբուբեն էլ սորվին... Քու հերը գոռբագոռ ըլի, բաժինք մոզոնող, ախր էս ի՞նչ կրակ ու ցավ գցեցիր խալխի սրտում... Ախր ես իրեք աղջիկ ունիմ, ես վո՞ւրդղանց ամեն մեկին հազար թուման տամ, վուր գլխեմ ես կարենամ ռադ անի.. ա՛խր տարիքս հիմի հիսունեմեն անց է. էլ վուչ հոգի է մնացի, վուչ մարմին, դիփ էլ կորցրիլ իմ, անջաղ մե քանի թուման փուղ իմ հիդ զցի ու էտ էլ վուր մխիմ աղջկերանցս վրեն, էլ ես ինչո՞վ պտիմ ապրի... Ա՛խ, քու հերն գոռբագոռ ըլի, բաժինք մոզոնաղ, շների ու գելերի բաժին դառնաս, քիզ տեհնիմ, վուր սատանեքանց փայ ըլիս...":

Դուրս գալով Հացի-Գելենց տնից, Սամիլ Պետրովիչը միայնակ գնում էր բուլվարով. կարծես թե նա հոգնեցավ և՝ բարով, Աղալո Գերասիմիչ ասելով՝ գնաց նստեց կիսաթախտի վրա, ուր նույն ժամուն նստած էր և մի մանկահասակ տղամարդ, որ թեք ընկած և պապիրոսը բերանին դրած՝ նայում էր անցուդարձ անողներին:

Երիտասարդի արտաքին կերպարանքը, նրա եվրոպական հագուստը, որ բավական մաքուր և վայելուչ էր, ցույց էին տալիս, թե նա շատ ու քիչ պատվավոր վաճառականների կարգից է:

Սամիլ Պետրովիչը թեև այդ պարոնի հետ մոտ ծանոթ չէր, բայց նա յուր սովորական կեղծավորությամբ կարողացավ նրա հետ խոսակցության մեջ մտնել, որ մի քանի րոպե նրանց մեջ տևելուց հետո այսպիսի կերպարանք ստացավ.

— Դուք ի՞նչ իք շինում, Սամիլ Պետրովիչ, — հարցրեց երիտասարդը համակրաբար նրա երեսին նայելով: — Միր առուտուրը,վուր էսպիս վատ է գնում, փողրաթի խերը դուրս է էկի. պոռուների կռիվը առուտուրը հիդ զցեց. մե խոսքով միր բազարը քեսատ է, ձիրը վո՞ւնց է:

— Իմ փեշակը բարի փեշակ է, չի ըլի վուր նա քեսատութին ընկնի, — պատասխանեց Սամիլ Պետրովիչը: — Օրինակի համա ասիմ, մե կազյոննի շինվածքի մտիկ անելիս դուք ձիր մտքում ասում իք՝ նետավի էս տունը քանդվեր, ես փողրաթով վիր առնեի, էնքան մանեթ աշխատեի. կամ թե ամբարնիրում հաց ունիս, ամեն առուտեհան աղոթք իս անում, վուր սով ըլի, բալքա փութը տասը մանեթով ծախիս: Մագրամ միր փեշակը վուչ թե ձերիցը, բայց տերտերի փեշակեմեն էլ լավ միտք ունե. տերտերը մե մարդու մտիկ անելիս, իլլաիքի վուր մե քիչ տարիքը անցած է ըլում, իր մտքում ասում է՝ "էտ անիծածը ե՞փ պտի մեռնի, վուր դրա շիլա փլավն էլ ուտիմ, շուրերը պլոկիմ", ու էնենց էլ հաքիմը, վուր հարուստին տեհնի, կոսե, "էս շանվուրթին իսկի չէ՛ հիվանդանում", մագրամ, ինչպես ասացի, միր փեշակի միտքը բարի է. մինք չալիշ ինք գալի, վուր ուրիշներր կնկա տեր դառնան, իրանց համա քեփանին, մինք սովդան բարիշացնինք:

Սամիլ Պետրովիչի կիսազվարճալի ոճը շարժեց երիտասարդի ծիծաղը, և նա եռանդով դարձավ դեպի նա՝ ասելով.

— Եփ վուր էտենց է, ինչի՞ ինձ համա մե բան չիս շինում:

— Քիզ համա՞, — կրկնեց մոցիքուլը ուրախությամբ, — օրհնած, դուն ե՞փ ասացիր, վուր ես չշինեցի:

— Հիմի ասում իմ:

— Քեզ համա հեստի աղջիկ ունիմ, վուր սաղ քաղքում հատը չկա:

— Ո՞վ է, — ախորժանոք հարցրեց երիտասարդը:

— Գանա էտպես հիշտութինով կոսի՞մ, — պատասխանեց Սամիլ Պետրովիչը՝ կամենալով ավելի արժանավորություն տալ յուր խոսքերին:

— Դուն ուզում իս լեզվիդ էլ քրթամ տա՞մ:

— Մաշ վո՞ւնց:

— Կիրակի օրը մե լավ ղոնաղլի խոսք իմ տալի քիզ:

Սամիլ Պետրովիչը սկսավ ծիծաղել ինքնաբավական զվարճությամբ:

— Լավ թեթև բանով ուզում իս խոսք քաշի ինձմեն, հա՛, — նկատեց նա:

— Էտ ջեր հառաջաբանն է, էնդումեն դենը գիդիս վուր ամեն բան կուլի:

Սամիլ Պետրովիչը նկատելով, որ որսը մոտենում է յուր նպատակին, բայց անհարմար համարելով այնտեղ խոսք բաց անել, ուր անցուդարձ անող մարդիկ կարող էին իրանց խանգարել, նա վեր առավ երիտասարդին յուր հետ, և մտան Ալեքսանդրյան այգի, և հեռու մի անկյունում նստեցին մի ծառի հովանու տակ:

— Հիմա ասա, — խոսեց երիտասարդը:

— Հացի-Գելենց Ճանձուր Իվանիչի աղջիկ Սոֆին վո՞ւնց է, հատը Փարիզում էլ կա՞, մի խոսքով հրեշտակ է, խոմ աթմորթի չէ՛:

Երիտասարդը մի քանի րոպե մտածման մեջ ընկավ, և նրա դեմքի նախկին զվարթությունը մռայլվեցավ որպես մի ձկնորս, որ նկատելով կարթի նշանը և կարծելով, թե բռնել էր որսը, դուրս է քաշում ջրից չանգալը և ձկան փոխարեն օձ է դուրս գալիս:

— Հա՛, նա սիրունութինով առաջինն է մեր քաղքում, մազրա՞մ...:

— Ի՞նչ մազրամ, — նրա խոսքը ճարպկությամբ կտրեց Սամիլ Պետրովիչը, — վուչինչ փտնելու տիղ չունե, ինչ վուր խոսիս՝ հոգուդ միղք կոնիս:

— Չէ՛, Սամիլ Պետրովիչ, դրուստն ասիմ, նրա համա լավ չին խոսում:

— Լա՞վ չին խոսում, — կրկնեց Սամիլ Պետրովիչը՝ զարմանք ձևացնելով յուր դեմքի վրա: — Ի՞նչ ին խոսում, զանա դուն միր քաղքի բամբասանքը չիս գիդի՞. վաղվա առակը չըլի, թե "աղվեսի դունչը խաղողին չհասավ, ասեց խակ է":

— Էտ դրուստ է, մազրամ նա իրա հալի աղջիկ չէ:

— Վո՞ւնց:

— Ասում ին ջահիլ տղերանց շլինքով փաթթվիլ սիրում է:

— Վա՛յ մե, միղք է, էտենց մի՛ խոսի, նա հրեշտակի բնութին ունե:

— Ես իմ լածն իմ ասում, մազրամ աղջկա սիրտը աստուծ գիդե:

Սամիլ Պետրովիչը իրան ձևացրեց փոքր — ինչ բարկացած:

— Ո՛վ վուր. խոսում է, զլուխը քարովն է տալի, — պատասխանեց նա: — Պարուն Ծատուր, դուն օրթում խոմ չիս ուզում վուր ուտիմ, ամա էս "անուն հորը" վկա է, — և նա խաչակնքեց երեսը, — և Քրիստոսի խաչ — ավետարանը ինձ խռով կենիան, թե սուտ ըլիմ ասում, նա հրեշտակի պես իստակ է:

Երիտասարդը ոչինչ չպատասխանեց:

— Վո՞ւրքան փուղ ունե, — հարցրեց, նա մի քանի րոպեից հետո:

— Փուղն ի՞նչ կոնիս, դուն ուզում իս համ լավ նշանած ունենաս, համ փուղ առնի՞ս, — պատասխանեց հանաքով Սամիլ Պետրովիչը:

— Էս ժուզում առանց փուղի աղջիկ ո՞վ է առնում միր քաղքում:

— Հինգ հարուր թուման էլ փուղ ունե:

— Հինգ հարուր թումա՞ն, — ծիծաղելով պատասխանեց

երիտասարդը: — Հինգ հարուր թումանը նրա մե տարվա փերչատկի, դուխի ու փայտոնի փուղը չի դուրս բերի:

— Լավ իս ասում, — հեգնորեն խոսեց մոցիքուլը, — ամա նա հեստի խազեյկա է, վուր նրա ձեռքի տակից կապեկ չի վիր ննգնի. նա ավել մախիլ չի սիրում:

— Վո՞ւնց չէ՛ սիրում, վուր Ճանճուր Իվանիչը իր կինքումը մե հասարակ սելի վրա նստած չունե, նա կի նրան կառեթ առնիլ էրիտ:

— Էտ վուչինչ, քու կնիկ դառնալուց դենը վունց վուր գուզիս, էնպես կու պահիս:

— Փուղի բանը յոլա կու գնա, Սամիլ Պձտրովիչ, ես, փառք աստծու, փուղ ունիմ ու աչք չիմ դրի, վուր կնկա փուղով ապրիմ, մագրամ Ճանճուր Իվանրչի աղջիկը իմ խարջը չէ, դուն լավ կոնիս մե էնթավուրը գթնիս, վուր հայի աղաթի ըլի:

Սամիլ Պետրովիչը սկսավ սարսափելի երդումներով հավատացնել նրան, թե օրիորդ Սոֆին հրեշտակ է, սուրբ է, և մինչև անգամ ասաց, որ նա աստվածածնի պես մաքուր է:

— Չէ՛, Սամիլ Պետրովիչ, — պատասխանեց երիտասարդը, — էնպես չէ, վուր ես նրան չճանչնամ, քանի անգամ թեատրում, վեչերնիրում, կրուժոկում և ուրիշ շատ տիղ նրան տեհիլ իմ, նա իրա հալին աղջիկ չէ. նա իս սհաթիս ուրիշ տղի վրա սիրահարված է, նա էնպես մարդ կուզի, վուր իրան գերի դառնա, դաղածը իրա վրա մսխե, ու ինքը կի ուրիշների հիդ քեփ անե: Կուլի վուր դուն լավ չես իմանում, բայց մինք, վուր աղջիկների մուշտարի ինք, դրանց լավ կու ճանչնանք:

— Ուսում առած աղջիկը իսկի էտենց չի ըլի:

— Ի՞նչ ուսում, սատանան էլ շատ գիդե, ամա վուր չար բնութին ունե՞, ի՛նչ կոնիմ նրա գիդութինը:

Սամիլ Պետրովիչը երկար աշխատեց զանազան փաստերով հերքել երիտասարդի կարծիքը օրիորդի մասին, բայց հնարք չեղավ, նա դարձյալ սկսավ պնդել յուր համոզմունքը օրիորդի անվայելուչ բարոյականության վրա: Քառորդ ժամ ևս տիրեց նրանց մեջ վեճը, և Սամիլ Պետրովիչը բաժանվեցավ նրանից բոլորովին դժգոհ:

## Ի

Հացի-Գելենց կացարանը Կոջորում մի բլրակի գագաթի վրա էր: Նա յուր բարձր դրությամբ կարծես թե իշխում էր յուր գեղեցիկ շրջակայքին: Նրա չորեքկողմում, ուր և նայում էիր, պատկերանում էին հիանալի տեսարաններ — մի կողմում կանաչազարդ հովիտներ, խոտավետ արոտամարգեր, որոնց մեջ արածող չորքոտանիք հրաշալի երևույթներ էին ձևակերպում, մի այլ կողմում՝ թփապատ բլրակներ, անտառախիտ լեռներ, իրանց գագաթների բարձրությամբ նկարվելով երկնքի կապուտակության մեջ, հանդիսացնում էին սքանչելի պատկերներ: Մի այլ տեղ մշակված դաշտերում երկրագործը, յուր սովորական երգը երգելով, հերկում էր գետինը:

Այդ բոլոր հիանալի տեսարանները, այդպես շքեղաբար միախառնվելով միմյանց հետ, հանդիսանում էին կովկասյան հրաշալի բնության գեղապատկերը:

Փոքրիկ տունը, ուր կենում էին Հացի-Գելենք, հովանավորված էր ծառերի անթափանցիկ ստվերի ետև: Նրա բակի պարտեզը՝ զարդարված ծաղիկներով և վայրի ծառերով, տալիս էր այդ գեղեցիկ բնակարանին առանձին բանաստեղծական շքեղություն:

Արևի ոսկեզօծը դեռ նոր փողփողում էր լեռների կանաչազարդ կատարների վրա. օդը, արբած գիշերային զովությամբ, բուրում էր անուշահոտություն: Երգող թռչունները բարձր և բարձր հնչեցնում էին իրանց առավոտյան տաղերգությունները:

Գեղեցիկ ամառային առավոտ էր:

Բաց լուսամուտի հանդեպ — խորին մտահուզության մեջ, նստած էր օրիորդ Սոֆին և նայում էր դեպի գեղեցկազարդ հեռուն: Նա նայեց, երկար նայեց և բնության այդ գեղարվեստ պատկերները ծնեցին նրա հոգում հազարավոր զվարճալի զգացմունքներ:

Նրա մոտ, բոլորովին զմայլած օրիորդի էշխով, նստած էր Մայիլովը:

Այդ օրը արշալույսն այնպես վարդագեղ ներկելով յուր դեմքը, կարծես թե մրցել էր կամենում օրիորդի թշերի ալ գույնի հետ, որ իբրև գեղեցկության դիցուհի՝ յուր սրբարանից իշխում է բնության վրա:

— Տեսնո՞ւմ ես, Նիկոլ, — ասաց նա հրճվելով, — ի՜նչ գեղեցիկ առավոտ է այսօր... Նայիր, տես թե քանի հրապուրանքով ծառերի տերևները, ծաղիկների փնջերը զարդարված առավոտյան ցողի գոհարներով, ժպտում են արևի առաջին ճառագայթների հետ:

— Այո՛, հիանալի է, — պատասխանեց պատանին՝ խորին համակրությամբ:

— Լսո՞ւմ ես, Նիկոլ, թե ի՛նչպես սոխակը անհոգ և քաղցրաձայն հնչեցնում է յուր երգը: Բնության այդ շքեղությունները, ասես թե, ոգևորում են թռչունների պոետին:

— Լսում եմ, — կարճ պատասխանեց Մայիլովը:

— Երանի՜ թե մարդ նույնպես ունենար նրա գեղեցկասեր ճաշակը, — խոսեց օրիորդը զգացված:

Օրիորդի վերջին խոսքերը մոգական ազդեցություն ունեցան պատանի Մայիլովի վրա, և նա կարծես թե զվարթացավ յուր մտավար թմրությունից:

— Դու կարծում ես մարդը չէ՞ կարող սիրել գեղեցիկը, — հարցրեց նա՝ ուղիղ օրիորդի երեսին նայելով:

— Իմ կարծիքով՝ ո՛չ այնքան... որովհետև մարդու զգացմունքները խիստ կոշտ են, — պատասխանեց օրիորդը վհատությամբ և նույն րոպեին երեսը շրջեց և սկսավ նայել դեպի հեռուն:

— Բայց ե՞ս...

— Քեզ պետք է դեռևս շատ ուսանիլ...

— Սերը արվեստական իրողություն չէ, նա ուսում չունի:

— Իրավ այդպես է, բայց մի սիրտ, որ չունի զարգացած կրքեր, նա դատարկ թմբուկ է:

— Բայց մենք ևս չնախանձենք սոխակին:

— Ի՞նչպես, — հարցրեց օրիորդը:

— Այնպես որ, եթե դու թույլ տայիր, ես այս րոպեիս կփաթաթվեյ քո պարանոցով և մի քանի համբույր կքաղեի քո թշերից, որպես սոխակը, որ այնպես տարփանքով գրկում է գեղեցիկ ծաղիկները և այնպես բորբոքված ծծում նրանց անուշահոտությունը:

Օրիորդը ժպտեցավ:

— Դու ցանկանո՞ւմ ես այդ:

— Շա՜տ...

— Կարող ես:

Եվ Մայիլովը քնքշությամբ գրկնց նրան, և երկար նրա շրթունքները չէին հեռանում օրիորդի նույն րոպեին բոցավառված թշերից:

Մյուս սենյակից լսելի եղավ ոտքի ձայն:

— Բավական է, Նիկոլ:

Ներս մտավ Մաշան:

— Այստե՞ղ եք հրամայում բերել ձեզ համար թեյ, — հարցրեց նա:

— Մայրս վե՞ր է կացել քնից, — հարցրեց օրիորդ Սոֆին:

— Դեռևս ոչ:

— Ուրեմն այստեղ:

Աղախինը հեռացավ:

Ներս մտավ Գրիգոլը սուլելով և զվարթ դեմքով: Նա անփույթ կերպով ձեռք տվավ յուր դասընկերին և սկսավ դարձյալ սուլելով պտտիլ սենյակում:

— Ո՞ւր էիր, Գրիգոլ, այսպես վաղ առավոտյան, ես մի ժամ ավելի է, սպասում եմ քեզ, — հարցրեց նրանից Մայիլովը:

— Ես ամեն առավոտ արևածագից առաջ գնում եմ զբոսանքի, — պատասխանեց գիմնազիստը: — Այսպես չէ՞, Սոֆի: Պատմեմ ձեզ մի նորություն, մինչև այսօր ես ոչ ոքի չէի հանդիպել, որ ինձանից առաջ դուրս եկած լիներ զբոսանքի, բայց այսուհետև չեմ կարող հպարտանալ դրանով, որովհետև այսօր մի պարոն ինձնից առաջ էր դուրս եկել զբոսնելու:

— Ի՞նչ պարոն, — հարցրեց օրիորդը:

— Մի պարոն, Պետեբբուրգի համալսարանն ավարտած, նա նոր է եկել ամառանոց և մեզ դրացի է:

— Մեզ դրացի՞ է, — հարցրեց օրիորդը:

— Այո՛, մեզ դրացի:

— Երիտասա՞րդ է:

— Նորահաս, գեղեցիկ երիտասարդ, համարյա՛ քսաննիհինգ տարեկան, խիստ վայելուչ կերպով հագնված:

Վերջին խոսքերը գրգռեցին օրիորդի հետաքրքրությունը, և նա շարունակեց յուր հարցուփորձը.

— Նա խոսե՞ց քեզ հետ:

— Խոսեց:

— Ի՞նչ ասավ:

— Նա հարցրեց, թե ես որտե՞ղ եմ բնակվում. ես նրան ցույց տվի մեր կացարանը և ասացի, որ մորս և քույրերիս հետ եմ բնակվում:

— Նա մի ուրիշ խոսք չասա՞ց:

— Նա ասաց, թե ձեր քույրն ա՞յն օրիորդն է, որ այն երեկո բակում ման էր գալիս սպիտակ հագուստով. ես պատասխանեցի՝ այո՛. հետո նա ասաց, թե ես իմ լուսամատից տեսնում էի ձեզ:

— Էլ ի՞նչ ասաց, — հարցրեց օիիտրդը՝ չբավականանալով լսած տեղեկություններով:

— Էլ ի՞նչ պիտի ասեր, — մի փոքր պինդ ձայնով պատասխանեց Գրիգոլը, — ես արդեն նրա հետ մոտ ծանոթացա:

— Ինչպե՞ս, Գրիգոլ, քո հոգուն մատաղ, — դարձյալ հարցրեց օրիորդը:

— Մենք զբոսանքից դարձանք միասին, — խոսեց Գրիգոլը, —

անցնելով, նրա կացարանի մոտից, նա ինձ հրավիրեց յուր մոտ. մենք միասին թեյ խմեցինք, նա խոստացավ ինձ օգնել դասերս սերտելու: Մի խոսքով՝ նա շատ ազնիվ և բարեսիրտ տղամարդ է:

Մայիլովը լուռ ականջ էր գնում քույր և եղբոր խոսակցությանը, մինչև նա տաղտկացավ լսելուց և դարձավ դեպի յուր դասընկերը՝ հարցնելով.

— Գրիգոլը, բերե՞լ ես Լերմոնտովի երրորդ հատորը:

— Ո՛չ, մոռացել եմ, տանն եմ թողել, — պատասխանեց Գրիգոլը:

— Ես ուզում էի մի անգամ ես աչքի անցնել...

— Բայց դու ասա, Գրիգոլ, — նրանց խոսակցությունը ընդհատեց օրիորդը, — ի՞նչպես է նրա ազգանունը:

— Նա ասաց յուր անունը և ազգանունը, բայց ես մոռացա, — պատասխանեց Գրիգոլը:

— Ի՛նչ մոռացկոտն ես, Գրիգոլ:

— Դե ի՞նչ ես շտապում, դու շուտով կծանոթանաս նրա հետ, ես միտք ունիմ այս երեկո հրավիրել նրան մեր տուն թեյ խմելու:

— Այո՛, շատ լավ կանես, — ուրախությամբ պատասխանեց օրիորդը: — Բայց դու ասա՛, Գրիգոլ, քանի՞ օր է, ինչ որ նա եկել է քաղաքից.

— Այս երկրորդ օրն է:

— Ուսյա՞լ մարդ է:

— Մեր դիրեկտորը նրա մոտ ինչպես մի աշակերտ:

— Հրավիրի՛ր, հրավիր՛՜ր, Գրիգոլ, — համարյա հրճվանքով ասաց օրիորդ Սոֆին: Հանկարծ ներս մտավ տիկին Բարբարեն. նա ողջունեց յուր զավակներին, նստեց և սկսեց պատմել մի երազ, որ տեսել էր այն գիշեր:

Խոսակցությունը քույր և եղբոր մեջ ընդհատվեքավ:

## ԻԱ

Որքան հայտնի է մեր ընթերցողին, Հացի-Գելենք, իբրև ստորին դասակարգի մարդիկ, զուրկ էին ընտանեկան հարաբերություններից այն գերդաստանների հետ, որոնք պատկանում էին հասարակության բարձր դասին: Եվ ամառանոցի բնակիչները լինելով ըստ մեծի մասին զանազան աստիճանավորների և զանազան ազնվականների գերդաստաններ, Հացի-Գելենք զրկված էին ամենայն հարաբերություններից նրանց հետ, որովհետև նոր երևույթ էր քաղաքում, որ հասարակ վաճառականի ընտանիքը հանկարծ հայտնվել էր ամառանոցի շրջանում:

Այդ հանգամանքների պատճառով ամառանոցի կյանքը Հացի-Գելենց համար դեռևս մի առանձին զվարճություն չուներ. այլ, ընդհակառակն, նրանք անց էին կացնում շատ տխուր, առավելապես օրիորդ Սոֆին շատ էր տխրում, թեև պատանի Մայիլովի այցելությունները բավական մխիթարում էին նրան:

Նույն առավոտ, յուր թեթևամիտ եղբորից լսելով Պետերբուրգի համալսարանի ուսանողի մասին, օրիորդ Սոֆին անհամբերությամբ սպասում էր երեկոյին, երբ նա Գրիգոլի հրավիրելով պիտի գար իրանց տուն: Ուսանողի անունը, ուսանողի կյանքը վաղուց տպավորել էին նրա երևակայության մեջ զանազան ախորժելի զաղափարներ:

Բայց օրիորդը բոլորովին չէր հավատում յուր եղբոր խոսքերին, այդ պատճառով այն օր նա չէր հեռանում լուսամուտից, գուցե տեսներ իրանց դրացի նորեկ հյուրը, բայց նրա աշխատություններն իզուր անցան, նա ոչ մի նոր մարդ չտեսավ:

Ճաշից հետո երբ նրա մայրը գնաց քնելու, օրիորդ Սոֆին քաղցրությամբ դիմեց յուր եղբորը.

— Գրիգոլ, — հարցրեց նա, — դու երեկոյան պիտի հրավիրե՞ս այն երիտասարդին, որի մասին առավոտյան խոսում էիր:

— Անպատճառ, — պատասխանեց Գրիգոլը: — Միայն խնդրեմ, քույրիկ, լա՛վ ընդունիր իմ հյուրին:

— Անհո՛գ եղիր, — պատասխանեց օրիորդը. — միայն, Գրիգոլ, դու կանչիր ինձ մոտ փոքրավորին, որ պատվիրեմ մի քանի տեսակ մրգեղեն գնե, իսկ մուրաբեք ունինք ամեն տեսակի:

— Ա՜խ, շնորհակալ եմ քեզանից, Սոֆի, — կոչեց Գրիգոլը ուրախանալով և գրկեց յուր քրոջը և շուտով վազեց կանչելու սպասավորին:

Օրիորդ Առֆին, տալով հարկավոր պատվերները փոքրավորին և յուր աղախնին՝ երեկոյան հյուրընկալության մասին, այն օրը յուր սովորության համեմատ չքնեցավ, այլ գնաց լուսամատի մոտ, որ նայում էր դեպի մեծ ճանապարհը և յուր մոտ կանչեց Գրիգոլին:

— Դու ասացիր այն պարոնը դեռահաս է, հա՞, — հարցրեց եղբորից օրիորդը:

— Դեռահաս է և սիրուն տղամարդ, — պատասխանեց Գրիգոլը:

— Լա՞վ է, հագնված:

— Խիստ շիկով, նրան առաջին ֆրանտը կարելի է համարել ամառանոցի բոլոր երիտասարդների մեջ:

Օրիորդը գաղտնապես հրճվում էր եղբոր նկարագրություններով:

— Ահա՛, ահա՛, Սոֆի, ահա՛ այն պարոնը, որին ես պիտի հրավիրեմ թեյի, — կոչեց Գրիգոլը՝ ցույց տալով լուսամուտից դեպի դուրս:

Արդարև օրիորդ Սոֆին տեսավ մի վայելչակազմ նորահաս երիտասարդ ամառային թեթև հագուստով, որ յուր ճկուն գավազանը ձեռքին խաղացնելով՝ անցնում էր, հազիվ լսելի, բայց մետաղի հնչման ձայնով սուլելով մի մեղեդի:

Տեսնելով անցավոր երիտասարդին՝ Գրիգոլը լուսամատից ողջունեց նրան, և նա էլ բարձրացրեց յուր հարդյա թեթև գլխարկը և շնորհալի կերպով գլուխ տվավ նրան: Նույն րոպեին օրիորդ Սոֆիի աչքին ընկան նրա ուսանողական երկայն և մետաքսի նման փափուկ մազերը, որոնք փառավորապես թափված էին նրա ուսերի վրա:

Նա անցավ, շուտով մտավ մերձակա տան բակը և համարյա վազելով բարձրացավ սանդուղքներից:

— Տեսնո՞ւմ ես, Սոֆի, ինչպիսի ծանոթ ունիմ ես, — ասաց Գրիգոլը հպարտանալով:

— Այո՛, հիանալի տղամարդ է, — պատասխանեց Սոֆին, — բայց ի՞նչ լեզվով է խոսում:

— Նա առաջ ինձ հետ խոսեց հայերեն, բայց երբ տեսավ, որ չգիտեմ, հետո խոսեց ռուսերեն:

— Ափսո՛ս, որ նա խոսում է հայերեն, — ասաց օրիորդը:

Վահե Արամյան, այդպես էր կոչվում այն երիտասարդը, որին նույն օրվա երեկոյան պահուն սպասում էին Հաջի-Գելենց տանը, ազնվական տոհմի որդի էր: Նա յուր տասը տարեկան հասակում որբ մնաց հորից, որ մեռավ քառասունևհինգ տարեկան՝ "ստատսկի սովետնիկի" չինով, թողնելով յուր զավակներին բավականաչափ ժառանգություն:

Նրա մայրը յուր ամուսնուց հետո խնամակալ եղավ մանուկ Վահեի կրթությանը հանձնելով նրան մի գերմանացու գիշերօթիկ վարժարան. այդտեղ պատրաստվելով՝ նա մտավ գիմնազիոնի չորրորդ դասատուն: Երեք տարուց հետո պատանի Վահեն մեծ հառաջադիմությամբ ավարտեց գիմնազիոնի դասընթացը և գնաց Պետերբուրգ: Այնտեղ նա մտավ համալսարանի արևելյան լեզվագիտության բաժինը:

Եվ պատանի ուսանողը թեև ստանում էր յուր մորից բավականաչափ արծաթ, բայց նրա համալսարանական կյանքը ո՛չ միայն չափավոր չէր, այլ հասնում էր աղքատության: Նա հագնվում էր հնամաշ, ուտում էր առանց ընտրողության, չէր կտրում եղունգները, թողնում էր երկայն մազեր, ձմեռը կենում էր ցուրտ սենյակում և միշտ խոսում էր Կեկելի ու Փեփելի վրա: Բայց նա օգնում էր խեղճ ուսանողներին և յուր վերջին կոպեկը բաժանում նրանց հետ:

Մի այդպիսի տարապայման կյանքը ո՛չ միայն չզրկեց նորահաս Արամյանին յուր ուսման հառաջադիմությունից, այլ պատճառ տվավ նրան յուր այնքան դրամական միջոցներով հեռու մնալ Պետերբուրգի հրապուրիչ զվարճալիքներից և դառնալ յուր հայրենիք մագիստրոսի դիպլոմը ծոցում: Բայց վերադառնալով Կովկաս, նա մոռացավ և՛ Կեկելը, և՛ Փեփելը. նրա հնամաշ հագուստն ստացավ փառավոր և վայելուչ ձև, և նա յուր կյանքին տվավ առավել շքեղ կերպարանք, բայց նրա մարդասեր ձեռքը երբեք չխորշեցավ աղքատներից:

Գալով յուր մայրենի քաղաք, Արամյանը չկարողացավ շուտով գտնել արժանավոր պաշտոն, և քաղաքում ձանձրանալով անգործությունից, նա դիմեց ամառանոց՝ գոնյա կազդուրելու առողջությունը:

Արամյանը մի օր առաջ տեսնելով օրիորդ Սոֆիին իրենց բակում, նևսկի պրոսպեկտից հեռանալուց հետո, Կովկասում նա առաջին անգամ հանդիպեցավ մի օրիորդի, որ հագնված լիներ այդպես վայելուչ կերպով և բարեձև, ինչպես մի փարիզուհի գեղաճաշակ տիկին: Եվ ցանկանալով մոտենալ նրան, նա հարկավոր համարեց նախ և առաջ գրավել Գրիգոլին, որ առաջին անգամից երևեցավ նրան թեթևամիտ, այնուհետև եղբոր միջոցով ծանոթանալ քրոջ հետ:

Նույն օրվա երեկոյան պահուն օրիորդ Սոֆին, վայելուչ կերպով հագնված, յուր մոր հետ սպասում էին Արամյանին: Պատանի Գրիգոլը ինքը անձամբ գնացել էր նրան հրավիրելու:

Արամյանը ներս մտավ՝ հասարակ, բայց պատշաճավոր հագնված. նա շնորհալի կերպով ողջունեց բոլորին, և Գրիգոլը ծանոթացրեց նրան յուր մոր և քույրերի հետ:

Ընդունելության ծեսը վերջանալուց հետո նորահաս մագիստրոսը յուր հարդյա գլխարկը դրեց պատուհանում և նստեց նրա հանդեպ, մի փոքր հեռու օրիորդ Սոֆիից և նրա մորից:

Նրանց առաջին խոսակցությունները եղան զանազան հարցուփորձեր, որ տիկին Բարբարեն սկսավ հարցնել Արամյանից, թե ե՛րբ է եկել նա Պետերբուրգից, քանի՛ տարի է այնտեղ մնացել, ի՛նչ է սովորել: Նա մի քանի բան հարցրեց նույնպես Պետերբուրգի հասարակական և այնտեղի սովորությունների մասին:

Արամյանը տալիս էր թեև կարճ, բայց նրանց համար բավական հետաքրքրական պատասխաններ: Օրիորդ Սոֆին հեռվից հրճվանքով լսում էր նրան, և Գրիգոլը նույնպես ուրախ էր յուր հյուրով:

Տիկին Բարբարեն համարյա սպառեց յուր խոսակցության բոլոր պաշարը և տեսնելով, որ յուր զրույցները այնքան էլ չեն գրավում հյուրին, և մանավանդ նրա հայերեն խոսակցության ոճը շատ էլ հասկանալի չէ իրան, մտածեց և օրիորդ Սոֆիին խառնել իրանց խոսակցությանը :

— Շատ ապրիս, վուրթի, — ասաց նա, — լավ իքմին է ուսումը. հորես իմ Սոֆին էլ ուսում է առի. հեստի ուրախացնում է ինձ, վուր չիմ կանա ասի:

— Օրիորդ Սոֆի՞ն, — կրկնեց Արամյանը ազնիվ ուրախություն ցուցանելով յուր դեմքի վրա:

— Ասացե՛ք խնդրեմ, — դարձավ նա դեպի օրիորդը, — ո՞րտեղ եք ավարտել դուք:

Օրիորդ Սոֆին շառագունեց, նա չգիտեր, թե ինչ է հարցնում իրանից:

Գրիգոլը հայտնեց Արամյանին, որ նրա հետ ռուսերեն խոսե...

Արամյանը միևնույն հարցը կրկնեց ռուսերեն. սակայն շատ վատ տպավորություն թողեց նրա վրա օրիորդի՝ յուր մայրենի լեզվին անտեղյակ լինելը:

— Ինստիտուտ, — պատասխանեց օրիորդը վրդովվելով:

Խոսակցությունը Արամյանի և օրիորդ Սոֆիի մեջ տևեց բավական երկար, որի միջոցում օրիորդը յուր ինստիտուտական թութակի նման մի քանի սերտած զրույցներով (ֆրազներով) թափում էր յուր բոլոր ճիգը, որքան կարելի է յուր խոսքերին տալ բազմախորհուրդ նշանակություն իրան՝ երևացնելով յուր խոսակցի առջև ուսյալ ոմն: Բայց Արամյանը նրա խոսակցության սկզբից ճանաչեց, թե "ի՛նչ սանդրի կտավ է նա", երբ նշմարեց նրա մեջ՝ ամեն լավ բան կործանող, այդ քաղաքում նոր մոդա դարձած — նիհիլիստական ուղղություն...:

## ԻԲ

Արամյանը սկսավ շուտ-շուտ հաճախել Հացի-Գելենց տուն և շատ անգամ մնաց նրանց մոտ ճաշի և ընթրիքի: Տիկին Բարբարեի գլխում հենց առաջին օրից միտք ծագեց՝ ուսյալ և մայրաքաղաքում կրթված տղամարդուն ընտրել յուր փեսա: Սոֆիի խելքը գնում էր նրա խելացի խոսակցություններից և շնորհալի վարվեցողությունից:

Մայիլովը վաղուց կորցրել էր յուր նշանակությունը: Եվ նրա վրա Հացի-Գելենց տանը ո՛չ միայն օրիորդ Սոֆին, այլև ամենքը նայում էին որպես երեխայի վրա:

Բայց Արամյանի սրտում չկար և ոչ մի միտք փեսայի կամ տարփածուի: Արդարև նրան ախորժելի էր նորահաս օրիորդի գեղեցկությունը, բայց ոչինչ սեր նրան չէր հրապուրում դեպի գեղեցիկ օրիորդը. միայն վերջին օրերում, Արամյանը նկատելով նրա մեջ խիստ խորին ատելություն դեպի յուր ազգը, կրոնը և մայրենի լեզուն, աշխատում էր, որքան կարելի է, հեռացնել նրանից այդ վնասակար գաղափարները, որ տպավորվել էին նրա հոգում՝ յուր ինստիտուտական տարապայման կրթությունից:

Մի առավոտ, երբ արևը բավական բարձրացել էր հորիզոնի վրա, Արամյանը և օրիորդ Սոֆին միայնակ նստած էին բաց լուսամատի հանդեպ: Գրիգոլն ու Մայիլովը գնացել էին զբոսանքի, իսկ տիկին Բարբարեն մյուս սենյակումն էր:

Արամյանը երկար նրան պատմելով, թե ի՛նչ նշանակություն ունի ազգայնության գաղափարը, խոսում էր նրան նույն րոպեին հայոց ազգի հին և նոր պատմական կյանքից, և բացատրում էր նրան, թե ի՛նչն էր հայոց գլխավոր թշվառությունների պատճառը:

Խոսքը հասավ լեզվին, թե ազգային կյանքում ի՛նչ նշանակություն ունի լեզուն: Եվ Արամյանը խիստ քաղաքավարի կերպով հարցրեց օրիորդից, թե արդյոք նա չի՞ ցանկանում սովորել յուր մայրենի լեզուն:

Արամյանի այդպիսի հարցմունքը շարժեց օրիորդի ծիծաղը, և նա պատասխանեց երգիծական ոճով.

— Ի՞նչ ախորժանք՝ սովորել մի լեզու, որով կոռները միայն կարող են խոսել:

Արամյանը խիստ վշտացավ այդ պատասխանով:

— Ինչպե՞ս, — հարցրեց նա ուղիղ օրիորդի երեսին նայելով:

— Այնպես՝ որ այդ լեզուն այնպիսի լեզու չէ, որով ուսյալ մարդը կարողանա բացատրել յուր միտքը:

Խոսելով լեզվի վրա, օրիորդը փոխանակ ասելու հայոց լեզուն, ասում էր այդ լեզուն, կամ ձեր լեզուն, կարծես թե մեղք էր բերան առնել հայ բառը:

— Ինչո՞ւ, — հարցրեց Արամյանը:

— Նրա համար, որ ուսումնական և արհեստական բառեր չունի, նա բաղկանում է միայն այնպիսի բառերից, որով մի բազազ գիտե կեղծավորել, սուտ երդվել, հայհոյել, անիծել և այլ այդպիսի կեղտոտ բաներ արտասանել:

Արամյանը բարկության չափ վշտացավ վերջին խոսքերից:

— Ներողություն, օրիորդ, բոլորովին սխալ է ձեր կարծիքը, — ասաց նա:

— Ներողություն, պարոն Վահե, ինչո՞ւ եք զուր հակառակում, — խոսեց օրիորդը ավելի համառությամբ: — Ոչ միայն ուսումնական բառեր, այլև կյանքի մեջ հասարակ, ընտանեկան բառեր չունի այդ լեզուն: Օրինակի համար, ձեր լեզվով ի՞նչպես պետք է ասել շլյապա, շլեյֆ և այլն:

Արամյանը ոչինչ պատասխան չտվավ, միայն ծիծաղեցավ օրիորդի թեթևամտության վրա:

— Երևի այդ բառերը դուք չգիտեք, — կատակելով հարցրեց օրիորդը. — ասացեք, խնդրեմ, ի՞նչպես պետք է ասել սամովար, սպիչկա. չէ որ դրանք դյուրին բառեր են:

— Հեշտաեռ, լուցկի, — պատասխանեց Արամյանը:

— Եռ՜...ը՜ռը... լու՜ց... լու՜ց... կի՜... ու՜ֆ, պղծվում է մարդու լսելիք... ի՞նչ բառեր են դրանք, կարծես թե կոտրած սայլակ է ճռնչում կամ բարաբան են ածում, — պատասխանեց օրիորդը դեմքը խոժոռելով, որպես թե լսում էր անախորժ ձայներ:

— Բոլորովին ներելի չէ՛ ձեր կողմից դատողություն անել մի լեզվի վրա, որ դուք չգիտեք, — նրա խոսքը կտրեց Արամյանը խորին տհաճությամբ: — Դուք տակավին չգիտեք, որ այդ բառերը, որ այդպես ոգևորված հնչում եք, չեն պատկանում այն լեզվին, որով խոսում եք դուք, այլ դրանք ուրիշ ազգերի սեփականություններ են. եթե հայն էլ կամք ունենար օտարների նման մինչև երեսուն հազար բառ մուրալ ուրիշ ազգերից, ոչ ոք չէր արգելիլ նրան, այն ժամանակ և մենք այդպիսի բառեր ամբողջապես կունենայինք մեր լեզվում: Բայց հայոց լեզուն այնքան ճոխ է, որ առանց ուրիշից փոխ առնելու նս կարող է ստեղծել յուր համար բառեր:

Օրիորդ Սոֆին, նկատելով Արամյանի մինչև վերջին աստիճանի վշտանալը, պատասխանեց նրան կատակով.

— Թե աստված կսիրեք, թողնենք այս դատարկ խոսակցությունը. մի՞թե արժե ժամանակ վատնել այսպիսի չնչին զրույցներով:

— Եթե այդպես է, պատվելի օրիորդ, ես չեմ կամենում ձեր թանկ ժամանակը վատնած լինել չնչին զրույցներով. մնաք բարով, — ասաց նա, գլխարկն առավ և գլուխ տալով դուրս գնաց:

— Պարոն, պարոն Վահե, — կանչեց օրիորդը նրա ետևից վազելով, բայց Արամյանը չկանգնեց և խորին սրտմտությամբ դուրս եկավ Հաիցի — Գելենց բնակարանից:

## ԻԳ

Մի քանի օր Արամյանը չերևաց Հացի-Գելենց տանը. օրիորդ Սոֆին խիստ անհանգիստ էր այդ մասին. նա միայն հեռվից մի քանի անգամ տեսավ նրան զբոսանքից վերադառնալիս կամ գլուխը կախ անցուդարձ անելիս յուր կացարանի բակում: Բայց երբեք առիթ չեղավ նրա հետ խոսելու կամ հեռվից գլուխ տալու, ինչպես առաջ սովորաբար անում էին:

Օրիորդի սրտում վառվել էր մի կայծ, որ բորբոքում էր նրա սերը դեպի վայելուչ երիտասարդը:

Մի գիշեր Գրիգոլը հայտնեց նրան, թե Արամյանը միտք ունի թողնել ամառանոցը և գնալ քաղաք: Այդ լուրը կայծակի հարվածի ազդեցություն ունեցավ օրիորդի սրտին, երբ մտածեց, թե նա պիտի բաժանվի իրանից բոլորովին խռոված կերպով:

Առավոտյան նա շուտով վեր կացավ, հագնվեցավ, առավ հովանին և գիտենալով այն ժամը, երբ Արամյանը գնում էր զբոսանքի, դուրս եկավ կացարանից, այն հուսով՝ թե գուցե հանդիպի նրան:

Բարեբախտաբար օրիորդը հանդիպեց նրան, երբ Արամյանը նոր էր դուրս գնում:

— Բարև, պարոն Վահե, — ասաց օրիորդը ձեռքը մեկնելով նրան:

— Բարով, — կրկնեց Արամյանը՝ սեղմելով նրա ձեռքը:

— Ո՞ւր այդպես:

— Դեպի անտառ, — պատասխանեց Արամյանը:

— Կարո՞ղ եմ ընկերանալ ձեր զբոսանքին:

— Կարող եք:

— Տվեք թևդ, — խնդրեց օրիորդը:

Արամյանը տվավ նրան յուր թևը: Նրանք դիմեցին դեպի անտառ:

— Ես լսեցի, որ դուք միտք ունիք այսօր գնալ քաղաք, իրա՞վ է, — հարցրեց օրիորդը:

— Պիտի գնամ երեկոյան պահուն, — պատասխանեց Արամյանը:

— Ի՞նչ պատճառով:

— Իմ համալսարանական ընկերս քաղաքում հիվանդ է, գնում եմ նրա մոտ:

— Ուրեմն կմնա՞ք նրա մոտ:

— Եթե նա համաձայնի կամ կարողանա այստեղ գալ, ես կբերեմ նրան, բայց թե չկարողանա, պիտի մնամ նրա մոտ:

Օրիորդը մի քանի րոպե լռեց:

— Եվ դուք առանց ինձ հետ հաշտվելու պիտի գնա՞ք, — հարցրեց նա ողորմելի կերպով:

— Մի՞թե ես կովել եմ ձեզ հետ, — խոսեց Արամյանը:

— Ո՛չ, անցյալ օրը ես բարկացրի ձեզ, և դուք մասնավորապես խռոված եք ինձնից, այնպես չէ՞:

— Ինչո՞ւ պիտի խռովեմ ձեզանից և ի՞նչ իրավունք ունիմ բարկանալ ձեզ վրա, միայն ես ցավում եմ, որ մեր ազգի ուսյալ օրիորդները, որոնց վրա մենք դրել ենք մեր հույսը, թե նրանք պիտի լինեն ապագա կրթյալ սերնդի մայրերը, խիստ զզվանքով են նայում իրանց ազգի վրա:

— Ներողություն, եթե այդ վշտացրել է ձեզ:

— Ավելորդ է ներողություն խնդրել. ես ավելի ուրախ կլինիմ, երբ դուք սիրեք մեր ազգը:

— Ես այսուհետև չպիտի հակառակիմ ձեզ այդ մասին:

— Ես կամք չունիմ բռնաբարել ձեր համոզմունքը, — պատասխանեց Արամյանը:

— Ես պիտի ուսանեմ հայերեն խոսել. այդ լա՞վ է, — կրկնեց օրիորդը ժպտալով:

— Այդ ձեր ազգային պարտավորությունն է, — պատասխանեց Արամյանը սառնությամբ:

Նրանց մեջ տիրեց լռություն: Արամյանը ամենևին չէր հավատում օրիորդի խոստմունքին, թե նա կսովորի յուր մայրենի լեզուն, թեև նա կիսակատակի ոճով խոստացավ այդ:

— Դուք ասացիք, թե համալսարանական ընկերդ հիվանդ է, — հարցրեց օրիորդ Սոֆին, — ո՞վ է նա ի՞նչպես է կոչվում:

— Նա մեր քաղաքացի չէ և կոչվում է Սմբատ Քաչբերունի, — պատասխանեց Արամյանը:

— Ի՞նչ օտարոտի անուն է այդ, պարոն Վահե, — պատասխանեց օրիորդը նուրբ ծիծաղով:

— Ուրեմն և իմ անունս պիտի օտարոտի թվի ձեզ, որովհետև այդ ևս ձեզ անծանոթ պատմական անուն է:

— Ներեցեք, խնդրեմ, որ չեմ կարող ասել՝ ոչ, — ասաց օրիորդը:

Արամանի դեմքը դարձյալ մռայլվեցավ:

— Բայց ի՞նչպիսի անուններ եք սիրում դուք:

— Ես սիրում եմ ահա այսպիսի անուններ — Վանյա, Սաշա, Կոլյա...

— Դրանք դերասանների և արտիստների անուններ են:

— Ի՞նչ փույթ, բայց քաղցրահնչյուն են. հապա ի՞նչ են սրանք — Կիրակոս, Մարտիրոս, Խեչո և այլն, — խոսեց օրիորդը՝ երեսի վրա ձևացնելով արհամարհական ծամածռություններ:

— Անունները ոչինչ նշանակություն չունին մի ազգի լավ կամ վատ հատկությունների համար, — պատասխանեց Արամյանը: — Միմիայն օտարմոլությունը ծնեցրել է ձեր մեջ այդպիսի գաղափարներ: Բայց այն, որ վերաբերում է իմ և իմ ընկերիս անուններին, եթե դուք կարդայիք հայոց ազգի պատմությունը, այն ժամանակ կգիտենայիք, թե ո՛վքեր էին Քաջբերունիք, ո՛վքեր էին Սմբատը, Արամը և Վահեն, — և նա սկսավ պատմել նրան այն ժամանակներից, երբ հայերն ունեին թագավորություն և թե ովքեր էին Քաջբերունիք, Սմբատը, Արամը և Վահեն:

Արամյանի պատմությունր բավական ազդեցություն արավ օրիորդի սրտին, և նա, զղջալով յուր խոսքերի համար, ասաց.

— Ներողություն եմ խնդրում անգետ նկատողության համար, կարելի է վշտացրի ձեզ:

— Ես չեմ վշտանում, միայն ցավում եմ, որ դուք չգիտեք մեր ազգի պատմությունը:

— Ես ի՛նչ մեղք ունիմ, չեն սովորեցրել, — պատասխանեց օրիորդը զգալի եղանակով:

Արամյանը լռեց:

— Ասացեք, խնդրեմ, ի՞նչպիսի մարդ է այդ պարոնը, — ձեր համալսարանական ընկերը, — հարցրեց օրիորդ Սոֆին մի քանի րոպեից հետո:

— Նա մի գործունյա, խոհեմ և ուսյալ մարդ է, — պատասխանեց Արամյանը:

— Շա՞տ ուսյալ է:

— Նա այժմ փիլիսոփայության և իրավաբանական դոկտոր է:

— Ո՞րտեղ է ավարտել:

— Իրավաբանությունը Պետերբուրգի համալսարանում, իսկ փիլիսոփայությունը՝ Գերմանիայում:

— Ուրեմն երևելի մարդ է, — կրկնեց օրիորդը, — բայց ասացեք՝ երիտասա՞րդ է:

— Նա այժմ կլինի մոտ երեսուննիհինգ տարեկան:

— Դուք նրան կբերե՞ք ամառանոց:

— Հույս մեծ է:

— Եվ կծանոթացնե՞ք ինձ նրա հետ:

— Այո՛:

Երկու կողմից ևս տիրեց լռություն:

Օրիորդ Սոֆին մտածում էր Քաջբերունու վրա և յուր մտքի մեջ զանազան կերպարանքներով նկարագրում փիլիսոփայության և իրավաբանության դոկտորին, թե ո՛րքան վայելուչ կերպով հագնված պիտի լինի, ո՛րքան շնորհալի վարվեցողություն ունենալու է, իհարկե, դրանց հետ երևակայում էր նրա մեջ և նորահաս երիտասարդական գեղեցկություն:

Բայց բոլորովին այլ առարկայով էր զբաղված նույն րոպեին Արամյանի մտածողությունը: Նա խորհում էր այն քաղաքի հայ օրիորդների կրթության և ուսման բոլոր թույլ կողմերի վրա: Նա ցավելով մտաբերում էր այն մեծ ազգային կորուստը, որով ուսումը և ուսումնարանները պատրաստում էին հայերից այնպիսի ուսյալ օրիորդներ, որոնք ոչինչ տեղեկություն չունեին իրանց ազգային պատմությունից, որոնք ոչ միայն չեն սիրում իրենց հայրենական ավանդությունները, այլ հայությունը նրանց աչքում նախատինք է համարվում: Ահա այդպիսի տխուր մտածություններ խռովել էին Արամյանի սիրտը, և նա մտածում էր, թե ի՞նչպես պետք է այդ ազգային վերքերին դարման տանել:

Նրանք այդպես՝ ամեն մինը պաշարված յուր մտածություններով, լուռ գնում էին, ուշք չդարձնելով, թե որքան անցել են դեպի անտառի խորքը, մինչև օրիորդ Սոֆին հոգնածություն զգալով՝ խնդրեց Արամյանին նստել մի փոքր հանգստանալու: Արամյանը սիրով կատարեց նրա խնդիրը, և նրանք նստեցին կտրած ծառերի կոճղերի վրա:

Օրիորդ Սոֆին, որ մտածում էր փիլիսոփա ուսանողի վրա, նորոգեց խոսակցությունը Քաջբերունու մասին:

— Ուրեմն երևելի մա՞րդ պիտի լինի ձեր համալսարանական ընկերը, — խոսեց նա:

— Այո՛, — պատասխանեց Արամյանը:

— Այդ պարոնը ի նչ նպատակով է եկել մեր քաղաքը:

— Նպատակներ շատ ունի նա... բայց նա մեր քաղաքում մնալու մտքով չէ եկել, հիվանդությունը պահեց նրան այստեղ. նա եկել է, որ գնա ճանապարհորդելու Հայաստան, և ուր որ հայեր կան:

— Ի՞նչ կա ավերակ Հայաստանում, — պատասխանեց օրիորդը տհաճությամբ, — նա ավելի լավ կանե գնա ճանապարհորդելու Եվրոպա:

— Նա տեսել է Եվրոպան, օտար աշխարհները նրան այնքան չեն գրավում... նա գործ ունի յուր հայրենի աշխարհի հետ...

— Մի՞թե նրա համար առավել ախորժելի չէ կյանք վարել, զորօրինակ, Փարիզում, — հարցրեց օրիորդը:

— Քաջբերունին աղքատ մարդ է:

— Այդքան ուսյալ և աղքա՞տ, — զարմանալով կրկնեց օրիորդը:

— Այո՛, նա աղքատ է, առավելապես նրա համար, որ շատ ուսյալ է:

Վերջին խոսքը շարժեց օրիորդի հետաքրքրությունը, և նա հարցրեց.

— Ի՞նչպես:

— Այնպես, որ նա թույլ չէ տալիս իրան խոնարհվիլ այն անարգ հանգամանքներին, որով մեր այստեղի թերուս երիտասարդներից շատերն իրանց համար ձեռք են բերում հաց և պատիվ:

— Ուրեմն Քաջբերունին շա՞տ մեծահոգի է, — պատասխանեց օրիորդը՝ բոլորովին չհասկանալով, թե ի՛նչ հանգամանքներ էին, որոնց նա չէր ստորացնում իրան:

— Այո՛, նա մեծահոգի է, — պատասխանեց Արամյանը և լռեց:

Օրիորդը նույնպես մտածման մեջ ընկավ, բայց մին էլ նշմարեց, որ արևը բավական բարձրացել է հորիզոնի վրա, և միևնույն րոպեին մի զաղտնի, նրան ևս անհասկանալի զարհուրանք պատեց, երբ տեսավ իրան միայնակ, մանուկ տղամարդու հետ, այդպես հեռու, անտառի խորքում...

Նա ոտքի ելավ:

— Վերադառնանք, պարոն Վահե, — ասաց նա:

— Վերադառնանք, — կրկնեց Արամյանը:

Եվ նրանք սկսեցին գնալ հազիվ նշմարելի շավղով, որ ձգվում էր շառերի միջից: Մացառներն անընդհատ պատառոտում էին օրիորդի հագուստը, բայց նա այնքան պաշարված էր յուր մտքերով, որ չէր նկատում այդ, այլ Արամյանն էր ազատում նրա հագուստը սուր — սուր փշերի ճանկերից:

Նրանք երկար գնում էին, բայց տակավին չէին դուրս եկել անտառից:

— Ես հոգնեցա, տվե՛ք ինձ ձեր թևը, պարոն Վահե, — ասաց օրիորդը մի փոքր թույլ ձայնով:

Արամյանը տվավ նրան յուր թևը:

— Պարոն Վահե, երբ Քաջբերունին գա այստեղ, դուք ինձ կծանոթացնե՞ք նրա հետ, — հարցրեց օրիորդը:

— Կծանոթացնեմ, — պատասխանեց Արամյանը:

— Ի՞նչ լեզվով է խոսում նա:

— Նա լեզուներ շատ գիտե, միայն առավել սիրում է հայի հետ խոսել հայերեն:

— Ափսո՛ս, ես հայերեն չգիտեմ խոսել, — կրկնեց օրիորդը, — եթե ոչ Քաջբերունին ավելի կհամակրեր իմ խոսակցությանը:

— Այո՛, նա սիրում է, երբ հայ օրիորդները խոսում են նրա հետ մաքուր հայերեն բարբառով:

— Ի՞նչ մեղ ունինք մենք, որ չգիտենք մեր մայրենի լեզուն, — պատասխանեց օրիորդը: — Մեր ընտանեկան լեզուն վրացերեն է. քանի մանուկ էի, այդ լեզվով էի խոսում, իսկ երբ ուսումնարան մտա՝ ռուսերեն:

— Այդ ցավալի է, — խոսեց Արամյանը:

Նրանք դուրս եկան անտառից: Արամյանին դարձյալ զբաղեցրեց այդ քաղաքի հայ օրիորդների կրթության հարցը: Եվ խոսակցությունը նրանց մեջ ընդհատվեցավ:

Ճանապարհին նրանց հանդիպեցին երկու չափահաս օրիորդ, բավական ախորժելի դեմքով, ճաշակով հագնված, որոնք նույնպես վերադառնում էին առավոտյան զբոսանքից իրանց մոր և մի մանկահասակ աստիճանավորի հետ: Այդ օրիորդները թեթև գլուխ տվին օրիորդ Սոֆիին և ժպտալով անցան:

— Ճանաչո՞ւմ եք դրանց, — հարցրեց Արամյանից օրիորդս:

— Ո՛չ — պատասխանեց Արամյանը:

— Դրանք կնյազ Ն — ովի աղջիկներն են. այն կինը նրանց մայրն է, իսկ ջահել աստիճանավորը փոքր քրոջ տարփածուն:

— Մի՞թե, — հարցրեց Արամյանը՝ հետ նայելով մյուս անգամ նայելու նրանց:

— Այո, երկուսն էլ բավական լպստածներ են:

— Այդ ցավալի է, որ մեր հայ օրիորդներն այստեղ ըստ մեծի մասին բարոյապես լավ չեն կրթվում, — խոսեց Արամյանը, — և մի օրիորդ, որ ունի փոքրիշատե մաքուր բարոյականություն, առավելապես գտնվում է անկիրթ դասերի մեջ, քան թե կրթվածների... արդարև ցավալի է այդ...

Օրիորդ Սոֆին ոչինչ չպատասխանեց:

Այն երկու օրիրդները, որ անցան իրանց մոր հետ, կրտսերը գաղտնի ասաց յուր երեց քրոջը.

— Տեսա՞ր, Անիչկա, այն մանուկ տղամարդը, որ գնում էր Սոֆիի հետ:

— Տեսա՛, — պատասխանեց Անիչկան, — բայց ի՛նչ սիրուն տղամարդ է, Լիզա, ո՞րտեղից է գտել նրան Սոֆին:

— Նա արդեն վարպետ որսորդ է, — պատասխանեց կրտսեր քույրը: — Բայց գիտե՞ս, Անիչկա՛, ասում են այզ պարոնը միտք ունի պսակվել Սոֆիի վրա:

— Բախտավոր է Սոֆին, — պատասխանեց երեց քույրը՝ խորին նախանձավորությամբ:

Բայց Արամյանը և օրիորդ Սոֆին արդեն հասան տուն: Օրիորդը խնդրեց նրան իրանց մոտ ճաշելու, բայց Արամյանը հրաժարվեցավ, ասելով, թե պիտի պատրաստվի քաղաք գնալու: Նրանք բաժանվեցան միմյանցից:

Մտնելով յուր սենյակը, օրիորդը երկար միայնակ նստած մտածում էր: Արամյանի վերջին խոսքերը կրթության մասին՝ սաստիկ տպավորություն թողեցին նրա սրտում: "Մի օրիորդ, որ ունի փոքրիշատե մաքուր բարոյականություն, առավելապես գտնվում է անկիրթ դասերի մեջ, քան թե կրթվածների...": Նա հիշեց նաև նրա վերջին խոսքը: "Ուրեմն ես ոչինչ եմ նրա աչքում"..., — մտածեց նա վշտանալով. "այո՛, ես ոչինչ եմ... Այո՛, ես արժանի չեմ նրան... նա այնքան բարի է և խելացի... բայց ե՞ս"...: Եվ նա երկու ձեռքով ծածկեց յուր երեսը և արտասուքն սկսավ գլորվիլ նրա աչքերից:

Հանկարծ նա լսեց զանգակի ձայն, վազեց դեպի լուսամուտը և տեսավ, որ Արամյանը կառքով գնում է քաղաք: Մանուկ երիտասարդը մնաք բարով ասաց նրան յուր հարդյա գլխարկի շարժումով: Եվ մի քանի րոպեից հետո կառքը չքացավ օրիորդի աչքերից:

Նույն օրվա երեկոյան պահուն Հացի-Գելենց տուն եկավ Մայիլովը: Նրան դեռևս անհասկանալի մի ախտ, որ շատ նման էր նախանձի, կրծում էր խղճալի պատանու սիրտը: Նա տխրում էր, թե ինչու՞ օրիորդ Սոֆին յուր հետ այնպես սիրով չէ, ինչպես առաջ, նա չէր կարողանում տանել նրա համարձակ վարվեցողությունները Արամյանի հետ:

Նա ուղղակի մտավ օրիորդի սենյակը: Բայց գտավ նրան տխուր և գունատ դեմքով:

— Ինչո՞ւ ես այդպես գունաթափվել, — հարցրեց Մայիլովը:

— Գլուխս ցավում է, — սառնությամբ պատասխանեց օրիորդը:

— Դու հիվա՞նդ ես, Սոֆի, — կրկնեց պատանին:

— Ո՛չ, Նիկոլ, միայն խնդրեմ ինձ միայնակ թողնես, Գրիգոլը մյուս սենյակումն է, գնա՛ նրա մոտ:

Մայիլովը առանց մի բառ խոսելու դուրս եկավ օրիորդի սենյակից. "նա արտաքսում է ինձ"... տրտմությամբ ասաց նա յուր մտքում և դուրս գնաց Հացի-Գելենց տնից՝ այլևս չմտնելով Գրիգոլի մոտ:

## ԻԴ

Ամառային վարդագեղ արեգակը ավետում էր պայծառ առավոտ:

Գերմանացոց գաղթարանի մի խուլ անկյունում, ցածրիկ տան մեջ, փոքրիկ սենյակում, նեղ լուսամուտի առջև, որ բացված էր դեպի ոչ այնքան ընդարձակ պարտեզը, միայնակ նստած էր մի երիտասարդ, և ձեռքը ծնոտին դրած, լուռ նայում էր պարտեզի կանաչազարդ ծառերին, որոնք ախորժանոք ձգել էին աղքատիկ բնակարանի վրա իրանց զովացուցիչ հովանին:

Այդ մանուկ տղամարդը կլիներ ոչ ավելի քան երեսունհերեք տարեկան. բայց նրա տարիքը համեմատելով նրա երեսի գծագրության հետ, թվում էր, թե նա արդեն ծերացած է: Նրա դեմքը չէր ցույց տալիս ոչինչ ուրախություն, կարծես թե հիվանդությունը վաղուց արդեն ծանոթ է եղած նրան. դալուկը թողել էր նրա նիհար թշերի վրա յուր դեղնագույն ներկը: Նրա սև աչքերը, թեև նվաղած էին, բայց նրանց մեջ վառվում էր խորհրդավոր հուր, որ տալիս էր նրա մռայլոտ դեմքին ազդու կենդանություն: Բայց խորշոմը վաղուց արդեն դրել էր նրա բարձր ճակատի վրա յուր չարագուշակ կնիքը: Նրա նուրբ դեռաբույս ընչացքը ծածկում էր գունատ շրթունքը և նրա նոսր մորուքը տալիս էր նիհար դեմքին փոքր — ինչ բոլորակություն: Այնուամենայնիվ նրա երեսի գծագրությունը թեև խոշոր, բայց բավական կանոնավոր էր, իսկ դեմքի արտահայտությունը հանձարեղ ու վսեմ. "գործունեություն և աշխատասիրություն" կարդացվում էր նրա լայն ճակատի վրա:

Սենյակը, ուր կենում էր այդ տղամարդը, զուրկ էր ամենայն զարդարանքից, երկու աթոռ, մի հին մահճակալ, մի սեղան, անկյունում մի հին կաշվե չեմոդան, մի քանի հատ գրքեր պատուհանում ընկած, այնտեղ և կոշիկներ, այնտեղ և կրկնակոշիկներ, այնտեղ էր դրված և լվացվելու անոթը. մի խոսքով, այդ սենյակը նմանում էր ճանապարհի վրայի փոստատների իջևաններին, ուր տարաժամ իջևանելով՝ ուղևորը չէր ցանկանում ոչինչ կարգի բերել, մտածելով, որ առավոտյան շուտով պիտի թողնի նրան:

Հանկարծ դռները հետ գնացին, ներս մտավ մի գերմանուհի աղջիկ, կլորիկ, առողջ, թեև հասարակ, բայց մաքուր հագնված: Նա մատուցարանի վրա բերավ մի մեծ գավաթ սուրճ կաթով, հետն էլ մի ամանի մեջ սպիտակ հաց կարագով: Աղջիկը դրեց սեղանի վրա մատուցարանն ու հեռացավ:

Երիտասարդը շարժվեցավ լուսամատի առջևից, միևնույն րոպեին երևան եկավ նրա բարձր հասակը, որ կորացել էր կարծես հոգսերի հարվածների ներքո:

Նա սկսավ վայելել սուրճը:

Նախաճաշիկից հետո նա վառեց յուր ծխամորճը և սկսավ ծխել ու դարձյալ լուսամուտից նայել դեպի պարտեզը:

Հանկարծ ներս մտավ Արամյանը ոտքից գլուխ հագնված սպիտակ և թեթև ամառային հագուստով:

— Բարով, Վահե, — ասաց նրան առաջին տղամարդը՝ ամենևին չշարժվելով յուր տեղից:

— Բարով, Սմբատ, — ասաց Արամյանը և ուրախությամբ մոտեցավ, սեղմեց նրա ձեռքը և կանգնեց նրա առջև:

— Ի՞նչպես ես այժմ, — հարցրեց նա, — քո հիվանդությունը շատ վախեցրեց ինձ, բայց հույս ունիմ, թե այժմ լավ ես:

— Մաշված և ավերված մեքենան վաղ կամ ուշ վերջապես պիտի դադարի գործելուց, նրա վրա հուսալ իզուր է, — պատասխանեց Քաջբերունին:

— Դարձյալ պետք է պահպանել կյանքը, — պատասխանեց Արամյանը: — Թե չէ՝ ամենիս դռանը մահը խիստ մոտ է կանգնած:

— Է՜հ, մեր կյանքը ինքնըստինքյան ի՞նչ նշանակություն ունի, որ հարկավոր լինի երկյուղ կրել մահից:

Արամյանը մի պտույտ տվավ նեղ սենյակի մեջ և դարձյալ կանգնելով յուր ընկերոջ առջև, ասաց.

— Գիտե՞ս, Սմբատ, ես եկել եմ քեզ մոտ այն նպատակով, որ քեզ հրավիրեմ ամառանոց, որ առողջությունդ վերականգնվի: Ես այնտեղ վարձել եմ մի գեղեցիկ կացարան, որ երեք սենյակ ունի. մինն ինձ, մինը քեզ և մյուսը մեր ծառաներին: Դու պատրաստվիր, կամենաս՝ այսօր երեկոյան, կամենաս՝ վաղը առավոտյան հովով գնանք Կոջոր:

— Ես չեմ կարող, — պատասխանեց Քաջբերունին սառնությամբ:

— Ինչո՞ւ չես կարող. այժմ իմ կարծիքով այնքան տկար չես, որ մինչև Կոջոր ճանապարհորդությունը վնասե քեզ:

— Այդ չէ արգելում, — ասաց նա:

— Ուրիշ ի՞նչ է արգելում, մի՞թե դու միտք ունիս այդ մռայլոտ բնակարանի մեջ միանգամայն վատնել քո առողջությունը:

Արամյանը մի պտույտ ևս տվավ սենյակի մեջ և դարձյալ կանգնեցավ Քաջբերունու առջև:

— Ասա՛, գնալո՞ւ ես ինձ հետ, — հարցրեց նա:

Փոխանակ պատասխանելու, Քաջբերունին նայեց նրա երեսին այնպիսի մի կերպով, որպես մինը նայում էր անմեղ երեխայի վրա, և ծիծաղելով ասաց.

— Ինչո՞ւ չես նստում, վախենում ես իմ փոշոտ աթոռը աղտոտի՞ հագուստդ:

— Ո՛չ, — պատասխանեց Արամյանը, — բայց դու ասա՛, կգա՞ս ինձ հետ թե չէ:

— Այնտեղ լա՞վ է, — դարձյալ ծիծաղելով հարցրեց Քաջբերունին:

— Այնտեղ բնությունը հիանալի տեսարաններ է ներկայացնում, — պատասխանեց Արամյանը մի փոքր ոգևորված ոճով, — աքանչելի առավոտներ, մաքուր օդ, թռչունների երգ, ծաղիկների անուշ բուրմունք... Կատակելով, նրա խոսքը կտրեց Քաջբերունին.

— Ծառերի սոսափյուն, ջրերի խոխոջմունք, ոսկի արև, կապուտակ երկինք, վարդագեղ արշալույս, հովաշունչ զեփյուռ... դե՛, բանաստեղծ, պոետ, — ասաց նա դարձյալ ծիծաղելով:

Արամյանը մի փոքր կարմրեց և բռնելով նրա ձեռքը՝ ասաց.

— Է՜հ, Սմբատ, դու կատակում ես, բայց ես անպատճառ պիտի տանեմ քեզ:

— Չէ՛, հոգիս, ես չեմ կարող հեռանալ այս անկյունից, — պատասխանեց Քաջբերունին անկեղծությամբ, — իմ միջոցներս չեն թույլատրում ինձ վայելել ոսկի օրեր:

— Ինչո՞ւ:

Դու արդեն գիտես, որ ես աղքատ մարդ եմ:

— Ի՞նչ ես խոսում, — դեմքը մի փոքր խոժոռելով կրկնեց Արամյանը, — ես ասում եմ քեզ, թե ես վարձել եմ այնտեղ կացարան, և մեզ համար պատրաստ են այնտեղ կենալու ամենայն հարմարություններ:

— Ես չեմ կարող ավելորդ բեռ լինել քեզ վրա:

— Քո խոսքերն ինձ զարմացնում են, Սմբատ. մինչև այսօր ոչինչ խտրություն չէ եղել մեր մեջ. մենք սկսած մեր համալսարանական կյանքից՝ ապրել ենք միասին որպես եղբայրներ, բայց այժմ կամենում ես իմ ու քոյություն դնել մեր մեջ:

— Այլ է համալսարանական կյանքը, հոգիս, և այլ բուն կյանքը, — պատասխանեց Քաջբերունին ծանրությամբ: — Այնտեղ ուսանողն ապրում է մի այլ երկնակամարի տակ, այնտեղ նա պատրաստ է ոչ միայն յուր վերջին լուման պահել յուր եղբոր համար, այլև յուր կյանքը: Բայց երբ որ ուսանողը մտնում է այս աշխարհ, երբ որ նա ծանոթանում է մամոնայի հետ, արդեն համալսարանի երազական գաղափարները շոգիների նման ցնդում են նրա գլխից:

— Մի՞թե մենք ևս պատկանում ենք այդպիսի ուսանողների թվին, — մի փոքր վշտանալով ասաց Արամյանը:

— Ինչո՞ւ չէ. միտքդ գալի՞ս է, որ մենք քանի Պետերբուրգումն էինք, մեր հայրենիքի համար ինչե՛ր էինք ուխտում, ինչե՛ր էինք երդվում, բայց այժմ ի՞նչ շինեցինք:

— Այդ իրավ է, որ մենք՝ հայերս, մեր հայրենիքը ավելի ենք սիրում, դեռ քանի որ նրանից հեռու ենք, — պատասխանեց Արամյանը: — Բայց այժմ թող մնան դրանք. իմ կարծիքով մենք միևնույն հոգին ունենք, ինչ որ ունեինք համալսարանում. բայց դու ասա՛, գալո՞ւ ես Կոջոր թե ո՛չ:

— Ես ասացի թե ո՛չ:

— Սմբատ, դու վշտացնում ես ինձ, — նրան գրկելով ասաց Արամյանը: — Ես չեմ թողնիլ, որ դու այստեղ մնաս:

Քաջբերունի ոչինչ չխոսեց:

— Ասա, գալո՞ւ ես ինձ հետ:

— Ի՞նչ ես այդքան թախանձում ինձ, Թաթոս:

Թաթոս անունը նրանց մեջ ընդունած անուն էր, որով նրանք կոչում էին հիմար ուսանողներին:

— Լա՛վ, ասա՛, կգա՞ս թե ոչ:

— Ես արդեն ասացի. բայց դու պատմի՛ր փոքր — ինչ, թե ի՛նչպես ես անցկացնում այնտեղ:

— Ես քեզ մի լավ պատմություն կանեմ, միայն խոստացիր:

— Դե ասա՛:

Արամյանը ժպտալով խոսեց րոպեական լռությունից հետո:

— Սմբատ, Կոջորում ես բարեկամացա մի այնպիսի սիրուն աղջկա հետ, որ կատարյալ հրաշք է. ի՛նչ սիրաբորբոք աչքեր, ի՛նչ քաղցրությամբ լի շրթունք, ի՛նչ վարդագեղ երես, մի խոսքով, կատարյալ հրեշտակ...:

Քաջբերունին ժպտալով լսում էր յուր մանուկ ընկերի նկարագրությունները:

— Այլևս ի՞նչպես, շարունակի՛ր, — ասաց նա:

— Նրա խոսակցությունը ամբողջ պոեզիա է, նրա ժպիտը հիանալի է, նրա շրթունքների մեջ թաքուցած է երկնային համբույր, իսկ նրա ծոցում անմահ կյանք...:

— Բավական է, գլուխս մի՛ տանիր, այժմ հասկացա, որ սիրահարված ես, — նրա խոսքը կտրեց Քաջբերունին:

— Ոչ՛, այդպես մի՛ կարծիր, միայն դու գիտես, որ ես գեղեցկասեր ճաշակ ունիմ:

— Այո՛, ես գիտեմ... Միայն ասա՛, ի՞նչ ազգից է քո նկարագրած հավերժահարսը:

— Նա հայ է: Բայց, Սմբատ, եթե ես լինեի պատկերահան և կամենայի ընծայել աշխարհին գեղեցկության դիցուհու կատարելատիպը, ես միայն նրան գաղափար կընտրեի իմ գործին:

— Այդ արդեն չափազանցություն է:

— Ո՛չ, Սմբատ, քանի որ չես տեսել, կարելի է այդպես կարծել, բայց դու արդեն խոստացար գալ ամառանոց, ես կծանոթացնեմ քեզ նրա հետ, և դու անտարակույս կգովես նրա գեղեցկությունը:

— Կրթվա՞ծ է:

— Այդ մասին լեզուս կարճ է ... այո՛, նա կրթված է, որքան կարող է կրթվել մի հայ աղջիկ այստեղի դպրոցներում: Գիտե ռուսերեն, ֆրանսերեն, վրացերեն, հիանալի երգում և նվագում է:

— Իսկ հայերե՞ն:

— Հայերեն չգիտե, հայությունը նրա դավթարումը գրված չէ:

— Ի՞նչ գրքեր է շատ կարդացել:

— Ռոմաններ:

— Պրծավ գնաց... արդեն հայտնի է, թե նա ի՛նչ պտուղ պիտի լինի:

Խոսակցությունը նրանց մեջ ընդհատվեցավ, երբ Քաջբերունին ոկսավ վառել յուր ծխամորճը:

— Ճշմարիտ զարմանալի է, թե դու ի՛նչպես ես անցկացնում այստեղ միայնակ, — հարցրեց Քաջբերունուն Արամյանը:

— Հապա ի՞նչպես պետք է անցկացնել, — պատասխանեց Քաջբերունին անփույթ կերպով. — պարապում եմ քանի չեմ հոգնել, բայց երբ հոգնում եմ, նստում եմ այս լուսամուտի հանդեպ և նայում եմ պարտեզին:

— Բայց դու ավարտեցի՞ր քո "Հայկական կյանքը":

— Ավարտեցի:

— Ո՞ւր է:

Քաջբերունին ցույց տվավ պահարանում մի քանի հատ տետրակներ: Արամյանը մոտեցավ, վեր առավ նրանցից մինը, որ գրված էր խոշոր և խառն գրչով, և սկսավ նայել:

— Ե՞րբ պիտի տպագրության տաս այս աշխատությունդ, — հարցրեց Արամյանը:

— Ո՞րտեղ և ո՞ւմ համար:

— Արդարև, այստեղ չի տպվի, բայց ինչո՞ւ ո՛ւմ համար:

— Ո՞վ պիտի կարդա:

— Դու կարծում ես մերայինք ուշադրություն չե՞ն դարձնիլ մի այսպիսի գրքի վրա:

— Ամենևի՛ն:

— Ուրեմն էլ չե՞ս գրում:

— Ո՛չ:

— Այստեղ տաղտկալի չէ՞ քեզ միայնակ:

— Ես միշտ միայնակ չեմ մնում, այլ լինում են ինձ մոտ և հյուրեր, — պատասխանեց Քաջբերունին ծանրությամբ: — Գիշերները շատ անգամ գալիս է ինձ մոտ տանտիկին գերմանուհի պառավը, նստում է և ամբողջ ժամերով սկսում է շատախոսել. նա պատմում է յուր մանկությունից, յուր հանգուցյալ ամուսնուց, իրանց հայրենիքից, նա պատմում է ինձ և այլ զանազան դատարկ բաներ: Եվ ամեն առավոտ վիզիտով մտնում է ինձ մոտ տանտիրոջ կատուն, նա մռռալով պտտվում է իմ չորս կողմը, որպես թե կամենում է ինձ հետ պարել, պոչը կամարաձև բոլորում է մեջքի վրա, մի քանի անգամ քսմսվում է իմ ոտներին և հեռանում: Բայց նորահաս գերմանուհի աղջիկը, որ ծառայում է ինձ, մի քանի րոպե է միայն ինձ մոտ մնու. մայրը վախենում է նրան երկար ինձ մոտ թողնել:

Երկու ընկերների մեջ այդպես կես ժամ ևս տևեց խոսակցությունը, մինչև Արամյանը վեր կացավ և ասաց.

— Այսօր ես մի քանի տեղ ունիմ գնալու. դու պատրաստվիր, Սմբատ, երեկոյան հովին ճանապարհ կընկնենք:

— Ես կգամ, միայն մի քանի օրով:

— Այդ ոչինչ, միայն պատրաստ եղիր երեկոյան:

Արամյանը հեռացավ:

## ԻԵ

Ինչ որ Ճանճուր Իվանիչի ընտանիքը գնացել էր Կոջոր, նա գոնե մի անգամ չէր եղել նրանց մոտ: Բայց քաղաքում խորովվելով հուլիսյան արևի տաքությունից, փոշի կուլ տալով, յուր հաստ փափախը գլխին, քարշ էր գալիս յուր գործերի ետևից: Սպասավորնեից նրա մոտ մնացել էր միայն իմերել Քիտեսը: Նա Ճանճուր Իվանիչի համար և՛ թեյ էր պատրաստում, և՛ խորոված էր խորովում, և՛ նրա չաքմեքն էր մաքրում, հարկավոր ժամանակ նաև փոստը նամակ էր տանում:

Մի օր երեկոյան պահուն, Ճանճուր Իվանիչը, փողոցից տուն վերադառնալով, միայնակ նստած էր պատշգամբի վրա, նրա առջև հենարանի վրա դրած էր մի բաժակ թեյ, նրա մոտ մի կտոր շաքար: Բայց տաք ըմպելին վաղուց սառել էր, և ճանճուր Իվանիչը, պաշարված խառն մտածություններով, մոռացել էր խմել:

Հանկարծ երևան եկավ Սամիլ Պետրովիչը:

Տեսնելով մոցիքուլին, Ճանճուր Իվանիչի թխպամած դեմքը մի փոքր պարզվեցավ, ինչպես մինը, որ հեռվից նշմարում է յուր ավետաբերը:

— Բարով, բարով, Սամիլ Պետրովիչ, — գոչեց Ճանճուր Իվանիչը: — Հե՛ր օրհնած, ո՞ւր իս, էսքան վուխտ չիս էրևում, աչքիրս տրաքեցան քու ճամփեն մտիկ տալով:

— Բարով, — կրկնեց Սամիլ Պետրովիչը՝ ձեռք տալով Ճանճուր Իվանիչին, ապա կարտուզը վեր առավ գլխից և նստեց:

— Ո՞ւր իս, էսքան վուխտ է չիս էրևում, — դարձյալ հարցրեց Ճանճուր Իվանիչը:

— Ո՞ւր պտիմ ըլի, քիզ համա չալիշ իմ գալի, — պատասխանեց Սամիլ Պետրովիչը: — Դուն քու գուրծերի էտնեն իս, իսկի խաբար չունիս, էլ չիս ասում, վուր Սամիլ Պետրովիչի հոգին դուս էկավ դես ու դեն ման գալով, վուր քիզ համա փեսա ճարե:

— Դե՛ լավ, մունաթ մի՛ դնի. մաշ վո՞ւնց, դանա իմ աղբեր չի՞ս դուն, վուր իմ փիքրը չքաշիս, մաշ ո՞վ պիտի քաշե, — պատասխանեց Ճանճուր Իվանիչը կեղծավորելով: — Ա՛յ, տղա, Քիտես, չա՛յ:

Քիտեսը շուտով մատուցարանի վրա բերավ թեյ: Սամիլ Պետրովիչը մի քանի կում ընդունելով ասաց.

— Ի՛նչ լավ չայ է, ի՛նչ լավ համ ու հոտ ունե:

— Հա, խիստ լավն է, — պատասխանեց Ճանճուր Իվանիչը. — Խալաթովի քարվանսարի թուրքի դազգներեմեն գրվանքեն վեց աբասով իմ առի:

Բայց թեյը ամենաանպիտան թեյ էր, ո՛չ համ ուներ և ո՛չ հոտ, մանավանդ որ պատրաստված էր իմերել Քիտեսի ձեռքով:

Բայց, ինչպես մեր ընթերցողին հայտնի է, Ճանճուր Իվանիչը գիտեր կեղծավորվել, նա, ինչպես ասում են, սատանային կնալեր:

Այգում մանուկ տղամարդու անհաջող առաջարկության օրից սկսած Սամիլ Պետրովիչն անդադար այս կողմ այն կողմն էր ընկնում, գուցե Ճանճուր Իվանիչի համար մի փեսա գտնե, և իբրև մի դալալ մարդ, նրա ապրանքի սովդան բարիշացներ մի անբախտի հետ, որպեսզի յուր համար մի քանի մանեթ մեջտեղից որսա: Բայց Սամիլ Պետրովիչի ջանքերը բոլորն իզուր անցան մի քանի պատճառներով. մին որ՝ Ճանճուր Իվանիչը այնքան փող չէր տալիս, որ գոնյա փեսաները, փողի առավելությանը նայելով, իրանց ամուսնացվի բարոյական արատները հաշվի չառնեին, մին էլ՝ Ճանճուր Իվանիչը կամք չուներ օտարազգի չինովնիկի տալ, որի վրա դյուրությամբ կարելի էր մսխել մի այնպիսի օրիորդ, որպիսին Սոֆին էր: Բայց Ճանճուր Իվանիչը կամք ուներ, ինչպես մտածում էր, երկու բարիք միասին վայելել, մին՝ հինգ հարյուր թումանով աղջիկը յուր գլխից ռադ անել, մին էլ՝ վաճառական և հարուստ փեսա ունենալ:

Այդ հանգամանքներն ավելի ճշտությամբ հայտնի լինելով Սամիլ Պետրովիչին, նա գիտեր, որ չէր կարող կատարել Ճանճուր Իվանիչի պահանջմունքները: Այդ պատճառով նա խիստ տհաճությամբ պատասխանեց, երբ Ճանճուր Իվանիչը հարցրեց, թե ի՞նչ շինեցիր:

— Քու բանը, Ճանճուր Իվանիչ, դժար գլուխ գալու բան է, — պատասխանեց Սամիլ Պետրովիչը՝ գործագետ մարդու եղանակով: — Առաջին վուր, քու արշինը կարճ է, քու սովդան չի ըլի շինիլ. դուն ուզում իս, մե հինգ հարուր թումնով լավ փեսա ճարիս, էտ մեր քաղքում վո՞ւնց կուլի: Հենց ասում իս, թե ուսում առած աղջիկ է, պտի առանց փուղի մարդու տամ. մազրամ չիս իմանում, էս անիծած ուսումը աղջկերանց մազանդան վունց կոտրից: Սրամեն առաջ եփոր ըշկոլեմեն դուս էկած մե աղջկա սովդեն էի շինում, ու եփ վուր տղին թամահ քցելու համա ասում էի, աղջիկը էսքան փուղ ունե, էսքան բաժինք ունե, էսպես սիրուն է, ու եփոր ավելացնում էի, թե ուսում էլ ունե, ըշկոլըլմը օխտը տարի կարթացիլ է, ռսնակ, փրանցուզնակ ջրի նման խոսում է, ու՝ ի՞նչ միղքս պահիմ, եփոր մե քանի սուտ էլ պոչին էի կպցնում, էտունք տղեն լսելիս ուրախութենից խիլքը զնում էր: Ամա հիմի եփոր տղին ասում իս, թե աղջիկը էսքան փուղ ունե, էսպես է, էնպես է, զովում իս, ու իժում ասում իս, թե ըշկոլեմեն դուս է էկի, կուրսը պրծիլ է, տղեն էն նմուտին ժնգիրթը կախում է, ու քիզ ասում է, թե էտ փուղը նրա մե տարվա թեատրի, վեչերի, դուխի ու պոմադի միխը չի դուս բերի: Հիմի իմացա՞ր, Ճանճուր Իվանիչ, ուսումն էլ մոդից ննզավ:

Ճանճուր Իվանիչը դրանից ավելի լավ էր հասկացել. նա վաղուց էր ասել՝ "էդ զահրումար ուսումը աղջկաս դալբ փուղ շինից. ում վուր տալիս իմ, չին առնում": Բայց նա միտք չուներ յուր սիրտը միանգամայն բաց անել Սամիլ Պետրովիչի առջև: Այդ պատճառով յուր ապրանքի արժանավորությունը չկոտրելով, նա ասավ թուրքի առածը.

— Փիքր չկա, Սամիլ Պետրովիչ "զառ դաղրի զարգյալ բիլար" — (ոսկու կշիռը, հարգը, ոսկերիչը կիմանա), Իմ Սոֆին էնպես ապրանք չէ, վուր նրան մուշտարի չճարվի: Ի՞նչ իմ հոգում ջեր նրա ի՞նչ մարդու տալու վուխտն է, թող մե քանի տարի էլ մնա, մինչև բախտը բաց կուլի:

Սամիլ Պետրովիչը, նկատելով, որ յուր անկեղծությամբ խոսելը լավ հետևանք չունեցավ, միաժամանակ ևս Ճանճուր Իվանիչի սեղանից ձրի ճաշ կամ ընթրիք որսալու համար մտածեց նրա գլուխը փչել մի քանի դատարկ հույսերով:

— Գիդի՞ս ինչ կա, — ասաց նա, — թե դարիբ օմքնու կուտաս, մե լավ մուշտարի կա:

— Վո՞ւրդանցի է, — հարցրեց Ճանճուր Իվանիչը՝ մի փոքր հանգստանալով:

— Ստամբըլեմեն է, — պատասխանեց մոցիքուլը:

— Անունը ինչպե՞ս է:

— Նրա անունը Անուշիկ — աղա Թութունջյան է:

— Էստեղ ի՞նչ է շինում, — կրկնեց Ճանճուր Իվանիչը՝ բոլորովին չհավատալով յուր ականջներին: — Ո՞վ գիտե ի՛նչ թոկից փախած կռո կուլի:

— Ի՞նչ իս խոսում, հերը միլիոնչիկ է, ինքն էլ էկիլ է միր քաղքում միտք ունի մահուդի ֆաբրիկա բաց անի: Մե ջահել, սիրուն տղա է, ուսում առած, տասներկու լիզու խոսել է իմանում:

Միլիոնի և մահուդի ֆաբրիկայի անունը խիստ հաճելի եկավ Ճանճուր Իվանիչի ականջներին, և նա հարցրեց.

— Ուզում է պսակվի ու էստի մնա՞, թե կու գնա իրա երկիրը:

— Ո՞ւր կու գնա, մարդն ուզում է էստեղ ֆաբրիկա բաց անէ:

— Կարա՞ս միր տուն բերի:

— Ձեր տուն բերել դժվար է, նրա համա վուր աղջիկը տան չէ, — պատասխանեց մոցիքուլը: — Բայց թե գուզիս, առուտեհան գնանք. նա կենում է Արծրունու քարվանսարումը, բուլվարի վրա, էնտեղ քիզ նշանց կուտամ:

— Շատ լավ, ամա ասա՝ տեհնիմ, փուղ խոմ շատ չէ ուզում:

— Նա մե կապեկ փուղ չէ ուզում. ասում է փուղն ի՞նչ կոնիմ, ասում է, աղջիկը սիրուն ըլի, կոսե, խելոք ըլի, ուսում ունենա, հերիք է, ասում է:

— Իմ հոգին գիդենա, մարդավարի օքմին է էլի էտ տղեն, — խոսեց Ճանճուր Իվանիչը ուրախությամբ, — ես իմ աղջիկը կուտամ դրան:

— Օրինավուր մարդ իմ ասում. հատը սաղ քաղքումը չկա:

— Մագրամ, ասա՛, տեհնիմ, Սամիլ Պետրովիչ, նա միր Սոֆիին տեհի՞լ է:

— Մե օր բաղումը տեհիլ է ու հավնիլ է. մե խոսքով Սոֆիի համա գժված է:

Ճանճուր Իվանիչը նկատելի կերպով հրճվեցավ:

— Քիտես, — ձայն տվավ ծառային, — արաղ բե:

— Արաղն ի՞նչ կոնինք, — հարցրեց Սամիլ Պետրովիչը:

— Պունշ կու շինինք. գիդի՞ս, Սամիլ Պետրովիչ, առանց պունշի չայը էնենց է, վունց վուր խաշը առանց սխտուրի:

Սամիլ Պետրովիչը ծիծաղեցավ:

Քիտեսն արաղը բերավ, նրանք մի — մի բաժակ խմեցին թեյի հետ խառնած:

Այդ հանկարծահաս լուրը մինչև այն աստիճան ուրախացրեց Ճանճուր Իվանիչին, որ նա չկարողացավ պահել յուր սրտի հրճվանքը. նա խնդրեց Սամիլ Պետրովիչին՝ մնալ այն գիշեր յուր մոտ՝ մի լավ քեֆ անելու համար: Սամիլ Պետրովիչը հոժարությամբ ընդունեց: Ճանճուր Իվանիչը հրամայեց ծառային, որ գնա բազարից խորովածացու միս առնէ: Նրանք այն գիշեր մի փառավոր ուրախություն արին:

— Հիմի ասա՛, տեհնիմ, Սամիլ Պետրովիչ, առուտեհան մինք էն մարդուն վո՞ւրդի կանանք տեհնի, — հարցրեց Ճանճուր Իվանիչը՝ գիշերվա երկու ժամին մոցիքուլին ճանապարհ ցցելու ժամանակ:

— Առուտեհան ես կանգնած կուլիմ Թամամշովի քարվանսարի առաջ, դուն կուգաս էնտեղ, ինձ կու գտնիս. իժում մինք միասին կեհանք Արծրունու քարվանսարա, ես էն տղին կու գտնիմ, դուն հեռվից մտիկ կոնիս, ի՛նչ տղի հիդ վուր խոսացի, ու իրեք անգամ հազացի, իմացի վուր նա է. հիմի իմացա՞ր:

— Իմացա, մազրամ մե քիչ դայիմ հազա, վուր կանենամ լսի:

— Շատ լավ, դայիմ կու հազամ, հիմի բարի գիշեր, — ասաց Սամիլ Պետրովիչը և գլորվելով սկսավ հեռանալ Հացի-Գելենց տնից:

"Լավ էրազ է... թե աստուծ բարին կատարե... " — ասաց յուր մտքում Ճանճուր Իվանիչը՝ մոցիքուլին ճանապարհ ցցելուց հետո:

## ԻՁ

Նույն երեկո, երբ Ճանճուր Իվանիչը, ոգևորված ապագա հույսերով, Սամիլ Պետրովիչի հետ խոսում էին Թութունջյանի վրա, Կոջորում, Հացի-Գելենց կացարանի մոտից գոռալով անցավ ճանապարհորդական մի կառք, որ շուտով կանգնեց ոչ այնքան հեռու նրանց բնակարանից. կառքից դուրս եկան երկու մանուկ տղամարդ: Դրանցից մինը Քաջբերունին էր, մյուսը Արամյանը:

Մյուս օրվա առավոտյան Արամյանը վաղ վեր կենալով մահճից՝ պատրաստվում էր հոգալ յուր հյուրի համար նախաճաշիկ, մինչև նա կզարթեր քնից, բայց նա զարմացավ՝ տեսնելով Քաջբերունուն բոլորովին հագնված, դրսից ներս մտնելիս: նա նայեց նրա կոշիկներին, տեսավ, որ նրանք թրջված էին առավոտյան ցողով:

— Բարի լույս, — ասաց Արամյանը ժպտալով, — ես կարծում էի, թե դու քնած կլինիս. լավ շուտ ես զարթե՛լ:

— Այո՛, ես այժմ սովորել եմ առավոտները վաղ զարթել, — պատասխանեց Քաջբերունին:

— Բայց դու դրսից ես գալիս:

— Ես գնացել էի պտտելու և դիտելու ձեր ամառանոցի շրջակայքը, — պատասխանեց Քաջբերունին և նստեց լուսամուտի հանդեպ, իսկ Արամյանը դուրս գնաց սենյակից:

Երկար այնպես նայում էր Քաջբերունին դեպի կանաչազարդ հեռուն և հրճվում էր գեղեցիկ տեսարաններով: Եվ մեկ էլ մի զաղտնի ոգևորությամբ բացականչեց հազիվ լսելի ձայնով. "հրաշալի՜

Կովկաս, հայրենի՛ք գեղեցկության, բայց ափսո՛ս...", և նրա երեսի գույնը փոխվեցավ ներքին վրդովմունքից:

Ներս մտավ Արամյանը՝ արդեն հագնված և լվացված:

— Դու թեյը կաթնո՞վ ես սիրում, — հարցրեց նա:

— Այո՛, — պատասխանեց Քաջբերունին, — միայն ասա՛ շուտ տան, մի քիչ կարագի և հացի հետ. ես այժմ գայլի պես սոված եմ:

— Երևի առավոտյան զբոսանքը և լեռնային օդը գրգռել են քո ախորժակը. ահա ամառանոցի զանազանությունը քաղաքի ապականված մթնոլորտից, — կրկնեց Արամյանը՝ ձայն տալով ծառային, որ շուտ բերե:

Ծառան ներս բերավ հեշտաեռը, և մի քանի րոպեից հետո նրանց առջև պատրաստվեցավ թեև չափավոր, բայց ախորժելի նախաճաշիկը:

Նախաճաշիկից հետո նրանք սկսեցին ծխել:

Քաջբերունին յուր սովորության համեմատ նստեց լուսամուտի առջև, Արամյանը նույնպես նստեց նրա հանդեպ:

— Ինչո՞վ ես պարապում այժմ, Վահե, — հարցրեց Քաջբերունին;

— Համարյա թե ոչնչով, — պատասխանեց Արամյանը:

— Մի՞թե ծուլացել ես:

— Ո՛չ, միայն այն, ինչ որ ես ցանկանում եմ, ժամանակի է կարոտ և պահանջում է շատ գործել, բայց այժմ ես դեռ ոչինչ չեմ կարող անել:

— Ինչո՞ւ:

— Որովհետև որպեսզի կարելի լինի արվեստականապես բացատրել հայոց լեզվի ծագումը և նրա պատմական և գործնական ձևակերպությունը, պետք է հիմնավորապես ծանոթ լինել այն լեզուներին, որոնցից մեր լեզուն ծագումն է առել, այդ պատճառով ես հարկավոր եմ համարում հիմնովին ուսանել պարսից և սանսկրիտ լեզուները:

Քաջբերունի ժպտաց:

— Ո՞րտեղ պիտի սովորես այդ լեզուները, — հարցրեց նա:

— Ես միտք ունիմ գնալ հնդկաստան, — պատասխանեց Արամյանը:

— Լավ, մինչև գնալդ անգործ պիտի մնա՞ս:

— Ես այժմ բոլորովին անգործ չեմ, այլ քերականություն եմ պատրաստում մեր նոր աշխարհաբար լեզվի, այլև պատրաստում եմ մի համառոտ բառարան եվրոպական ուսումնական և անվեստական բառերի, որպեսզի մեր գրողները ստիպված չլինեն հունական, լատինական կամ այլ ազգի բառեր մուրալ:

— Մի այդպիսի աշխատություն անօգուտ չի լինիլ մեր այժմյան գրականության համար, — պատասխանեց Քաջբերունին: — Թեև առաջին անգամից այդ հայերեն թարգմանված տերմինները խորթ կթվան, բայց, հետզհետե գործածության մեջ մտնելով, քաղաքացիություն և իրենց բուն նշանակությունը կստանան:

— Բայց մեզ մի ուրիշ բառարան ևս պետք է, — խոսեց Արամյանը, — այսինքն մի բառարան մեր նոր և կենդանի լեզվի: Մեր գրաբար բառարանները պարունակում են իրանց մեջ ըստ մեծի մասին Աստվածաշունչ գրքի և մեր հին գրականության բառերը. այդ պատճառով նրանք խիստ աղքատ են նոր լեզվի կենդանի բառերով: Այդպիսի բառեր մենք նորից հնարելու կարոտություն չունինք, որովհետև կյանքն ինքն ստեղծում է բառերը: Այդ պատճառով մեր այժմյան կենդանի լեզուն ունի յուր մեջ այնպիսի բառեր, որոնք չկան մեր հին լեզվի մեջ, որ մնացել է մեզ թղթի կամ մագաղաթի վրա: Օրինակի համար՝ մի հայ, որ բնակվում է անտառի մոտ, նա գիտե այդ անտառի բոլոր ծառերի, տունկերի, պտուղների, խոտերի և ծաղիկների անունները, որոնք չկան մեր գրքերում կամ բառարաններում: Այդպես էլ հայ երկրագործը գիտե յուր արհեստին վերաբերյալ բոլոր գործիքների և պարագաների անունները, որոնք ըստ մեծի մասին մեզ անծանոթ են. մի խոսքով՝ հայ մարդը յուր գյուղական և հովվական կյանքում հնարել է իրան համար շատ բառեր, որոնք նույնպես պետք են մեր նոր լեզվի ճոխության համար: Առհասարակ մենք՝ քաղաքացիներս, չգիտենք այնքան տնտեսական բառեր, որքան գիտեն գյուղացիք: Նրանք առավել, քան անշունչ մագաղաթը՝ հավատարմությամբ կարողացել են պահպանել իրանց հայրենական բարբառը: Բայց եթե այդպիսի բառեր չհավաքվեն, նրանք անտարակույս կկորչեն, երբ գյուղացիների կյանքը այլ կերպարանք ու ձև ստանա:

— Այո՛, պետք է հավաքել, — պատասխանեց Քաջբերունին, — բայց ո՞վ պիտի հավաքե:

— Ես մտադիր եմ այդ նպատակով մի ճանապարհորդություն անել, — պատասխանեց Արամյանը:

— Դուք շատ դատարկ բաներ եք մտադիր անելու, — նրանց խոսքը կտրեց մի երրորդ ձայն, և նույն րոպեին երևեցավ մի կարճլիկ, մանուկ տղամարդ, երեսը շան ռեխի նման, դեղին երկգույն մորուքով և փոքրիկ աչքերով:

"Անուն հոր և որդու " , — երեսը խաչակնքելով ասաց Արամյանը, — Թաթոս, այս ո՞րտեղից հայտնվեցար:

Բայց նորեկ պարոնի անունը Թաթոս չէր, նա կոչվում էր Քրիստափոր Դիաչկով. միայն այդ անունով նորահաս ուսանողները կատակի համար կոչում էին հիմար ուսանողներին՝ իրանց համալսարանական կյանքում:

Նորեկ պարոնին թեև հայտնի էր մի այդպիսի կոչման նշանակությունը, բայց նա ամենևին չվշտացավ և շատ սիրալիր կերպով մոտեցավ, ողջունեց նրանց և նստեց նրանց մոտ:

— Դե՛, Հոմերոս, այժմ շարունակի՛ր քո ճառը, — խոսեց Դիաչկովը ռուսաց լեզվով՝ ուղղակի Արամյանի երեսին նայելով:

— Ի՞նչ հարկավոր է, քանի որ իմ ճառը չի կարող քեզ գրավել, — պատասխանեց Արամյանը:

— Այդ իրավ է, որովհետև ես վաղուց արդեն վճռել եմ չհավատալ հրաշքներին, այդ պատճառով գիտեմ, որ մեռելին կրկին կյանք տալ անկարելի է, ահա այդ դրության մեջ են հայոց ազգը և լեզուն: Այդպես չէ՞, Պղատոն, — նա դարձավ դեպի Քաջբերունին:

Բայց Քաջբերունին ոչինչ չպատասխանեց, միայն ծիծաղեցավ նրա թեթևամտության վրա:

— Վահե, սակայն ներողություն, պետք է ասել՝ արքա հայոց, չէ՞ որ Վահեն հայոց թագավոր էր: — Գիտե՞ք ես ի՛նչ պատճառով եմ եկել ձեզ մոտ. դու էլ լսիր, Սմբատ, ես եկել եմ հայտնելու ձեզ՝կամ համաձայնեցեք որոշել ինձ մի անկյուն ձեր կացարանում և կամ ես վարձը բարձրացնելով ձեզ կարտաքսեմ այստեղից:

— Ի՞նչն է ստիպում քեզ այդ անել, — հարցրեց Արամյանը:

— Ներեցե ք, ի՞նչպես կարելի է դուք միայն բնակվիք այստեղ և հրճվիք մի այնպիսի հրաշագեղ դրացուհիով, իսկ ես հեռվից սառն աչքերով նայեմ ձեր բախտավորության վրա: Ճշմարիտն ասած, նախանձը խեղդում է ինձ:

Արամյանը ծիծաղեցավ:

— Սմբատ, դու տեսե՞լ ես նրան, — հարցրեց Դիաչկովը Քաջբերունուց:

— Ո՛չ, ես երեկոյան եմ եկել այստեղ, — պատասխանեց Քաջբերունին:

— Լավ է, որ չես տեսել, եթե ոչ՝ քո խելքն էլ նույնպես կտաներ գեղեցկուհին, ինչպես տարել է իմը, — խոսեց Դիաչկովը:

— Մի՞թե քո գլխում գոնե քիչ խելք կար, որ տաներ, — հարցրեց Քաջբերունին ծիծաղելով:

— Ինչպես չէ, ինձ արդեն կոչում են մեր քաղաքի Ռոշֆորը:

Կարճլիկ տղամարդը փաստաբան էր:

Երկու ընկերները ծիծաղեցին Դիաչկովի պարծենկոտության վրա:

— Գիտես, Սմբատ, հրաշագեղ օրիորդը, ասում են, խելքից գնացած է Վահեի համար:

— Չեմ կարծում, — պատասխանեց Քաջբերունին:

— Վերջապես, այդ հարցը ինքնըստինքյան կլուծվի ապագայում, միայն դուք այս րոպեիս վճռեցեք՝ տալի՞ս եք ինձ մի անկյուն ձեր կացարանում, — կրկնեց Դիաչկովը:

Մանուկ տղամարդիկը նշմարելով, որ Դիաչկովի առաջարկությունը կատակ չէ, այդ պատճառով Արամյանը պատասխանեց.

— Մենք չենք կարող համաձայնել քեզ հետ, մին՝ որ մեր կացարանում ավելորդ տեղ չկա, երկրորդ եթե տեղ ևս լիներ, քեզ չենք կարող ընդունել մեզ մոտ, որովհետև դու կարգելես մեզ պարապել:

— Այսինքն ես կարգելեի ձեզ դատարկ պարապմունքներից, որպիսիք են քո հայկական քերականությունը, աշխարհաբար բառարանը և Սմբատի՝ "Հայկական կյանքը", հը՛, այնպե՞ս է — կրկնեց Դիաչկովը երգիծաբանելով:

Արամյանը բարկությամբ նայեց նրա երեսին:

— Դու շատ անխիղճ ես, Վահե, գոնյա թույլ տուր երբեմն գալ այստեղ և լուսամուտից նայել դեպի նվիրական բնակարանը, — խոսեց Դիաչկովը և մոտեցավ լուսամուտին, որտեղից ուղղակի երևում էր Հացի-Գելենց կացարանը:

— Չի կարելի, — դարձյալ պատասխանեց Արամյանը:

— Պարոններ, նայեցե՛ք, ահա՛ երևեցավ գեղեցկության դիցուհին, — գոչեց Դիաչկովը ուրախությամբ:

Մանուկ տղամարդիկը վազեցին լուսամուտի հանդեպ, ուր կանգնած էր Դիաչկովը:

Եվ, արդարև, երևեցավ օրիորդ Սոֆին ամառային թեթև և սպիտակ հագուստով. նա յուր եղբոր հետ գնում էր առավոտյան զբոսանքի: Օրիորդն անցավ նրանց լուսամուտի առջևից, մի կողմնակի հայացք ձգելով դեպի մանուկ տղամարդիկը: Բայց Դիաչկովը չկարողացավ համբերել և, առանց մնաք բարյավ ասելու, առավ գլխարկը, դուրս վազեց և սկսավ հեռվից հետևել գնացողներին:

— Հիմար, — ասաց նրա գնալուց հետո Արամյանը, — այս ևս մեր նոր սերունդը...

— Նա առավել բախտավոր է, քան թե մենք, — պատասխանեց Քաջբերունին:

— Ինչո՞վ:

— Նրանով, որ նա թեև թերուսի մեկն է, բայց ուղիղ ասաց նա, թե այժմ կոչվում է Ռոշֆորը յուր քաղաքի և դրանով շահել է իրան համար ավելի քան քսան, երեսուն հազար մանեթ. բայց ես ու դու, մեր մագիստրի ու դոկտորի դիպլոմներով, ծախսի փող էլ չունինք:

— Այդ ինչի՞ց է:

— Պատճառը խիստ պարզ է. նա տիրացու Սաքոյի որդի Խաչատուրն է, բայց այժմ կոչվում է Խրիստափոր Դիաչկով, կին բերեց յուր հետ մայրաքաղաքից և պարտավոր է կուռքի նման նրան պաշտե... բայց մեր ճակատին կարդացվում է ուրիշ բառ, և մենք պարապում ենք, որպես նա ճշտությամբ արտասանեց, դատարկ բաներով՝ դու քո հայոց քերականությամբ և բառարանով, իսկ ես իմ՝ "Հայկական կյանքով"...:

— Մի այդպիսի բախտ, որ ժառանգել է նա, ամեննին նախանձելի չէ, — պատասխանեց Արամյանը, — որովհետև Վասակները միշտ շահում են ոսկի:

— Իրավ նախանձելի չէ, բայց մի...

— Մի՞թե... այլապես չէր կարելի ապրել:

— Այո՛, մենք կարող էինք ապրել, եթե ուսած լինեինք կոշկակարություն կամ դերձակություն, բայց մենք սպառեցինք մեր առողջությունը և լցրինք մեր գլուխը չոր ու ցամաք ուսմամբ...

— Բայց մենք երբեք չենք ցանկանալ վասակություն գործել՝ մեծաքանակ ռոճիկ ստանալու համար. մենք կմնանք ճշմարիտ հայ, որպես ենք, կսիրենք մեր ազգը և կկերակրվենք նրա սեղանից, — պատասխանեց Արամյանը դրականապես:

— Այդ կլիներ, եթեն հայ ազգը կատարեր յուր փրկչի խոսքը, թե "պետք չէ յուր մանուկների հացը ձգել օտարներին": Բայց դժբախտաբար մենք մեր ազգի սեղանի փշրանքներից էլ զուրկ ենք մնում:

— Ի՞նչ ենք գործում մենք ազգի համար, որ նա պարտավորվի մեզ հաց տալ:

— Իրավ, մենք դեռ ոչինչ չենք գործել, և իմ ցանկությունս այդ չէ, որ մենք Կոջորում, մեր սենյակում սիգար ծխենք և ազգից ձրի հաց պահանջենք. այո՛, հարկավոր է նախ և առաջ գործել: Բայց գլխավոր հարցն այստեղ այն է, որ մեր ազգը այնպիսի սարսափելի կերպով մոլորված է դեպի օտարազգիք, որ յուր օգուտը տալիս է օտարներին: Օրինակի համար՝ դու բաց արա ուսումնարան օրիորաց համար, որի մասին շատ անգամ հայտնել ես քո ցանկությունը. հավատացնում եմ քեզ, որ ոչ ոք չի հոժարիլ քեզ աշակերտուհի հանձնել, թեկուզ հոգին սուրբ էլ լինիս և մի րոպեում նրանց գլուխը ուսմամբ լցնես: Բայց մի մադամ Ջիվարոզին հարյուրներով աղջիկ կհանձնեն, թեև նրա ուսումնարանում աղջիկները մտնում և դուրս են գալիս դատարկ գլխով: Բայց գլխավոր բանն այն է, որ այս դեպքում ևս ծնողները իրանց ծուռը հաշվի մեջ դարձյալ չեն սխալվում. նրանց ցանկությունը իրանց աղջկերանց բան սովորեցնելը չէ, այլ նրանք միայն մի քանի հաշիվներ աչքի առջև ունին. մին՝ որ մադամի անունը նրանց ականջներին դյուր է գալիս, մին էլ՝ որ իրանց աղջիկը մարդու տալու միջոցին մոցիքուլը փեսին գրավելու համար յուր բոլոր ճարպկությունը գործ դնելուց հետո, թե "էհենց սիրուն է աղջիկը, էհենց խելոք է աղջիկը, էսքան փուղ ունե, էսքան բաժինք ունե" — հետո կավելացնե — "մադամ Ջիվարոզի մոտ ուսում է առի, տանցովատ, պիանո, ռսնակ ջրի պես սերտած ունե...":

— Ուրեմն ի՞նչ պետք է արած, — հարցրեց մի փոքր համոզվելով Արամյանը:

— Պետք է ազգի աչքերը բաց անել, նա դեռ կույր է, մինչև որ նա ճանաչե, թե ո՛վ է յուր արժանավոր մշակը, որի աշխատությունները պարտավոր է վարձատրել:

## ԻԷ

Նույն օրվա երեկոյան պահուն Արամյանը միայնակ գնաց Հացի-Գելենց մոտ. նրան ընդունեցին խիստ քաղցրությամբ, մանավանդ օրիորդ Սոֆին մի քանի նոր ցույցով հայտնեց յուր բարեկամական անկեղծությունը դեպի նա: Բայց Արամյանը երկար չմնաց նրանց մոտ և հայտնելով, թե յուր ընկերը միայնակ է, շուտով հեռացավ: Տիկին Բարբարեն և օրիորդ Սոֆին նրանից խնդրեցին, որ մյուս օրվա առավոտը յուր ընկերոջը բերե իրանց հետ ծանոթացնելու: Արամյանը խոստացավ:

Մյուս օրվան առավոտյան պահուն Քաջբերունին և Արամյանը հասարակ ամառային հագուստով գնացին Հացի-Գելենց տուն: Նոր հյուրի ներկայանալու և ծանոթանալու ծեսը մի քանի սովորական բառերով, աջ ու ահյակ գլուխ տալը վերջանալուց հետո, նրանք նստեցին:

Օրիորդ Սոֆին այդ օրը հագնված էր պարզ, բայց շատ ճաշակով և վայելուչ: Նա համեստությամբ նստած էր յուր մոր մոտ:

Տեսնելով Քաջբերունուն օրիորդ Սոֆին զգաց յուր սխալը:

Արամյանից լսելով փիլիսոփայության և իրավաբանության մագիստրոսի անունը, նա հույս ուներ տեսնել մի որևէ գերբնական էակ: Բայց Քաջբերունու դեմքի կոշտ գծագրությունը, նրա սառն և անփույթ վարվեցողությունը, որոնք մանուկ կուսի աչքում հասնում էին մինչև անքաղաքավարության, հաճելի տպավորություն չգործեցին նրա սրտին: Այնուամենայնիվ, նա չէր կարողանում հասկանալ, թե ի՛նչ կարող էր գտնվել մի այդպիսի տարապայման գոյության մեջ այնպես հրաշալի, որ պատճառ էր տվել Արամյանին, ինչպես հայտնի էր, պաշտել նրան, որպես մի գերբնական էակի:

Նրանց առաջին խոսակցությունը եղավ, ինչպես սովորաբար լինում է, ոչ այնքան նշանավոր: Տիկին Բարբարեն հարցրեց Քաջբերունուց քաղաքի տոթի և զովության մասին և ժողովուրդի զվարճություններից և նոր ու հին լուրերից: Քաջբերունին տաղտկությամբ մի քանի հատ ու կտոր պատասխաններ տվավ:

Օրիորդ Սոֆին թեյի սեղանի մոտ յուր հյուրերին թեյ էր մատակարարում:

Արամյանը, որպես այս տան նախածանոթը, ավելի ընտանեբար էր վարվում. նա մյուսներից ծածուկ մի քանի նկատողություններ արավ օրիորդին, որով կամենում էր ուղղել նրա սխալը: Երևում էր, որ նա ցանկանում էր Հացի-Գելենց գերդաստանական շրջանը ներկայացնել յուր ընկերին ավելի գեղահարմար կերպարանքով:

Թեյ խմելը վերջացավ: Տիկին Բարբարեն մտածեց յուր աղջկան հանդես դուրս բերել, երբ նկատեց, որ նրա վրա ուշադրություն չէին դարձնում: Նա խնդրեց աղջկան, որ մի փոքր նվագե դաշնամուրի վրա: Օրիորդը կատարեց մոր խնդիրը:

Քաջբերունին սկսավ ուշադրություն չդարձնել նրա նվագելուն, երբ հենց առաջին անգամից նշմարեց, որ լավ չէ նվագում: Օրիորդը վերջացրեց նվագելը, իսկ Քաջբերունին հայտնեց յուր նկատողությունները նրա նվագելու մասին, որոնք բոլորովին վշտացրին օրիորդի ինքնասիրությունը: Այսուամենայնիվ մայրը նրան ծածուկ նշանացի արավ զբաղեցնելու հյուրերին:

Օրիորդը նախ սկսավ հարցնել Պետերբուրգից. օրինակ՝ քանի՞ թատրոն կա այնտեղ, կայսրը ո՞ր թատրոնն է գնում. Նևսկի պրոսպեկտը քանի՞ վերստ երկարություն ունի. այնտեղի այգիքը և զբոսարանները գեղեցի՞կ են: Այնուհետև նա խոսքը դարձրեց համալսարանի վրա և հարցրեց ուսանողների կյանքից, հարցրեց, թե կա՞ն այնտեղ աղջիկ ուսանողներ և այդ աղջիկ ուսանողների մեջ կա՞ն նշանավոր և տաղանդավոր օրիորդներ: Այս հարցմունքներից հետո նա խոսակցության մեջ ներս բերավ "կանանց ազատության հարցը": Լսելով Քաջբերունու գալու մասին, մի քանի օր նա եռանդով կարդում էր Ստուարդ Միլլը և, զինավորելով յուր միտքը մի քանի փաստերով, նա սկսավ տաքությամբ պաշտպանել կանանց լիակատար ազատությունն ու հավասարությունը տղամարդկանց հետ:

Քաջբերունին առաջ չուզեց այդ խնդրի վրա խոսել օրիորդի հետ, մտածելով, որ այդ հարցը բարձր է նրա հասկացողությունից, բայց կամենալով նրան դուրս բերել այդ տեսակ մտավոր մոլորությունից՝ ասաց.

— Ավելի լավ է, որ դուք ձեր միտքը գաղափարական երազներով չհրապուրեք, այլ ուսումնասիրեցեք կյանքի իրական կողմերը:

— Ներեցեք, պարոն, — պատասխանեց օրիորդը, — մի՞թե գաղափարական երազ կարող է համարվիլ այն, որ ես ասում եմ, թե կանանց դրությունը ստրուկի դրություն է, և նրանց պետք է հավասար իրավունք տալ մարդկային ընկերության մեջ:

— Այդ դարձյալ երազ է, — խոսեց Քաջբերունին սառնությամբ, — որովհետև քանի կինը բարոյապես և իմացականապես լավ չի կրթված իբրև մարդ, նա չունի իրավունք պահանջելու ձեր սաածազատությանը կամ հավասաաւությունը:

— Կրթությունը ի՞նչ նշանակություն կարող է ունենալ նրա համար, երբ նա ճնշված է տղամարդու բռնակալության ներքո:

— Կրթությունը կտա նրան իրավունք ներս մտնել հասարակական կյանքը որպես մարդ, յուր կատարյալ ազատությամբ. բայց կանացի սեռը, մանավանդ արևելյան ազգերի մեջ, դեռ շատ անկիրթ է: Պետք է աշխատել կրթել դրանց:

Օրիորդ Սոֆին վշտացավ և կարմրեցավ:

Քաջբերունին նշմարելով նրա վրդովմունքը՝ խոսեց.

— Արդարև, կանանց սեռի հարեմների մեջ փակված դրությունը վաղուց ցույց տվավ լուսավոր աշխարհին դրա վատ հետևանքները: Այսուամենայնիվ ես չեմ կարող համաձայնել, որ կանայք, մանավանդ մեր ազգի մեջ, բոլորովին արձակ և ազատ հանդես դուրս գան իբրև հասարակական ընկերության անդամներ, երբ նրանք այդ մասին ամենևին պատրաստված չեն. նրանք դեռևս շատ պետք է ուսանեն:

Օրիորդ Սոֆին ոչինչ չպատասխանեց: Քաջբերունին

նշմարեց, որ յուր նկարողությունները վատ տպավորություն գործեցին օրիորդի վրա, նա խոսքը կտրեց և դարձավ դեպի տիկին Բարբարեն:

Նույն միջոցին օրիորդ Սոֆին, հազիվ լսելի ձայնով, ասաց Արամյանին.

— Ձեր ընկերը խիստ անխիղճ է դեպի կանացի սեռը. բայց ցանկալի էր ինձ գիտենալ, թե ի՞նչպես է նայում նա մանուկ օրիորդների վրա:

— Դուք արդեն նկատում եք նրա սառնասրտությունը, — պատասխանեց Արամյանը:

Տիկին Բարբարեն, իբրև անուս և հասարակ գերդաստանի աղջիկ, զուրկ էր այն հնարներից, որով մի բարեկիրթ տանտիկին կարող էր զբաղեցնել յուր հյուրերին: Այդ պատճառով նա առավելապես աշխատում էր յուր հյուրերին հքապուրել քաղցրավենիքով, դրա համար նա հրամայեց թեյից հետո մատուցանել թարմ միրգ և զանազան տեսակ մուրաբաներ: Բայց նրանք երկար չնստեցին, այլ մի քանի րոպեից հետո հեռացան: Նրանց ճանապարհ դնելու ժամանակ օրիորդ Սոֆին բռնեց Քաջբերունու ձեռքը և խնդրեց նրանից պատվել իրանց յուր հաճախակի այցելությամբ, ավելացնելով, թե նրա կարծիքներին բոլորովին համակրեց ինքը:

— Ի՞նչպես թվեցավ քեզ այդ օրիորդը, — հարցրեց Արամյանը Քաջբերունուց, երբ նրանք հասան իրանց կացարանը:

— Մի պաճուճյալ խրծիկ, ուրիշ ոչինչ, — պատասխանեց Քաջբերունին՝ դեմքը խոժոռելով:

— Բայց տեսա՞ր ինչքան օժտված է նա բնությունից:

— Ուրեմն դու ևս Դիաչկովի նման կոչիր նրան գեղեցկության դիցուհի:

— Չի կարելի ուրանալ, թե նա գեղեցիկ է:

— Դիցուք գեղեցիկ է, բայց ի՞նչ կարելի է հուսալ նրանից:

— Շատ բան, — պատասխանեց Արամյանը:

— Այո՛, կարելի է հաստատ հույս ունենալ, թե նա կարող է լինել հրապուրիչ սիրուհի յուր տարփածուի համար, բայց ոչ երբեք ժրագլուխ տանտիկին և հավատարիմ ամուսին:

— Նա ի՞նչ մեղավոր է, — կրկնեց Արամյանը:

— Ես գիտեմ, որ մեղավոր չէ այդ աստծո գառնուկը, այլ մեղավոր են նրա հիմար ծնողները և յուր կրթությունը, որ այնպես կեղծել են նրան:

— Նայելով այդ հանգամանքներին, — ասաց Արամյանը, —

դարձյալ թող շատ ապրին մեր Հայաստանի պարզ և չքնաղագեղ օրիորդները. նրանք թեև մի գունդ միս են, նրանք թեև կրթությունից զուրկ են իսպառ, բայց նրանց բարոյականությունը մնացել է անկեղծ և անխարդախ, այդ պատճառով և նրանք լինում են հավատարիմ ամուսիններ և աշխատասեր տանտիկիններ:

Եվ այնուհետև նրանք երկար ու երկար սկսան խոսել կանացի սեռի դաստիարակության վրա:

Բայց բոլորովին այլ խորհրդածության մեջ էր օրիորդ Սոֆին: Նա ոչինչ պակասություն չէր նկատում յուր թե՛ ուսման և թե կրթության մեջ. նա յուր գեղեցկությամբ այնքան հպարտացած էր, որ կարծում էր, թե կիշխե բոլոր տղամարդկանց վրա: Եվ միտ բերելով Քաջբերունու սառնասրտությունը դեպի ինքը և նրա հերքողական պատասխանները յուր կարծիքների դեմ, չէր կարողանում ոչինչ կերպով համոզվել, թե այդպիսի վարմունքը և այդպիսի վեճը կարող էին առողջ դատողության ծնունդ լինել:

Բայց Արամյանի փափուկ բնավորությունը, նրա քաղցր խոսակցությունը և շնորհալի վարմունքը խելագարության չափ հիացրել էին ախտաբորբոք օրիորդին, և նա սպասում էր նրա մեջ գտնել յուր սրտի ցանկալին:

Բոլորովին այլ էր տիկին Բարբարեի մտածությունները. նա շատ ուրախ էր մանուկ տղամարդկանց այցելությամբ, նա շատ գոհ էր յուր դստեր խոսակցությունից նրանց հետ, թեև նրան բոլորովին անհասկանալի էր այդ: Միևնույն ժամանակ նրա գլխի մեջ պտտվում էր մի այսպիսի խորհուրդ՝ պսակել յուր դուստրը մայրաքաղաքի այդ բարեկիրթ ուսանողներից մինի հետ:

## ԻԸ

Կոչորի սառն, հովասուն օդը և խոնավ կլիման, փոխանակ ուղղելու Քաջբերունու առողջությունը, խիստ վատ ներգործություն արեցին նրա վրա: Նրա ավերված թոքերը դարձյալ ցավազարվեցան, և նա սկսավ ծանր կերպով հազալ: Նա փակված էր յուր կացարանում և ամենևին դուրս չէր գնում տանից:

Արամյանը խիստ տխուր էր սիրելի ընկերոջ տկարության համար և ամբողջ օրը չէր հեռանում նրա մոտից: Այդ պատճառով մի շաբաթից ավելի էր նա չէր եղած Հացի-Գելենց մոտ:

Մի գիշեր նա երկար նստած Քաջբերունու մահճակալի մոտ, դառն մտածության մեջ էր. հիվանդն անդադար հազում էր և հոգվոց հանում: Արամյանը նշմարելով, որ նա քնեց, հուշիկ, ոտքի մատների վրա հեռացավ նրա քնարանից: Նա դուրս եկավ բակը՝ մի փոքր թարմ օդ շնչելու:

Հիանալի լուսնկա գիշեր էր: Բոլոր շրջակայքում թրթռում էր ամառային եղանակը տաք, մանկական, ախտաբորբոք կյանքով: Անցնելով Հացի-Գելենց կացարանի մոտից, հանկարծ լսեց նա քնքուշ ձայն.

— Պարոն Վահե:

Մին էլ երևան ելավ օրիորդ Սոֆիի վայելչահասակ կերպարանքը, որ նույն րոպեին նմանում էր գիշերային հավերժահարսի:

— Օրիորդ Սոֆի, այդ դո՞ւք եք, — մոտեցավ նրան Արամյանը:

— Այո՛, — պատասխանեց նա:

— Այս խորին գիշերային պահո՞ւն:

— Այնպես, դուրս եկա...ես ինքս չգիտենալով, թե ինչո՞ւ համար...

Արամյանը տեսավ, որ նրա դեմքն այնպես գունատված էր, ինչպես սառն մարմարիոն և նրա գիսակները խառնված էին և աչքերը վառվում էին կատաղի կրակով:

— Դուք այլևս չեք երևում, պարոն Վահե, — հարցրեց օրիորդը:

— Ընկերիս հիվանդությունը չէ թողնում ինձ տանից հեռանալ, — պատասխանեց Արամյանը:

— Այժմ ի՞նչպես է նա:

— Լավ չէ՛:

— Վա՜յ, ափսոս: Ի՞նչ է նրա հիվանդությունը:

— Բարակացավ:

— Վաղո՞ւց է:

— Այո՛, վաղուց, համալսարանում ևս ուներ:

Օրիորդը մտածմունքի մեջ ընկավ: Կարծես այդ լուրը տխրեցրեց նրան:

— Տեսնո՞ւմ եք, պարոն Վահե, ի՜նչ հիանալի գիշեր է, — խոսեց նա րոպեական լռությունից հետո:

— Այո՛, հիանալի է, — պատասխանեց Արամյանը:

— Պարոն Վահե, բարի եղեք, գնանք մի փոքր շրջելու. չէ՞ որ դուք ևս սիրում եք լուսնկա գիշերը:

— Ես սիրում եմ, միայն այժմ խիստ ուշ է. գիտե՞ք, ժամը երկուսն է:

— Խնդրում եմ... գնանք. ձեզ ասելու բաներ ունիմ, այստեղից մի քիչ հեռանանք...:

Արամյանը ակամայից համաձայնեցավ:

— Դեպի ո՞ւր, — հարցրեց նա:

— Դեպի անտառ, — պատասխանեց օրիորդը, — տվե՛ք ինձ թևդ:

Արամյանը տվավ նրան յուր թևը, և նրանք սկսան դիմել դեպի անտառ:

— Ամբողջ շաբաթ է, որ դուք չեք եղել մեզ մոտ, — ասաց օրիորդը:

— Այո՛, բայց ինձ անկարելի էր գալ, — պատասխանեց Արամյանը:

— Ես շատ ցանկանում էի ձեզ տեսնել:

— Դուք ինքներդ կարող էիք գալ մեզ մոտ, երբ ցանկանում էիք:

— Քանի անգամ ես կամեցա գալ, միայն մտածեցի գուցե կբարկացնեի ընկերոջդ, չէ՞ որ նա այնպես խստասիրտ է:

— Ո՛չ, ընդհակառակն՝ նա խիստ բարի տղա է, նա ուրախ կլիներ, եթե դուք նրա մոտ գայիք:

— Ուրեմն առավոտյան ես կգամ նրան տեսնելու: Քաջբերունու հիվանդությունը ինչի՞ց առաջացավ:

— Անհանգիստ պարապմունքից և մի քանի դժբախտություններից... նրա կյանքը միշտ կապակից է եղել թշվառությունների հետ:

— Ափսո՜ս..., — կրկնեց օրիորդը:

Այդպես տաքացած խոսակցությամբ նրանք բավական հեռացան իրանց բնակությունից, և օրիորդը նկատեց, որ իրանք անտառումն են:

— Ես հոգնեցա, Վահե, մի փոքր հանգստանանք այստեղ, — ասաց նա:

Նրանք նստեցին մետաքսանման փափուկ խոտերի վրա: Արամյանը պառկեցավ, իսկ Սոֆին խիստ մոտ նստեց նրա մոտ և յուր թևով կռթնեց նրա կրծքին:

Այս դրության մեջ, անշարժ և լուռ մնացին նրանք մի քանի րոպե, մինչև օրիորդն ասաց.

— Վահե, տուր ինձ ձեռքդ:

Արամյանը տվավ նրան յուր ձեռքը:

Օրիորդը բռնեց նրան յուր ափերի մեջ:

— Որքա՜ն սառն է քո ձեռքը, — ասաց նա:

— Այո՛, սառն է, — պատասխանեց Արամյանը:

— Թո՛ւյլ տուր ես նրան տաքացնեմ ծոցիցս մեջ:

— Կարող ես:

Եվ օրիորդը նրա ձեռքը սեղմեց յուր փափուկ կրծքի վրա, որ նույն րոպեին սաստիկ կերպով զարկում էր ինչպես ալեկոծյալ ծովը:

— Այժմ տաքացա՞վ, — հարցրեց օրիորդը:

— Ես ոչինչ չեմ զգում, — պատասխանեց նրան Արամյանը:

— Այո՛, դու անզգա ես, — պատասխանեց օրիորդը, — բայց շոշափի՛ր կուրծքս:

Արամյանը ձեռքը դրեց նրա սրտի վրա:

— Քո սիրտը սաստիկ կերպով զարկում է, — պատասխանեց նա:

— Այդտեղ անհանգստություն կա, այնպես չէ՞, — հարցրեց օրիորդը:

— Այո՛, դու վրդովված ես:

Օրիորդը ոչինչ չպատասխանեց. երկու կողմից ևս տիրեց րոպեական լռություն:

— Վահե՛, այնպես չէ՞, ես խիստ անհամեստ եմ, — հարցրեց օրիորդը՝ նրա ձեռքը հանելով յուր ծոցից:

— Ես այդպիսի կարծիք չունիմ քո մասին, — պատասխանեց Արամյանը:

— Դու այդպես ասելով միայն չես կամենում վշտացնել ինձ, բայց ես զգում եմ, որ ոչ միայն անհամեստ եմ, այլև հիմար, ցնորված...:

Արամյանը ոչինչ չպատասխանեց նրան, միայն լսեց նրա դառն հեկեկանքը:

— Ինչո՞ւ այդպես, Սոֆի, — նրա ձեռքը բռնելով հարցրեց Արամյանը և նույն րոպեին նստեց պառկած տեղից:

— Վահե՛ — խոսեց նա, — ներիր իմ անհամեստությանը, պատճառը որ դու այնքան բարի ես... իսկ ես՝թշվառականս, ամենաչնչին էակ եմ... ես զգում եմ իմ բոլոր ոչնչությունը քո առջև... արդարև, ես արժանի չեմ քեզ... միայն դու ների՛ր ինձ, որ ասեմ, թե "սիրում եմ քեզ":

— Դու ինձ սիրո՞ւմ ես, — հարցրեց նույնպես վրդովմունքով Արամյանը:

— Այո՛, — պատասխանեց օրիորդը, չդադարելով լաց լինելուց:

Սրբազան խռովությունը տիրեց Արամյանին, և նա հափշտակվեցավ սքանչելի հոգեզմայլությամբ, երբ նրա ականջներին զարկեցին մոգական խոսքի վերջին հնչյունը՝ այո՛:

— Դու սիրո՞ւմ ես ինձ... ուրեմն թույլ տուր համբուրեմ քեզ, — ասաց նա ուրախությամբ:

Օրիորդը փարվեց նրա պարանոցով:

Մի քանի րոպե տիրեց խորհրդավոր լռություն...:

— Այժմ գնանք, — ասաց օրիորդը, որպես թե սթափվելով յուր մտավոր արբեցությունից:

— Գնանք, — կրկնեց Արամյանը և վեր կացավ:

Օրիորդը նրա թևն առավ. նա իրան բավական հոգնած էր զգում. նա գնում էր Արամյանի կողքից թույլ և անհավասար քայլերով:

Ճանապարհին ասաց օրիորդը.

— Այժմ կասե՞ս, թե դու ևս սիրում ես ինձ:

— Սիրում եմ, — պատասխանեց Արամյանը:

— Այժմ ես կարող եմ կոչվել քո կինը, այնպես չէ՞, — կրկնեց օրիորդը:

— Խնդրում եմ, Սոֆի, չհիշել ինձ այդ...:

— Այդ բոլոր...

— Խնդրում եմ, չվրդովել ինձ:

— Եվ դու չես խղճալու ինձ:

— Ես արդեն ասացի, թե սիրում եմ քեզ. այդ բավական է:

— Այդ բավական չէ՛...:

— Առայժմ այլ խոսք չեմ կարող քեզ ասել, — պատասխանեց Արամյանը և լռեց:

Դարձյալ արտասուք երևեցավ օրիորդի աչքերում:

Երկար նրանք գնում էին. երկու կողմից ևս տիրում էր խորին լռություն, մինչև նրանք հասան իրանց կացարանին: Երբ կամենում էին բաժանվել, Արամյանը գրկեց նրան և կրկին համբուրելով ասաց.

— Իմ կյանքումս ոչ մի օրիորդ չէր լսած իմ բերանից՝ "սիրում եմ քեզ" խոսքը, բայց ես զոհեցի դրան քեզ, այդքան ով մենք երկուքս կարող ենք լինել բախտավոր...:

Օրիորդը նույնպես գրկեց և համբուրեց նրան. նրանք բաժանվեցան:

Առավոտյան աստղը վաղուց շողշողում էր արևելքում, և թռչունները երգում էին իրանց վաղորդյան երգը:

Մտնելով յուր անկողինը, օրիորդը այլևս չկարողացավ քնել: Հազարավոր մտածմունքներ խռովում էին նրան: Նա զգում էր Արամյանի ձեռքի առաջին շոշափումը յուր ծոցի մեջ. նա զգում էր նրա ջերմ համբույրները յուր թշերի վրա և այլևս ուրիշ բան չէր զգում նա...: Մի քանի ժամ այսպես նրա երևակայությունը վառված էր հրապուրիչ երևույթներով, և նա անքուն մնաց, մինչև լուսաբացին տիրեց նրա հոգնած անդամներին քաղցրիկ քունը:

Արամյանը վերադառնալով յուր կացարանը՝ նախ առանց ձայն հանելու մտավ Քաջբերունու մոտ և նկատեց, որ նա հանգիստ քնած է, հետո դարձավ յուր քնարանը: Նա մտավ անկողին, բայց քունը մոտ չեկավ նրա աչքերին: Մի կիրք, որ ավելի նման էր ամոթանքի և զղջման, չարաչար տանջում էր նրան. "Այս ի՞նչ գործեցի"...ասաց նա, և միևնույն րոպեին զգաց յուր խղճի խայթը:

## ԻԹ

Առավոտյան Արամյանը ծուլանում էր վեր կենալ յուր անկողնից, բայց երբ լսեց մյուս սենյակից Քաջբերունու ծանր հազը, իսկույն վեր թռավ անկողնից և գիշերազգեստով մտավ ընկերոջ քնարանը: Նա գտավ նրան վատ դրության մեջ:

Քաջբերունին տեսնելով նրան՝ ասաց.

— Վահե, այսօր ինձ համար մի սայլակ վարձիր, ես պիտի քաղաք գնամ. այնտեղ գոնյա երկու բան մոտ կլինի ինձ — բժիշկ և գերեզմանատուն. բայց այստեղ երկուսից ևս զրկված եմ:

Արամյանը շատ աշխատեց համոզել նրան և հետաձգել նրա գնալը, բայց հնար չեղավ:

— Դու արդեն կատարել ես քո հյուրասիրական պարտքը, մեղնիմն է, որ երկար չկարողացա վայելել նրան, — ասաց Քաջբերունին:

Տասը ժամին ճանապարհորդական սայլակը կանգնած էր Արամյանի կացարանի դռանը:

Արամյանը իրանց գնալու պատրաստության հոգացողության մեջ էր: Նա դուրս եկավ, որ մի քանի կարգադրություններ անե և մեկ էլ հանկարծ դռան շեմքի վրա հանդիպեց օրիորդ Սոֆիին: Նա գունաթափված էր որպես մահ:

— Ես ուղիղ քեզ մոտ էի գալիս, Վահե, — ասաց նա:

— Ինձ մո՞տ, — կրկնեց Արամյանը զարմանալով:

— Այո՛:

— Հրամեցե՛ք:

Նրանք ներս մտան Արամյանի սենյակը:

— Դուք գնում ե՞ք — հարցրեց օրիորդը նստելով փոքրիկ զահավորակի ծայրին:

— Գնում ենք, — պատասխանեց Արամյանը:

— Ե՞րբ:

— Կարելի է մի ժամից հետո:

— Եվ դու գնում էիր առանց ինձ հետ տեսնվելո՞ւ:

— Ես առանց քեզ տեսնելու չէի գնա:

Օրիորդը հեզիկ նայեց Արամյանի երեսին:

— Ի՞նչ պատճառով եք գնում, — հարցրեց նա:

— Սմբատի հիվանդությունը օրըստօրե վատանում է, հարկավոր է քաղաքում լինել:

— Մի՞թե առանց քեզ չէ կարող գնալ:

— Կարող է, միայն ես չեմ կամենում նրան միայնակ թողնել:

— Եվ դու պիտի մնա՞ս նրա մոտ քաղաքում:

— Այո՛, պիտի մնամ հոգ տանելու նրա առողջությանը:

Վերջին խոսքը ծանր ներգործություն ունեցավ օրիորդի վրա:

— Եվ դու պիտի թողնես ինձ այստեղ միայնա՞կ, — հարցրեց նա ողորմելի կերպով նայելով Արամյանի երեսին:

— Ի՞նչ արած, այդպես պատահեցավ, — պատասխանեց Արամյանը:

— Չէ՞ որ դու ասացիր, թե սիրում ես ինձ, և այժմ կամենում ես միայնակ թողնել ինձ... բոլորովին չմտածելով, թե ես տխուր էի առանց քեզ...:

— Ես շատ ափսոսում եմ, որ այսպես շուտ բաժանվում եմ քեզանից, միայն համաձայնիր, որ Սմբատն այժմ առավել կարոտ է իմ կարեկցությանը, քան թե դու: Ես նրան նույնպես սիրում եմ, ինչպես իմ գաղափարակից ընկեր, ես չեմ կարող նրանից բաժանվել:

Արամյանի վերջին խոսքերը խիստ զգալի եղան օրիորդին, նա մի քանի րոպե մտածման մեջ ընկավ և ապա պատասխանեց.

— Այո՛, Սմբատն այժմ առավելապես կարոտ է քո կարեկցությանը, քան թե ես. Վահե՛, գնա՛, տեր ընդ քեզ, և հո՛գ տար այդ պատվելի տղամարդու առողջության մասին. ես չեմ կամենում բաժանել քեզ քո սիրելի ընկերից:

Արամյանին խիստ ազդեց օրիորդի քնքուշ զգացողությունը և նա մոտեցավ նրան, գրկեց և սեղմեց յուր կրծքի վրա:

— Հիմա կարելի՞ է պարոն Սմբատին տեսնել, — հարցրեց օրիորդը:

— Ինչո՞ւ չէ կարելի, — պատասխանեց Արամյանը:

— Ես կկամենայի նրան տեսնել:

— Ուրեմն սպասիր, իմացում տամ:

Արամյանը մտավ Քաջբերունու սենյակը: Քաջբերունին, փաթաթված յուր թանձր մուշտակի մեջ, պառկած էր մահճակալի վրա: — Օրիորդ Սոֆին կամենում է քեզ տեսնել, — ասաց նրան Արամյանը:

— Ինձ անախորժ է իմ այժմյան զզվելի կերպարանքով տխրեցնել քնքուշ օրիորդի սիրտը, — պատասխանեց նա, — ասա թե չեմ կարող ընդունել:

— Նա խնդրում է, նա քեզ տեսնելու է եկել:

— Լա՛վ, թո՛ղ գա:

Արամյանը դուրս գնաց և մի քանի վայրկյանից հետո օրիորդի հետ ներս մտավ հիվանդի սենյակը:

Սոֆին գնաց բռնեց Քաջբերունու ձեռքը և խիստ մոտ նստեց հիվանդի մահճակալին:

— Հեռու նստեցեք, օրիորդ Սոֆի, այժմ անախորժ է ինձ մոտենալ:

Բայց Սոֆին ամենևին չշարժվեցավ յուր տեղից և ասաց.

— Դուք այժմ ևս այնպես բարի և սիրելի եք, որպես առաջ:

— Ո՛չ սիրելիս, հիվանդության հետ կատակ չի կարելի անել, — պատասխանեց Քաջբերունին:

Օրիորդը սկսավ հարցնել նրան հիվանդության մասին, այնուհետև հայտնեց, թե ինքը շատ տխրում է, որ նրանք այնպես շուտ թողնում են ամառանոցը, որովհետև նրանց դրացությունը ախորժելի էր իրանց գերդաստանին: Եվ ավելացրեց մի քանի բարեկամական խոսքեր:

Քաջբերունի կարճ պատասխանեց, թե՝

— Մենք շատ հեռու չենք գնում, եթե այս հազը շուտով չիջենե ինձ սառը հողի տակ, մենք դարձյալ կարող ենք միմյանց տեսնել:

Օրիորդը սկսավ նրան մխիթարել, թե չպետք է այդպես շուտ հուսահատվել կյանքից և խորհուրդ տվավ նրան գնալ Նիցցա:

— Այո՛, եթե ես փող ունենայի, շատ տեղեր կերթայի, — պատասխանեց նա:

Ապա օրիորդը ասաց, որ ինքը ևս միտք չունի ամառանոցում երկար մնալու, այլ շուտով քաղաք կդառնա, և այնտեղ շուտ — շուտ կայցելե նրան:

Քաջբերունի հայտնեց յուր շնորհակալությունը:

Օրիորդը, քնքշությամբ սեղմելով հիվանդի ձեռքը, հեռացավ:

Արամյանը նույնպես դուրս եկավ նրան ճանապարհ ձգելու: Օրիորդ Սոֆին հայտնեց, թե նրան մի քանի ասելիք ունի. նրանք մտան դարձյալ Արամյանի սենյակը: Սոֆիի դեմքն արտահայտում էր ներքին վրդովմունք:

Արամյանը նստեց գահավորակի վրա, իսկ օրիորդը, աթոռի վրա նրա առջև նստելով, բռնեց նրա ձեռքը և ասաց.

— Իմ այս գիշերվա վերջին հարցը մնաց առանց պատասխանի, այնպես չէ՞, — հարցրեց նա՝ ուղղակի Արամյանի երեսին նայելով:

— Այո՛, — պատասխանեց Արամյանը, — բայց ես խնդրեցի, որ դու այդ մասին ոչինչ չհարցնես:

— Ինչո՞ւ:

— Որովհետև զանազան հանգամանքներ ստիպում են այդ մասին լռել:

— Բայց իմ կարծիքով, ուր կա ճշմարիտ սեր, այնտեղ ոչինչ հանգամանքներ տեղ չպետք է ունենան:

Արամյանը դժվար դրության մեջ էր:

— Մի՞թե սիրելու համար դու կարծում ես, թե անպատճառ պետք է կոչվել ամուսին, — հարցրեց Արամյանը:

— Ես այդպես չեմ կարծում, — պատասխանեց օրիորդը պինդ ձայնով, — ես մինչև անգամ հերքում եմ ամուսնությունը, ես կբավականանամ միմիայն քո սիրով, եթե դու իսկապես խոստովանես, թե սիրում ես ինձ:

— Դու կարող ես բոլորովին հավատալ, թե ես սիրում եմ քեզ:

— Ուրեմն թո՛ւյլ տուր համբուրեմ քեզ, — ասաց օրիորդը:

Նրանք գրկախառնվեցան... և մի քանի րոպե նրանք չէին բաժանվում միմյանցից...:

Օրիորդը բոլորովին շառագունած դուրս եկավ Արամյանի սենյակից:

Ճանապարհին նրան հանդիպեց Մայիլովը, պատանին գլուխ տվավ նրան, բայց օրիորդը ամենևին չնշմարեց և անցավ:

Գնալով իրանց տուն, օրիորդն ուղղակի ներս մտավ յուր սենյակը. նա բոլորովին գոհ էր յուր վիճակից, նրա դեմքն արտահայտում էր անսպառ ուրախություն, և նա թռչնակի նման հանգիստ չէր կարողանում նստել, այլ երգելով թռչկոտում էր այս կողմը, այն կողմը:

## Լ

Դիաչկովը լսելով, թե Արամյանն ու Քաջբերունին գնացել են քաղաք, իսկույն վարձեց նրանց կացարանը, և այդպիսով մերձավոր դրացի դարձավ Հացի-Գելենց: Այնուհետև սկսավ հնարքներ բանացնել այդ գերդաստանի հետ ծանոթանալու, և շուտով նա հասավ յուր նպատակին, երբ մի օր տիկին Բարբարեն ինքը հրավիրեց նրան իրանց մոտ ճաշելու:

Դիաչկովը հայտնվեցավ ճիշտ պայմանյալ ժամին: Նա հագնված էր այնպես պճնված, կարծես երևելի տոն էր, և նա նոր էր վերադառնում Նևսկի պրոսպեկտից:

Դիաչկովը՝ հայրական ահագին ժառանգությունը մայրաքաղաքում զոհելով թատրոնների, բալերի, կրուժոկների և այլ շռայլության ու զեխության կուռքերին, ոչինչ բան չէր շահել, այլ միայն ճշմարտությամբ ուսել էր, թե ինչպես պետք է վարվել հասարակական կյանքում, այսինքն՝ ինչպես պետք է հանդիպել մանուկ օրիորդներին կամ մանկահասակ տիկիններին, ինչպես նրանց գլուխ տալ, խոսք կցել, զվարճախոսել, սեթևեթել. մի խոսքով՝ նա գիտեր յուր դերը խիստ հմուտ կերպով խաղալ կյանքի ամեն մի հանգամանքում:

Նա խիստ քաղաքավարի կերպով ներկայացավ Հացի-Գելենց գերդաստանին նախ և առաջ մոտեցավ տիկին Բարբարեին և համբուրեց նրա ձեռքը, հետո շնորհալի կերպով դարձավ դեպի օրիորդ Սոֆին "բոն ժուռ, մադմուազել Սոֆի" ասելով, ապա ձեռք տվավ Լիզային և Ելենային, որոնց վրա նրանց առաջին հյուրերը ամենևին ուշադրություն չէին դարձնում:

Դիաչկովի քաղաքավարի վարվեցողությունը առաջին օրից տպավորություն գործեց տիկին Բարբարեի վրա:

Դիաչկովը յուր ընդունելության առաջին խոսքերը սերտած գեղեցկախոսությամբ արտահայտելուց հետո ասաց.

— Այժմ ես ձեր դրացությամբ կարող եմ բոլորովին երջանիկ համարվել, մտածելով, թե ես կարող էի այնքան բախտավոր լինել, շահելով ձեր բարի համարումը...: Ա՜խ, ի՞նչ էր իմ առաջին կացարանը. կատարյալ դժոխք. ո՛չ ոք չկար ժամանակ անցկացնելու, թեև ինձ մերձակա էին կենում գեներալ Կ...ի և կնյազ Ն...ի գերդաստանները, բայց ի՞նչ ախորժանք նրանցից... ճշմարիտն ասած, ես սաստիկ ատում եմ այդ ազնվականներին, չնայած որ նրանք ինձ հարգում էին և ո՛չ մի օր առանց ինձ ճաշ և ընթրիք չէին անում: Բայց ի՞նչ նպատակով հաճախել այդպիսի գերդաստանների մոտ. գնում ես, այո՛, քեզ ընդունում են շատ սիրով. նստում ես, և ահա ծերունի գեներալն սկսում է շաղակրատել իր պատերազմական գործունեությունից՝ սկսյալ Պասկևիչից, Աբաս Միրզայից հասնում է Վորոնցովը, առանց ժամանակ տալու յուր աղջիկներին մի բան խոսելու: Նրանք՝ խղճալիքը տհաճությունից տռչորվում են, իրանց մտքի մեջ անիծելով իրանց դատարկաբան հորը: Իսկ կնյազը ավելի հին ժամանակից է սկսում՝ Ախտա Շահից, Հերակլից և գալիս մինչև Շամիլը: Այժմ երևակայեցեք, կարելի՞ է այդպիսի փտած կոճղերի հետ ժամանակ անցկացնել:

Տիկին Բարբարեն և օրիորդ Սոֆին ծիծաղեցին, պատասխանելով, թե բոլորովին ուղիղ է նրա նկատողությունը:

— Առհասարակ, — շարունակեց Դիաչկովը, — այստեղ

սակավ են կատարյալ քաղաքակրթված ընտանիքներ, ուր կարելի լիներ զգալ ճշմարիտ հյուրասիրության համն ու հոտը. — խնդրեմ իմ նկատմունքը ձեզ վրա չառնեք, որովհետև ձեր ընտանիքը այդ բանում կատարյալ բացառություն է կազմում: Բայց Պետերբուրգում հիանալի գերդաստաններ կան, արժե նրանց հետ ժամանակ անցկացնել:

Եվ մայր ու աղջիկ սկսան հարցնել Դիաչկովից Պետերբուրգի կյանքից:

Դիաչկովը պատմեց երկար ու երկար, առանց լռելու. բառերը, որոնց կամավ տալիս էր նա մի առանձին մուզիկական արտահընչություն, կարծես թե առնելու էին նրա բերանից: Եվ ամեն խոսքի վերջավորությունը բերում էր յուր վրա՝ ցույց տալով, թե ինքը ժամանակով մայրաքաղաքում եղած է հասարակական խոսակցության առարկա:

Բայց երբ նրանից հարցրին, թե այժմ ինչով է պարապո՞ւմ, պատասխանեց.

— Ավարտելուց հետո ինձ նշանակեցին Պետերբուրգում մի մեծ թաղի միրովոյ սուդյա, ես ատեցի այդ ստոր պաշտոնը և եկա Կավկազ, գուցե բարձր տեղեր գտնելու: Այստեղ օկրուժնոյ սուդում անդամի տեղ են առաջարկում ինձ, բայց ես դարձյալ չեմ կամենում ստորացնել ինձ... նախագահի պաշտոնը... այն ևս ակամայից, կարելի է համաձայնել... կամ պալատում անդամ... պրոկուրոր և կամ մի այդպիսի բան... թեև ծառայությունն առհասարակ ինձ անտանելի է, որովհետև ես սիրում եմ ազատ կյանք: Այլն իմ գլխավոր նպատակն այն է, որ գնամ Փարիզ, մի քանի տարի մնամ այնտեղ, հետո գնամ Պետերբուրգ իրավաբանական պրոֆեսորի քննություն տամ: Ինձ առավել սիրելի է համալսարանում պրոֆեսորի ամբիոնը, քան պալատում նախագահի աթոռը: Այդ արդեն հիանալի է, երբ մարդ կանգնած ամբիոնի վրա ոգևորված պատմում է, զորօրինակ՝ քաղաքական իրավունքների մասին, և Թեմիդեսի հազարավոր աշակերտներ լուռ, հոգիացած լսում են նրան:

Այդ խոսքերը Դիաչկովն արտասանեց բավական կրքով և խորը հոգվոց հանելով:

— Բայց այժմ բոլորովին անգո՞րծ եք, — հարցրին նրանից:

— Այժմ ես պարապում եմ խիստ ազատ վաստակով, — պատասխանեց Դիաչկովը: — Արդարև ես մինչև այն աստիճան չեմ կարող ստորացնել ինձ, որ գնամ օկրուժնոյ սուդ կամ պալատ, ատյանում կանգնեմ և պաշտպանեմ որևիցե գործ, որպես անում են այստեղի փաստաբանները. բայց արհեստում չծուլանալու համար, երբեմն մեծ գործերում, երբ լինում են դժվար իրավաբանական հարցեր, ես գրում եմ միմիայն խնդիրներ, թեև խիստ չնչին վարձով, զորօրինակ՝ մի քանի հազար մանեթով:

Բոլորովին սուտ էր խոսում Դիաչկովը. նա ոչ միայն օկրուժնոյ սուդն ու պալատը չէր դնում գործեր պաշտպանելու, ինչպես հավատացնում էր յուր թեթևամիտ ունկնդիրներին, այլ հարյուր մանեթ գործի համար նա միրովոյ սուդերումն էր քարշ գալիս: Միով բանիվ, նա քաղաքիս ամենաստոր փաստաբաններից մեկն էր, որին հանձնում են այն ամենակեղտոտ գործերը, որ յուր պատիվը պահպանող ոչ մի փաստաբան հանձնառու չէ լինում ընդունելու:

Հանկարծ նա նշմարեց անկյունում դրած դաշնամուրը:

— Ա՜, այդ ո՞վ է ածում, — հարցրեց նա զարմացք ձևացնելով յուր դեմքի վրա:

— Սոֆին, — պատասխանեց տիկին Բարբարեն:

— Մադմուազել Սոֆի՞ն, — կրկնեց Դիաչկովը ուրախությամբ: — Ա՜խ, ես Պետերբուրգից դուրս գալուց հետո Կովկասում ոչ մի գերդաստանում չեմ լսած պիանոյի ձայն. ես հուսով եմ, որ օրիորդ Սոֆին այնքան ողորմած կլինի, որ այդ մեծ զվարճությունը կպատճառի ինձ:

Տիկին Բարբարեն սկսավ թախանձել յուր դստերը, որ նա նվագե:

Օրիորդ Սոֆին մեծ հոժարությամբ մոտեցավ պիանոյին և սկսավ նվագել շատ վատ: Բայց Դիաչկովն անդադար ծափահարելով, դառնում էր դեպի տիկին Բարբարեն՝ ասելով.

— Այս արդեն հրաշք է... ա՜խ, որքան հիանալի նվագում է մադըմուազել Սոֆին, Պետերբուրգում սակավ աղջիկներ միայն կարող են այդպես նվագել:

Օրիորդը ոգևորված այդ գովասանքով՝ նվագեց ամբողջ կես ժամ, նա երգեց և մի ռոմանս, նույն միջոցին Դիաչկովը զմայլմունքից ինքը նույնպես յուր խռպոտ ձայնը խառնեց նրա ձայնի հետ:

Օրիորդը վերջացնելուց հետո, Դիաչկովը մոտեցավ նրան և մինչև գետին խոնարհվելով շնորհակալություն արավ, ավելացնելով, թե այնուհետև չէր ցանկանա լսել Մոցարտին և Բեթհովենին՝ նրա նվագը լսելուց հետո:

Ապա ինքը Դիաչկովը նստավ պիանոյի մոտ և նվագեց երգելով մի սոնետ. նրա անախորժ ձայնը այնպես նման էր կատվի մլավյունի հնչյուններին, որ Գրիգոլի ծիծաղը շարժեց, որ լուռ նստած լսում էր: Բայց Դիաչկովը յուր երգը կիսատ թողնելով հեռացավ պիանոյից՝ հավատացնելով, թե համալսարանում շատ պարապմունքի պատճառով կրծքի հիվանդությունը զրկեց նրան յուր անուշ ձայնից, եթե ոչ, նա մի անգամ Պետերբուրգում գրաֆ Տամբալովսկու տանը մրցության մեջ մտավ իտալացի առաջին երգիչ Կասոնի հետ և ինքը տարավ մրցանակը:

## ԼԱ

Քաջբերունին քաղաք գնալուց հետո ամբողջ մի ամիս հիվանդ պառկեցավ, մինչև նրա առողջությունը փոքր — ինչ ուղղվեցավ. բայց այնուհետև երկու ընկերները չկամեցան ամառանոց գնալ, որովհետև քաղաքում ևս բավական հով էր եղանակը:

Մի օր նրանք նստած էին. Արամյանի դեմքը չէր ցույց տալիս բոլորովին ուրախ արտահայտություն. կարծես թե ներքին թախիծներ վրդովում էին նրա սիրտը, մինչև նա ընդհատեց լռությունը՝ խոսելով.

— Սմբատ, մի՞թե միշտ այսպես անպաշտոն և անգործ պիտի մնանք մենք:

— Այո՛, — պատասխանեց սառնությամբ Քաջբերունին, — որովհետև նա, ով որ պիտի մեզ պաշտոն տա, ռոճիկ տա, մենք նրա համար անպիտան կարասիներ ենք, այլ խոսքով՝ մենք նրա գործին անհարմար ենք:

— Ի՞նչ պետք է արած, — տհաճությամբ հարցրեց Արամյանը:

— Ի՞նչ պետք է արած, — կրկնեց Քաջբերունին, և նրա երեսի վրա երևեցավ թթու արտահայտություն: — Կամենո՞ւմ ես պաշտոն...պրծավ գնաց...

— Մի՞թե այդ կարելի է անել:

— Ուրեմն զո՛հ եղիր աղքատությամբ:

— Բայց ա՞զգը, — հարցրեց Արամյանը:

— Ազգը ի՞նչ, — կրկնեց Քաջբերունին:

— Նա մեզ հաց չի՞ տա:

— Կտա, եթե նրա ոտքերը լիզես և նրա քմացը համար խունկ ծխես:

Նրանց խոսակցությունն ընդհատեցավ, երբ ներս մտավ Դիաչկովը՝ ուրախության ծիծաղը երեսին:

Նա առանց ողջունելու և առանց նրանց ձեռք տալու, գլխարկը վերցրեց և կանգնելով նրանց առջև՝ ասաց.

— Շնորհավորեցեք, պարոններ, իմ քաջագործությունը, այսօր ես տարա սուդում մի այնպիսի փառավոր գործ, որ կատարյալ հրաշք է. վասն որո, եղբարք, երեք հազար մանեթ գրպանեցի...

— Տո՛, Թաթոս, դու ի՞նչ օրենք գիտես, որ քո տարած գործն ի՛նչ լինի, — ասաց նրան Արամյանը:

— Եղբայր, օրենք գիտենալն այս քաղաքում ոչինչ նշանակություն չունի, — պատասխանեց Դիաչկովը կծու կերպով: — Ահա քո ընկերը ևս մագիստրոսի դիպլոմը ծոցում պարապ տանը նստած է. միայն այստեղ գլխավորապես պետք է լինել սիրենա և կարողանալ գրավել օրենքը, դատաստանը և դատավորները:

Քաջբերունին լուռ լսում էր նրանց:

— Ինչո՞վ, — հարցրեց Արամյանը:

— Ինչո՞վ, — կրկնեց Դիաչկովը. — ծիծաղելի հարց. "տու՛ր կայսերն կայսեր, և աստծույն աստուծո" — ահա՛ թե ինչով:

— Մի՞թե կարելի է այդ աստիճան ստորանալ, կեղտոտ գործիք դառնալով անպիտան մարդկանց լումայասիրության, — հարցրեց Արամյանը:

— Արդարը միշտ սովից մեռնում է, եղբայր, — պատասխանեց նրան Դիաչկովը:

Արամյանը կամենում էր մի խոսք ևս ասել, բայց նրան ընդհատեց Քաջբերունի՝ ասելով.

— Ես բոլորովին համաձայն եմ քեզ հետ, պարոն Դիաչկով. այսօրվա օրում ով չգիտե ստախոսել, հաճոյամոլությամբ կեզծավորել և ուրիշի կամքին ու նպատակներին զոհել յուր ամենաազնիվ և ամենասուրբ զգացմունքները, չէ կարող արծաթ շահել: Որովհետև մեր քաղաքական կյանքը, դժբախտաբար, այնպիսի հանգամանքների մեջ է դրված, որ դրանք անհրաժեշտ պիտույքներ են եղած: Եվ մենք մի քանի րոպե առաջ սույն նյութերի վրա էինք խոսում, դու ընդհատեցիր մեզ: Քաջալերվելով Քաջբերունու խոսքերից, որ նա խոսեց կծու արհամարհանքով, Դիաչկովն ասաց.

— Եղբայրք, ճշմարիտն ասած, դուք խիստ հիմար գաղափարների եք ծառայում, մի խոսքով՝ դուք լոկ օդ եք կուլ տալի, իսկ այդ ձեր փորին սնունդ չի տալ, պետք է ժամանակի հանգամանքների հետ ընտելանալ և արևահայաց ծաղկի նման արևը ո՛ր կողմից ծագե, դեպի այն կողմը պետք է շրջել յուր դեմքը:

— Դեպի ամեն կողմ թեքվել, դեպի ամեն կողմ խոնարհվիր. այդ կատարյալ կապկություն է, — խոսեց Արամյանը: — Մինչդեռ պատիվը պահպանելը միշտ եղել է և պիտի լինի սուրբ:

— Աղքատը ոչինչ պատիվ չունի, — պատասխանեց Դիաչկովը. — պատիվը արծաթի մեջ է և առանց ձեր ասած կապկության չէ կարելի արծաթ վաստակել:

— Ուրեմն ամենայն սուրբ բան պիտի զոհել արծաթին:

— Այո՛, որովհետև նա միակ գերագույն սրբազան էակն է տիեզերքում, — վճռական կերպով պատասխանեց Դիաչկովը:

— Ահա՛ քեզ լոգիկա, — ծիծաղելով խոսեց Արամյանը:

— Եղբայր, դու ուղիղ ես, — դարձավ դեպի Դիաչկովը Քաջբերունին, — կյանքի մեջ դու քո դասը ավելի լավ ես սերտել, քան թե մենք. դու գնում ես մի ճանապարհով, որտեղից խուժանը ստեպ ընթանալով դարձել է հարթ և հավասար, բայց մեր ճանապարհը փշոտ է և շատ էլ բանուկ չէ...: Դու պաշտիր արծաթը, քո աստվածը, մենք էլ ունինք մեր հպարտությունը և գոհ ենք մեր աղքատությամբ:

— Դրանք թող մնան, դատարկ խոսքեր են, չարժե խոսել դրանց վրա, — նրա խոսքը կտրեց Դիաչկովը: — Բայց ես, պարոն Քաջբերունի, հատկապես եկա ձեզ մոտ, շնորհակալ լինել քո հիվանդության համար: Բոլորովին ճշմարիտ է առակը, թե "մեկի դժբախտությունը մյուսին բախտավորում է": Այո՛, քո փառավոր հիվանդությունը պատճառ տվավ քեզ և նախանձավոր ընկերիդ՝ հեռանալ Կոջորից և թողնել այնտեղ ձեր նվիրական կացարանը բոլորովին իմ տիրապետության ներքո, որի մեջ մի անկյուն ինձ տալու դուք զլացաք:

— Այդ խոսքերով ի՞նչ ես կամենում ասել, — շտապով հարցրեց Արամյանը:

— Այն, — պատասխանեց Դիաչկովը՝ ուղիղ նայելով Արամյանի երեսին, — ինչ որ ես ցանկանում էի, այսինքն՝ իմ դրացությունս առիթ տվավ ինձ ծանոթանալ Հացի-Գելենց, հետևապես նաև օրիորդ Սոֆիի հետ:

— Այդ մի մեծ բախտ չէր, Թաթոս Իվանիչ, — պատասխանեց Արամյանը արհամարհական ծիծաղը երեսին, — որի մասին հարկավոր լիներ այդպես հրճվանքով խոսել:

— Ի՞նչ բախտ կարող է լինել դրանից մեծ, — պատասխանեց Դիաչկովը ջերմեռանդությամբ: — Օրիորդ Սոֆիի ամեն մի խոսքը, նրա ամեն մի ժպիտը, վերջապես նրա ամեն մի համբույրը... այդ արդեն կյանք է և անմահություն...:

— Բոլորովին սուտ ես խոսում, — պատասխանեց Արամյանը, և նրա դեմքը գունատվեցավ ներքին վրդովմունքից:

— Երդվում եմ աստուծով:

— Չեմ հավատում:

— Երդվում եմ պատվովս:

— Չեմ հավատում:

— Ի՞նչ տեսակ մարդ ես դու:

— Ի՞նչ եք վիճում, — նրա խոսքը կտրեց Քաջբերունին: — Ի՞նչ մի զարմանալի բան կա այստեղ դժվար հավատալու:

Արամյանը լռեց: Նրա երեսի գույնը ստեպ — ստեպ փոխվում էր: Դիաչկովը սկսավ պատմել, թե ի՛նչ հնարքով նա ծանոթացավ Հացի-Գելենց հետ, և այնուհետև ի՛նչպես նա տիրեց օրիորդ Սոֆիի սրտին, և նա պատմեց յուր բոլոր սիրաբանությունները օրիորդի հետ:

— Թեև քո պատմության մեծ մասը զարդարված է ստախոսութան ներկերով, բայց դարձյալ նրա մեջ կան մի քանի հավատալիքներ, — պատասխանեց Քաջբերունին: — Զարմանալի չէ, որ օրիորդ Սոֆին ունեցել է քեզ հետ սիրաբանություններ, այդ արդեն ինստիտուտական օրիորդի իսկական հատկությունն է: Այդպես են այդ աղջկերքը. դրանցից յուրաքանչյուրը նախ և առաջ կսիրահարվի մի գիմնազիստի վրա, հետո իրան սիրական կընտրե մի որևիցե դերասան, իսկ այնուհետև երբ նա յուր ճաշակը փոքր — ինչ կրթված համարի, կփաթաթվի ամեն մի ուսանողի շլինքով, որոնք հաճախում եմ նրանց տուն իբրև հյուր. այնուհետև սատանան գիտե, թե ին՛չ է դառնում այդ տեսակ թեթևսոլիկ աղջկերանց վերջը:

Արամյանը տհաճությամբ լսում էր:

Դիաչկովը նույնպես տխրեց, երբ յուր սիրո առարկայի վրա այդպիսի նկատողություններ արին:

— Նրանք եկե՞լ են Կօջորից, — հարցրեց Արամյանը Դիաչկովից:

— Հապա այս ցրտում ո՞վ կմնա ամառանոցում, — պատասխանեց Դիաչկովը: — Երրորդ օրն է, որ նրանք եկած են. այսօր ես շնորհ ունիմ նրանց մոտ ճաշելու:

— Ուրեմն այդպե՞ս... — ուղիղ Դիաչկովի երեսին նայելով խոսեց Արամյանը:

— Ի՞նչ կա որ. քո սրտին ինչո՞ւ է դիպչում, — հարցրեց նրան Դիաչկովը:

— Ոչինչ..., — պատասխանեց Արամյանը:

Այդ խոսակցությունը տևեց մի քանի րոպե ևս, մինչև Քաջբերունին տաղտկացավ:

— Չարժե դրա վրա այդքան խոսել, — ասաց նա: — Պատմի՛ր, ին՞չ նոր լուր գիտես, պարոն Դիաչկով:

— Ահա՛ ձեզ նոր լուր. ինձ առաջարկում են միրովոյ սուդիայի պաշտոն նահանգում, բայց ես չեմ ընդունում:

— Ինչո՞ւ, Թաթոս:

— Նահանգում միրովոյ սուդիա լինելու համար չարժե

հեռանալ քաղաքի զվարճություններից. առանց դրան էլ իմ դրությունս այստեղ բոլորովին ապահոված է:

— Քանի՞ հազար ես որսացել մինչև հիմա:

— Ո՛չ ավելի, քան տասն հազար...

Եվ Դիաչկովը նայեց ժամացույցին, իսկույն կանգնեց, առավ գլխարկը և հեռացավ՝ ասելով.

— Ինձ ներեցեք, արդեն ճաշին քառորդ ժամ է մնում, ինձ կսպասեն Հացի-Գելենց տանը:

— Ահա՛ այդպիսի հիմարները կարողանում են փառավորապես ապրել այս աշխարհում, որովհետև նրանք տալիս են "կայսերն կայսեր, և աստծույն աստուծո": Զզվելի՜ կեղծավորություն..., — ասաց Քաջբերունին՝ ներքին վրդովմունքով:

Բայց Արամյանը համարյա չլսեց այգ խոսքերը. նա սաստիկ կերպով խռոված էր: Դիաչկովի խոսքերը Հացի-Գելենց մասին հարուցին նրա սրտում անախորժ զգացմունքներ:

## ԼԲ

Օգոստոսը ևս անցավ, յուր հետ տանելով նաև տոթը: Եղանակը օրըստօրե դառնում էր հովասուն: Հասարակաց զբոսարաններում որոշյալ ժամերին զվարճասեր բազմությունը ավելի և ավելի համախմբվում էր. գիշերները թատրոնում սկսեց հնչել իտալական օպերան:

Ամառանոցներից ամենքն էլ վերադարձել էին քաղաք: Օրիորդ Սոֆին յուր մոր հետ նույնպես ամբողջ շաբաթ կլիներ, որ եկել էին Կոշորից:

Օրիորդը քանի օր էր անձկանոք սպասում էր Արամյանին, բայց տակավին նա չէր երևում Հացի-Գելենց մոտ: Վերջին օրերում նա հրամայեց չընդունել Դիաչկովին, երբ քաղաք գնալուց հետո նա իմացավ, որ խաբեբա ստուդենտը ամուրի մարդ չէ եղած, ինչպես նա հավատացրել էր, այլ ունեցել է կին: Բայց վերադառնալով ամառանոցից, նա իրանց տան ներքին հարկի կեցողների թվում գտավ մի նոր մարդ, ազգով ռուս, նորահաս օֆիցեր, բարակ, բարձր հասակով և բավական ախորժելի դեմքով: Մանուկ օֆիցերն առաջին օրից գրավեց օրիորդի ուշադրությունը:

Օրիորդը երկար սպասելով Արամյանին, վերջապես նրա համբերությունը հատավ և ստուգելով, որ նա կենում է գերմանացոց գաղթարանում, մի օր վաղ առավոտյան կառք նստեց և գնաց դեպի այն կողմը: Ճանապարհին նա երևակայում էր այն բոլոր հիացումները, հրճվանքները և սիրախոսական զգացմունքները, որոնցով կարծում էր, թե Արամյանը կհանդիպեր իրան: Նա մտածում էր, թե ինքը կերթա նրա մոտ, նախ և առաջ իրան կձևացնէ խռոված, թե ինչո՞ւ Արամյանը այսքան ժամանակ իրան այցելության չեկավ: Այնուհետև Արամյանը կչոքէ յուր առջև, ներողություն կխնդրէ, ինքը կժպտա և կհամբուրէ նրան. էլ ի՛նչ ասես, որ չէր մտածում օրիորդ Սոֆին...

Այդպիսի խորհրդածությունների մեջ նա աննկատելի կերպով անցավ Գոլովինսկի պրոսպեկտը, Աղեքսանդրյան այգին, Վորոնցովի արձանը, գերմանացոց գաղթարանը և հասավ Մուշտայիդ: Այստեղ կառավարը սթափեցրեց նրան յուր մտավոր խռովությունից՝ հարցնելով.

— Ո՞ր կողմ կհրամայեք գնալ:

Օրիորդը նկատելով, որ բավական անցել է Արամյանի կացարանից, հրամայեց ուղղել կառքը դեպի մեր ընթերցողին նախածանոթ գերմանացու տուն, ուր բնակվում էր Քաջբերունին, որ առաջին անգամ ծանոթացանք Արամյանի հետ, երբ նա եկել էր այցելության յուր ընկերոջը:

Օրիորդ Սոֆին ամենևին չհրամայեց իմացում տալ յուր մասին, այլ համարձակ ներս մտավ և գտավ Արամյանին միայնակ նստած գրելիս:

— Բարով, Վահե, — ասաց օրիորդը ներս մտնելով՝ ուրախության ծիծաղը երեսին:

— Ա՛, օրիորդ Սոֆի, դո՞ւք եք, — կրկնեց Արամյանը թեթև շարժվելով յուր տեղից: — Հրամմեցեք, խնդրեմ:

Արամյանի առոգանությունը, նրա պատկառելի ընդունելության ձևը, որ արտասանեց նա նոր, իրանց մեջ դեռևս անսովոր, հոգնակի ձևով, նրան խիկույն զգալի եղան: Այնինչ նա մտածում էր, թե յուր սիրեկանն խիկույն գրկախառնվելու էր յուր հետ:

Օրիորդը ակամայից նստեց աթոռի վրա, որ ցույց տվավ նրան Արամյանը:

— Դու վերջապես ստիպեցիր ինձ գալ քեզ մոտ, այսքան երկար սպասել տալուց հետո, — ասաց նրան օրիորդը: — Երևի լսած չես եղել մեր դարձը:

— Ես լսած էի... Միայն Սմբատի առողջությունը այս վերջին օրերում մի փոքր ևս վատացավ, այդ պատճառով չէի կարողանում տանից հեռանալ:

— Այժմ ի՞նչպես է նրա առողջությունը:

— Վատ չէ՛:

— Ո՞ւր է նա:

— Գնացել է զբոսնելու. նա ամեն առավոտ սովորություն ունի քաղաքից հեռանալ մաքուր օդ ծծելու:

— Ուրեմն ես կարող եմ հուսալ, թե դու այսուհետև ժամանակ կունենաս մեզ մոտ գալու, այնպես չէ՞:

— Չգիտեմ..., — սառնությամբ պատասխանեց Արամյանը:

Օրիորդը զարհուրելով նայեց նրա երեսին:

— Ի՞նչ է, դու հիվա՞նդ ես, Վահե, քո դեմքն այնպես գունատվեցավ, — հարցրեց նա:

— Այո՛, ես ինձ բոլորովին առողջ չեմ զգում, — պատասխանեց Արամյանը տաղտկանոք, որպես մի մարդ, որ ձանձրանում է յուր խոսակցից:

Օրիորդը մոտեցավ նրան և բռնեց նրա ձեռքը:

— Ա՜խ ի՜նչ սառն է քո ձեռքը, — գոչեց նա, — կարծես սառույց լինի:

— Այո՛, օրիորդ Սոֆի, ջերմության հուրը մարեցավ ինձնում... և իմ սիրտը ևս այնպես սառն է այժմ, ինչպես իմ ձեռքերը...

— Ինչո՞ւ, — հարցրեց օրիորդը ողորմելի կերպով:

— Զարմանալի բան է այդ սիրտ կոչվածը, նա շուտով կոտրվում է, նա շուտով սառչում է, նա շուտով մեռնում է...:

— Այլևս չէ՞ ողջանում:

— Ո՛չ, որպես ապակիի փշրանք չէ կարելի կրկին կցել և ողջացնել, նույնպես է և սիրտը:

Եվ Արամյանի դեմքը մռայլվեցավ: Օրիորդը գրկեց նրան և խորին զգացողությամբ նայելով նրա երեսին՝ ասաց.

— Վահե՛, երբ քո սիրտը այդպես կոտրված լինի, մի այլ սիրտ, որ այնքան ամուր կերպով կապված է քոնի հետ, նույն դրության չէ՞ ենթարկվիլ:

— Այո՛, կենթարկվի, եթե՛ կապված լինի, բայց իմ կարծիքով՝ իմ ու ձեր սրտի մեջ եղած հեռագրական թելը վաղուց կտրված է...

— Ուրեմն այդպե՞ս է քո կարծիքը, — պատասխանեց օրիորդը և թողեց նրան յուր գրկից և նստավ նրան ավելի մոտ: — Այժմ հասկացա քո տխրության պատճառը, միայն ուղիղ չէ քո կարծիքն այդ մասին:

— Կարծիքը ոչինչ նշանակություն չունի այնտեղ, ուր կան հայտնի փաստեր, — պատասխանեց Արամյանը:

— Ի՞նչպիսի փաստեր:

— Զորօրինակ Դիաչկովը։

— Դիաչկո՞վը, — կրկնեց արհամարհանքով օրիորդը, — ես հրամայեցի անցյալ օրը արտաքսել մեր տանից այն հիմարին։

— Այդ արդեն ուշ է...և ձեր կորուստը նրա պատճառով կմնա անդարձ...

— Ուղիղն ասած, Վահե, ես չեմ հասկանում քեզ. ի՞նչ կորուստ։

— Դրանից ավելի ի՞նչ կորուստ կարող է լինել, որ այժմ այդ փողոցի շաղլատանը բոլոր քաղաքում տարածում է մի ամբողջ ռոման յուր և ձեր սիրահարության մասին Կոջորում։

— Այն խաբեբան կարող է շատ ստեր խոսել, բայց դրանով ես պիտի կորցնե՞մ իմ համարումը, — պատասխանեց օրիորդը։

— Շատ ստերը միշտ հիմնվում են մասնավոր ճշմարտության վրա։

Վերջին խոսքերից բոլորովին հայտնի եղավ օրիորդին, ինչ որ նույն րոպեին աղմկում էր Արամյանի սիրտը։ Նա հանկարծ չոքեց մանուկ տղամարդու առջև և գրկեց նրա ծնկները. ասելով.

— Վահե՛, դու բարկացել ես ինձ վրա, ներիր, ես մեղավոր եմ քո առջև։

Արամյանը ոչինչ չպատասխանեց, միայն խնդրեց, որ նա բարձրանա գետնից, բայց օրիորդը վեր չկացավ տեղից և անդադար կրկնում էր.

— Ների՛ր, ների՛ր ինձ...

Եվ նա սկսեց դառնապես լաց լինել։

Արամյանը դարձյալ աշխատեց բարձրացնել նրան։

— Ես չեմ կանգնելու, մինչև չասես, թե ներում ես ինձ։

Արամյանը ասաց, թե ներում է։

Օրիորդը նստեց յուր առաջվա տեղում։

— Ես ներում եմ ձեզ, — դարձյալ կրկնեց Արամյանը հոգվոց հանելով, — բայց ես այսուհետև չեմ կարող սիրել ձեզ, որովհետև մեր մեջ ամենայն ինչ վերջացած է արդեն...

Օրիորդը դարձյալ սկսավ լաց լինել։

— Սերը, օրիորդ Սոֆի, շատ քնքուշ և շատ մաքուր բան է, մի չնչին բիծ ևս արատավորում է նրան. մինչդեռ նա է և պիտի լինի միշտ սուրբ, որպես եղել է սկզբից։

— Ուրեմն ես արատավորեցի՞ մեր սերը, — հարցրեց օրիորդը։

— Այդ ձեզ հայտնի է արդեն։

— Բայց դու եղիր դարձյալ բարի և խղճա իմ վրա. ես, Վահե, կմեռնեմ հուսահատությունից, երբ դու թողնես ինձ. իմ կորստյան պատճառ մի՛ լինիր, Վահե՛։

— Մեր մեջ ամենայն ինչ վերջացած է այսուհետև, օրիորդ Սոֆի, — սառնությամբ պատասխանեց Արամյանը: — Դուք այլևս ոչինչ մի՛ հուսացեք ինձնից, օրիորդ Սոֆի. այս իմ վերջին խոսքերն են ձեզ հետ. լսեցեք իմ բարեկամական խրատներս, ուղղեցեք ձեր վարքը, եթե չեք կամենում բոլորովին ոչնչացնել ձեզ, քանի որ դուք դեռևս մանկահասակ եք, և դեռևս կյանք կա ձեր առջև: Ես չեմ մոռանա այն մի քանի ժամերը, որոնք Կոջորում անցուցել եմ ձեզ հետ, ես մինչև մահ պիտի հիշեմ... և դուք հետո պիտի հասկանաք, թե ես ճշմարիտ սիրում էի ձեզ... Այո՛, իմ սիրտը կոտրվեցավ, սառավ, ինչպես ասացի ձեզ:

Օրիորդ Սոֆին կամեցավ մի քանի խոսք ասել նրան, բայց հանկարծ նախասենյակում լսելի եղավ Քաջբերունու ծանր քայլերի ոտնաձայնը, երբ նա սուլելով անցավ դեպի յուր սենյակը:

— Եկավ Սմբատը, — ասաց Արամյանը, — մենք այստեղ ինչ — որ խոսենք, կարող է լսել նա. գնացե՛ք, խնդրեմ, օրիորդ Սոֆի, թող մեր գաղտնիքը մնա նույնպես ծածուկ, ինչպես եղել է մինչև այսօր:

— Դու արտաքսո՞ւմ ես ինձ, Վահե՛, — ասաց ողորմելի ձայնով օրիորդը, — բայց խնդրեմ օգնիր ինձ մինչև դուռը գնալու, իմ մեջ այլևս ուժ չկա...

Արամյանը բռնեց նրա թևից, բարձրացրեց և սկսավ նրան դուրս տանել:

Կանգնելով դռանը՝ օրիորդը բռնեց Արամյանի ձեռքը և խոսեց.

— Վահ՛, դու մերժեցիր ինձ, դու բաժանվեցար ինձնից, բայց ես դարձյալ պիտի սիրեմ քեզ. մնաս բարով, իմ բարեկամ, տո՛ւր գոնյա վերջին անգամ համբուրեմ քո ձեռքը:

Եվ նախքան Արամյանը կարգելեր՝ նա նրա ձեռքը սեղմեց յուր երեսի վրա. արտասուքի կաթիլները թրջեցին նրա ձեռքը. Արամյանը օգնեց նրան նստել կառքը: Օրիորդը երեսի շղարշը վայր քաշեց: Կառքը սահեցավ:

## ԼԳ

Ժողովուրդը, ամառվա տաք ամիսներում զրկված թատրոնից, խուռն բազմությամբ դիմում էր այնտեղ: Օթյակները, բազկաթոռները և աթոռները, պատշգամբը, բոլորը բռնված էին: Մուզիկան հնչում էր: Բազմությունից ոմանք իրանց դիտակներով նայում էին գեղեցիկ աղջիկներին, և ոմանք իրանց աթոռների վրա նստած՝ անհամբեր սպասում էին, թե ե՛րբ պիտի բարձրանա վարագույրը:

Բազկաթոռների երրորդ կարգի մի անկյունում նստած էր Քաջբերունին և նրա մոտ՝ Արամյանը:

Արամյանը նույն րոպեին խոսում էր յուր ընկերոջ հետ թատերական բեմի վրա, թե հայկական լեզվով ներկայացումները կարող էին բավական օգուտ բերել հայ հասարակությանը:

— Ի՞նչ օգուտ պետք է բերեին, երբ այս հիմարները հայերեն չգիտեն, — պատասխանեց Քաջբերունին՝ ակնարկելով թատրոն եկած հայերին:

— Մի՞թե սրանք իտալերեն հասկանում են, որ այսպես թափվել են այստեղ, — ասաց Արամյանը:

— Դու կարծում ես, թե դրանք եկել են այստեղ բան հասկանալո՞ւ, ո՛չ, նրանք եկել են միևնույն նպատակով, ինչ նպատակով մարդ կերթա բազար: Մայրերը իրանց աղջիկներին զարդարած բերել են վաճառելու, երիտասարդները եկել են գնելու...: Նայիր այն հարուստ հայ երիտասարդներին, որոնք նստած են առաջին կարգում. նրանք շատ անգամ թանկագին ընծաներ են նվիրում երգչուհուն, սակայն նրանք չեն զգում ո՛չ մուզիկայի անուշությունը, ո՛չ բեմական ներկայացումների վսեմությունը:

— Ի՛նչ նպատակով ուզում է լինի, զանազանություն չկա. խնդիրն այն է, որ բազմությունը չի հեռանա թատրոնից, երբ այստեղ ներկայացումներ տան և՛ հայերեն լեզվով:

— Այո՛, եթե դու ցանկանում ես միմիայն քո նյութական շահի համար, ավելի զանազանություն չկա, բայց դու ի նկատի ունիս հասարակության իրական օգուտը, որ կարող էր բարոյապես կամ իմացականապես շահվել յուր ազգային բարբառով ներկայացումներ տեսնելով:

— Իհարկե, բուն նպատակը կլինի այն, ինչ որ ազգության ճշմարիտ բարեկամի ցանկությունն է. իսկ եթե ժողովուրդը այլ հայացքով կնայի դրա վրա, այդ փույթ չէ, մինչև նա ընտելանա գործի էությանը, որովհետև ի՛նչ նպատակով ուզում է լինի, բայց և այնպես մեկը նպաստում է մյուսին:

Քաջբերունին ոչինչ պատասխան չտվավ և համարյա չլսեց էլ թե ի՛նչ խոսեց նա. նա նայում էր դեպի օթյակները:

— Ահա՛ Սոֆին, Վահե, — կոչեց նա:

Արամյանը տեսավ Սոֆիին, որ յուր երկու քույրերի և եղբոր հետ ներս մտավ մի օթյակ: Նա յուր անհամեմատ գեղեցկությամբ և պատշաճավոր հագուստով գերազանցում էր բոլորից: Նա նստեց և սկսավ յուր գրավիչ նայվածքը անդադար ձգել դեպի յուր չորս կողմը:

— Փարթամ բնավորություն է, — կրկնեց Քաջբերունին:

Արամյանը ոչինչ չպատասխանեց, երեսը շրջեց դեպի մյուս կողմը, բայց նա նկատեց, որ ստվար դիտակներ ուղղվեցան դեպի նրա օթյակը:

Քաջբերունին նշմարեց ներքի կարգում մի օթյակ, որ բոլորովին դատարկ էր մնացել: "Այդ ո՞ր բախտավորին է սպասում", — ասաց նա յուր մտքում և տեսավ, որ մի րոպեից հետո դռնակը բացվեցավ և այնտեղ ներս մտավ մի աղջիկ միջակ հասակով, և նրա հետ մի նորահաս պատանի, որ երևում էր, թե աղջկա եղբայրն է:

Մանկահասակ օրիորդի արտաքին կերպարանքը բոլորովին գրավեցին Քաջբերունու ուշադրությունը: Նրա հագուստը ոտքից ցգլուխ աչքի էր ընկնում, չնայելով, որ ոչ միայն պատրաստված չէր թատրոնի համար, այլ այնպիսի պարզ հագուստով մինչև անգամ անհարմար էր երևիլ որևիցե հասարակական ժողովում: Նրա սև ձեռնոցները, սպիտակ չթյա հանդերձը, նրա սև թավշյա վերարկուն, որ թեք ձգած էր յուր ուսին, արտահայտում էին նրա անփութությունը դեպի հասարակական ծեսերն ու սովորությունները: Նրա զիսակը ամենևին հարթարած չէր, որպես վայել է թատրոն երթալու համար, այլ նրանք այնպես խառնված էին, կարծես թե նա դեռ նոր էր հեռացել յուր աշխատության գրասեղանի մոտից:

Այդ օրիորդի օթյակը մոտ էր Քաջբերունու բազկաթոռին, և նորահաս երիտասարդը, գրավված նրանով, կարողանում էր որսալ նրա դեմքի ամեն մի արտահայտությունը և նրա ամեն մի շարժմունքը :

Օրիորդը մտնելով յուր օթյակը, մի կողմնակի հայացք ձգեց բազմության վրա և նստեց խորին սառնասրտությամբ: Նրա դեմքը գունատ էր, ինչպես մարմարիոն, բայց երեսի գծագրությունը կանոնավոր էր և ախորժելի: Սև սաթի նման զիսակները, սև հոնքերը և սև, վառվռուն աչքերը ցուցանում էին նրա արևելյան ծագումը: Իսկ մի քանի րոպեից հետո, քանի մի բառեր, որոնք զանգակի հնչյունով հասան Քաջբերունու լսելիքին, ստուգեցին օրիորդի հայազգի լինելը:

Վարագույրը բարձրացավ: Բեմի վրա ներկայացնում էին "Ռիգոլետտո":

Օրիորդը առանց ուշադրություն դարձնելու յուր չորս կողմը, նայում էր միայն բեմին, որպես թե ինքը միայնակ լիներ թատրոնում: Ռիգոլետտոյի միմոսական ծաղրածությունները չշարժեցին և ոչ մի ժպիտ նրա սառն դեմքի վրա:

"Այդ օրիորդի մեջ մի բան կա", ասաց յուր մտքում Քաջբերունին, չդադարելով հետազոտել նրա ամեն մի շարժողությունը: Քաջբերունին շատ էր ցանկանում իմանալ օրիորդի ով լինելը, բայց չգիտեր ո՛ւմից հարցնե: Նա չուզեց այդ մասին հարցնել նաև Արամյանից, որ նույն ժամուն համարյա ձանձրացրել էր իրան յուր խոսակցությամբ հայկական թատրոնի մասին:

Վարագույրը վայր իջավ: Առաջին գործողությունը վերջացավ:

Հանդիսականներից ոմանք դուրս գնացին ծխելու և ոմանք մնացին օրիորդներին մտիկ անելու: Քաջբերունին տեսավ, որ յուր ուշադրության առարկան նույնպես դուրս գնաց օթյակից: Նա առանց մի բան ասելու յուր ընկերոջը, ինքը նույնպես դուրս գնաց: Նա տեսավ, որ օրիորդը միայնակ ճեմում է նախասենյակում: Վայելչահասակ օրիորդը ոտքի վրա ավելի գեղեցիկ էր, քան թե օթյակում նստած ժամանակ:

Քաջբերունին սկսավ հետազոտել նրա ընթացքը: Մի քանի պատվավոր մարդիկ բարևեցին նրան, նա թեթև կերպով շարժեց գլխով և ոչ մինի հետ չխոսեց:

Ներսից լսելի եղավ մուզիկայի ձայնը: Օրիորդը վերադարձավ յուր օթյակը:

Քաջբերունին համարյա չէր նկատում, թե ինչ էր ներկայացվում բեմի վրա, նրա բոլոր ուշքն ու միտքը դարձած էր դեպի խորհրդավոր օրիորդը:

Ներկայացման այդ տեսարանում, երբ սպանող X.... — ը դրեց բեմի վրա անբախտ N... — ի դիակը, Քաջբերունին նշմարեց հայտնի փոփոխություն օրիորդի դեմքի վրա. նրա աչքերը վառվեցան, և նրա երեսի վրա խաղաց թեթև կարմրություն: Կարծես նրա անբարբառ դեմքն ասում էր. “արժանավոր հատուցումն հիմար սերին”:

Երբ վարագույրը վայր իջավ, Քաջբերունին շուտով դուրս գնաց, մտածելով հետևել այն օրիորդին, ուր և գնա նա, և տեսնել, թե ո՛րտեղ է բնակվում: Օրիորդը դուրս եկավ և իսկույն կառք նստեց: Ինքը նույնպես շտապեց կառքով հետևել նրան: Հանկարծ հիշեց, որ մոռացել է վերարկուն վեր առնել: Մինչև դառնալն ու վերարկուն վեր առնելը, օրիորդի կառքն անհետացել էր:

Նա հանդիպեց Արամյանին, որ նրան որոնում էր:

— Ո՞ւր մնացիր, — հարցրեց Արամյանը:

Քաջբերունին ոչինչ չպատասխանեց և կրկին նստավ կառք, ակնարկելով յուր ընկերին՝ նույնպես նստել:

Նրանք բոլորովին լուռ և անխոս հասան տուն: Արամյանը նորոգեց յուր խոսակցությունը հայկական թատրոնի մասին:

— Դու ավելի լավ կանես առժամանակ թողնես թատրոնի հարցը և հոգաս մի բան ուտելու. քաղցած փորով չի կարելի քնել, — ասաց նրան Քաջբերունին:

— Տանտերն այժմ քնած կլինի:

— Ինչպես և լինի մի բան գտիր:

Արամյանը գնաց մյուս սենյակը և դարձավ մատուցարանը ձեռքին:

— Ճաշից մնացել է կես շիշ գինի, մի փոքր պանիր և մի քանի կտոր հաց, — ասաց նա:

— Այդ էլ բավական է:

Նրանք սկսեցին վայելել իրանց աղքատիկ ընթրիքը:

— Ճշմարիտ, Սմբատ, այս գիշեր իմ զգացմունքներս մինչ այն աստիճան գրգռված էին, որ ամեննին չեմ քնել. այսօրվանից պիտի սկսեմ մի լավ դրամա գրել հայոց լեզվով, և եթե կարելի չլինի ներկայացնել մեծ թատրոնում, սակայն կարելի կլինի առանձին մասնավոր տներում ներկայացնել:

— Գրի՛ր, եթե թույլ կտան ներկայացնել, — ասաց Քաջբերունին:

Եվ Արամյանը երկար մնաց արթուն. նա եռանդով գրում էր…

## ԼԴ

Ամբողջ մի ամիս Քաջբերունին որոնում էր, որ մյուս անգամ ես տեսնե այն օրիորդին, բայց նրա բաղձանքն իզուր անցավ: Նա շուտ — շուտ թատրոն էր գնում և ամեն օր դուրս էր գալիս բուլվարի վրա կամ գնում էր Աղեքսանդրյան այգին, բայց ոչ մի տեղ չհանդիպեց նրան:

Քաջբերունին սիրահարված չէր նրա վրա, որովհետև, որքան մեզ հայտնի է, այդ կիրքը վաղուց սառած էր նրանում: Բայց նրա հետաքրքրությունը շարժում էր այն բանը, որ նա ցանկանում էր գիտենալ, թե ո՛րպիսի գոյություն ուներ այն խորհրդավոր օրիորդը, որի առաջին իսկ երևույթը թողեց յուր վրա այնպես խոր տպավորություն:

Մի օր բուլվարի վրա երկար զբոսանքից հետո նա մտավ մի հայ գրավաճառի խանութ փոքր — ինչ հանգստանալու: Նա նստած ծխում էր. հանկարծ տեսավ ներս մտավ նույն օրիորդը ոտքից ցգլուխ պատշաճավոր հագնված մթագույն հագուստ: Նա քաղաքավարությամբ մոտեցավ գրավաճառին և բավական մաքուր հայերենով խնդրեց Մ. Միանսարյանցի “Քնար Հայկականը”: Գրավաճառը պատասխանեց, թե այդ գիրքը իրանց մոտ էլ չի մնացել:

Օրիորդը հարցրեց, թե ո՞րտեղից կարելի է գտնել: Քաջբերունին պատասխանեց նրան.

— Պատվելի օրիորդ, ես ունիմ ձեր խնդրած գիրքը, թե կամենաք՝ ես կտամ ձեզ կարդալու:

— Շնորհակալ եմ ձեր բարեսրտության համար, — պատասխանեց օրիորդը՝ գլուխ տալով նրան:

— Ո՞րտեղ կարող եմ ձեզ հասցնել:

— Իմ կացարանը շատ հեռու չէ, — պատասխանեց օրիորդը, — ահա՛ իմ հասցեն:

Եվ օրիորդը մոտեցավ գրասեղանին և շատ սիրուն հայերեն գրեց յուր հասցեն և հանձնեց Քաջբերունուն, գլուխ տվավ և շտապ դուրս գնաց:

Նույն օրվա երեկոյան պահուն, Քաջբերունին վեր առնելով բախտավոր գիրքը, որ առիթ տվավ իրան ծանոթանալ յուր խնդրած օրիորդի հետ, սկսավ դիմել դեպի այն նվիրական տունը, ուր բնակվում էր նա:

Նա առանց երկար որոնելու գտավ օրիորդի բնակարանը, զանգը քաշեց և խնդրեց յուր մասին իմացում տալ:

Քաջբերունուն առաջնորդելով մի քանի մաքուր և բավական ճաշակով կահավորված սենյակներով, տարան օրիորդ Աննայի (այդպես էր օրիորդի անունը) առանձնասենյակը: Երիտասարդի ներս մտնելիս օրիորդը նստած կարում էր: Տեսնելով յուր հյուրին, նա կարը մի կողմ դրեց, կանգնեց և խիստ քաղաքավարությամբ ողջունեց նրան՝ ավելացնելով.

— Ձեր ազնվասրտությունը, հիրավի, ինձ խիստ զգալի է, ես համարձակվեցա ձեզ նեղություն պատճառել:

— Ընդհակառակն, ինձ համար մեծ ուրախություն է, — պատասխանեց Քաջբերունին և տվավ նրան “Քնար Հայկականը”:

Օրիորդն ուրախությամբ առավ գիրքը՝ ասելով.

— Ա՜խ, ես շատ շնորհակալ եմ ձեզանից. դուք չափազանց պարտավորեցիք ինձ:

— Տեսնելով ձեր այդպիսի սերը դեպի հայոց գրականությունը, ես մեծ ուրախությամբ պատրաստ եմ միշտ բերել ձեզ համար ամեն տեսակ հայերեն գրքեր:

Նրանք նստեցան: Օրիորդն սկսեց ուրախ — ուրախ թերթել “Քնար Հայկականը”:

— Շնորհակալ եմ ձեր բարեսրտության համար, — ասաց նա, — ես բավական հայերեն գրքեր ունիմ, միայն նրանք ըստ մեծի մասին գրաբար լինելով, լավ չեմ հասկանում. իսկ մի քանիսն էլ թեև աշխարհաբար, բայց զանազան բարբառով լինելով, դարձյալ դժվար հասկանալի են. բայց այս գիրքը կարելի է հասկանալ: Ինձ ասացին, թե դրանում հավաքված են մեր նոր և հին գրողների համարյա բոլոր ընտիր երգերը:

— Այո՛, — պատասխանեց Քաջբերունին, — մենք մինչ այսօր չենք ունեցել այդպիսի հարուստ երգարան: Առաջին անգա՞մն է, որ տեսնում եք այդ գիրքը:

— Առաջին անգամն է, — պատասխանեց օրիորդը, — միայն այս երգերից շատերն ինձ ծանոթ են, որոնք ես կարդացել եմ "Հյուսիսափայլ" — ի, "Գամառ — Քաթիպա" — ի և մեր այլ պարբերական հրատարակությունների մեջ, ինչպես են՝ "Արաքսի արտասուքը", "Իտալացի աղջկա երգը" և այլն:

— Դուք ստանո՞ւմ էիք "Հյուսիսափայլ", — հարցրեց Քաջբերունին:

— Ես շարունակ ստանում էի այդ պատվական ամսագիրը, — պատասխանեց օրիորդը, — ափսոս որ նա դադարեցավ: Ռուսաստանում մենք մինչև ցայժմ չենք ունեցել այնպիսի ազատ և խորհրդավոր հրատարակություն:

Քաջբերունին հիացած էր օրիորդի առողջ դատողության և նրա ազգասիրական եռանդի վրա: Եվ կամենալով ավելի լավ ծանոթանալ նրան, հարցրեց.

— Դուք ուրիշ ի՞նչպիսի հրատարակություններ էիք ստանում կամ ի՞նչ գրքեր ունիք:

— Ես ստանում էի "Կռունկ", "Ճռաքաղ", թեև նրանցից և ոչ մինը "Հյուսիսափայլ" — ի հետ չէ կարող դասվել: Մի քանի օր առաջ ինձ մոտ էր եկած մի պոլսեցի երիտասարդ. նա պատմում էր, թե Տաճկաստանում լրագիրներն ու ամսագրերը ավելի մեծ կատարելության են հասած: Ես խնդրեցի նրանից, նա բերավ ինձ համար մի քանի համար "Մասիս", "Մամուլ", "Մեղու", "Փունջ": Ես կարդացի, արդարև տաճկահայերի գործերը ավելի բարձր պիտի դասել գրականության մեջ, քան Ռուսաստանի մերայիններինը:

— Ի՞նչն է պատճառ տալիս ձեզ այդպես մտածել, — հարցրեց Քաջբերունին:

— Իհարկե, իմ նկատողությունները չեն եղել այնքան կրիտիկաբար, ո՛ւր մնաց որ մի քանի թերթերից չէ կարելի ամբողջ Տաճկաստանի հայոց այժմյան գրականության մասին որոշ կարծիք հայտնե, միայն որքան ես նկատեցի, նրանց մեջ առավել տեսանելի է մտքերի ազատություն և իրական ու բարոյական կյանքի ուսումն:

— Ո՞վ էր այն երիտասարդը:

— Ուղիղը չգիտեմ, որովհետև նա յուր անձի համար ոչինչ չասաց, միայն որքան երևում էր, ուսյալ ոմն պիտի լիներ:

Քաջբերունին մտածման մեջ ընկավ:

— Նա այստե՞ղ է այժմ, — հարցրեց նա:

— Ո՛չ չգիտեմ նա ուր գնաց. նա ճանապարհորդում էր զանազան տեղեր:

— Ի՞նչպես եղավ, որ դուք ծանոթացաք նրա հետ:

— Մի օր Աղեքսանդրյան այգում նստած էի մի անկյունում իմ մի բարեկամ երիտասարդի հետ. խոսում էինք մի կատակերգության մասին, որ այն օրերում ներկայացրին պատանի N — ինի տանը: Ես նկատեցի մի օտարական, որ նստած էր նստարանի մյուս ծայրին և ուշադրությամբ լսում էր մեզ. երբ մեր վեճը վերջացավ, մենք սկսանք զբոսնել այգիում, նա դարձյալ չէր հեռանում մեզանից: Խոսակիցս ամենևին ուշադրություն չէր դարձնում, բայց ես գաղտնի հետազոտում էի նրա ընթացքը: Օտարականի խորհրդավոր կերպարանքը շարժեց իմ հետաքրքրությունը: Ինձ ցանկալի էր գիտենալ, թե ինչո՞ւ չէր հեռանում նա մեզանից: Ընկերիս հարկավոր եղավ վառել յուր ծխախոտը նրա ցիգարից, որ նա ծխում էր. այդ փոքրիկ հարաբերությունը առիթ տվավ նրան հաղորդ լինել մեր խոսակցությանը, և ես այդպիսով ծանոթացա այն պարոնի հետ:

— Նա ակնոց ունե՞ր, բարձրահասա՞կ էր, գանգուր մազերով, շագանակագույն, մոխրագույն լայնեզրյա եվրոպական գլխարկ, այնպես չէ՞. պայծառ, գրավիչ դեմքով... փոքրիկ շիկավուն մորուքով... այո՞. խոսելու միջոցին սովորություն ունի խաղալ մորուքի մազերի հետ... ուղի՞ղ է:

— Իսկ և իսկ, — կրկնեց օրիորդ Աննան, — նույն անձն է: Բայց դուք մի բան մոռացաք. ավելի նշանավոր են նրա աչքերը՝ մեծ — մեծ, լիքը, փայլուն և խաժակն...:

— Այո՛, — պատասխանեց Քաջբերունին:

— Ասացեք խնդրեմ, ո՞վ էր նա:

— Ես ևս այնքան գիտեմ, թե ո՛վ է նա, որքան և դուք. միայն այսքանն ինձ հայտնի է, որ նա, ինչպես ասացիք, ուսյալ ոմն է...

Մի քանի րոպե ևս տևեց նրանց մեջ այդ խոսակցությունը անծանոթ անձի մասին, մինչև նրանք դարձյալ սկսեցին խոսել հայոց գրականության մասին:

— Հրամմեցեք գնանք իմ մատենադարանը, ուր դուք կտեսնեք, թե ի՛նչ գրքեր ունիմ, — ասաց օրիորդը կանգնելով:

Քաջբերունին նույնպես վեր կացավ: Օրիորդը յուր կարը և

կարելու պարագաները դնելով մի զամբյուղում, սկսավ առաջնորդել յուր հյուրին դեպի յուր մատենադարանը, ամեննին ուշադրություն չդարձնելով թափ տալու յուր հագուստին կպած բամբակի և թելի պատառները:

— Մեր Սաթենիկը՝ փոքր քույրս, չի բարկանա, որ այսօր նս չի կարող հագնել յուր շապիկը, — ասաց օրիորդը:

— Ուրեմն ես զրկեցի խեղճ երեխային յուր ուրախությունից, — ասաց Քաջբերունին, — արգելք լինելով ձեզ կտրելու:

— Ոչ՛, նա այնքան բարի երեխա է, որ չի նեղանա:

Նրանք մտան մատենադարան:

Քաջբերունուն այնպես էր թվում, թե հարյուր անգամ եղել է այդ տանը, և օրիորդի պարզ վարվեցողության մեջ չէր նշմարվում որևիցե մեծարական ցույցեր. նրա բոլոր ընթացքը արտահայտում էր անկեղծություն և բարեսրտություն:

Օրիորդի մատենադարանը մի փոքրիկ սենյակ էր, բավական մաքուր, առանց արտաքին շքեղության, նրա բոլոր զարդարանքն էին մի քանի պատկերներ, որոնց մեջ տեսանելի էր Վարդան Մամիկոնյանի, Ոգի Հայաստանիի, Հայկի պատկերները և մի քանի այլ պատկերներ հայ քաջազունների:

Օրիորդը սկսավ ցույց տալ յուր գրքերը:

— Ահա՛ Եղիշե, ահա՛ Խորենացի, Նարեկ, Ագաթանգեղոս, "Վերք Հայաստանի"...:

— Բավական գրքեր ունիք, — ասաց Քաջբերունին:

— Գրքեր ունիմ, միայն ցավում եմ, որ գրաբար են, իսկ ես լավ չեմ հասկանում:

— Դուք կարող եք պարապել հին լեզվով, առանց լավ ծանոթանալու հին լեզվի հետ, չէ՛ կարելի խորին տեղեկության ունենալ մեր լեզվին և մեր գրականությանը: — Բոլորովին ուղիղ է ձեր ասածը, — պատասխանեց օրիորդը. — քանի եղբայրս կենդանի էր, նա ուսուցանում էր, բայց նրա մահից հետո թերի մնաց իմ հայերեն լեզվի գիտությունը. այժմ թեև մի սարկավագ երբեմն գալիս է դաս պարապելու հետս, բայց այդ խղճալին ինքը ևս լավ չէ իմանում:

— Եթե դուք համաձայնեք, ես պատրաստ եմ շաբաթը երկու անգամ գալ ձեզ հետ հայերեն պարապելու:

— Եթե ձեր ժամանակը կներե, ես չափազանց շնորհակալ կլինիմ, — պատասխանեց օրիորդը:

— Ես այժմ համարյա բոլորովին ազատ եմ, — պատասխանեց Քաջբերունին, — բայց եթե գործ ևս ունենայի, դարձյալ ես մեծ հաճությամբ իմ ժամանակից մի քանի ժամ կզոհեի մի հայ օրիորդի, որ կամենում է յուր ազգային — մայրենի լեզուն լավ սովորել: Ափսո՛ս, որ այդպիսի ցանկացողներ խիստ հազվագյուտ են այս քաղաքում: Այստեղի աղջիկները ո՛չ միայն չեն սիրում իրանց ազգային լեզուն ու գրականությունը, այլև ատում են և նախատինք են համարում խոսել հայերեն:

— Ի՞նչ մեղ ունին այն խեղճերը, — պատասխանեց օրիորդ Աննան. — նրանք ի՞նչ ճաշակ ունին իրանց ազգային գրականությունից և լեզվից, որ սիրեն նրան. իրանց ընտանեկան կյանքում դեռ երեխա, երբ նրանց լեզուները բացվում են, ծնողները սկսում են նրանց հետ խոսել օտարազգի բառերով. այնուհետև, երբ ուսումնարան են մտնում, այնտեղ ևս օտարազգի լեզուներ են սովորում՝ բոլորովին զուրկ մնալով ազգային լեզվից:

Քաջբերունու դեմքը մռայլվեցավ՝ լսելով վերջին խոսքերը: Նա ոչինչ չպատասխանեց:

— Եթե մեր ծնողները լինեին խելացի մարդիկ, — առաջ տարավ յուր խոսքը օրիորդ Աննան, — և իրանց աղջկերանց ազգային հիմնավոր կրթություն տային, այլևս ուրիշ ո՞ր ազգի լեզուն կամ գրականությունը կարող էր գրավել հայ օրիորդի սիրտն ու հոգին, որպես յուր հայկականը: Օրինակի համար վեր առնենք մեր "Վերք Հայաստանի" — ն. ես տասն անգամ կարդացել եմ նրան, բայց դարձյալ ախորժանքով նորից ցանկանում եմ կարդալ. բայց մի օտար ազգի վեպ մի անգամ, երբ մարդ կարդում է, մյուս անգամ այլևս չէ ցանկանում նայել նրա վրա:

Քաջբերունին ուշադրությամբ լսում էր նրան և զարմանում նրա դատողության վրա. նա Ռուսաստանում այս առաջին անգամն էր հանդիպում մի այդպիսի օրիորդի, որ այդ տեսակ կրթություն և հասկացողություն ունենար:

— Եթե ես փոքրիշատե գիտեմ հայերեն, — խոսեց օրիորդը, — այդ իմ հանգուցյալ հոր և եղբոր շնորհիվն է. քանի եղբայրս չէր վերադարձել համալսարանից, հայրս էր պարապում իմ կրթությամբ. իսկ եղբորս գալուց հետո, երբ հայրս վախճանվեցավ, եղբայրս նրա փոխարեն սկսավ կառավարել մեր տնտեսությունը և հոգաբարձու լինել իմ կրթության. սակայն թոքախտը նրան չթողեց երկար ապրել, նա մեռավ երկու տարի առաջ:

Այդ փոքրիկ պատմությունը օրիորդը արտասանեց այնպիսի զգալի կերպով, որ բավական ներգործեց Քաջբերունու սրտին:

— Ես ուրախ եմ, որ "Քնար Հայկականի" միջոցով կարողացա ծանոթանալ ձեզ հետ և հույս ունիմ փոխարինել ձեր հանգուցյալ եղբորը՝ հայերենում ունեցած ձեր թերությունները լրացնելու:

Օրիորդը յուր շնորհակալությունը հայտնեց գլխի շարժումով, ապա հարցրեց.

— Դուք կարծում եք, թե "Քնար Հայկականը" առիթ չտար մեզ միմյանց հանդիպելու, մենք բոլորովին անծանո՞թ պիտի մնայինք միմյանց:

— Այո՛:

— Բայց վաղուց է, որ ես ճանաչում եմ ձեզ, — պատասխանեց օրիորդը:

Քաջբերունին չկամենալով հայտնել, թե մի անգամ ինքը տեսել էր նրան թատրոնում, ցանկացավ գիտենալ այդ անակնկալ խոսքի իսկությունը:

— Դո՞ւք, ի՞նձ, — հարցրեց նա:

— Այո՛, ձեզ:

— Ինչպե՞ս:

— Լսեցեք, ես պատմեմ ձեզ, — խոսեց օրիորդը. — մի կյուրակե ես վերադառնում էի հիվանդանոցից, որ գտնվում էր գերմանացոց թաղում, ուր գնացել էի մի քանի խեղճ հիվանդների այցելություն գործելու. ինձ հանդիպեց մի գերմանուհի պառավ, որին վաղուց ես ճանաչում էի. նա ասաց, թե յուր տանը կենում է մի հայ երիտասարդ, որ խիստ հիվանդ է, և ավելացրեց, թե երիտասարդը ուսանողներից է: Ես իսկույն հասկացա, որ հիվանդը մեր քաղաքացի չպիտի լինի, որ կենում է գերմանացու տանը, և խնդրեցի պառավին, եթե կարելի է՝ ինձ ցույց տալ հիվանդին: Նա հոժարացավ: Մենք միասին եկանք նույն գերմանուհու տուն: Այնտեղի հիվանդը դուք էիք. ես ձեր քնարանի լուսամատից ներս նայեցի, դուք պառկած էիք. բայց չհամարձակվեցա ներս մտնել՝ տեսնելով մի այլ տղամարդի, որ նստած էր ձեր մահճակալի մոտ: Իսկ այնուհետև ես ամեն կյուրակե գալիս էի նույն պառավի մոտ և հարցնում ձեր առողջության մասին: Պառավն ինձ ուրախացնում էր միշտ՝ հաղորդելով ձեր առողջության օրըստօրե ուղղվելու մասին. այլև նա հաղորդեց ինձ մի քանի տեղեկություններ ձեր բնավորությունից, որոնք խիստ հետաքրքրեցին ինձ, և այնուհետև ես ցանկանում էի ձեզ հետ ծանոթանալ: Այդ էր պատճառը իմ այն վերին աստիճանի անքաղաքավարության, որ երբ մենք առաջին անգամ հանդիպեցինք գրավաճառանոցում, ես խնդրեցի ձեզնից՝ անձամբ բերել "Քնար Հայկական" — ը մեր տուն:

— Շնորհակալ եմ ձեր բարեսրտության համար, ազնիվ օրիորդ, — ասաց Քաջբերունի և բարեկամաբար սեղմեց նրա ձեռքը:

— Բայց այն մանուկ տղամարդը ո՞վ է, որ ձեզ հետ կենում է, — հարցրեց օրիորդը:

— Նա իմ ընկերն է՝ համալսարանից սկսած:

— Պետք է այն պարոնը ազնիվ տղամարդ լինի. գերմանուհի պառավը պատմում էր, նա շատ խնամք էր տանում ձեր առողջության մասին:

— Այո՛, նա բարի տղա է:

— Նա ևս մեր քաղաքացի չէ՞:

— Այո՛, նա էլ ինձ պես պանդուխտ է այստեղ:

— Խնդրեմ, մյուս անգամ մեր տուն գալուց նրան ևս ձեզ հետ բերեք. ինչպե՞ս է նրա անունը:

— Վահե Արամյան:

— Վահե Արամյան, — կրկնեց օրիորդը, — ա՜խ, ես ո՛րքան սիրում եմ մեր պատմական անունները, ի՜նչ քաղցր հիշատակներ են նրանք ծնում մեր մտքի մեջ...: Բայց ասացեք, խնդրեմ, ի՞նչ է ուսել պարոն Արամյանը համալսարանում:

— Նա ավարտել է բանասիրական մասը, այլև ուսել է արևելյան լեզուները:

— Ուրեմն հայերեն ևս լավ պիտի գիտենա:

— Նա երևելի հայկաբան է, այլև հեղինակ. ունի մի քանի արհեստական և մի քանի բանաստեղծական աշխատություններ. այս օրերում նա ավարտեց մի եղերերգություն՝ “Վարդան Մամիկոնյանի մահը” անունով. հիանալի բան է:

Արևը վաղուց մայր էր մտել, և սենյակը, ուր նրանք նստած էին, բավական մթնել էր: Օրիորդը նկատեց այդ, իսկույն վառեց ղամբարը՝ ասելով.

— Ինչո՞ւ ճրագ չենք վառում, ա՜խ, ո՛րքան մոռացկոտ եմ ես:

Մի քանի րոպե ևս նրանք խոսեցին այս և այն առարկայի վրա, մինչև աղախինը եկավ հայտնեց օրիորդին, թե ո՛րտեղ կկամենային վայելել թեյը:

— Պարոն Քաջբերունի, — ասաց օրիորդը, — հրամմեցեք գնանք դահլիճ. այնտեղ դուք կտեսնեք իմ պառավ մորը և կծանոթանաք նրա հետ:

Նրանք դուրս եկան մատենադարանից և մտան դահլիճ: Այնտեղ նստած էր օրիորդի մայրը, մի հասակն առած կինարմատ, բարի և խելացի դեմքով: Նա ոտքից ցգլուխ հագնված էր սև: Օրիորդը յուր հյուրին ներկայացրեց մորը՝ ասելով.

— Ահա՛, մայրիկ, պարոն Քաջբերունին, այն երիտասարդը, որ

հիվանդ պառկած էր գերմանացոց թաղում և որի մասին շատ անգամ պատմել եմ քեզ:

— Իմ մայրը, տիկին Եղիսաբեթ, — կրկնեց օրիորդը:

Քաջբերունին գլուխ տվավ. նրանք նստեցին:

Ներս մտան՝ օրիորդի քույրը՝ Սաթենիկը, մի սնլիկ աղջիկ, թավ գիսակներով և փոքրիկ դեմքով, և նրա եղբայրը՝ Արշակը, փոքր քրոջ նման մանուկ, գորշ դեմքով: Երկուսն էլ քաղաքավարությամբ մոտեցան, ձեռք տվին Քաջբերունուն և նստեցին իրանց մոր մոտ: Օրիորդը ցույց տվավ նրանց վրա՝ ասելով.

— Արշակը եղբայրս է, Սաթենիկը փոքր քույրս, դրանց երկուսի անունն էլ մեծ եղբորս դրածն է:

Մեծ եղբոր անունը հիշելուս՝ տիկին Եղիսաբեթի աչքերը լցվեցան արտասուքով, օրիորդը նկատեց այդ և շուտով խոսքը փոխեց:

Մատուցին թեյ: Քաջբերունին մի փոքր ևս խոսեց այս ու այն բանի վրա, հետո գդակն առավ ու հեռացավ:

## ԼԵ

Գալով իրանց կացարանը՝ Քաջբերունին բոլորը պատմեց Արամյանին, թե ի՛նչպես առաջին անգամ տեսել էր օրիորդ Աննային թատրոնում, այնուհետև ի՛նչպես հանդիպեցավ գրավաճառանոցում և թե հետո ի՛նչպես ծանոթացավ նրա հետ:

Քաջբերունին բոլորովին պերճաբան չէր, բայց խոսելով օրիորդ Աննայի վրա, նրա խոսակցության անփույթ և անզարդ ոճն ընդունում էր բավական գեղեցիկ ձև:

— Նրա բոլոր գոյության մեջ, — շարունակեց նա, — չէ երևում ոչինչ բան կեղծյալ, նա պատկերանում է քո առջև որպես մարմնացած առաքինություն՝ յուր պարզ և հրեշտակային սրբությամբ: Նրա խելացի դեմքն արտահայտում է հեզություն և բարեսրտություն: Նրա աչքերի մեջ վառվում է երկնային հուր, մինչ այն աստիճան գրավիչ և բազմախորհուրդ, որով իսկույն հրապուրվում ես, և դու մեծավ հաճությամբ ասում ես, թե արժե սիրել դրան...:

— Ասա՛, խնդրեմ, — հարցրեց Արամյանը, — ի՞նչպիսի ուսում և կրթություն ունի նա:

— Նա չէ եղել ոչ մի վարժարանում, այլ ուսել է յուր հոր և եղբոր մոտ. նա բավական մաքուր խոսում է յուր մայրենի լեզվով և բավական հասկանում է մեր հին լեզուն. ունի բավական զարգացած խելք, նա խոսում է քեզ հետ ամեն առարկայի վրա՝ ուսումնական, արհեստական, քաղաքական, կրոնական և այլն, և բոլորի մեջ հայտնում է յուր առողջ դատողությունը և յուր խելացի կարծիքը:

— Այդպիսի աղջիկներ այս քաղաքում հազվագյուտ երևույթներ են, ես շատ կցանկանայի նրա հետ ծանոթանալ:

— Նա արդեն խնդրել է, որ ես քեզ տանեմ իրանց հետ ծանոթացնելու:

— Նա ո՞րտեղից է ճանաչում ինձ:

Քաջբերունին սկսեց պատմել, թե ի՛նչպես օրիորդը տեսել էր նրան հիվանդության ժամանակ:

Նույն միջոցին դռները ճռռացին, և հանկարծ ներս մտավ Գիաչկովը:

— Պատմության քաղցր տեղում մլթոնին ասաց՝ "սալլամ ալեյքում", — ասաց Արամյանը թուրքերեն առածը:

— Ինձ մի՛ ջղրացնեք, ես այնքան բարկացած եմ, որ կռիվ կարրքեմ, — ասաց նա հայերեն լեզվով, դեմքը խոժոռելով:

Նա դրավ գլխարկը լուսամատում և սկսավ անցուդարձ անել սենյակի մեջ, գլուխը շարժելով, ինքն իրան ասելով "Այո , դժբախտություն... դժբախտություն...":

— Ի՞նչ է պատահել, Թաթոս, — հարցրին նրանից:

— Էլ ի՞նչ պիտի լինի. դո՛ւք, պարոններ, չար աչքով զարկեցիք իմ բախտավորությանը, — պատասխանեց Դիաչկովը բարկությամբ և շարունակելով անցուդարձ անելը:

— Մեր աչքերը Արտավազդա աչքերը չեն, — ասաց նրան Արամյանը:

— Արտավազդը չգիտեմ ով էր և ինչպիսի աչքեր ուներ, երևի նա էլ ձեզ պես հայոց թագավոր կլիներ, — ծիծաղելով պատասխանեց Դիաչկովը, — միայն ճշմարիտն ասած ես դժբախտ եմ այժմ:

Քաջբերունին և Արամյանը կարծեցին, թե կարելի է նրան որևիցե դժբախտություն հանդիպած լինի, այդ պատճառով ցավակցաբար հարցրին նրանից, թե ի՞նչ դժբախտություն է պատահել նրան:

Դիաչկովը նստեց և յուր տխրամած աչքերը խորհրդավոր կերպով ձգեց նրանց երեսին և խոսեց.

— Եղբարք, ես ցավալի կերպով արտաքսված եմ Հացի-Գելենց տնից. ինքը օրիորդ Սոֆին հրամայած է այլևս չընդունել ինձ:

— Իրավ այդ մեծ դժբախտություն է, — կրկնեց Քաջբերունին. — ի՞նչ պատճառով:

— Պատճառը խիստ բնական է, — պատասխանեց Դիաչկովը.

— վերջին օրերում նրանց տան ներքին հարկում բնակվում է մի ռուս, մանկահասակ աստիճանավոր, որ ծառայում է կովկասյան ինժեներնոյե ուպրավլենիում: Նա մի տղամքարդ է բավական գեղեցիկ դեմքով, բարձրահասակ և վայելուչ հագնված. ես՝ խղճալիս, օրիորդի այդ նոր տարփածուի առջև կորցրի իմ բոլոր արժանավորությունս:

— Ի՞նչպես կապվեցավ օրիորդը այդ աստիճանավորի հետ, — հարցրեց Արամյանը հետաքրքրությամբ:

— Չէ՞ որ ես ասացի, թե նա ծառայում է ինժեներնոյե ուպրավլենիում, և Ճանճուր Իվանիչը իբրև մի փոդրաթչիկ (կապալառու) մարդ, իհարկե, միշտ գործ ունի այնտեղ, և փոդրաթչիկները միշտ կաշառքով գրավում են այնպիսի աստիճանավորներից մեկին, որ ծառայում է իրանց շահերին այդ պատճառով հիշյալ պարոնը ծանոթ է լինում Ճանճուր Իվանիչի հետ, և գիտենալով, որ նա սիրուն աղջիկ ունի, սկսում է յուր բարեկամությունը ավելի պնդացնել, մինչև անգամ երթևեկել Հացի-Գելենց տուն. հետո էլ յուր բնակությունը փոխում է այնտեղ, և ի՞նչ մի դժվար բան է տիրել Սոֆիի նման թեթևամիտ աղջկա սրտին. վերջապես նա հասնում է յուր նպատակին:

— Ճանճուր Իվանիչը չէ՞ կասկածում նրանից, — հարցրեց Քաջբերունին:

— Կասկածանքը այնտեղ նշանակություն չունի, երբ Ճանճուր Իվանիչը աչքի առջև ունի յուր նյութական շահերը. նա առավել ուրախ կլիներ մի այդպիսի՝ նրա համար բարեբախտ հանգամանքներում, եթե յուր դստեր սիրով, նույնիսկ նրա պատվի գնով, կարողանար որսալ ինժեների սերտ բարեկամությունը, որ ամեն տարի կարող էր նրան հազարներով օգուտ տալ:

— Ուրեմն դու հաղթվեցա՞ր ինժեներից, — հարցրեց Քաջբերունին:

— Այո՛, իմ բոլոր հնարագիտություններս փշրվեցան: Բայց եթե այդ անիծյալ Ճանճուր Իվանիչը սուղերում դատ ունենար, ես էլ միևնույն դերը կխաղայի, ինչ որ ինժեները. դժբախտաբար նա ոչ ոքի հետ վեճ չունի:

— Ուրեմն աշխատի՛ր նրան քարշ տալ դեպի սուդ, — ասաց ծիծաղելով Արամյանը:

— Եվ ես դրա վրա եմ մտածում, — պատասխանեց Դիաչկովը, — առանց այդ չէ կարելի:

— Այո՛, մտածի՛ր, — կրկնեց Քաջբերունին կատակով, — և հարկավոր է մտածել...:

— Որպես ստուգել եմ՝ ինժեները կամենում է պսակվել Սոֆիի վրա, և Սոֆին էլ բոլորովին խելքից ելած է նրա համար:

— Ուրիշ ի՞նչ կա, — հարցրեց Քաջբերունին, — այդ մեզ շատ չէ գրավում, որովհետև մենք վաղուց գիտեինք, թե նրանից ի՛նչ էր դուրս գալու:

— Բայց ես մահու չափ վշտացած եմ. այն Պանտալոնովսկու (այդպես էր ինժեների անունը) հերը կանիծեմ... թող մի փոքր անցնի... նա չգիտե, թե ո՛ւմ հետ է կատակ անում...:

Այդ խոսքերն այնքան կրքով արտասանեց Դիաչքովը, որ հիրավի նրա աչքերը վառվեցան բարկությունից, և նա դարձյալ վեր կացավ և սկսավ անցուդարձ անել սենյակի մեջ:

Բոլոր այդ խոսակցության միջոցին Արամյանը լուռ էր. նրա վրա խիստ անախորժ ներգործություն ունեցավ Դիաչկովի լուրը: Թեև նա վաղուց յուր սիրո կապը կտրել էր օրիորդ Սոֆիի հետ, բայց տակավին մի գաղտնի կիրք նրա սիրտը ցավեցնում էր, երբ լսում էր նրա մասին, թե նա օրըստօրե դիմում է դեպի կործանումը:

Բայց Դիաչկովը մոտեցավ, նրան և բռնեց նրա ձեռքը՝ ասելով.

— Եղբայր, դու միայն կարող ես կարեկցել ինձ, որովհետև մենք երկուքս համավիճակ ենք. բայց իմ խոսքերը ընկերոջդ չեն գրավում. նա թող պարապի յուր հայոց թագավորությունը օդի վրա հիմնելու ծրագրով...:

Մանուկ տղամարդիկը ոչինչ չպատասխանեցին նրա խոսքին, և Դիաչկովը առավ գլխարկն ու, առանց մնաք բարյավ ասելու, դուրս գնաց:

— Ո՞ւր, ո՞ւր, Թաթոս, կանգնի՛ր, բան ենք ասում, — ձայներին նրան, բայց Թաթոսը առանց ետ նայելու գնաց:

— Այդ հիմարը մեզ ընդհատեց, — ասաց Քաջբերունին՝ կցելով ընդհատված խոսակցությունը օրիորդ Աննայի մասին: — Երկու հակառակ ծայրեր են օրիորդ Սոֆին և օրիորդ Աննան, մինը որքան անբարոյական և լկտի, մյուսը այնքան առաքինի և բարեկիրթ:

Եվ նրանք երկար խոսեցին կանանց կրթության մասին:

Դիաչկովը նրանց մոտից դուրս գալով ճանապարհին հանդիպեց մի աստիճանավորի, որ կառքով գնում էր. նա տեսնելով Դիաչկովին, կառքը կանգնեցրեց և հրավիրեց նրան յուր մոտ նստել: Դիաչկովն ուրախությամբ ընդունեց նրա հրավերը:

— Ո՞ւր էիք, — հարցրեց աստիճանավորը:

— Այստեղ մի քանի րոպե ներս մտա, — պատասխանեց Դիաչկովը:

— Ո՞ւմ մոտ:

— Այդտեղ երկու հոգի հայ — իկներ կան...:

— Դուք ի՞նչ գործ ունիք նրանց մոտ:

— Ինձ պատվիրված է լրտեսել նրանց գործունեությունը:

— Ի՞նչպիսի անձինք են:

— Նախանձավոր պատրիոտ — իկնեք (հայրենասերներ)

— Ի՞նչ մտքերի են ծառայում:

— Մինը աշխատում է մշակել հայոց լեզուն և գրականությունը, խելամուտ առնել ազգին յուր պատմական ավանդություններին, իսկ մյուսը կատարյալ ծով է. նրա հատակը դեռ չէ երևում, բայց խիստ վտանգավոր մարդ է:

Երևում էր, որ այդ ծանոթությունները հետաքրքրեցին աստիճանավորին. նա շարունակեց յուր հարցուփորձը.

— Այստեղ ի՞նչ են շինում:

— Այս քաղաքում բույն դնելու միտք ունին:

— Ծառայո՞ւմ են, ապրուստ ունի՞ն:

— Նրանք մերկ են որպես թեփռած հավ, բայց իրանց աղքատության մեջ դարձյալ հպարտ են և անընկճելի:

— Վաղո՞ւց է, որ ճանաչում եք դրանց:

— Ես համալսարանից ընկեր եմ եղել դրանց հետ:

Այսպես նրանք խոսում էին, և կառքը սահում էր ողորկ փողցի վրայով, մինչև Դիաչկովը հրամայեց կանգնել և, ներողություն խնդրելով աստիճանավորից, վայր իջավ:

— Առայժմ մնաք բարյավ, ես պիտի մտնեմ իշխանի մոտ, — ասաց նա:

— Մե՞ր իշխանի, — հարցրեց աստիճանավորը:

— Այո՛, — պատասխանեց Դիաչկովը և սկսավ դիմել դեպի մի հոյակապ տուն: Պահապան կազակից, որ կանգնում էր դռանը, ստուգելով, որ իշխանը տանն է, նա քաշեց զանգը:

Աստիճանավորը հեռացավ:

Դուրս եկավ մի ծառա հագնված լիվրեյ և առաջնորդեց նրան: Դիաչկովն սկսավ բարձրանալ նեղ գորգի վրայով, որ բևեռած էր սանդուղքներին, և լիմոնի, նարնջի ծառերի և պես — պես ծաղիկների միջով նա մտավ մի մեծ դահլիճ՝ փառավոր կերպով զարդարած:

Այնտեղ մի քանի րոպե սպասեց նա, մինչև նրա մասին իմացում տվին, հետո ընդունվեցավ այն սենյակում, որ զարդարված էր աշխարհի հազվագյուտ բաներով: Այդ իշխանի առանձնասենյակն էր:

Եվ արդարև, Դիաչկովը խորին մեծարանքով գլուխ տվավ մի ծերունկի, ալևոր գլխով, ակնոցներով և խորամանկ դեմքով, որ գրասեղանի հանդեպ նստած գրում էր: Տեսնելով Դիաչկովին, նա գրիչը վայր դրեց և յուր հարցական հայացքը ձգելով Դիաչկովի երեսին, ասաց.

— Բարով, Ալեքսանդր Սիմոնովիչ, հը՛, ի՞նչ կա:

— Մի քանի րոպե առաջ նրանց մոտ էի, տեր, — պատասխանեց Դիաչկովը. — բոլորը ստույգ է, ինչ որ ասել են ձեզ:

— Ի՞նչպես:

Դիաչկովը յուր չորս կողմը նայեց, կարծես պատերը լսում էին նրան, և մոտեցավ իշխանին և կանգնելով ծերունկի առջև, նա երկար պատմեց նրան մի գաղտնիք: Ծերունկը խորին ուշադրությամբ լսում էր նրան, և հետզհետե կատաղի բարկությունը բոցավառվում էր նրա նախանձահույզ աչքերում:

Երբ վերջացրեց Դիաչկովը յուր խոսքը, դարձյալ հեռացավ և կանգնեց յուր առաջվան տեղը:

— Ես այդ բոլորը իմացում կտամ ուր պետք է, — վերջապես խոսեց իշխանը, — և մենք կկարգադրենք նրանց մասին:

— Բայց, ձերդ մեծափայլությունը մի խոստմունք ուներ ծառայիդ, — ասաց Դիաչկովը:

— Այո՛, ես չեմ մոռացել, ես խոսացել եմ նախագահի հետ, դուք անպատճառ մի քանի օրից հետո դատարանում անդամ կընտրվիք:

Դիաչկովը գլուխ տվավ և հեռացավ:

— "Դատարանի անդա՛մ... ի՛նչ հրաշալի խոսք է դա...", — խոսում էր յուր մեջ ճանապարհին Դիաչկովը. "Այո՛, մեծ փառք է այդ՝ նստել ոսկյա վորոտնիկով գահի վրա և դատ լսել... Այն հիմարները (Քաջբերունին և Արամյանը) ինձ վրա ծիծաղում են, բայց ես կգլորեմ դրանց դեպի մշտնջենավոր կորուստ, և նրանց դամբարանի վրա կբարձրացնեմ իմ փառքի աթոռը...":

Այդ խորհրդածության մեջ էր նա, որ հանկարծ մի կառք սլացավ յուր մոտից. նա տեսավ օրիորդ Սոֆիին և Պանտալոնովսկուն միասին նստած կառքում: Կայծակի հարված ունեցավ այդ երևույթը նրա վրա, և նրա ուրախ դեմքը մի ակնթարթում մռայլվեցավ:

# ԼՁ

Մյուս օրը կյուրակն էր: Արամյանն ու Քաջբերունին առավոտից պատրաստվել էին գնալ օրիորդ Սեպուհյանցի մոտ (այդպես էր օրիորդ Աննայի ազգանունը):

Տասն ժամին նրանք երկուսն էլ դուրս գնացին, նստեցին կառք և դիմեցին դեպի քաղաք:

Մտնելով Սեպուհյանցների մոտ, նրանք գտան միմիայն տիկին Եղիսաբեթին, որ ուրախությամբ ընդունեց մանուկ տղամարդկանց. Քաջբերունին ծանոթացրեց տիկնոջ հետ Արամյանին, և նրանք նստեցին:

— Ո՞ւր են օրիորդ Աննան և երեխերքը, դուք մենակ եք, — հարցրեց Քաջբերունին:

— Աննան երեխանց հետ գնացել է ժամ, միայն ես մի փոքր տկար լինելով՝ զրկվեցա այսօր պատարագ տեսնելուց, — պատասխանեց տիկինը:

— Աննան ամե՞ն կյուրակե ժամ է գնում, — հարցրեց Արամյանը:

— Ո՛չ մի կյուրակե նա ետ չէ մնում պատարագից. նա սիրում է աղոթել:

— Այդ մի բարի ձգտումն է մանուկ աղջիկների մեջ, — ավելացրեց Արամյանը, — այդպիսով նրանք ավելի մոտ կլինին աստծուն:

— Թե՛ աղջիկը և թե տղան, թե՛ ծերը և թե երիտասարդը, մի խոսքով՝ բոլոր մարդիկ միշտ կարոտ են աստծո ողորմությանը, — պատասխանեց ջերմեռանդությամբ տիկինը, — որովհետև մեղքն ու մահը մեր ամենքիցը շատ հեռու չեն:

Նախասենյակում լսելի եղան ոտնաձայներ:

— Ահա՛ նրանք եկան, — ասաց տիկին Եղիսաբեթը:

Ներս մտավ օրիորդ Աննան յուր փոքրիկ քրոջ և եղբոր հետ, բոլորովին սպիտակ հագնված. նրա հագուստը՝ փրփուրի պես թեթև, խիստ վայելուչ կերպով նստած էր նրա վրա: Կարծես նա աստծո տունը դիմելու ժամանակ միայն սովորություն ուներ պատշաճավոր կերպով հագնվիր: Նա, "ողորմի աստվածս ասելով յուր մորը և յուր հյուրերին, մոտեցավ, բարեկամաբար սեղմեց Քաջբերունու ձեռքը, և Արամյանի հետ ծանոթանալուց հետո, խիստ քնքուշ բարեսրտությամբ հայտնեց յուր ուրախությունը Արամյանի հետ ծանոթանալու համար: Ապա նա դարձավ դեպի մայրը՝ ասելով.

— Մայրիկ, դու այսօր չկարողացար պատարագ տեսնել, բայց ես քեզ համար նշխարք եմ բերել ժամից:

— Աստված օրհնե քեզ, հոգյակս, — ասաց տիկին Եղիսաբեթը և առավ նշխարքը և երեսը խաչակնքելով դրեց բերանը:

— Դուք ևս, պարոններ, կարծեմ այսօր ժամում չեք եղած, — դարձավ նա դեպի մանկահասակ տղամարդիկը, — ձեզ ևս պետք է հաղորդ կացուցանել տիրոջ սեղանի փշրանքին:

Նրանք չկամենալով վշտացնել օրիորդի ջերմեռանդությունը, ընդունեցին նրա ձեռքից մի — մի պատառ նշխարք և բերանները դրին:

Մայրն սկսավ հարցնել աղջկանից, թե եկեղեցում ո՞վ կար, ժողովուրդը շա՞տ էր թե քիչ, և թե ո՞վ էր պատարագիչը:

— Պատարագիչը տեր — Հարությունն էր. ժողովուրդը խիստ սակավ էր, համարյա մի քանի պառավ կանայք և ծերունիք էին միայն եկել: Ժողովուրդը, ինչպես երևում էր, գնացել էր մեծ դքսի զալըստյան հանդեսը տեսնելու: Չգիտեմ ինչո՞ւ այսօր ժամասացությունն էլ շատ անկանոն էր: Պատարագիչ քահանան անգամ հովհաննու ավետարանը մինչև վերջը չկարդաց:

Տիկին Եղիսաբեթը շարժեց գլուխը:

— Ա՜խ, քահանաներ..., — գոչեց նա խորհրդական ձայնով:

— Այդպիսի օրերում նրանք առհասարակ պոչից — գլխից կտրում են, — ասաց Քաջբերունին և միննույն րոպեին ստրջացավ, թե ինչո՞ւ մի այդպիսի պատկառելի իրողության վրա այնպես տգեղ խոսեցավ:

Տիկին Եղիսաբեթը ոչինչ չպատասխանեց, միայն օրիորդն ասաց.

— Դժբախտաբար այդպես են մեր եկեղեցականները. կարծես թե նրանք աստծու համար չեն կարդում կամ մի գերագույն ունկն չէ լսում նրանց, այլ իրանց ժամասացությամբ միայն ժողովրդին են կամենում հրապուրել...:

— Այդ բոլորը մեր քահանաների վատ կրթությունիցն է, — պատասխանեց Արամյանը, — մինչև այսօր մենք չունինք կարգին ուսումնարաններ՝ օրինավոր քահանա յացրք պատրաստելու համար, և մեր քահաներն ընտրվում են ժողովրդի անպիտան մասից: Այդ է պատճառը, որ ժողովուրդը շատ է սառել եկեղեցուց:

— Երբեք մարդ չի հրաժարվում յուր բարեկամի տանից, եթե նրա ծառաներն անկիրթ և անկարգ մարդիկ են, — խոսեց տիկին Եղիսաբեթը, — ուրեմն ի՞նչպես կարելի է հեռանալ աստծո տանից, եթե նրա սպասավորներն անկիրթ մարդիկ են:

— Բոլորովին ուղիղ է ձեր խոսքը, — պատասխանեց Արամյանը, — բայց և այնպես հարկավոր է աստծո տան տպավորության համար արժանավոր ծառայողներ պատրաստել:

— Առհասարակ մեր եկեղեցու մեջ ժամասացությունը վերին աստիճանի անկանոն է. ցանկալի է, որ այդքանի վրա ամենալուրջ ուշադրություն դարձվեր: Լավ և ներդաշնակ երգեցողության միջոցով կարելի էր մեր ժողովրդի նախկին կրոնական ջերմեռանդությունը վառել և այդպիսով ժողովրդին դեպի բարին առաջնորդել:

— Այո՛, ձայների ներդաշնակությունն ահագին նշանակություն ունի. և մեր շարականների մեջ ի սկզբանե անտի գոյություն են ունեցել երաժշտական նշաններ. միայն ցավալին այն է, որ առհասարակ մենք չենք մտածում մեր ունեցած ընտիր — ընտիր բաները կարգ ու կանոնի տակ ձգելու, որով առիթ ենք տալիս հայկական կյանքին անծանոթ մեր օտարամոլ ազգայիններին մտածելու, թե մենք ոչինչ լավ բան չունինք:

— Ձեր խոսակցությունը կարող է ավելի երկարել, — ասաց տիկին Եղիսաբեթը՝ դառնալով դեպի դուստրը, — հապա մենք թեյ չպիտի՞ խմենք, և դու քո հյուրերին չպիտի՞ պատվասիրես. ա՜խ, որքան անքաղաքավարի ես:

Օրիորդը վեր կացավ և հրամայեց աղախնին՝ սարքել թեյի սեղանը:

— Այդպես է Աննան, — դարձավ դեպի հյուրերը տիկին Եղիսաբեթը, — երբ նա ընկնում է խոսակցության ետևից, արդեն ամեն ինչ մոռանում է:

— Մի՞թե դեռ թեյ չեք վայելած, — հարցրեց Քաջբերունին:

— Մենք միշտ սովորություն ունինք բոլորովին ժամ գնալ եկեղեցի:

Օրիորդն ամեն օր սովորություն ուներ ինքը մատակարարել թեյը, բայց այսօր նա յուր պաշտոնը թողեց աղախնուն և ինքը նստեց հյուրերի մոտ՝ նրանց զբաղեցնելու յուր խոսակցությամբ: Նա մի օր առաջ լսելով Քաջբերունուց, թե Արամյանը հեղինակ է և ունի մի եղերերգություն գրած, այդ հարցը նրան հետաքրքրում էր, և կամենալով լիովին տեղեկություն ստանալ նրա աշխատության մասին՝ հարցրեց.

— Պարոն Արամյան, դուք վերջացրի՞ք ձեր եղերերգությունը:

— Այո՛, — պատասխանեց Արամյանը, — բայց դուք ո՞րտեղից գիտեք, թե ես եղերերգություն եմ գրում:

— Անցյալ օրն ինձ ասաց պարոն Քաջբերունին. ինձ շատ ցանկալի է տեսնել այդ:

— Մի քանի օր առաջ մենք մի պարոնի տանը գրականական երեկույթ ունեինք, ուր կարդացինք իմ եղերերգությունը. այժմ մի քանի երիտասարդներ մտադիր են բեմի վրա ևս ներկայացնել, իհարկե, դուք նույնպես ներկա կլինիք:

— Ես մեծ ուրախությամբ ներկա կլինիմ, միայն եթե կարելի է՝ մինչև ներկայացնելը մի անգամ բերեինք մեզ մոտ կարդալու. ես շատ կցանկանայի հառաջագույն տեղեկանալ ձեր աշխատության պարունակությանը և հետո տեսնել բեմի վրա:

Արամյանը խոստացավ:

— Շատ ցավալի է, — կրկնեց օրիորդը, — որ այսքան հայ ժողովուրդ ունինք այս քաղաքում, բայց չունինք մի ազգային թատրոն. գերմանացիք այստեղ մեր քսաներորդ մասի չափ ևս չկան, բայց առանձին թատրոն և առանձին ակումբ ունին:

— Դեռ այդ բանի համար շատ ժամանակ պետք է, մինչև հայը գերմանացու պես հառաջադեմ դառնա..., — գլուխը շարժելով կրկնեց Արամյանը:

— Բայց ես լսել եմ, որ պոլսեցիք ունին ազգային թատրոն, — խոսեց օրիորդը: — Այդ ուրախալի բան է, որ Տաճկաստանի հայերն այնքան առաջ են գնացել, բայց ցավալի, որ Ռուսաստանի հայերս այսքան ետ ենք մնացել:

— Բայց պոլսեցիք ունին և սահմանադրություն..., — պատասխանեց Արամյանը զգալի եղանակով:

Օրիորդը խնդրեց Արամյանին՝ պատմել իրան պոլսեցոց սահմանադրության մասին մանրամասն, թե ո՛վ եղավ նրա սկզբնապատճառը, ի՛նչպես սկսվեցավ, խոստովանելով, թե ինքը շատ քիչ գիտե այդ մասին: Արամյանը, թեև համառոտաբար, բայց ճշտությամբ պատմեց նրան սահմանադրության ամբողջ պատմությունը: Օրիորդը հայտնեց յուր շնորհակալությունը, երբ նա ավարտեց խոսքը:

Մանուկ տղամարդիկը նշմարելով, որ երկար նստեցին, վեր կացան, մնաք բարյավ ասելով հեռացան. տիկին Եղիսաբեթը շատ խնդրեց, բայց նրանք չմնացին ճաշի: Օրիորդ Աննան նրանց ճանապարհ դնելու ժամանակ կրկին անգամ խնդրեց Արամյանին՝ եղերերգության մասին:

— Ես իմ կյանքումս չեմ տեսած մի այդպիսի օրիորդ մեր հայերի մեջ, — ճանապարհին ասաց Արամյանը:

— Այո՛, տե՛ս, թե ի՛նչ ներգործություն ունի ուղիղ կրթությունը մանուկ սեռի վրա:

— Բայց ափսո՜ս, որ նրա կրոնասիրությունն ու բարեպաշտությունը հասնում է մոլեռանդության:

— Ի՞նչ մեծ կորուստ է, որ նա ծանոթ չէ Վոլտերի և Ռուսսոյի հետ, — պատասխանեց Քաջբերունին, — ավելի լավ է՝ կանանց լինե բարի քրիստոնյա, քան թե ազատ փիլիսոփաներ: Նիհիլիստուհիների անբարոյական օրինակը քեզ բավական է իմ ասածս ապացուցանելու:

— Այո՛, աշխատելու է Աննայի նման օրիորդներ պատրաստել, — խոսեց Արամյանը ոգևորությամբ, — դրանք և միայն դրանք կարող են ծնել ազգի համար պիտանի որդիք և ոչ թե նիհիլիստական ուղղությամբ տոգորված ու փչացած ազջկերքը:

— Ո՞րտեղ պատրաստել, — պատասխանեց Քաջբերունին:

— Պետք է աշխատել հիմնել ազգային օրիորդական դպրոցներ և նրանց կրթությանը օրինավոր ուղղություն տալ:

— Նախ՝ որ այդ հնարավոր չէ, բացի դրանից, մեր հիմար քաղաքացիք — այդ հաստափոր գոմշի ռումբիքը, այդ անզգա, հոգով և մտքով մարմնացած մսե բլուրները ի՞նչ հնար են տալիս իրանց ուսյալ երիտասարդներին՝ ազգին ծառայելու: Երևակայիր, այստեղ մի քանի իգական դպրոցներ կան, ուր պարապում են մեր հայ երիտասարդները. խեղճերը ո՛չ միայն արժանավոր վարձատրություն չեն կարողանում ստանալ, այլ շատ անգամ ձրի աշակերտուհիներ ևս չեն գտնում: Այս կամ այն մաղամին ուրախությամբ հարյուրներով մանեթներ են տալիս ամեն տարի, բայց ուսուցչին, որ դոկտորի դիպլոմը ծոցն է, հոգիները դուրս է գալիս մինչև ամսական երեք մանեթ են տալիս:

— Այդ ունի յուր հատուկ պատճառները, որ մերայինք այստեղ այդպես օտարամոլ են, — պատասխանեց Արամյանը: — Աղջկանց ուսումը և նրանց կրթությունը այստեղի ժողովրդի համար բոլորովին այլ նշանակություն ունի, քան ինչ որ կարծում ենք: Ուսման վրա նրանք նայում են որպես մի նյութի վրա, ինչպես են այն կարասիքը, որ ծնողները պատրաստում են իրանց աղջկանց օժիտի համար: Ծնողները վաղուց հասկացել են, որ ինստիտուտի, պանսիոնի լոկ անունը մեծ նշանակություն ունի իրանց աղջկերանց մարդու տալու ժամանակ, երբ նրանց մոցիքուլը, փեսին հրապուրելու համար, թե "էսքան փուղ ունե, էսքան բաժինք ունե, էհենց սիրուն է, էհենց հունարով է"... և ավելացնում է — "ինստիտուտումը կուրսը վերջացրիլ է...,ռսնակ խոսիլ գիտե... փորտոպյանածել, տանցովատ խաղալ... " :

Այդպես խոսելով երկու երիտասարդները գնում էին: Ճանապարհին հանդիպեց նրանց Դիաչկովը:

— Ո՞ւր, — հարցրին նրանից:

— Ես ուղղակի ձեզ մոտ էի գալիս, — պատասխանեց բավական ուրախ դեմքով Դիաչկովը:

— Ներս գնանք:

Նրանք արդեն հասել էին իրանց կացարանին: Երեքը միասին ներս մտան:

— Ի՞նչ նոր համբավ ունիս, — հարցրին նրանից:

— Ես մի լավ համբավ ունիմ, թեև այդ չէր կարող ձեզ այնքան ուրախություն պատճառել, որպես ինձ, այնուամենայնիվ հարկավոր է ասել. երևում է բախտը առժամանակ ևս կամենում է ժպտալ ինձ. դուք կարելի է դեռ չեք մոռացել, որ անցյալ անգամ ձեզ պատմեցի իմ դժբախտության մասին, ես վերջում ավելացրի, թե Հացի-Գելենց մոտ մյուս անգամ պատիվ գտնելու համար պետք է աշխատել Ճանճուր Իվանիչին դեպի սուդ քարշ տալ, որպեսզի նրանք մյուս անգամ ակնկալություն ունենան ինձանից:

— Դեռևս երկա՞ր պիտի ձգվի այդ պատմությունը, — նրա խոսքը ընդմիջեց Քաջբերունին, — իսկ ես կարծում էի, թե մի այլ բան պիտի պատմես:

— Խնդրեմ լսեք, վերջը շատ հետաքրքրական է, — ասաց Դիաչկովը: — Այո՛, որպեսզի նրանք մյուս անգամ ակնկալություն ունենան ինձանից...: Մինչ ես այս խորհրդածության մեջ էի և որոնում էի որոգայթ լարել Ճանճուր Իվանիչին, հանկարծ աստված ինքը կատարում է իմ խորհուրդը. ասեք ի՞նչպես: Ճանճուր Իվանիչը բավական մեծ գումար վնասված է արքունի կապալներում, և տերության գանձարանը նրա բոլոր շարժական և անշարժ կայքը պիտի ծախել տա. նրանք ինձանից խնդրեցին պաշտպանել նրան սուդումը, թեև համոզված եմ, որ ոչինչ չեմ կարող օգնել, բայց ինձ ի՞նչ փույթ, ինձ համար այսքանը միայն բավական է, որ այդ անցքը առիթ տվավ ինձ մյուս անգամ ներս սողալ Հացի-Գելենց ընտանեկան շրջանի մեջ:

— Ո՛րքան չարախնդաց մարդ ես դու, — ասաց նրան Քաջբերունին՝ ուշադրությամբ նայելով նրա երեսին:

— Ի՞նչ չարախնդացություն, աշխարհիս կարգն այդպես է. ըստ մեծի մասին մինի դժբախտությունը մյուսի համար բախտավորություն է բերում:

— Ո՛րքան փոքրոգություն է այդպես օձանման սողալ մինի խաղաղ գերդաստանի մեջ և նենգություններ գործ դնել:

— Ի՞նչ փոքրոգություն, — կրկնեց Դիաչկովը յուր առաջվա եռանդավ:

— Ո՛չ միայն փոքրոգություն, այլև վերին աստիճանի ցածություն է, որ դու քո ազգակցի դժբախտության վրա ես հիմնում քո մոլեկան հրապույրները: Եվ չնայելով, որ մի ամբողջ հայ գերդաստան զրկվում է օրական հացից, դու ուրախ ես, որ խեղճ քաղաքացու դառն վաստակը պետք է զոհ դառնա քո ագահությանն ու անխղճությանը:

— Ի՞նչ հայ, — արհամարհանքով կրկնեց Դիաչկովը, — մենք վաղուց կարդացել ենք քո հայի "հոզվոցն ու հանգուցելոցը" :

— Ուրացո՛ղ, — գոչեց Քաջբերունին կատաղությամբ. — չե՞ս սարսափում, որ այդպես անարգությամբ բերան ես առնում դու իմ ազգի անունը: Ահա՛ ես կլռեցնեմ քեզ:

Եվ նույն րոպեին Քաջբերունին մի ծանր ապտակ տվեց ուրացողի երեսին, որի գլխարկը թռավ գլխից և ինքը թավալվեցավ նրա ոտքերի տակ:

Եթե Արամյանը շուտով վրա չհասներ, ուրացողի մարմինը ջարդուփշուր կլիներ Քաջբերունու ոտքերի տակ, այնքան սաստիկ նա բարկացած էր: Գլխի մազերը խճճված, շորերը փոշոտված, առանց գլխարկի դուրս գնաց Դիաչկովը՝ ասելով.

— Այս իրավո՞ւնք է, որ դուք այսպես վարվեցաք ինձ հետ:

— Այդ թող քեզ դաս լինի, մինչև որ դու չափ դնես լեզվիդ:

— Շա՛տ լավ..., — ասաց Դիաչկովը և հեռացավ:

Արամյանը նրա գլխարկը դուրս ձգեց լուսամուտից: Մի քանի րոպե Արամյանն ու Քաջբերունին լուռ նստած էին միասին. վերջինի դեմքն արտահայտում էր սարսափելի բարկություն: Արամյանը լուռ նայում էր յուր ընկերի վրա, չհամարձակվելով նրան խոսեցնել, որովհետև նրան ծանոթ էր յուր ընկերի բնավորությունը:

## ԼԷ

Մի քանի օր էր Արամյանը սրբագրում էր յուր ողբերգությունը մաքուր թղթի վրա, վերջացնելուց հետո նա մոտեցավ Քաջբերունուն՝ ասելով.

— Իմ ողբերգությունը բոլորովին պատրաստ է, կամենո՞ւմ ես այս գիշեր գնանք օրիորդ Աննայի մոտ կարդալու:

— Գնա՛նք, — պատասխանեց Քաջբերունին:

Երեկոյան զանգակները հնչում էին, երբ նրանք դուրս եկան իրանց կացարանից և սկսան դիմել դեպի Սեպուհյանցի տուն:

Նրանք գտան օրիորդ Աննային յուր առանձնասենյակում պարապելիս յուր փոքրիկ քրոջ հետ հայոց լեզվի դասով: Տեսնելով մանուկ տղամարդկանց, նա քաղաքավարությամբ բարևեց նրանց՝ ավելացնելով.

— Կարծեմ դուք կներեք ինձ, մինչև վերջացնեմ Սաթենիկի դասը:

— Խնդրեմ, շարունակեցեք, արգելք չենք լինի, — ասաց Քաջբերունին:

— Ահա՛ ձեզ առժամանակ զբաղմունք, — ասաց օրիորդը և տվեց նայելու յուր ասեղնագործությունները, — թեև սրանք այնքան էլ գեղեցիկ չեն:

Եվ օրիորդը դրեց սեղանի վրա նրանց առջև մի թղթե արկղիկ, որի մեջ դրած էին նրա ասեղնագործությունները: Մանուկ տղամարդիկն սկսան մի առ մի նայել: Օրիորդը անփույթ կերպով շարունակում էր քրոջ դասը:

Ասեղնագործությունները նկարված էին գեղեցիկ ճարտարությամբ. նրանց մեջ կային ճակատի կապոցներ, փոքրիկ բարձի երեսներ, սենյակում հագնելու հողաթափների երեսներ, բոլորակ գրասեղանի ծածկոցներ և այլ զանազան կանացի զարդարանքներ: Մանուկ տղամարդկանց ուշադրությունն առավելապես գրավեցին մի քանի ասեղնագործ պատկերներ բնությունից, որ ներկայացնում էին ծով, երկինք, լեռներ, անտառներ, որոնց մեջ օրիորդը ցույց էր տվել յուր նկարչական տաղանդը: Դրանց մեջ առավել հետաքրքրական էր մի գործ, որի նկարագիրը վերցրել էր նա "Ոգի Հայաստանի" պատկերից. այդտեղ հիանալի կերպով պատկերանում էին Արարատը, Հայաստանի ավերակները, տխուր ու տրտում ոգի Հայաստանին:

Մանուկ տղամարդիկը վեր առան վերջին ասեղնագործած պատկերը և երկար նայում էին նրա վրա: Օրիորդը թելերի հարմար գունավորությամբ և ճարտար ստվերագրությամբ համարյա շունչ էր տվել անշունչ կտավին:

Օրիորդը վերջացրեց դասը:

— Նայի՛ր, Սաթենիկ, — ասաց նա յուր քրոջը, — եթե դարձյալ այսպես վատ սերտես դասդ, ես ստիպված կլինիմ մայրիկին հայտնել այդ մասին:

Սաթենիկը երկյուղածությամբ դուրս գնաց:

— Ի՞նչպես է, — դարձավ նա դեպի յուր հյուրերը: — Չլինի՞ թե ծիծաղում եք իմ լաթերի վրա:

— Ընդհակառակն, ձեր ասեղնագործությունները շատ գեղեցիկ են, — պատասխանեցին նրանք:

— Այդ գովասանքը խիստ չափազանց է, — կրկնեց օրիորդը:

— Ո՛չ, անկեղծ եմ ասում, շատ հիանալի են, — պատասխանեց Քաջբերունին, — մանավանդ այս պատկերը, որ ներկայացնում է "Ոգի Հայաստանին": Ասացե՛ք, խնդրեմ, ո՞րտեղից եք առել սրա նախագաղափարը:

— Մի պատկերից, որ նկարել է հանգուցյալ եղբայրս. նա հիանալի նկարում էր, — պատասխանեց օրիորդը, — այս րոպեիս ես ցույց կտամ ձեզ:

Եվ օրիորդը բաց արավ յուր թղթերի պահարանը, այնտեղից հանեց մի պատկեր, մատիտով նկարած: Մանուկ տղամարդիկը երկար նայեցին նրա վրա, նրանք սքանչացան նկարչի ճարտարության վրա:

— Ձեր եղբայրը նկարչությա՞մբ էր պարապում, — հարցրին օրիորդից:

— Ո՛չ, միայն նա զվարճության համար սիրում էր յուր պարապ ժամերը նվիրել նկարչության: Բայց նա ոչ մի տեղ չէր սովորել այդ արհեստը:

— Զարմանալի ձիրք պիտի ունեցած լինի ձեր եղբայրը:

— Այո՛, նա շատ շնորհալի երիտասարդ էր. սակայն ափսո՜ս, որ նա երկար չապրեցավ:

Եվ օրիորդի դեմքը տխուր կերպով մռայլվեցավ՝ մտաբերելով եղբոր հիշատակը: Արամյանը, տեսնելով այդ, խոսքը փոխեց՝ ասելով.

— Ասեղնագործությունը ամենահարկավոր բանն է, որ պիտի սովորի ամեն մի աղջիկ, բայց ցավալի է, որ այստեղի օրիորդաց վարժարաններից ոչ մեկում հարկավոր ուշադրություն չեն դարձնում այդ առարկայի վրա:

— Բացի այդ, — խոսեց Քաջբերունին, — աղջիկները՝ իբրև գերդաստանի ապագա մայրեր, ոչ միայն պիտի գիտենան ասեղնագործություն, այլև անպայման հարկավոր է նրանց սովորել և մի քանի թեթև արհեստներ, որպիսիք են ձեռնոցներ կարել, հարդե գլխարկներ հյուսել կամ կարել նույնը զանազան ճոթերից, կանացի կիսակոշիկներ կարել, մի խոսքով այնպիսի արհեստներ, որոնց ձեռագործը կարողանար վաճառքի նյութ դառնալ և դրանով իրանց ապրուստը թեթևացնել: Այդ բաները հարկավոր է մանավանդ աղքատ աղջիկների համար, որով նրանք կազատվեին իրանց ծնողների վրա ծանր բեռ լինելուց, այլև եթե օժիտ չունենալու համար հոր տանը մնային, նրանք գիտենալով որևիցե արհեստ, շատ աղքատ տղերք կցանկանային այնպիսի կին ունենալ, որ յուր գործունեությամբ կարողանար մասնակցել տղամարդու հոգսերին:

— Բոլորովին ճշմարիտ է ձեր ասածը, — խոսեց օրիորդ

Աննան. — մեր քաղաքում աղջիկները ոչինչ չգիտեն, նրանք՝ աղքատ թե հարուստ, համարյա բոլորովին անգործ են և իրանց տան լուսամուտների առջև նստած, դեպի փողոց են նայում առավոտից մինչև իրիկուն և այդպես աննպատակ անցկացնում իրանց ժամանակը: Ես նախանձում եմ այս քաղաքի եվրոպական աղջկերանց, որոնք զանազան թեթև արհեստների մեջ օգնում են իրանց տղամարդոց և առևտրական խանութներում մեծ գործ են կատարում:

— Իգական սեռը այս՝ թեև եվրոպական քաղաքում՝ տակավին կրում է յուր ճակատի վրա ասիականության սև կնիքը, — պատասխանեց Քաջբերունին. — թեև նրանք հեռացան տների խորշերից, բայց նրանք այդ եվրոպական ազատությունը հանդիսացնում են միայն իրանց արժակ համարձակ զբոսանքներով և փողոցները չափչփելով և ոչ թե հրապարակ դուրս գալով իբրև մարդ, որ գործեր յուր մտավոր ու նյութական բարօրության համար:

Աղախինը ներս մտավ և հայտնեց, թե տիկին Եղիսաբեթը խնդրում է հյուրերին՝ գալ յուր մոտ թեյ խմելու:

Նրանք գնացին դահլիճ:

Տիկինը խիստ բարեսրտությամբ բարևեց նրանց և գանգատվեցավ, թե ինչո՞ւ այնպես ուշ էին գալիս իրանց մոտ. մանուկ տղամարդիկը հայտնեցին մի քանի պատճառներ, թե զբաղված էին, գործ ունեին և այլն, բայց տիկինը ոչ մինը չընդունեց և դարձյալ խնդրեց՝ որքան կարելի է հաճախ գային:

— Մայրիկ, — ասաց օրիորդ Աննան, — պարոն Արամյանը մի աշխատություն ունի. մի քանի օր առաջ ես խնդրեցի, որ բերեր մեզ մոտ կարդալու, շնորհակալ եմ, որ նա կատարեց իմ խնդիրքը. մենք այսօր կունենանք գրականական երեկո. պարոն Արամյանը կկարդա յուր եղերերգությունը:

— Իմ կողմից ևս շնորհակալություն պարոն Արամյանին, որ կատարել է քո խնդիրքը, — խոսեց տիկինը, — նա այնքան բարեսիրտ է, որ հանձն է առնում այդպիսի նեղություն:

— Այդ ինձ համար նեղություն չէ, — պատասխանեց Արամյանը, — ես ուրախ կլինեի, եթե իմ գիրքը գրավեր ձեր ուշադրությունը:

Օրիորդ Աննան ինքն սկսավ թեյ մատակարարել:

Տիկին Եղիսաբեթը հարցրեց Արամյանից, թե ի՞նչ է նրա գրքի բովանդակությունը: Արամյանը համառոտ պատմեց սուրբ Վարդանանց քաջագործությունները և նրա նահատակությունը:

Տիկին Եղիսաբեթը թեև գովեց նրա աշխատությունը, բայց այսպես վերջացրեց.

— Մեղք է մի այդպիսի սուրբ գործ ներկայացնել թատրոնական բեմի վրա:

Արամյանը չկամեցավ դիմադրել նրա ջերմեռանդությանը, այդ պատճառով ոչինչ չպատասխանեց:

Թեյից հետո Արամյանից խնդրեցին, որ կարդա: Օրիորդ Աննան յուր քրոջն ու եղբորը նույնպես պատվիրեց, որ նստեն և լսեն: Արամյանը կամեցավ մի քանի նշանավոր տեղեր որոշել կարդալու համար:

— Ո՛չ, — ասաց օրիորդ Աննան, — դուք սկսեցեք սկզբից, ես ցանկանում եմ ծանոթանալ ձեր գրքի ամբողջ պարունակությանը. եթե այս գիշեր չվերջացնենք, կնշանակենք մի այլ գիշեր ևս:

Արամյանը հաճեցավ և ընթերցանությունն սկսեց. բոլորն էլ ուշադրությամբ լսում էին:

Քաջբերունուն բավական հայտնի լինելով յուր ընկերի աշխատությունը և պարունակությունը, նա ականջ չէր դնում, միայն նստած մի մեծբազկաթոռի վրա՝ ուշադրությամբ նայում էր օրիորդ Աննայի երեսին և զննում նրա դեմքի ամեն մի փոփոխությունը, ամեն մի արտահայտությունը բոլոր ընթերցանության ժամանակ: Քաջբերունին նկատում էր, որ այն տեղերը, ուր բանաստեղծը նկարագրում էր պատերազմական քաջագործությունները հայ հերոսների, կռվի աղմուկը, թշնամու կոտորածը և քաջ Վարդանի խրախուսական ձայները օրիորդի դեմքը բացատրում էր խորին քաջազնական ոգևորություն, և նրա սիրուն աչքերը բոցավառվում էին սարսափելի փայլողությամբ: Կարծես ինքը սուրը ձեռքին կռվի դաշտում պաշտպանում է հայրենիքը: Իսկ այն տեղերը, ուր նկարագրվում էին ուրացողների թուլասրտությունները, Վասակի մատնությունները և կամ հայոց քաջերի ընկնիլը պատերազմի դաշտում, օրիորդի դեմքը մռայլվում էր, և մի քանի անգամ Քաջբերունին տեսավ, որ նա գաղտնի երեսը շրջեց դեպի մյուս կողմ և սրբեց արտասուքը աչքերից:

Արամյանը հոգնելու չափ կարդաց:

Քաջբերունին նկատելով, որ ընթերցանությունը հետզհետե ճնշող տպավորություն է գործում օրիորդի վրա, խնդրեց Արամյանից՝ դադարել կարդալուց:

— Շա՛տ ապրիս, շատ լավ ես գրել, — խոսեց տիկին Եղիսաբեթը, — աստված ավելի շնորհք տա:

— Անկեղծությամբ եմ ասում, — խոսեց օրիորդը, — ես մինչև

այսօր քանի — քանի գրվածքներ, թե՛ ոտանավոր և թե՛ արձակ շարադրություններ եմ կարդացեք Վարդանանց քաջերի վրա, բայց մինչև այսօր նրանց ո՛չ մինը այն ազդեցությունը չէ գործել ինձ վրա, ինչպես ձեր գրածը:

— Այդ ձեր ազնիվ զգացողությունից է, — պատասխանեց Արամյանը:

— Ինչո՞վ պիտի վարձատրես դու Արամյանի աշխատությունը, — ասաց տիկին Եղիսաբեթը. — նա բավական հոգնեցավ, քաղցրավենիք կամ ինչ որ ունինք, գնա բեր:

Օրիորդը վեր կացավ և մի քանի րոպեից հետո մատուցարանի վրա բերավ զանազան տեսակի խիստ վարպետությամբ պատրաստած մուրաբեք:

— Այդ մուրաբեքը Աննայի եփածն է, — ասաց տիկին Եղիսաբեթը՝ հրավիրելով հյուրերին ճաշակել:

— Այդպիսի չնչին բաներով միայն կարող ենք պարծենալ մենք՝ հայ օրիորդներս, — խոսեց օրիորդ Աննան: — Մեր ընտիր ձեռագործն է խոհանոցի պտուղ կամ դերձակի գործունեություն. մենք չունինք կրթություն և ոչինչ չենք ուսած. և մի լավ բան մեզնից չէ կարելի հուսալ. մի մադամ X... միայն կարող է հառաջանալ գաղղիացու պես ուսյալ ժողովրդից և ո՛չ անկիրթ հայ աղջիկներից:

— Ցավալի է ասել, — խոսեց Արամյանը, — որ այս քաղաքի աղջիկներն ըստ մեծի մասին զուրկ են և դրանցից. շատերը տակավին չգիտեն՝ հացը փռնումն են, թխում թե՞ բուսնում է որպես գետնախնձոր, և նույնիսկ թել ու ասեղ բանացնել ևս չգիտեն:

— Այո՛, վերին աստիճանի ստոր դրության մեջ է մեր վիճակը այս քաղաքում, — պատասխանեց օրիորդ Աննան, — մենք չունինք ո՛չ բարոյական և ո՛չ գիտական կրթություն, մենք չգիտենք ո՛չ տնտեսություն և ո՛չ կառավարություն, մի խոսքով՝ մենք աստծո ձեռքի ամենաանպետք արարածն ենք:

— Ձեր կարծիքը չափազանց խիստ է իգական սեռի մասին, — պատասխանեցին օրիորդին:

— Անձնախաբեությունը ոչինչ նշանակություն չունի, բացի վնասակար հետևանքներից, — պատասխանեց օրիորդը: — Ո՛վ չէ նկատում յուր թերությունները, նա կզրկվի ամենայն հառաջադիմությունից:

Նրանք դեռևս երկար խոսեցին այդ նյութի վրա, և օրիորդն առավել խելացի կերպով ապացուցեց, որ իրանց քաղաքում աղջիկները ոչ այլ ինչ են, բայց միայն "դատարկ խրծիկներ" կամ “երեխայի խաղալիքներ”: Մանուկ տղամարդիկը բոլորովին համոզվեցան նրա ասածներից:

— Ե՞րբ եք մտադիր բեմի վրա ներկայացնել ձեր ողբերգությունը, — հարցրեց օրիորդ Աննան:

— Միտք ունիմ, որքան կարելի է, շուտով ներկայացնել, — ասաց Արամյանը:

— Ովքե՞ր են խաղալու:

— Մի քանի ուսանողներ մեր ընկերներից:

— Եթե մայրս թույլ տար, ես ևս մի դեր կվերցնեի, — ասաց օրիորդը:

— Այդ շատ լավ կլիներ. կամենո՞ւմ եք, մենք կխնդրենք նրանից:

— Ո՛չ, դուք միք խնդրիլ. ես ինքս կասեմ և կհամոզեմ նրան:

— Շա՛տ լավ:

Նրանք տաքացած խոսում էին. գիշերն աննկատելի կերպով անցնում էր: Քաջբերունին նայեց ժամացույցին և տեսավ, որ տասներկուսից անց է:

— Ժամանակ է տուն գնալու, — ասաց նա և վեր կացավ:

Արամյանը նույնպես վեր կացավ. նրանք պատրաստվեցան գնալու:

— Դուք կարծեմ, — ասաց օրիորդը՝ դառնալով դեպի Քաջբերունին, — մի քանի օր առաջ ինձ մի բան խոստացաք:

Քաջբերունի մտածման մեջ ընկավ:

— Մտքիցս գնացել է ամենևին, — ասաց նա:

— Որքան մոռացկոտ եք դուք, — խոսեց օրիորդն անկեղծաբար ժպտալով: — Դուք չխոստացա՞ք հայերեն պարապել ինձ հետ:

— Ա՛խ, այո՛, — ասաց Քաջբերունին, — ես սիրով կկատարեմ իմ խոստումս. առավոտվանից սկսենք:

— Շատ շնորհակալ կլինեմ, — ասաց գլուխ տալով օրիորդը: — Բայց դուք, պարոն Արամյան, եթե կարելի է՝ ձեր գիրքը թողեք ինձ մոտ, ես այս գիշեր կկարդամ մնացածը:

— Մեծավ ուրախությամբ, — պատասխանեց Արամյանը:

Նրանք հեռացան:

## ԼԸ

Բավական ժամանակ հեռանալով Ճանճուր Իվանիչից, մեր

ընթերցողը մի անգամ գոնե չմտաբերեց, թե ո՛ւր մնաց այդ մարդը, չնայելով, որ խղճալին այժմ ընկած է դժբախտության դառն հարվածի տակ:

Մենք մյուս անգամ կտանենք մեր ընթերցողին Ճանճուր Իվանիչի մոտ. նա այժմ հիվանդ պառկած է յուր մահճակալի վրա:

Այժմ մեր հինավուրց բարեկամին դու չես գտնիլ այնպես, ինչպես էր նա առաջ, ազնիվ ընթերցող. նա այժմ բոլորովին փոխված է, նրա բոլոր մարմինը փքված տիկի է նմանում և մսուտ դեմքը այժմ մաշված, դալկացած, սարսափելի է ինչպես մահ, և նրա աչքերը, դուրս ընկած իրանց բուներից, վառվում են էլեկտրական կրակով, որպես սոված գայլի աչքերը մթին գիշերային ժամուն:

Նա անտեր, անխնամ պառկած է մի փոքրիկ խոնավ սենյակում՝ յուր գործակատարի՝ Սիմոն Յագորիչի տանը. նրա մոտ նստած է և Սամիլ Պետրովիչը, որ եկել է մխիթարելու յուր անբախտ բարեկամին:

Առածն ասում է. "դժբախտությունը միայնակ չէ գալիս ", նույնը և հանդիպեցավ մեր խղճալի Ճանճուր Իվանիչին: Սկսած այն օրից, երբ բաժանվեցանք մենք նրանից, անբախտությունները միմյանց ետնից սկսան պաշարել նրան. մի կողմից տիկին Բաբբարեի և օրիորդ Սոֆիի շռայլ ծախսերը օրըստօրե ավելանալով՝ բոլորովին մաշեցին նրա հարստությունը, մյուս կողմից՝ նա վնասվելով յուր կապալների մեջ, նրա տունը և շարժական կայքերը աճուրդի դրվեցան արքունի փողի փոխարեն: Վերջին անցքը մինչ այն աստիճան զարհուրելի հարված էր խղճալի Ճանճուր Իվանիչի համար, որ նա կաթվածահարվելով՝ անդամալույծ դարձավ և կիսակենդան ընկավ անկողին՝ ողբալի կերպով սպասելով մահվան, որ հանգիստ առնի:

— Փիքր մի՛ անի, Ճանճուր Իվանիչ, — ասում էր Սամիլ Պետրովիչը, — էս աշխարքի բանը էդպես է. սանդուղքների պես մինը դվեր է գնում, մեկէլը ցած է գալի. էդ ամենը աստծու ձեռքին է. միր ձեռքին վուչինչ չկա. մարդի ճակատին ինչ վուր գրած է, էն պտի ըլի. Հոբ երանելին միտդ բի՛, քանի քամբախտութինների մեջ ընկավ, վուրթկերանցից, աղջկերանցից, տանից, տեղից, մի խոսքով՝ իր ամեն հարստութենից զրկվեցավ, մարմինը քրքրվեցավ, օրթունքն ուտում էր նրա ջանը, մագրամ ինքը էլի չէր նիղանում, էլի իր աստծուն փառք էր տալիս:

Խղճալի Ճանճուր Իվանիչը խորին անզգայությամբ դրված լինելով յուր մահվան խանձարուրի մեջ, ամեննին չէր լսում Սամիլ

Պետրովիչի մխիթարանքները: Նա ընկղմված էր երևակայական ցնորքների մեջ:

"Տեհեր, Սիմոն Ցագորիչ, վո՞ւնց խաբեցի քու Կուզմինին... չէ, դուն չիս գիդի իմ ուստութինը. ես սատանին կու նալիմ... հիմի գնա դո՛չաղ կաց. ինչպես գուզիս՝ շինե կազոննի տնիրը, էդ շանվոլրթի ինժիները էլ չի ասի՝ լամա՛յ... Ես նրա ռեխը մե բան քցեցի՝ նա է՝լ չի հալի քիզ վրա...":

Խղճալի Ճանձուր Իվանիչը, յուր մահվան զառանցանքի մեջ, երևակայությամբ դարձյալ գնացել էր Կավկա. նա խոսում էր յուր գործակատարի հետ և պարծենում էր յուր գործունեության վարպետություններով:

Սիմոն Ցագորիչը լսելով յուր տիրոջ ծանոթ խոսքերը, անցյալը մի ակնթարթում նրա աչքի առաջ հանդիսացավ, նա հիշեց յուր Կավկայի կյանքի ոսկեդարը, երբ այնքան առատ հունձ էր անում. նա հիշեց վերջին դժբախտությունները, և նրա սիրտը փղձկեցավ:

"Է՛յ, կուչեր, ո՞ւմն ին էտ ձիանիրր... ո՞ւմն է էտ կառեթը... (շարունակեց հիվանդը յուր զառանցանքը) նա ինձ գլուխ է տալիս... կոսիս թե ես դրա աղան ըլիմ... Հա՛... հա՛... հա՛... իմն ի՞ն... կնիկս առնել էրի՛տ... ա՛խ, անիծյալ լինիք դուք, Բարբարե, Սոֆի... Դուք իմ տունը քանդեցիք...":

— Խե՛ղճ մարդ, — կրկնեց արտասուքը սրբելով Սիմոն Ցագորիչը, — յուր տան անկարգությունները մահվան դեմ էլ նեղացնում են իրան...

Մի քանի րոպե լռեց Ճանձուր Իվանիչը և շարունակեց վրացերեն լեզվով.

"Վաթսուն տարի չարչարվեցա, հոգի, մարմին, հույս, հավատ և ամեն ինչ մաշեցի... հարստություն ժողովեցի, տուն ու տեղ ունեցա, բոլորը մի քանի րոպեում ջնջվեցավ... Անիծյա՛լ աշխարհ, այս է քո էհտիբարը... ի՞նչու չես գալիս, սիրելի մահ. գնանք քեզ հետ մյուս աշխարհը, տեսնենք այնտեղ ի՞նչ կա... բայց նա այս աշխարհի նման ի՞նչպես կլինի... այնտեղ ձուկը, Կախեթու գինի, փողրաթներ չկան... այնտեղ փող չկա... այնտեղ բոլորն աղքատ են... այնտեղ հրեշտակներն էլ մերկ են ման գալիս... ":

Նա փոխեց յուր խոսքը.

"Ա՛խ, Սոֆի, Սոֆի... անիծվի՛ս դու, անզգամ աղջիկ... դու իմ տունը իստակ քանդեցիր... քեզ վրա որքան մսխեցի իմ սիրելի կոպեկները... նրանք էին այնքան դառն հոգսերի... այնքան սև օրերի... նրանք իմ արյան, իմ կյանքի, իմ դառն քրտինքների գինն էին... Ա՛խ, ուսո՛ւմ, ուսո՛ւմ... թքեմ քո մոգոնողի երեսին... դու փչացրիր իմ աղջիկը… նա թողեց մոր տունը, ձգեց յուր ծնողները և փախավ մի շառլատանի հետ… Ա՜խ, ուսո՜ւմ, ուսո՜ւմ, անիծվի՛ քո մոգոնողը… Չէ՛, այդ ուսում չէր… այդ զա՛հրումար էր…”:

Էլ չխոսեց խղճալի հիվանդը, վերջին խոսքերով նա կնքեց յուր մահկանացուն:

www.ingramcontent.com/pod-product-compliance
Lightning Source LLC
Chambersburg PA
CBHW030522020726
47494CB00004B/1196
* 9 7 8 1 6 0 4 4 4 7 7 3 6 *